A ÚLTIMA NOITE

A ÚLTIMA NOITE

CATHERINE O'CONNELL

Tradução
Marcia Men

Planeta

Título original: *The Last Night Out*

Preparação: Fernanda Cosenza
Revisão: Andréa Bruno e Franciane Batagin
Diagramação: Márcia Matos
Capa: Túlio Cerquize
Imagem de capa: izusek / iStockphoto

Dados Internacionais de Catalogação na Publicação (CIP)
Angélica Ilacqua CRB-8/7057

O'Connell, Catherine
A última noite / Catherine O'Connell; tradução de Marcia Men. - São Paulo: Planeta, 2021.
320 p.

ISBN 978-65-5535-579-6
Título original: The Last Night Out

1. Ficção norte-americana 2. Crime - Ficção I. Título II. Men, Marcia

21-5223 CDD 813

Índice para catálogo sistemático:
1. Ficção norte-americana

MISTO
Papel produzido a partir de fontes responsáveis
FSC® C011188
FSC www.fsc.org

Ao escolher este livro, você está apoiando o manejo responsável das florestas do mundo

2022
Todos os direitos desta edição reservados à
EDITORA PLANETA DO BRASIL LTDA.
Rua Bela Cintra, 986 – 4º andar
01415-002 – Consolação
São Paulo-SP
www.planetadelivros.com.br
faleconosco@editoraplaneta.com.br

Para meus três irmãos, Tom, Jane e Barney.
O melhor presente que um autor pode ganhar é uma família amorosa e excêntrica, e eu fui abençoada com as duas coisas.

Atualmente

Estou sentada sozinha na tenda musical, lá atrás, longe de todos. A chuva tamborila o teto do pavilhão, abafando os acordes atonais do concerto para piano de Schoenberg. A música dissonante me faz pensar em como a imperfeição pode ser linda. Um jovem violoncelista entra correndo, atrasado, e se espreme até seu lugar na orquestra. A mudança no comportamento do maestro é quase imperceptível, mas fica claro que ele tomou conhecimento do atraso. Será esse um erro capaz de comprometer a carreira do músico? É bem provável que sim. Música é uma área competitiva.

Eu me pergunto quantos destinos já dependeram de momentos constrangedores como esse: quantas vidas foram alteradas de maneira indelével por um único equívoco? Seja por escolha ou por recusa, as consequências do rumo alternativo podem ser terríveis. Eu reflito sobre como minha vida poderia ter sido, não fosse meu grande equívoco. Bem diferente, tenho certeza.

Existe certo conforto em saber que não fui diretamente responsável pela morte de Angela. Embora mais de um quarto de século tenha se passado, aquela noite ainda se infiltra em meus pensamentos com uma frequência indevida. E, quando penso em como minha vida se transformou na esteira dos fatos, sempre há uma pontada de culpa.

A chuva para exatamente quando a música chega a um final arrebatador. A orquestra se levanta para receber os aplausos estrondosos, o violoncelista atrasado fica de pé com os outros. Algo em seu atraso me atraiu, e a percepção me atinge com um lampejo. Não é tarde demais para contar a história. Nunca é tarde demais para expor a verdade. Eu me afasto para fora da tenda antes da multidão e atravesso o estacionamento apressadamente até meu carro. Enquanto dirijo para casa, com os picos das majestosas Rochosas elevando-se dos dois lados do caminho, já estou reunindo as palavras. Quando chego em casa, elas já estão prontas para assumir seus lugares.

Então proponho que você viaje comigo de volta a uma noite quente e úmida de Chicago em junho de 1988. Transformações estavam em andamento, mas ninguém podia imaginar quão profundas elas eram. A música disco dava seu último suspiro, homens e mulheres usavam cabelos compridos nas laterais e curtos em cima, os jeans eram estonados e tinham cintura alta. Só a Cher e pessoas que moravam em trailers tinham tatuagens. Os gays estavam apenas começando a sair do armário, enquanto a aids já era uma epidemia. Computadores eram uma inovação para qualquer um fora da indústria, o e-mail mal existia, mensagens de texto eram coisa de ficção científica, e, se alguém tivesse um telefone celular, era quase do tamanho de um sapato. A tecnologia telefônica mais moderna era o botão de rediscagem. Como mulheres, fomos a primeira geração a priorizar a carreira, finalmente livres, financeira e sexualmente. Mas, com nossos papéis ainda sendo questionados em um mundo masculino, frequentemente nos acomodávamos por muito menos.

Esse é um retrato de Chicago quando essa história começou. Embora eu possa responder pelo meu papel, você, o leitor, deve aceitar as liberdades que tomarei ao me colocar no lugar dos outros. Embora possam haver imprecisões em minha interpretação dos acontecimentos, suspeito que, no final, minha história estará próxima da verdade.

Margaret Mary Trueheart
10 de julho de 2013

UM

14 dias antes do casamento

Sábado, 11 de junho de 1988

Acordei com o telefone tocando e uma sensação péssima, nauseante, de que não estava sozinha. Deitada de lado encarando a parede, não havia como negar o calor irradiando de outro corpo sob meus lençóis de grife. Eu lembrei que Flynn estava viajando. Uma reprise frenética da noite anterior não trouxe nada além de imagens dispersas. Definitivamente, eu ainda estava bêbada.

O telefone tocou seis vezes antes da ligação cair na secretária eletrônica e o som da minha voz ecoar pelo corredor vindo da sala de estar. *Oi, aqui é a Maggie. Você sabe o que fazer e quando fazer.* A gravação deu lugar a um sinal de ocupado. O telefone recomeçou a tocar. Mais uma vez, ao som da minha voz seguiu-se o de alguém desligando. Quando isso aconteceu pela terceira vez, percebi que quem estava ligando não iria desistir. Relutantemente, virei-me de barriga para cima para alcançar o telefone, mas minha mão congelou no meio do caminho. Era o carpinteiro. O de uniforme azul, mas sem o uniforme. Ele sorria para mim, o sorriso esculpindo covinhas em forma de parênteses em suas bochechas bronzeadas. A náusea percorreu, da cabeça aos pés, meu corpo extremamente nu.

— Parece que alguém quer muito falar com você — disse ele.

Levando um dedo conspirador à boca e prometendo fazer silêncio, ele tirou o fone do gancho e o estendeu para mim, o fio abrindo um caminho espiralado entre os pelos embolados de seu peito. Horrorizada, tirei o telefone da mão dele e levei o bocal bem perto do meu rosto, protegendo-o com a mão, temendo que meu visitante pudesse fazer alguma coisa que entregasse sua presença, como tossir ou falar ou, Deus me livre, soltar a emissão ruidosa tão comum à espécie masculina nas horas matutinas.

— Alô — resmungou uma voz que dificilmente seria reconhecida como minha.

— Maggie, ah, Maggie, sou eu, Suzanne. — As palavras dela transbordavam alívio. — Graças a Deus você chegou bem em casa.

Isso, pensei, *é uma questão de opinião.* Meus olhos recaíram de novo sobre meu hóspede. Ele tinha se colocado bem à vontade em seu lado da minha cama, a cabeça cacheada aninhada entre as mãos, os cotovelos abertos como asas. Ainda exibia um sorriso convencido, não exatamente o carpinteiro tímido de New Hampshire da noite anterior.

— É claro que cheguei bem em casa — menti. Meus olhos voaram para o relógio. O display digital me dizia que eram sete e quarenta e oito. Não era tão cedo assim, mas ainda um horário incivilizado para um telefonema em pleno sábado depois de uma noitada na sexta, mesmo vindo de uma pessoa madrugadora como Suzanne. Em uma tentativa inútil de soar irreverente, perguntei: — E aí, que negócio é esse de ligar de madrugada?

Uma breve hesitação e então:

— Eu não sei como dizer isso de outro jeito, Maggie. É a Angie. Ela morreu.

As palavras estalaram no meu cérebro confuso como um chicote, fazendo eu me sentar de súbito na cama, meus seios nus expostos conforme os lençóis caíam. Puxei os lençóis de volta até o queixo com uma modéstia atrasada. Agora era um pouco tarde para isso.

— Isso é uma piada, né? — Porém, enquanto a pergunta escapava dos meus lábios, eu já sabia que era desnecessária. Suzanne Lundgren era a pessoa com menos chance no planeta de fazer uma piada de qualquer tipo, ainda mais uma tão sombria.

— Eu queria que fosse. — A angústia era evidente em sua voz. — Kelly acabou de ligar da delegacia. Angie foi assassinada. Encontraram o corpo dela no Lincoln Park hoje cedo.

— Kelly? — Aquilo não fazia sentido. Pilhas de dúvidas se acumulavam na minha mente, mas, no meu estado prejudicado, as perguntas mais lógicas não estavam vindo à tona. Em vez de perguntar sobre Angie, eu disse: — E o que a Kelly tem a ver com isso?

— Evidentemente, ela tinha saído para sua corrida matinal e deu de cara com a cena do crime — respondeu Suzanne. — Ela está na delegacia da Área 3. Eles a levaram até lá para interrogá-la sobre Angie, eu acho.

— Mas isso é impossível. Estávamos juntas até... — Olhei de novo para o relógio: — cinco, seis horas atrás? Você não a levou para casa?

Dessa vez Suzanne perdeu o controle, as palavras saindo em arfadas sem fôlego.

— Maggie! É claro que eu a levei para casa. Depois que deixamos você, eu a enfiei num táxi e a levei direto para casa. Fiz o motorista ficar lá esperando até ela entrar. Eu a vi fechar a porta.

Fragmentos da noite começaram a voltar como peças de quebra-cabeça embaralhadas: Angie na pista de dança, com uma calça preta e uma blusinha vermelha decotada, o grosso cabelo preto cobrindo seu rosto em uma cortina escura, os quadris amplos balançando, provocantes, sobre saltos altos vermelhos. Angie apoiada contra o bar neon, a língua em um copinho vazio. Angie tentando ficar de pé sobre pernas que pareciam ser feitas de gelatina.

— Escuta, eu não posso falar mais nada. Isso é tudo que eu sei — disse Suzanne, a voz apertada de dor. — Kelly prometeu ligar com mais detalhes assim que chegasse em casa. Enquanto isso, você pode ligar para a Carol Anne? Eu simplesmente não consigo.

— Sim, claro — murmurei. A ligação caiu.

Fitando o fone em minha mão como se fosse um objeto desconhecido, lutei para aceitar o que tinha acabado de acontecer. Certamente eu não estava enfrentando o caráter definitivo da morte de uma amiga. Isso tinha que ser algum pesadelo estranho. Exatamente como o homem estranho me encarando. Ele também fazia parte do pesadelo. Eu fecharia os olhos e o mundo voltaria ao normal de ontem. Angie estaria viva e eu estaria sozinha em minha cama, e a pior coisa que teria acontecido seria uma ressaca daquelas.

Fechei os olhos com força.

Entretanto, quando tornei a abri-los, ele ainda estava ali, sua presença quase tão perturbadora quanto o assassinato de Angie. Seu sorriso havia desaparecido e seu rosto carregava uma preocupação genuína. Ele estendeu a mão e tocou gentilmente meu rosto.

— Está tudo bem?

— Houve um acidente — falei, aturdida demais para chorar, sem a menor vontade de dividir meu luto pessoal com esse desconhecido. — Você precisa ir embora agora.

Escolhendo ignorar meu pedido, ele estendeu a mão e afagou meu rosto, roçando as costas da mão por meu maxilar. Contive um estremecimento involuntário. Havia certo poder nas mãos dele, e me lembrei de ter ficado obcecada com elas na noite anterior. Elas eram grandes e fortes, com juntas bem definidas e calos conquistados a duras penas, resultado de horas de trabalho físico honesto. Mãos tão diferentes das de Flynn. As mãos de Flynn eram sedosas e macias, com dedos longos e estreitos e unhas livres de cutículas, mãos que poderiam carregar um taco de golfe ou uma raquete de tênis, mãos de uma camada social totalmente diferente.

— Você é tão linda — dizia ele, sua carícia migrando para a pele sensível do meu pescoço. — Tão linda.

Pedaços que faltavam começaram a emergir da nuvem de vodca. Dança ao som de Cindy Lauper na boate The Overhang, entrar em uma caminhonete branca, nós dois banhados de amarelo sob a luz do poste em frente ao meu prédio. Contudo, muito do quebra-cabeça continuava vazio. Com o transe onírico do álcool se apagando e sem a cobertura protetora da noite, eu estava nua na luz da manhã. Eva encarando a maçã. Pensei em Flynn e meu coração desabou para o fundo do meu estômago. Então pensei em Angie e meu coração se afundou ainda mais.

Aparentemente alheio ao meu conflito, o carpinteiro trouxe seu rosto até o meu e me beijou de leve nos lábios.

— Não — protestei, afastando-me.

Sem prestar atenção à minha tentativa de virtude, ele deslizou uma das mãos para a base das minhas costas e me puxou mais para perto. Tão perto que eu podia sentir o calor emanando da superfície plana de seu torso. Ele pressionou os lábios sobre meu queixo, meu nariz, minha boca.

— Não — repeti, tentando invocar alguma convicção enquanto os lábios dele continuavam sua peregrinação para a parte de trás da minha orelha.

Em um mundo perfeito, o meu "eu" bom teria sentido repulsa pela simples presença dele. Em um mundo perfeito, o meu "eu" bom teria lhe dado um belo tapa e saltado da cama. Em um mundo realmente perfeito, esse homem nem estaria aqui, para começo de conversa.

É um mundo imperfeito.

Estava tudo errado, tudo errado. Como pude trair meu noivo assim? Como podia sequer pensar em sexo quando deveria estar lamentando a morte de uma amiga? Mas algo primitivo tinha se acendido lá no fundo, sobrepondo-se ao luto e à culpa e à tristeza, tomando meu "eu" racional como prisioneiro. Meu corpo estava se voltando na direção dele. Eu não quis nem fingir que estava lutando contra aquilo. Queria ser abraçada por ele, enterrar meu rosto em seu peito, permitir que ele se enterrasse em mim.

Eu o beijei com hesitação a princípio e depois sofregamente, abrindo minha boca para aceitar a dele. Ele me empurrou para o colchão e em pouco tempo estávamos rolando na cama, nossos corpos pressionados juntos. Os movimentos ficaram mais intensos e estávamos à beira do inevitável quando uma centelha indesejada brilhou nos recessos do meu cérebro. Eu o agarrei pelos quadris e o contive pouco antes de me penetrar. A respiração dele saía em ofegos desesperados e seus olhos cor de café encontraram os meus.

— Você sabe se eu usei meu diafragma ontem? — arfei.

Seu olhar vazio respondeu minha pergunta. Suspirei e o afastei de mim. Se houvesse algum momento para conter essa insanidade, era aquele. Mas a sanidade não prevaleceria. Eu era uma mulher possuída.

Enfiei a mão na mesinha de cabeceira e puxei de lá meu diafragma, rapidamente empurrando o domo de confiança para o exato lugar em que ele devia ficar, exorcizando o pensamento de que ele deveria ter estado nesse mesmo lugar na noite anterior. E então, como se não tivesse ocorrido nenhuma interrupção nas atividades, ele já estava ao meu lado de novo. Não havia nenhuma noção de tempo, nenhuma consciência do passado, nenhum medo do futuro. O presente era a única coisa a ser considerada, um presente muito irresistível. Eu me rendi a ele, abandonando a consciência e adentrando aquele território onde não existe nada além de você e do outro corpo, e milhões e milhões de terminações nervosas disputando furiosamente um espaço.

DOIS

Quando acordei, uma hora depois, o carpinteiro dormia profundamente ao meu lado com um braço jogado sobre meu ombro. Eu já estava mais sóbria, embora o álcool residual no meu organismo ainda fosse suficiente para me condenar em qualquer teste de bafômetro. Os hormônios em fúria que me enlouqueceram mais cedo tinham recuado, e os eventos da manhã me atingiram em cheio. Fitei o teto e tentei digerir a nova realidade. Eu era uma puta e Angie estava morta.

Com cuidado para não acordar meu hóspede, eu me livrei do seu braço e fui até o banheiro. Uma olhada no espelho serviu para confirmar minha autoanálise. Meu cabelo era um emaranhado castanho-avermelhado com tufos que apontavam em todas as direções, como uma peruca de palhaço; meus olhos verdes estavam borrados com o preto fantasmagórico do rímel da noite anterior; e meu rosto estava avermelhado, irritado pelo roçar da barba do carpinteiro. Dolorosamente, tirei as lentes de contato que esquecera nos olhos desde a noite anterior e joguei-as no lixo. Em seguida, sentei-me na privada e enfiei a cabeça entre as mãos, tentando lidar com a monstruosa dor de cabeça que pulsava na têmpora direita. A imagem de Angie deitada numa mesa de autópsia me fez soltar um gemido alto, enchendo de lágrimas meus olhos injetados. Pensei em seus pais e seus irmãos, pessoas que eu conhecia por boa parte da minha vida. Se a perda de Angie era dolorosa para mim, seria insuportável para eles. Fiquei sentada ali por algum tempo até que meus pensamentos voltaram ao desconhecido dormindo em minha cama. O que diabos eu estava pensando? E se Flynn voltasse de viagem mais cedo? Eu tinha que tirá-lo da minha casa. Imediatamente. Vesti meu robe atoalhado que estava pendurado no gancho e amarrei-o bem apertado na cintura.

Ele tinha acordado e se vestido e estava sentado à mesa da minha cozinha, folheando um exemplar da *Chicagoan* enquanto seus cachos roçavam as bordas metálicas dos óculos. Ele levantou os olhos e seus lábios se curvaram em um sorriso íntimo, esculpindo aqueles parênteses em suas bochechas. Ele indicou com a cabeça a porta aberta do banheiro no fim do corredor.

— Você se incomoda? — perguntou ele.

— Me incomodo com o quê?

— Se eu usar o seu banheiro?

Enquanto a porta se fechava atrás dele, minha mente disparava com as possibilidades. Com certeza ele não estava pensando em tomar um banho. Ele precisava sumir o quanto antes. O som de uma descarga foi seguido pelo de água saindo da torneira e então, para meu grande alívio, a porta se abriu e ele saiu. Ele veio até onde eu estava, ainda congelada no meio da sala de estar, e se curvou para me dar um beijo. Eu me afastei.

Mágoa nublou os olhos castanhos por trás dos óculos de aros metálicos.

— Eu gostei muito de ficar com você. Quero ver você de novo — declarou ele.

— Como é que é? — A pergunta saiu num arquejo.

Ele estava brincando, não? Aquele era o sujeito responsável por eu trair meu noivo, embora com um pouco de cooperação da minha parte, e ele estava me propondo um encontro? Onde estava aquele caso de uma noite que não vê a hora de sair correndo pela porta? Que vai embora dizendo "Eu ligo para você", mas nunca liga? Onde estava *aquele* cara?

— Você está maluco? Você sabe que eu vou me casar.

— Talvez você queira repensar isso, Maggie. Tudo o que eu sei é que nunca encontrei ninguém como você, e que eu quero ver você de novo.

— Você não me conhece e não ficou comigo. Você ficou com meu alter ego bêbado ontem à noite, e ela está deixando a cidade. Eu cometi um grande erro. Eu tenho alguém que amo muito e vou me casar com ele, e o que fiz foi errado, muito errado.

— Você com certeza não estava agindo como se fosse errado ontem à noite. Ou hoje cedo. Você foi uma fera ali — disse ele, os olhos viajando pelo corredor até a porta do quarto.

As palavras dele me atingiram. Não por serem cruéis, mas por soarem verdadeiras. Então talvez eu tenha cruzado o limite e entrado no reino animal. O problema era que agora que a fera estava de volta à jaula, ela precisava ficar nessa jaula sozinha. Eu precisava me livrar do carpinteiro rapidamente, e tão calmamente quanto possível. Tentei racionalizar com ele.

— Olha, Steven. A noite passada e esta manhã foram fantásticas. Mas isso não vem ao caso. Eu cometi um erro. Fiz algo terrivelmente errado e agora estou com medo, com medo do que eu fiz, com medo de você. Com medo de que as ações de uma noite destruam algo em que investi um ano da minha vida. Meu noivo é mais importante para mim do que qualquer outra pessoa no mundo. Ele é um homem maravilhoso e atencioso, e eu não quero perdê-lo. Minha libido confundiu minha razão e coloquei tudo a perder. Isso não pode acontecer de novo, nunca mais. Você tem que compreender.

Ele chacoalhou a cabeça.

— Maggie, você estará cometendo um grande erro se for adiante com esse casamento. A mulher naquela cama hoje cedo com certeza não estava loucamente apaixonada por outra pessoa.

Eu queria gritar, mas mantive o controle.

— Já chega. Eu gostaria que você fosse embora agora, por favor.

Ele cruzou a sala até a minha mesa, apanhou uma caneta e rabiscou algo no bloquinho que estava na superfície polida. Ele se voltou para mim.

— Este é o telefone do lugar onde estou trabalhando. Você pode me encontrar lá durante o dia.

Fui até onde ele estava e rasguei a página do bloquinho, amassando-a em meu punho.

— Você não entendeu? Eu nunca vou ligar pra você.

Para dar ênfase, apressei-me até a porta e a abri de supetão, parando ao lado do batente com os braços cruzados.

— Então é isso?

— É isso.

Antes de sair, ele me pegou de surpresa, abaixando-se e roçando seus lábios gentilmente nos meus. Em seguida, passou por mim e saiu. Fechei a porta atrás dele e a tranquei, meu ouvido pressionado na madeira enquanto as botas dele batiam contra o lance de escadas. Uma onda de alívio me inundou após ouvir a porta da entrada se fechar com um rangido – como se aquilo pudesse trancar do lado de fora tudo o que tinha acontecido. Espiando pelas cortinas brancas na sala de estar, eu o vi atravessar a rua e subir em sua picape. Conforme o veículo se afastava, torcia para que ele não tivesse decorado meu endereço, para nunca mais poder me encontrar.

Fui até a cozinha, onde uma garrafa solitária de Jameson repousava no balcão entre dois copos virados. Mais lembranças ressurgiram. A picape dele estacionando em frente ao meu prédio. Convidá-lo para subir e tomar um último drinque tinha parecido bastante inocente. O que eu estava pensando?

— Ao matrimônio — brindei.

— Ao matrimônio — respondeu ele, bebendo o uísque em um gole antes de colocar o copo vazio virado para baixo sobre o balcão. E então ele enterrou o rosto na pele macia do meu pescoço.

A sensação dele ali tinha sido calmante e familiar. Qualquer força de vontade que eu tivesse havia se derretido enquanto ele beijava ao longo da minha clavícula e desabotoava minha blusa, deslizando uma mão áspera sob meu sutiã. Minha última recordação era ele me levando até o quarto e nós dois arrancando as roupas um do outro. O resto era um borrão.

Exceto pela manhã de hoje. Aquilo não tinha sido um borrão.

Voltei para o quarto e encarei a cena da minha transgressão, desejando que houvesse algum jeito cósmico de fazer o tempo voltar atrás, como o botão de rebobinar no videocassete. O pedaço de papel com o telefone dele ainda estava apertado na minha mão e eu o joguei no cesto de lixo. Abri as janelas para tirar o cheiro de sexo do ar e arranquei os lençóis da cama, enfiando-os na máquina de lavar. Em seguida, tomei banho na água mais quente que eu conseguia aguentar, ensaboando-me várias vezes como se o sabonete pudesse removê-lo do meu corpo, o tempo todo pensando em Flynn e no quanto ele ficaria magoado se um dia descobrisse minha infidelidade. Mas ele jamais poderia descobrir. Jamais.

Enquanto saía do chuveiro, minha mente atormentada voltou a Angie e à ligação que eu ainda precisava fazer. Embrulhei-me outra vez no robe atoalhado e fui até a sala de estar, apanhando o telefone para discar um número tão conhecido que eu podia discá-lo com os olhos fechados. O alô animado de Carol Anne soou um minuto depois. A voz dela ainda era a mesma do dia anterior, da ignorância abençoada, a voz em que eu confiava mais do que em qualquer outra no mundo. Ela estava, muito provavelmente, sentada em sua cozinha palaciana, decidindo os cardápios da semana e montando a lista de compras correspondente.

— Sou eu. Tenho más notícias. — Minhas palavras soavam inexpressivas diante da bomba a ser detonada. Com uma voz trêmula, eu lhe contei sobre a morte de Angie. Houve um arfar perceptível, seguido por expressões de incredulidade.

— Isso simplesmente não é possível — lamentou ela. — Não pode ser verdade.

— Infelizmente é.

— Assassinada?

— Foi o que Kelly disse para Suzanne.

— Mas eu não entendo. Se Suzanne a deixou em casa, como ela chegou até o parque? Não faz sentido nenhum.

— Nada faz sentido — falei, explodindo em lágrimas. — Carol Anne, tem outra coisa. Outra coisa muito ruim aconteceu.

— Pior do que a Angie ser assassinada?

— Pior não, mas ruim. — Minha voz caiu a um nível normalmente usado em confessionários. Em seguida, percebi que essa era uma confissão que não podia ser feita pelo telefone. Tinha que ser pessoalmente. — Carol Anne, posso ir até aí?

— É claro — respondeu ela, lançando-me um salva-vidas para lá de necessário.

TRÊS

Kelly

Kelly Delaney desceu da viatura designada para levá-la para casa e grunhiu um agradecimento nada convincente ao jovem policial atrás do volante. Ela entrou no pátio do prédio, o portão se fechando com um estrondo enquanto ela descia os oito degraus para seu apartamento térreo. Ela abriu a porta para um miado impaciente. A gata não estava acostumada a ser deixada sozinha por tanto tempo de manhã.

— Olá, Pi — disse ela, entrando e tirando os sapatos.

O pequeno apartamento estava abafado, mas, depois de passar horas na delegacia fria em suas roupas de corrida úmidas, o calor era um bálsamo bem-vindo. Para a alegria da gata, Kelly abriu as janelas, empurrando-as para cima só até onde os pregos presos nos caixilhos permitiam. Embora fosse uma boa vizinhança, estavam, afinal de contas, na cidade. Ela estava grudenta com o suor seco e precisava muito de um banho, mas uma ducha parecia um esforço grande demais, de modo que ela jogou o corpo sujo no sofá. Estava esgotada, tanto física quanto emocionalmente. Chamar o assassinato de Angie de devastador seria um eufemismo grosseiro, mas testemunhar o corpo sem vida da amiga de tanto tempo tornava a tragédia ainda mais incisiva. Mesmo agora, os olhos frios de Angie a encaravam da primeira fila de sua memória, uma imagem que ela sabia que carregaria pelo resto da vida. Outro fardo miserável em uma vida já cheia deles.

Não era de esperar? Bem quando ela estava retomando o controle, e sua vida seguia na direção certa, as coisas tinham que virar de ponta-cabeça. Ela se remexeu no sofá, inquieta, e fitou os canos expostos no teto baixo. E pensar que o dia tinha começado tão bem...

Naquela manhã ela acordou cedo, com a cabeça clara e a consciência limpa. Sem enxaqueca. Sem estômago azedo ou boca com gosto de bebida. Sem tentar se lembrar de como chegara em casa. Sem se perguntar o que havia dito ou feito ou com quem tinha trepado. Sem recuperar a consciência, totalmente vestida, e então perceber que estava sem a calcinha. Ainda assim, noites como a anterior eram sempre as mais difíceis, junto de velhas amigas que podiam beber enquanto ela não podia. Era quando a tentação ficava pior. Mas, se a noite anterior era um teste, ela tinha sido aprovada com louvor. Não apenas não tomara nenhum drinque como sequer sentira vontade. Bem, quase nenhuma vontade, pelo menos.

Ela afastou os lençóis e descobriu uma bola de pelos ruivos aninhada a seus pés. Uma cabeça bigoduda se desenrolou para fitá-la com um olho só. Encontrada numa lixeira atrás de um restaurante grego por um garçom que tirava o lixo, a gata estava quase morta quando Kelly a viu pela primeira vez no abrigo, a pelagem suja de graxa, o olho direito cegado por alvejante. Um ato deliberado ou algum acidente infeliz? Não tinha como saber. O que Kelly sabia era que, quando vira a criatura debilitada tremendo em um canto de sua gaiola, ela finalmente havia encontrado algo que precisava mais de conserto do que si mesma.

Quando trouxera a gata para casa, em uma atitude meio Holly Golightly, ela não pretendia dar-lhe um nome. Mas mudara de ideia ao decidir que não queria ter semelhanças com a alma perdida da srta. Golightly mais do que já tinha. A gata fora oficialmente batizada de Piti, o nome que um dos funcionários do abrigo tinha colado em sua gaiola, um nome que Kelly sentia que resumia a existência de ambas.

Depois de um alongamento despretensioso, Piti desceu da cama para o chão. Kelly esticou os pés e desceu também, dobrando-a de volta para sua função diurna de sofá. Franziu a testa ao encaixar as almofadas estampadas, e excessivamente recheadas, em seus lugares. Estampas floridas não faziam o seu estilo, especialmente uma estampa florida *rosa,* mas ela tinha comprado o sofá-cama de segunda mão, e o mais importante era que o colchão fosse confortável, já que não havia espaço para outros móveis no apartamento minúsculo. As coisas já estavam bastante atulhadas, com uma mesa de cozinha que servia como escrivaninha e uma cômoda espremida entre o guarda-roupa e a entrada. Ela teria preferido viver num lugar maior, certamente num andar superior, mas com a grana curta e a faculdade cara, era o melhor que podia fazer dentro do orçamento limitado. O lado positivo do apartamento apertado era a localização. Ficava em uma rua sossegada a apenas alguns quarteirões do Lincoln Park, perfeito para uma corredora.

O piso de madeira estava frio sob seus pés no caminho até o banheiro, passando pelo canto da cozinha. Escovando os dentes em frente à pequena pia, ela analisou o rosto de trinta e três anos que a encarava do espelho. Claro, ele estava enrugado precocemente, mas não havia como negar que cada uma daquelas rugas tinha sido conquistada a duras penas. Por sorte, suas outras feições ajudavam a compensar o prejuízo e ela continuava bonita, de um jeito meio rude, com as maçãs do rosto altas e angulosas de uma modelo, uma juba castanha espessa e admiravelmente livre de cabelos brancos, e olhos fundos de um azul-celeste, como o céu ao amanhecer. E, naquela manhã, ela notou com alegria, seus olhos azuis estavam tão límpidos quanto sua mente. Nada daquele labirinto de veias vermelhas. Nada daquele olhar vidrado.

Ela terminou de usar o banheiro e voltou para o outro cômodo para se preparar para a corrida matinal. Depois de se vestir e alimentar a gata, ela fez alguns alongamentos, amarrou os tênis e saiu. Sem pressa nenhuma, parou por um minuto no alto das escadas para absorver a tranquilidade do início da manhã. O pátio estava silencioso como uma biblioteca; o único som que rompia o silêncio era um pintarroxo chilreando na tília mais acima. Uma brisa repentina trouxe o odor pesado de magnólia até seu nariz, despertando antigas memórias de infância. Aquele era seu horário favorito, o início da manhã, o breve espaço entre a noite impessoal e o dia intrometido. O único momento em que estar sozinha na cidade não era algo tão ruim.

Em consideração a seus vizinhos, ela fechou o portão delicadamente atrás de si antes de sair para a rua contornada por árvores. Ela correu devagar a princípio, acelerando o ritmo quando pegou a Armitage Avenue. Seus pés saltavam agilmente da calçada para a rua e de volta, conforme ela abria caminho por prédios residenciais adormecidos, butiques escuras e lavanderias caras. O cruzamento com a Clark Street estava deserto, de modo que ela atravessou mesmo com o sinal aberto e se dirigiu para o parque. Suas pernas pareciam excepcionalmente fortes e ela olhou para baixo para admirar os músculos das coxas em ação, expandindo-se e contraindo-se como pistões em perfeito funcionamento sob os shorts de náilon. Tonificados e esguios, parecia impossível que apenas um ano antes aqueles mesmos músculos pendessem de seus ossos como balões murchos.

Ela desviou do zoológico fechado e chegou à trilha demarcada que acompanhava a extensão do parque. Seguiu rumo ao norte, suas pernas carregando-a sem esforço algum ao longo da lagoa onde o Clube de Remo do Lincoln Park estava baixando seus barcos de fundo achatado até a água, sob a ponte decrépita da Fullerton Avenue tomada por pescadores mexicanos esperançosos, para lá do Diversey Harbor, com seus ancoradouros novamente recheados de barcos voltando da doca seca. Perto do campo de treino de golfe, à sua frente na trilha, ela avistou a silhueta corcunda e familiar de Ralph à sua frente na trilha. Embora não exatamente a todo vapor, o idoso caminhava de uma ponta à outra do parque todos os dias, seu ritmo afetado apenas de leve pela idade e pelo fato de a perna esquerda ser alguns centímetros mais curta do que a direita. Ela o chamou pelo nome conforme se aproximava e ele se virou, abrindo um sorriso meio falhado no rosto escuro. Ele estendeu a mão tomada pela artrite e ela reduziu o ritmo o suficiente para acertar um tapinha amistoso em sua palma. Ele correspondeu ao tapinha com uma força surpreendente.

— Uau, Ralph, com uma direita dessas você deveria estar num ringue de boxe!

— Esses dias ficaram pra trás, mocinha — disse uma voz que se tornara áspera pela idade. — E um bom dia pra você!

— Para você também — disse ela olhando-o por cima do ombro, retomando o ritmo anterior. Ele gritou algo atrás dela, mas Kelly já tinha saído do alcance e as palavras dele morreram no ar matutino. Um minuto depois, o Belmont Harbor entrou em seu campo de visão, as embarcações luxuosas espelhadas na água do lago como uma pintura impressionista. Sua mente despreocupada se desviou da trilha ao espiar o *Dermoabrasão* boiando placidamente em sua vaga. Uma memória que continuava dolorosamente clara era a manhã de domingo em que ela tomara sozinha uma jarra de Bloody Mary e caíra do barco no meio do lago, quase deixando Carol Anne Niebaum viúva quando Michael teve que saltar para resgatá-la. Não era de se espantar que ela não tivesse sido convidada de novo desde então.

Abafando *aquela* lembrança, ela fez a curva na marina e entrou no bosque adjacente, onde sua corrida foi bruscamente interrompida por uma viatura bloqueando a trilha, as luzes girando em um azul elétrico na luz pálida da manhã. Uma fita amarela amarrada em árvores dos dois lados da trilha isolava a cena do crime. Uma policial com traseiro grande desviava os corredores para a calçada do outro lado do bosque. Mesmo com os melhores esforços da policial, um grupinho havia se juntado e fitava, boquiaberto, algo do outro lado da fita amarela. Kelly, que sempre parava para olhar um acidente de carro, se uniu ao grupo e foi se aproximando da barreira para ver o motivo de toda a agitação. Havia um policial alto e magro de pé no limite do bosque, de costas para eles, falando em seu rádio. Uma figura imóvel coberta de jornais jazia aos pés dele.

Ah, meu Deus, aquilo ali é um cadáver?

Provavelmente uma pobre sem-teto, coitada.

Se bem que nunca vi uma moradora de rua com sapatos como aqueles.

Kelly se esforçou para dar uma olhada melhor e o que viu enrijeceu seu corpo suado. Despontando de baixo dos jornais havia um sapato de salto agulha vermelho, ligado a um pé inerte. Ela se lembrava de ter comentado sobre um par de sapatos similar àquele na noite anterior.

Como diabos você anda com isso, Angie?

Sem pensar nas consequências, ela se abaixou sob a fita e correu até o cadáver. A multidão ofegou coletivamente enquanto ela caía de joelhos e afastava os jornais até que seu pior medo se concretizasse. Os olhos castanhos vazios de Angie a fitavam em um rosto pálido como leite, seu cabelo cor de graúna espalhado como em uma foto sensual barata, a cabeça em um ângulo de boneca com o pescoço quebrado. Uma língua cinzenta escapava de lábios cinzentos, congelada em um protesto que jamais seria ouvido.

— Não! — gritou ela, enquanto uma mão a puxava para cima com tanta força que seu ombro quase se deslocou.

— O que diabos você está fazendo? — rosnou o policial magro, segurando o braço dela como uma prensa. Sua parceira feminina abandonara o posto e corria até eles, a mão na arma.

— Me solta! — disse Kelly, retorcendo-se para se soltar. — Eu conheço essa pessoa! Ela é minha amiga.

Depois de ouvir um sermão insuportável sobre não comprometer a cena de um crime, ela foi levada para aguardar na viatura. Sentada sozinha no calor crescente, ela conteve lágrimas e enxugou os olhos com a camiseta suada. Logo o parque estava lotado de viaturas, tantas que ela se perguntou se tinha sobrado alguma nas ruas. Fotógrafos se debruçavam sobre o corpo de Angie enquanto a equipe de perícia corria pela área isolada, apanhando sabe lá Deus o que e depositando tudo em saquinhos plásticos. Ela sufocou uma risada irônica quando uma ambulância apareceu – *como se alguém pudesse fazer alguma coisa por Angie naquele momento.*

A certa altura, dois detetives vieram conversar com ela. Estavam vestidos à paisana: camisas de manga curta com sovacos úmidos e calças sociais amassadas. Um deles era um sujeito baixinho e encorpado, cujo cabelo grisalho era cheio de rodamoinhos. O outro era um gigante pesadão, com uma cabeça raspada e redonda como um melão. Eles mostraram estrelas prateadas para ela em suas carteiras baratas e se apresentaram.

O baixinho troncudo era o detetive Ron O'Reilly, cuja voz soava como um caminhão rodando sobre uma rua de cascalho. Voz de uísque, para bom entendedor. Olhos verdes como algas marinhas e dolorosamente injetados de sangue completavam a imagem. O gigante era Joseph Kozlowski, seus olhinhos pretos como sementes de melancia no rosto massivo. Seus ombros exibiam uma curvatura permanente, a cabeça curvada para a frente como se tivesse aprendido a lição depois de batê-la contra muitos batentes de portas.

Voz de Uísque conduziu a conversa, enquanto o leviatã ficava de lado, tomando notas em um bloquinho amassado desenterrado do bolso de trás.

— Srta. Delaney, nós somos da divisão de Homicídios. Parece que você conhecia a vítima — começou O'Reilly.

Homicídios. Vítima. Duas ferroadas dolorosas que contavam uma história. Kelly anuiu, tentando não olhar fixamente na direção da ambulância e da maca sendo levada até ela.

— Sim. Somos amigas desde o ensino médio.

— Nossos pêsames pela sua perda. — A tentativa dele de demonstrar compaixão foi pior do que patética. — Qual era o nome da vítima?

— Angela Lupino Wozniak. Angie, para os amigos. — Kelly hesitou, depois acrescentou: — Mas ela pode estar usando o sobrenome Lupino. Ela está se divorciando.

O'Reilly arqueou brevemente uma sobrancelha sobre o olho injetado.

— Aham. E a última vez que você viu a vítima foi...?

— Ontem à noite.

Dessa vez a sobrancelha continuou erguida.

— Você esteve com ela ontem à noite — ecoou ele, sua voz áspera mal disfarçando a incredulidade.

— Foi o que acabei de dizer.

— Srta. Delaney — disse O'Reilly, sem se dar ao trabalho de olhar para o gigante em busca de concordância. — Não se incomodaria em ir com a gente até a Área 3 para podermos obter mais algumas informações, não é?

— E eu tenho escolha? — retrucou ela, já sabendo a resposta para aquela pergunta.

Depois do trajeto em um Ford Crown Victoria sem identificação, com o ar-condicionado ajustado para originar a próxima era do gelo, eles se aproximaram da delegacia da Área 3. As instalações eram abrigadas em um prédio marrom desajeitado que se espalhava por meio quarteirão. O estacionamento estava superlotado, fazendo com que vários veículos precisassem estacionar nas calçadas e no gramado. A ironia do desrespeito às leis no lugar onde elas eram executadas não passou despercebida a Kelly. Depois de encontrar miraculosamente uma vaga na área reservada para detetives, o trio entrou diretamente no prédio, desviando-se dos detectores de metal pelos quais todos os outros precisavam passar. O saguão era um mar de rostos jovens desesperados.

— Fique por perto — disse Kozlowski. — Esses não são exatamente cidadãos exemplares. Eles processam acusações aqui.

Como se ele estivesse lhe contando alguma novidade.

Kelly foi conduzida por uma escadaria até uma grande sala com luzes fluorescentes no andar superior, o ar-condicionado ajustado para uma temperatura tão fria, se não mais, quanto a do carro. *Qual era o problema com os policiais?*, ela pensou. Será que eles tinham gelo correndo nas veias? A sala era ocupada por dúzias de escrivaninhas metálicas, três quartos das quais estavam vazias, todas voltadas para a frente como numa enorme sala de aula para adultos. As escrivaninhas que estavam em uso eram todas ocupadas por homens, a maioria falando ao telefone. Havia cinzeiros vagabundos em muitas das mesas, e em todas elas havia um copo de isopor, presumivelmente contendo café. Todas as cabeças se voltaram para seguir Kelly em seus shorts de corrida e regata conforme ela atravessava a sala na cola dos dois detetives, seu longo rabo de cavalo castanho balançando atrás dela.

Eles pararam em uma escrivaninha lotada de papéis com um conjunto de cadeiras de plástico ao lado.

— Sente-se — disse O'Reilly.

Ao passar por trás dela, ele deixou o leve odor de álcool flutuando pelo ar. Kozlowski pegou uma cadeira de uma mesa próxima, virou-a ao contrário e se sentou. A cadeira parecia um móvel para crianças debaixo de sua figura. O'Reilly destrancou a primeira gaveta e enfiou a bagunça de papéis lá dentro. Kelly se perguntou o que mais ele mantinha trancado naquela gaveta. Uma bebida para curar a ressaca? Enxaguante bucal para disfarçar o cheiro?

— Desculpe a bagunça. Eu estava tentando colocar a papelada em dia quando veio a chamada sobre a sua amiga — disse ele.

— Quer um café? — ofereceu Kozlowski.

— Não, obrigada — disse Kelly. Ela estremeceu e cruzou os braços sobre o peito. — Mas um pouquinho de calor não faria mal.

— Desculpe pela temperatura. Temos que escolher entre quente e frio e, como estamos no verão, optamos pelo frio. Quer uma jaqueta ou algo assim?

— Não, obrigada. Vou sobreviver.

O'Reilly apoiou as mãos no tampo da mesa e abriu bem os dedos, como se tentasse manter o equilíbrio. Suas mãos grossas exibiam as unhas curtas de alguém com a mania de roê-las. Ele se inclinou na direção de Kelly.

— O que você faz para ganhar a vida, srta. Delaney? — perguntou ele, as palavras soando mais como um comando do que uma indagação.

— Eu? — Kelly se ouriçou, o comportamento brusco dele a pegara desprevenida. Ela não gostava muito de policiais, por bons motivos, e aquele ali não estava fazendo nada para mudar a opinião dela. Kelly disse a si mesma para se acalmar e cooperar. A questão aqui era Angie. — Sou estudante na DePaul, fazendo mestrado em psicologia. Também trabalho como garçonete para pagar as contas.

— Você conhecia bem a vítima.

— Nós éramos amigas há mais de vinte anos. Desde o Immaculata. — Ela respondeu à dúvida antes que ele a expressasse. — Colégio católico para meninas em Winnetka.

— Será que você poderia dizer o que a vítima fazia para ganhar a vida?

— Eu ficaria agradecida se você parasse de se referir a ela como a vítima. O nome dela era Angie.

— Certo, desculpe. — Um pedido de perdão superficial. — O que Angie fazia para ganhar a vida?

— Ela é gerente de departamento na Bloomingdale's.

— Faz tempo?

— Treze anos, talvez catorze.

— Você disse que ela era divorciada?

— Se divorciando.

— Um divórcio difícil? — A sobrancelha direita indisciplinada se ergueu levemente.

— Nunca ouvi falar de um que fosse fácil.

— E o nome do marido é...

Deus do céu, será que esse cara não sabe fazer uma pergunta?, perguntou-se ela. Seu hábito de colocar perguntas como declarações era irritante.

— Você quer dizer qual é o nome do marido dela? — disparou ela.

Ele a encarou por dois segundos antes de ceder.

— Poderia me dizer o nome do marido dela?

— Harvey Wozniak — disse ela.

O'Reilly perguntou o que ela achava de Harvey. Kelly relatou um breve histórico do ex de Angie, natural do South Side e negociante de *commodities*, bem-sucedido até onde ela sabia. Ele e Angie tinham ficado casados por dez anos antes de se separarem. Não, eles não tinham filhos. Kelly não sentiu nenhuma necessidade de informá-los sobre os abortos sofridos.

— Vamos falar da noite de ontem. Você disse que esteve com a vítima... com Angie ontem à noite — ele se corrigiu.

— Sim. Na casa de uma amiga, em Kenilworth. Estávamos fazendo uma despedida de solteira para uma de nossas amigas, que vai se casar daqui a duas semanas.

— Uma festona?

— Mais como um jantar, na verdade. Éramos apenas seis. A menos que você conte o stripper. — Se a menção a um stripper perturbou O'Reilly, ele não demonstrou, mas Kozlowski tossiu, envergonhado.

— Nomes?

Ela queria muito esmurrá-lo.

— Carol Anne Niebaum foi a anfitriã. A noiva se chama Maggie Trueheart. Suzanne Lundgren. Natasha Dietrich. Eu.

— Você disse seis.

O olhar que ela lançou para ele teria feito um pit bull raivoso ficar manso.

— Ah, sim. A última vez que presenciou a vítima com vida.

— Presumo que isso seja uma pergunta — disse Kelly. — Mais ou menos às dez da noite, no saguão de Carol Anne. Natasha tinha ido embora e Angie, Maggie e Suzanne estavam indo para a Rush Street. Eu não quis ir.

Antes que a conversa pudesse prosseguir, um policial uniformizado se aproximou e sussurrou algo na orelha de O'Reilly. A sobrancelha direita se ergueu de novo.

— É mesmo? — Ele se levantou e gesticulou para Kozlowski, que também ficou de pé, a cadeira guinchando de alívio. — Pode esperar aqui mesmo — O'Reilly instruiu; uma ordem, não um pedido. Os dois detetives seguiram o policial para fora da sala, deixando Kelly sozinha para congelar na cadeira vagabunda de plástico.

Um ponteiro vermelho de segundos contava o tempo sobre a face branca do relógio na parede em frente. Já eram quase oito e ela deveria estar no Gitane's às nove para preparar o local para o *brunch*. A essa altura, ela nunca chegaria ao trabalho a tempo, e tampouco queria. Era repulsivo pensar em distribuir omeletes de claras e intermináveis xícaras de café logo após a morte de Angie. Mas o trabalho pagava suas despesas de moradia e educacionais, e ela não podia se dar ao luxo de perdê-lo. Ela olhou para o telefone na mesa de O'Reilly. Ninguém lhe dissera que era proibido. Ela o apanhou e discou.

Seu gerente reagiu conforme o esperado, tendo um ataque histérico por precisar lidar com todo o movimento do fim de semana com uma garçonete a menos. *Como se ela quisesse estar congelando em uma delegacia. Como se ela tivesse planejado que sua amiga fosse morta. Como se as pessoas encontrassem amigos assassinados todos os dias.*

— Tudo bem, pode tirar o dia de folga hoje — disse ele, bufando. — Mas é melhor você vir amanhã. Não posso dar conta de um domingo só com cinco garçons.

— Estarei aí. Prometo — disse ela.

Ela recolocou o telefone no gancho, aliviada por ter dado um jeito na questão do trabalho. Em seguida se deu conta de que ninguém tinha checado se Suzanne ou Maggie estavam bem. As duas tinham ido para a Rush Street com Angie. Naquele caos todo, Kelly tinha se esquecido delas. Para se certificar de que estavam bem, pegou o telefone e discou de novo. Suzanne atendeu no segundo toque.

— Oi, é a Kelly. Você está sentada?

— Não, eu estava saindo para o escritório, na verdade. Você me pegou por pouco. Qual é o problema?

— Estou na Área 3.

— Você está *onde*? — A voz de Suzanne estava cravejada de julgamento.

— Olha, não é o que você está pensando. Eu tenho más notícias. É melhor você se sentar. Está sentada?

— Agora estou — disse Suzanne.

— Aconteceu algo terrível. Angie está morta. — Kelly prosseguiu, dando os detalhes da notícia com tanto cuidado quanto era capaz.

— Ela estava no Lincoln Park? Mas isso é impossível. Eu a deixei em casa por volta das três.

— Bem, ela com certeza não ficou por lá. Provavelmente saiu de novo.

— Mas ela estava tão bêbada!

— Ah, é? Isso nunca *me* impediu de nada. — Kelly olhou para cima e viu O'Reilly e Kozlowski voltando para a sala. — Olha, eu tenho que desligar. Veja se a Maggie está bem, ok? Eu ligo para você assim que chegar em casa.

Os dois detetives chegaram à mesa ao mesmo tempo que ela desligava. Algo neles tinha mudado desde que a deixaram ali. Eles pareciam mais tensos, especialmente O'Reilly. *Eles já sabem,* pensou ela. O'Reilly assumiu sua posição anterior atrás da escrivaninha e Kozlowski montou na cadeira indefesa de novo. O'Reilly pousou as pontas dos dedos roídos umas contra as outras e se inclinou para a frente como Piti fazia quando estava prestes a atacar.

— Então... vocês todas estavam usando cocaína na festa de ontem?

— Como é? — disparou ela de volta, pega desprevenida pela pergunta e pelo fato de ele finalmente ter feito uma do jeito apropriado.

— Não diga que você não sabia que o nariz de Angie estava entupido de pó — declarou ele, encarando-a de um jeito que a fez se sentir como um germe sob um microscópio. — E a ligação que você acabou de fazer? Estava alertando o seu traficante?

As perguntas eram tão absurdas que a primeira reação de Kelly foi uma risada nervosa. Em seguida, a sugestão dele foi absorvida e ela se inclinou na direção de O'Reilly, ressentida do policial de olhos cansados fedendo a álcool.

— Eu não uso cocaína, detetive O'Reilly. E também não *bebo* — acrescentou ela, destacando a palavra para pisar no calo dele. — Usei o telefone para ligar para o meu trabalho. Depois liguei para checar se Suzanne estava bem; ela estava com Angie na noite passada e, para sua informação, ela a levou para casa. Então por que você está jogando toda essa merda para cima de mim?

— Por que toda essa merda? Bem, vejamos. Você estava com a vítima ontem à noite. Depois você, por coincidência, tropeçou no cadáver dela. Em seguida mexeu no corpo e na cena, provavelmente destruindo evidências. Além disso, você já foi detida anteriormente por posse de drogas, entre outras coisas. E ainda se pergunta por que estamos jogando essa merda para cima de você? Me diga você.

Então eles sabiam. Enquanto ela estivera sentada como um pinguim num iglu, eles estavam em alguma salinha dos fundos levantando o histórico dela. Que, de fato, não era muito bonito. Ela tinha estado na Área 3 algumas vezes antes. A primeira vez foi por beber e dirigir, antes de ser mandada para a cadeia municipal. Suas companheiras de cela naquela noite foram uma prostituta de meia arrastão rasgada, uma mulher de robe de banho e bobes cor-de-rosa no cabelo e uma jovem de vinte e poucos anos em uma calça jeans justa e de grife: prostituição, violência doméstica e fraude com cartão de crédito. A privada de metal tinha transbordado com sanduíches de mortadela não digeridos. Ela foi liberada na manhã seguinte. Sua segunda visita foi por posse de drogas. A acusação de posse havia supostamente sido excluída dos registros por um de seus clientes advogados. Bom, pelo visto foi um boquete desperdiçado.

— Isso foi em outra vida — disse ela, derrotada.

Os olhos de alga marinha voltaram a fitá-la e ele se recostou em sua cadeira como um médico terminando um diagnóstico.

— Certo. Terminamos, por enquanto. Dê a Kozlowski as informações de contato das outras garotas e vamos pedir para uma viatura levá-la para casa.

Piti miou e pulou no colo de Kelly, tirando seu olhar do teto e fazendo com que voltasse à consciência com um susto. Ela afagou a gata distraidamente e pensou em ligar para Suzanne. Porém, até se levantar para fazer um telefonema parecia um esforço hercúleo. Sua cabeça pesava uma tonelada, suas pálpebras pesavam outra, e seu corpo parecia aprisionado em uma armadura de metal. Colocando a gata para o lado, ela se espreguiçou com as longas pernas penduradas para fora do sofá. Ela só precisava descansar. Tiraria uma soneca de cinco minutos, nada mais. Enquanto ficava ali deitada, tentando apagar a imagem pálida do rosto de Angie por trás dos olhos fechados, imaginou o que tinha feito em alguma vida passada para merecer o sanduíche de merda que havia recebido nesta. Será que tinha sido um capitão de navio negreiro? Comandante de campo de concentração?

Seja lá o que fosse, deve ter sido hediondo.

QUATRO

Eu me misturei ao tráfego na Edens, meus pensamentos indo e vindo entre minha indiscrição – um belo eufemismo – e o horror da morte de Angie. O peso combinado das duas coisas era esmagador. Eu me lembrei da aula de história em que aprendemos que Teddy Roosevelt tinha perdido sua mãe e sua esposa no mesmo dia, e de como tinha pensado que isso era mais do que alguém podia suportar. Embora comparar meu dilema com o de Teddy fosse forçar a barra, eu estava implodindo sob um golpe duplo que parecia basicamente a mesma coisa, a perda de uma amiga querida e a possível perda de um futuro marido.

Minha mente voou de volta para a beira da piscina de Carol Anne na noite anterior, bebendo vinho despreocupadamente enquanto as garotas me enchiam com os típicos presentes de despedida de solteira: calcinha comestível, uma árvore de borracha feita de camisinhas, um colar com vários pênis em miniatura pendurados, livros obscenos. Eu estava folheando meu exemplar do *Kama Sutra* quando o stripper chegou, um adônis loiro chamado Tony, vestido de policial. Seu primeiro ato foi me algemar a uma cadeira no jardim. O segundo foi colocar para tocar bem alto "You Can Leave Your Hat On", do Joe Cocker, em seu aparelho de som portátil. Em seguida, ele se libertou de seu uniforme, peça por peça, enquanto nós gritávamos como adolescentes. Até Natasha, que normalmente é toda certinha, tinha se juntado à diversão. Afinal, qualquer mulher teria que estar morta ou doida para não apreciar um corpo como o de Tony, a perfeição dos músculos contraídos em seu abdômen, os montes macios de seus bíceps, seus tríceps esculpidos, seus ombros largos.

Flynn tem um corpo legal. Ele é alto e magro, um biotipo ideal para esportes de *country club*, e eu gosto bastante de seu corpo liso e relativamente sem pelos. Mas essa criatura loira e cabeluda rebolando na minha frente vinha de uma linhagem genética completamente diferente. Ele era o auge do homem primitivo e, nos meus sonhos, balançava de uma árvore para outra na floresta carregando-me em seus braços como uma vítima voluntária.

A música acabou exatamente quando Tony chegou à sua última peça de roupa, um fio-dental fúcsia contendo uma protuberância do tamanho do punho de um jogador de futebol americano.

— O que vocês acham, meninas? Devo tirar tudo? — provocou ele.

Com Natasha cobrindo os olhos e Angie gritando para ele nos mostrar sua pistola, Tony tirou aquele último restinho de tecido, revelando um pacote que faria Sonny Corleone chorar de inveja. Houve um momento de espanto, depois disso, nós seis soltamos uivos tão altos que foi um milagre a polícia de verdade não ter sido chamada.

Mais tarde, após eu ter sido libertada de minha prisão e Tony ter ido embora com gorjetas generosas, eu ajudei Carol Anne a carregar os copos de volta para a cozinha. Seu cabelo escuro estava levemente molhado pela umidade que, a despeito do ar-condicionado, entrara na casa antiga e enorme, e alguns cachinhos se curvavam em torno de seu rosto. Seus olhos azul-celeste cintilaram para mim com um ar travesso.

— O que achou do entretenimento, Maggie? — disse ela, contendo um sorriso.

— Você vai me pagar por essa, Carol Anne. — Tomei outro gole de vinho e conferi meu relógio. Não eram nem dez horas. — Uau, acho que estamos ficando velhas. Isso não foi nada como a sua despedida.

— Não, não mesmo — concordou minha melhor amiga. — Mas isso foi, tipo, há um milhão de anos.

Na verdade, fazia pouco mais de dez anos, mas parecia mesmo uma eternidade. Para a despedida de solteira de Carol Anne, nós tínhamos alugado uma suíte no centro da cidade e a maioria de nós nem chegou a ir dormir. Tínhamos tomado engradados de cerveja e enchido os corredores com o odor pungente de maconha, para desespero dos seguranças, que estavam intimidados demais para jogar na rua às quatro da manhã um grupo de moças de vinte e poucos anos com boa aparência. Aquilo parecia estar a anos-luz de distância, a liberdade e espontaneidade dos dias pós-faculdade trocados por carreiras ou maridos e filhos impacientes, ou as duas coisas.

Fomos para o saguão, onde Kelly e Suzanne conversavam sob o lustre reluzente. Angela estava ausente, em uma de suas inúmeras visitas ao banheiro. Natasha já estava querendo ir embora. Coberta de joias caras e roupas de grife, como se esperaria da esposa de um negociante de *commodities*, com seu cabelo louro-cinzento destacado por reflexos dourados, Natasha era o elo fraco em nosso grupo. Ela era a amiga que todas toleravam, algo como um joanete que você aguenta porque não quer passar pela dor da remoção. A mãe dela e a minha tinham sido da irmandade Tri Delta juntas na Universidade Northwestern, e foi assim que nós nos tornamos amigas, para começo de conversa. O tempo havia firmado a posição dela no grupo.

— Tenho que ir para casa livrar meu maridinho do serviço de babá — dizia Natasha, sua desculpa para dar no pé. *Ela realmente tinha dito "maridinho"?*, eu me perguntei. Ela se aproximou do meu ouvido e ergueu a mão esquerda, pesada por um imenso diamante, até a boca, assegurando o segredo. — Vejo você sábado que vem — cochichou ela, referindo-se ao chá de lingerie que estava organizando para mim em sua casa de Lake Forest, um evento que eu tentei evitar ao máximo, e em vão, que acontecesse; um evento do qual, com toda sinceridade, eu não estava ansiosa para participar. Ela disse boa-noite às outras e caminhou até sua Mercedes.

Eu me virei e entendi a razão para todo o segredo dela. Angie estava de volta do banheiro, de pé ao meu lado com um cigarro recém-aceso na mão. Com certeza Angie não seria convidada para o chá. As duas eram como óleo e água desde que Angie se apropriara do namorado de Natasha nos velhos tempos do colégio. Elas tinham chegado a uma trégua desconfortável ao longo dos anos e só se toleravam porque nenhuma das duas queria deixar o grupo.

— Correndo de volta para o sr. Dietrich, sem dúvida — disse Angie, cáustica. — Se bem que eu não entendo por que alguém correria de volta para um *ignoranta* como Arthur Dietrich. Não me importa quanto dinheiro ele tem.

— Você quer dizer ignorante, né? — corrigi.

— Não, eu quis dizer ignoranta. Ele é a maior anta que eu já conheci. — Ela abriu um sorriso maldoso, mas irresistível, os dentes brancos brilhando contra suas feições mediterrâneas. Observei com inveja enquanto ela dava uma tragada no cigarro e soltava uma longa nuvem de fumaça. Angie vinha fumando quase compulsivamente desde que tinha chegado, apesar de isso despertar a ira das ex-fumantes.

Eu suprimi um ímpeto súbito de agarrar aquele cigarro e dar uma tragada, de saborear aquela fumaça acre e nada saudável, de sentir o barato de quando a nicotina violava meus pulmões. A vontade nunca tinha ido embora por completo desde que eu largara o cigarro depois da faculdade. Também fiquei tentada a segui-la em uma das várias visitas ao banheiro, onde eu suspeitava que seria possível encontrar a fonte de seu comportamento irrequieto. Meu palpite era de que ela estava usando cocaína, uma indulgência ocasional da minha época de faculdade, e outro vício que era apenas uma vaga lembrança.

Uma brisa úmida soprou pela porta aberta e uma onda de melancolia me invadiu, em parte inspirada pelos velhos tempos, em parte pela enormidade do passo que eu estava prestes a dar. A despedida de solteira era meu último adeus à juventude e aos dias mais loucos, e eu não queria que o rito de passagem terminasse. Não havia nenhum motivo para eu ir cedo para casa. Flynn estava em Nova York com seus colegas de Dartmouth curtindo sua própria despedida de solteiro, e eu realmente queria perder a linha uma última vez. Como se estivéssemos na mesma frequência, Angie verbalizou meus pensamentos.

— Ei, eu não sei vocês, mas eu não estou pronta para encerrar a noite. Vamos até a Rush Street deixar a nossa marca!

— Vamos! Minha última noite — cantarolei em uma voz amplificada pelo vinho.

— Eu não posso — disse Kelly, forçando um sorriso fraco, seu rosto estreito e sardento fixo em uma expressão tranquila, mas firme. Havia uma tristeza contida se esgueirando por trás de seus olhos azuis transparentes. — Tenho mesas para servir amanhã cedo. Preciso da mão firme. — Em seguida, ela acrescentou a resposta que nós realmente já esperávamos. — Além do mais, bares ainda são difíceis demais para mim. Divirtam-se vocês, eu estou indo embora.

Nós assistimos enquanto ela descia pela calçada, de jeans surrados e camiseta, e entrava em um Honda vermelho acabado, com fita isolante segurando um dos faróis no lugar. O carro morreu na primeira tentativa, depois pegou na segunda. Um minuto depois, suas luzes de freio recuaram na noite.

— Deus, espero que ela chegue em casa inteira — preocupou-se Carol Anne. — Aquela coisa mal parece em condições de circular por aí.

— Nem brinca. Espero que ela tenha ido se confessar recentemente — brincou Angie. Em seguida, ela se voltou para Carol Anne como uma advogada em seus argumentos finais. — E você, mamãe? Podemos arrastar sua bundinha para fora dos subúrbios esta noite? Você pode dormir na minha casa.

Carol Anne chacoalhou a cabeça enfaticamente, fazendo as mechas escuras estremecerem.

— Desculpem, meninas. Michael prometeu voltar do pôquer cedo, e nós vamos aproveitar o fato de as crianças estarem com a mãe dele. Faz muito tempo que não ficamos sozinhos em casa.

— Uau! Depois de todos esses anos vocês ainda ficam com essa vontade toda? É quase o suficiente para renovar minha fé na instituição do casamento — soltou Angie. Sua voz se suavizou quando ela acrescentou: — Quase. — Depois disso, ela atacou sua última vítima, Suzanne. — Então acho que somos só você, Maggie e eu.

— Bom, eu não sei... Preciso ir para o escritório amanhã — Suzanne tentou se esquivar. Angie não aceitou a desculpa. Ela saltou sobre Suzanne como um calouro de faculdade sobre uma caixa de Heineken.

— Ah, vá à merda! Nós mal nos vimos desde que você começou nesse emprego. Você vem com a gente. Dá para contar dinheiro de ressaca.

Os olhos de Suzanne passaram de Angie para mim, pesando suas opções. Nós éramos suas amigas mais antigas e queridas. Amigas que seguraram seu cabelo sobre a privada quando ela tinha bebido demais. Amigas que ficaram com ela enquanto chorava por um namorado. Amigas que seguraram sua barra quando seu irmão morreu.

Como se pudesse ler a mente de Suzanne, Angie acrescentou:

— A amizade inclui obrigações.

— Está bem, eu vou — concordou Suzanne, nada entusiasmada. — Mas preciso dar um telefonema.

— Pode usar o telefone no escritório do Michael — disse Carol Anne.

— Deve ser uma ligação de negócios, porque as amigas dela estão todas aqui — disse Angie, irônica, saindo para a varanda para apagar seu cigarro pisando em cima. Suzanne desapareceu pelo corredor forrado de painéis de madeira, alta, loira e magra em seu terninho preto feito sob medida. Ela estava de volta alguns minutos depois.

— Tudo certo — disse ela.

— O que foi isso? — indagou Angie.

— Tive que alterar alguns compromissos.

— Não falei? — disse Angie para mim.

Depois de uma última tentativa de convencer Carol Anne a se juntar a nós, Suzanne, Angie e eu deixamos a linda mansão dela, com suas venezianas e treliças e trepadeiras. Carol Anne parecia estar nos observando da porta, mas eu tive a impressão de que ela estava, na verdade, olhando para um ponto atrás de nós. Ela nos deu um último aceno e se trancou atrás das grossas portas de madeira.

De pé junto à entrada, o céu noturno era esmagador, milhões de pontinhos de luz se estendendo em todas as direções, cada estrela clara e distinta. Eu havia me esquecido de como as estrelas pareciam ficar mais próximas nos subúrbios e fui dominada por uma sensação de insignificância diante da vastidão delas. A beleza das estrelas quase era eclipsada por uma Lua que pendia baixa, cheia e gorda, um orbe dourado balançando logo além do nosso alcance. Nós três ficamos imóveis, como se num transe, escutando o farfalhar dos animaizinhos na floresta e desfrutando da fragrância de coisas brotando, sons e odores raros na cidade de concreto. A sobrecarga sensorial me transportou de volta às noites sensuais de verão da minha adolescência, morando no casulo confortável do subúrbio, uma época sem laços e com todo o futuro à minha frente.

— Bom, vamos nessa — disse Angie, trazendo-nos abruptamente de volta a este mundo. O feitiço estava rompido. — Maggie, você vai de carona comigo. A Suzanne já conversou bastante com você no caminho para cá.

Eu olhei para Suzanne em busca de aprovação. Como eu era do tipo fiel a quem tinha me trazido, não queria largar a Suzanne depois de ela ter saído do seu caminho para me buscar depois do trabalho. Mas Suzanne não pareceu se importar em dirigir até lá sozinha.

— Por mim, tudo bem. Eu preciso mesmo deixar meu carro em casa.

— Certo — gritei mais alto do que o necessário, como se o volume pudesse garantir que Suzanne fosse se juntar a nós. — A gente se vê na Overhang, né? Você não vai deixar a gente na mão?

— Eu vejo vocês na Overhang — retrucou ela com convicção. Ela entrou em sua BMW e, um minuto depois, o zumbido baixo do motor alemão desapareceu no silêncio.

Angie pegou suas chaves na bolsa volumosa e nós saímos da frente da casa cantando pneus, a traseira do carro balançando loucamente quando entramos na estrada. Tudo bem, naquela época não éramos tão vigilantes quanto a beber e dirigir como hoje em dia, mas, naquele momento, até eu questionei o julgamento de permitir que Angie pegasse no volante.

— Tem certeza de que está bem para dirigir?

— Claro que sim! A maioria dos acidentes com motoristas bêbados acontece porque as pessoas pegam no sono, e eu estou completamente acordada — disse ela; em seguida, como se tentando me tranquilizar, enfiou a mão no bolso de sua calça social e tirou de lá um vidrinho minúsculo. — Quer dar um teco?

Minhas suspeitas estavam confirmadas. Ela estava cheirando pó. Eu ia recusar a oferta, quando a brasa sufocada se inflamou dentro de mim outra vez. Pela última vez, eu queria agir fora da conformidade que governava minha vida. Peguei o vidrinho da mão dela, enchi uma colherinha com o pó branco e cheirei.

— Caramba! Faz muito tempo que eu não faço isso — falei, já infinitamente alerta e capaz de coisas grandiosas. — Flynn não curte muito drogas.

— Eu só uso em ocasiões especiais — disse Angie, os olhos fixos na estrada conforme entrava na via expressa. Tive a sensação de que boa parte da vida de Angie era uma ocasião especial ultimamente. — E, então, gostou da festa?

— Foi ótimo ver todo mundo, é claro. Mas eu queria que a Natasha falasse sobre outra coisa além de filhos e bebês, sabe? Bombas para tirar leite. Desfralde. Já deu, né?

— É. Mas eu tive que rir quando ela contou a história do cretino do Arthur desmaiando na sala de parto. Harvey sempre jurou que não colocaria os pés numa.

— Ele era enjoado?

— Cruzes, não. Mas ele sempre disse que a última coisa que gostaria de ver era uma cabecinha careca saindo do seu lugar favorito.

— Isso é mesmo a cara do Harvey — falei. — E como é que vão as coisas com ele? Alguma comunicação entre vocês dois?

— Não desde que ele encontrou outro lugar favorito — disse ela, desanimada, pisando no acelerador.

A Overhang estava mais apertada do que um útero. As noites de sexta na Rush Street eram sempre uma loucura. Entretanto, depois de acabar com o restinho da coca de Angie no estacionamento a alguns quarteirões dali, estávamos preparadas para o desafio. Conseguimos entrar no clube e arranjamos lugares no bar bem quando um casal estava saindo. Aumentamos a potência, indo do vinho para a vodca, e saboreamos o álcool glacial enquanto ele saturava nossas gargantas já geladas.

A clientela era, predominantemente, de jovens recém-entrados na camada demográfica acima dos vinte e um anos. As mulheres estavam cuidadosamente vestidas para parecer que não tinham pensado nisso, ostentando várias camadas de camisetas ou tops no estilo da Madonna que, em certa época, poderiam ter sido considerados lingerie. Os homens usavam calças jeans ou *baggy* bem apertadas na cintura e camisas soltas abotoadas até o pescoço. Destacando-se nesse público estavam os trabalhadores das nove às cinco que ainda restavam ali desde o happy hour, ou seja, os homens em ternos tradicionais e as mulheres nos trajes profissionais daquela era, com saias e terninhos combinando e gravatinhas de gorgorão no colarinho. Sem nunca ter prestado muita atenção à moda, eu me senti excepcionalmente sem graça em minha calça social bege e uma blusa de seda, desejando ter vestido algo mais excitante, só para variar. Angie se destacava com seus sapatos de salto agulha vermelhos e calça social justa, uma echarpe Gucci jogada sobre sua blusa decotada.

"She Drives Me Crazy", do Fine Young Cannibals, estava tocando, e a dança do acasalamento estava a todo vapor, machos e fêmeas analisando uns aos outros com um olhar crítico, qualquer ideia de sexo seguro sendo um assunto para ser abordado mais tarde. Por enquanto, a vida era descuidada e o único perigo iminente era não arranjar um parceiro viável para a noite.

Angie me cutucou e indicou dois homens do outro lado do salão. Um pouco acima da média de idade do local, eles tinham cabelos escuros penteados para trás, com costeletas descendo pelo rosto, e vestiam jaquetas pretas da Members Only[1] iguaizinhas. Os primeiros botões de suas camisas estavam abertos, revelando uma pelagem espessa no peito e correntes douradas ainda mais espessas.

— Olha! Um par de figurantes de *Os embalos de sábado à noite* — gracejou Angie. Eles nos pegaram olhando para eles e, encarando aquilo como um convite, começaram a abrir caminho em nossa direção. — Ah, merda — disse Angie, abaixando a cabeça para sua bebida. — Finja que não os viu, de repente eles vão embora.

— Eu acho que não — falei, rindo, observando enquanto eles gingavam até nós. — Qual é o problema? Você não quer conhecer dois irmãos de alma?

— Maggie, estou falando sério. Não os encoraje. Depois que vierem para cá, a gente nunca mais vai se livrar deles. Eu conheço essa espécie. O Italiano Macho do Subúrbio Ocidental que pensa que você vai ficar impressionada porque ele conhece Jimmy do Suco ou Louis do Goró. Esse tipinho me dá calafrios.

— Agora é tarde demais — falei, exatamente quando os dois fizeram contato.

— Com licença, moças, vocês se incomodam se a gente se intrometer entre vocês para pedir uma bebida? — perguntou o mais alto dos dois, a voz cheia do sotaque anasalado e urbano de Chicago. Angie o ignorou e eu dei de ombros, como se dissesse "É um país livre". Ele se inclinou e estendeu um pulso coberto por um Rolex de ouro na direção do bartender. Seu cúmplice voltou a atenção para mim.

— A gente não pôde deixar de notar vocês, moças, sentadas aqui. É bom ver alguém nesta espelunca que tenha largado as fraldas há mais de dois anos. — Angie grunhiu audivelmente com esse elogio tosco. Ele falava com as mãos, apontando primeiro para si mesmo, depois para seu amigo, em seguida de volta para si mesmo, seu bracelete de ouro pendurado sobre um Rolex, o anel do dedinho

1 Marca de roupas que criou um modelo de jaqueta muito popular na década de 1980. Seu slogan era: "Quando você veste, algo acontece". (N.E.)

voltado para o chão. — Eu me chamo Sal, e esse aqui é o Joey. Como vocês se chamam?

Infelizmente, minha mãe me ensinou a nunca ser grosseira, o que não me dava outra escolha a não ser responder.

— Eu me chamo Maggie — falei, tentando evitar o olhar de censura de Angie.

— Deus do céu — soltou ela, baixinho. — Agora a gente nunca vai se livrar deles.

Claramente alheio à hostilidade de Angie, Sal perguntou de novo o nome dela.

— Isabel Sanchez — disparou ela.

— Isabel. Esse é um nome diferente.

— Diferente para ela também — falei, incapaz de resistir. Angie me lançou outro olhar furioso.

Joey conseguiu duas bebidas e entregou uma para Sal, que a protegeu em sua mão cheia de ouro.

— Alguma de vocês gostaria de dançar? Isabel?

— Não, obrigada — respondeu Angie. — Eu tenho uma política de nunca dançar com alguém que use mais joias do que eu.

O gole de vodca que subiu por minhas vias aéreas teria sido dolorido se eu conseguisse sentir meu nariz. Os dois preferiram ignorar o sarcasmo de Angie. Eles provavelmente estavam acostumados a rejeições passivo-agressivas. Continuaram tentando puxar conversa até que eu também me cansei da presença deles e fiquei aliviada quando Angie disse:

— Olha, rapazes, minha amiga aqui vai se casar daqui a duas semanas, e nós realmente queremos conversar, então façam um favor e caiam fora daqui, sim?

Isso era a cara da Angie. Ela nunca foi de poupar palavras. Ou de se preocupar com o quanto elas seriam apropriadas.

O rosto de Sal ficou tão vermelho que temi o que poderia sair de sua boca. Contudo, antes que ele pudesse dizer qualquer coisa, uma jovem loira explodindo para fora de um vestido de couro preto apareceu do nada e abriu caminho até nós.

— Olha só quem está aqui — disse Sal para seu colega, os olhos colados nos seios quase escapando do decote profundo. Os quadris amplos dela empurravam o vestido acima do joelho, expondo a coxa carnuda. Seu cabelo comprido estava cortado em camadas, congelado no lugar pela utilização de, no mínimo, uma lata inteira de laquê. — Que tal uma dança, meu bem?

— Eu não estou interrompendo nada? — perguntou ela, inclinando a cabeça cheia de laquê em nossa direção.

— Nada — Sal respondeu por nós. — Essas duas velhas amigas querem ficar sozinhas. Estão celebrando um futuro casamento.

A garota analisou Angie e eu de cima a baixo como se fôssemos um par de relíquias da Idade Média, depois abriu um sorriso amplo para Sal.

— Vamos dançar — disse ela, e os dois se misturaram à pista de dança lotada.

— Essa, sim, é uma gatinha — disse Joey, como se nós tivéssemos qualquer interesse em sua opinião sobre a garota ou qualquer outra coisa, na verdade.

— É — disse Angie. — Ela se veste bem.

— O que você disse?

— Eu disse que é um belo vestido. O único problema é que ele precisava ser uns dois números maior.

— Sabe, docinho, eu acho que não gosto do seu senso de humor. E acho que não gosto de você. Tem uma palavra para você que começa com V, mas eu sou um cavalheiro e jamais usaria essa palavra. E deixa eu dizer outra coisa. O pai daquela garotinha ali tem dinheiro para comprar e vender um lixo como você, então ela com certeza não precisa da sua aprovação.

Ele tomou sua bebida e bateu o copo no balcão. Em seguida, se virou e foi embora, quase trombando com Suzanne, que estava de pé atrás de nós. A expressão divertida em seu rosto me disse que ela vinha observando a cena já havia algum tempo.

— Viu por que eu não gosto de bares? — disse ela, aproximando-se de nós. — Quem eram aqueles sujeitos horrorosos, afinal?

— Uns caras querendo comprar casas em Gold Coast — respondeu Angie. — Eu recomendei o seu prédio.

Era uma raridade estar em um bar com Suzanne. Sua atitude em relação ao sucesso financeiro deixava pouco espaço para atividades inúteis, uma característica que ela já exibia desde o ensino médio. Ela impusera objetivos elevados para si mesma desde cedo e sua mente fechada lhe deixava pouco tempo para o lazer. Mas, se bens eram a medida do sucesso, ela estava absolutamente realizada. Coberta de roupas de grife, exibindo brincos de diamante e um relógio Cartier, chutei que ela estivesse valendo uns vinte mil dólares empoleirada no banco ao meu lado. Ela dirigia uma BMW e era dona de um apartamento na cobertura. Só Deus sabe quantos casacos de pele ela possuía. Mas a coisa mais impressionante em Suzanne não era o que ela tinha, e sim o fato de ter conquistado tudo por conta própria. A maioria de nós, com carreiras profissionais, não estava ganhando nem de longe o bastante para ter as coisas que ela tinha. As únicas mulheres que conhecíamos com recursos assim haviam adquirido tais recursos através do casamento.

Depois que toda a distração se retirou dali, nós nos voltamos para nossas bebidas e, pelo menos por um momento, éramos três velhas amigas em uma noitada. Suzanne não era uma workaholic, Angie não estava passando por um divórcio complicado e eu não estava sob o estresse de planejar o que minha mãe consideraria um casamento perfeito. Pedimos uma rodada de drinques, depois outra, e a conversa fluiu como o álcool. Eu reclamei do meu trabalho na *Chicagoan* enquanto Angie reclamava do dela na Bloomingdale's. Suzanne continuou em silêncio sobre o assunto trabalho. Em seguida, Angie reclamou sobre a falta de uma vida sexual, e eu falei sobre a minha.

— Flynn e eu temos um pacto. Ideia dele. Nada de sexo no mês anterior ao casamento. Ele quer que a noite da lua de mel seja especial. — Tomei um gole do meu drinque e ouvi minha voz confessar: — Para falar a verdade, eu não sinto muita falta, nossa vida sexual não é lá muito empolgante mesmo.

— Mas o que... — Os olhos de Angie se arregalaram. — E vocês nem estão casados ainda? A única coisa que eu podia dizer sobre Harvey é que a nossa vida sexual era maravilhosa. Ele era, tipo, o cara mais tarado do planeta. A coisa era de um jeito que, se eu não estivesse no clima, tinha que me trocar no banheiro, porque no segundo em que eu ficava pelada ele estava em cima de mim. Até que... — A voz dela minguou antes que ela completasse: — Pode ter sido um inferno no final, mas com certeza foi ótimo por um tempo.

Três jovens profissionais com gravatas presas em torno da cabeça feito índios urbanos nos mandaram uma rodada de drinques. Era algo chamado woo-woo, uma mistura de vodca, licor de pêssego e suco de cranberry. A bebida era doce e descia com muita facilidade. Eu chamei o bartender.

— Mais três woo-woos aqui, e três para os caras que compraram os primeiros pra gente.

— Aqueles caras acabaram de sair — disse ele, enquanto nos servia. Olhei para o bar e os três sujeitos com as gravatas tinham, de fato, sumido. Dois de seus banquinhos tinham sido tomados por um casal e o terceiro, por um cara parecendo muito deslocado, usando uma camisa azul de uniforme, seu cabelo escuro e cacheado roçando o topo dos óculos com aros de metal enquanto ele olhava para sua cerveja.

— Então manda um woo-woo para o hippie ali. Ele parece estar precisando de um.

O bartender voltou e me disse que o Camisa de Uniforme tinha dito obrigado, mas não. Tendo alcançado o estágio divertido da bebedeira, eu peguei três dólares e os entreguei ao bartender.

— Certo. Então dê isso para ele e diga que a próxima cerveja é por minha conta.

Fizemos um brinde em nossa honra e tomamos nossos woo-woos. Quando tornei a olhar na direção do Camisa de Uniforme, o banco dele estava vazio.

— Parece que ele fugiu com o dinheiro — falei, rindo. Um momento depois, minhas três notas de um apareceram no balcão ao lado do meu copo vazio. Eu girei para ver o recipiente da minha generosidade de pé atrás de mim. Ele não parecia estar se divertindo.

— Creio que isto aqui pertence a você — disse ele, indicando o dinheiro.

— Ei, cadê o seu senso de humor? — falei. — Era uma piada. Você não quis um drinque, então mandei o dinheiro em vez disso. Entendeu? Não é nenhuma ofensa à sua masculinidade, se é com isso que você está preocupado.

A posição rígida de seu maxilar relaxou e um traço de sorriso apareceu em seus lábios, esculpindo covinhas em suas bochechas.

— Desculpe. Eu não sou daqui. Acho que o seu humor urbano passou batido por mim.

Eu deveria ter parado ali, pegado meus três dólares e me despedido dele com um aceno. Eu sei que deveria. Eu deveria. Eu deveria. Mas, em vez disso, apliquei meu charme, perguntando, toscamente:

— Ah, é? E de onde você é?

— New Hampshire.

— New Hampshire. Acho que nunca conheci ninguém de lá. O que traz você a Chicago?

— Eu sou carpinteiro, vim fazer um trabalho.

— Ah, um carpinteiro. — Aquilo explicava a camisa. — Também não conheço muitos carpinteiros. Como é o seu nome?

— Steven Kaufman.

— Maggie Trueheart. — Estendi a mão e ele a apertou na sua, uma mão forte de trabalhador. — Kaufman? Esse não é um sobrenome judeu?

— Sim — respondeu ele, na defensiva. — Algum problema?

— De maneira alguma. Eu só acho que nunca conheci um carpinteiro judeu. Pensei que todos os homens judeus fossem médicos, advogados e banqueiros.

— Você é cristã? — perguntou ele.

— Católica — admiti.

— Se eu não me engano, foi um carpinteiro judeu que começou a sua religião.

— *Touché*, Steven Kaufman! — E, com uma ousadia inspirada na bebedeira, acrescentei: — Carpinteiros judeus de New Hampshire dançam?

Ele deu de ombros e eu agarrei sua mão, puxando-o para a pista de dança e deixando Angie e Suzanne no bar. Estava tocando "Love Shack", dos The B-52's, e eu me lancei na minha melhor imitação de alguém que sabia dançar. O carpinteiro dançou desajeitadamente, os braços se agitando de um lado para o outro em seus ombros tensos, como se não tivesse certeza do que fazer com eles. "Love Shack" foi seguida por "Private Dancer", da Tina Turner, e minha mente se voltou para Tony, o stripper, e seus movimentos provocantes. *Sou sua dançarina particular, uma dançarina por dinheiro.* A vodca e os woo-woos tinham realmente subido para a minha cabeça, sem contar a cocaína residual ainda flutuando no meu organismo. Fechei os olhos e comecei a imitar Tony, girando meus quadris e o torso em um movimento circular. Meus braços estavam estendidos acima da cabeça, meu corpo rebolando com a batida pulsante da música e eu era a mulher mais sexy do mundo. *Sou sua dançarina particular, uma dançarina por dinheiro, faço o que você quiser que eu faça.*

A música terminou e eu abri os olhos, surpresa em ver o carpinteiro ali de pé em vez de Tony. Eu estava ruim assim. Ele me encarava com uma expressão idiota no rosto.

— Uma dança e tanto — disse ele.

A música seguinte tinha acabado de começar quando senti alguém puxando meu braço. Eu me virei na confusão de corpos e vi Suzanne de pé no meio da pista de dança, lutando para se manter de pé em meio aos esbarrões dos dançarinos.

— Acho que está na hora de levar Angie para casa — ela gritou acima do barulho, apontando para trás de si. Angie estava largada num banco, o rosto sobre o balcão do bar. — Você está pronta?

Como assim, se eu estava pronta? Ela esperava mesmo que eu fosse embora naquele momento? Quando eu estava me divertindo tanto? Era minha última noite como solteira, e eu queria aproveitar. Olhei para o carpinteiro se esforçando para acompanhar o ritmo. Ele era um artesão inocente de New England. Com certeza não haveria mal algum em dançar mais uma ou duas músicas.

— Pensei que fosse a noitada das mulheres — gritei de volta.

— Vamos lá, Maggie. Vamos embora.

— Vão vocês. Eu vou ficar.

— Você está brincando.

— Não. Está tudo bem. Ele sabe que eu sou comprometida — falei, obstinadamente, acenando minha aliança de noivado na cara dele. — Vai dar tudo certo.

Ela me fitou severamente e balançou a cabeça.

— A festa é sua — gritou ela. — Eu não posso ser babá de todo mundo.

Eu me despedi dela em meio ao barulho e voltei minha atenção para a pista de dança outra vez. Quando olhei de novo para o bar, Angie e Suzanne tinham ido embora.

CINCO

Suzanne

Suzanne estava na janela de seu arranha-céu olhando para o lago Michigan, observando os triângulos brancos dos barcos a vela dançarem graciosamente contra o azul-cobalto enquanto reprisava a ligação de Kelly várias vezes em sua mente. *Aconteceu algo terrível. Angie está morta.* Seus olhos vagaram pela orla e pousaram no Lincoln Park, verde e exuberante em contraste com os prédios cinzentos que o margeavam. Ela estremeceu ao pensar no corpo de Angie caído em algum lugar dentro do parque, frio como concreto. Seu coração doeu com uma tristeza que apenas quem já sofreu uma perda definitiva pode entender. Seu irmão, morto aos vinte e um. Agora sua melhor amiga, aos trinta e três.

Sua mente voltou para o momento em que estava sentada no táxi, vendo Angie traçar uma linha instável pela calçada. Seu aceno trêmulo em frente à porta. O que tinha acontecido depois disso? Será que havia alguém esperando por ela lá dentro? Ela pensou em Kelly dizendo que estar bêbada nunca a impedira de sair de novo. Será que era isso o que havia acontecido? Angie havia se aventurado a sair de madrugada sozinha? Será que as coisas seriam diferentes hoje se Suzanne tivesse entrado com Angie e a colocado na cama? Mas já eram quase três da manhã e Suzanne estava tão cansada que a única coisa em sua mente era sua própria cama.

Tarde demais, ela se arrependeu de ir para a Rush Street com as meninas na noite anterior. Ela nem gostava de bares. Eram barulhentos e lotados e as pessoas estavam sempre derramando bebidas nas roupas caras dela. E isso sem contar como os homens ficavam infantis depois de alguns drinques. Mas Angie tinha sido insistente. Recusara-se a aceitar um não. Contrariar Angie quando ela estava decidida sobre alguma coisa era como enfrentar uma força da natureza. Se ao menos ela tivesse se recusado a ir... Se ao menos... Então hoje ela estaria apenas sofrendo pela morte de Angie como uma entidade externa afetada, em vez de se sentir responsável de alguma forma. Ou pior, talvez a morte nem sequer tivesse ocorrido.

Com planos naufragados de passar a manhã no escritório, ela apanhou uma flanela de limpeza para se ocupar enquanto esperava que Kelly ligasse de novo com mais detalhes. Movimentando-se pelo apartamento espaçoso espanando a mobília já impecável devido à visita da faxineira no dia anterior, suas entranhas pareciam tão vazias quanto uma cabaça oca. A luz do Sol entrava na sala vinda do Leste e atingia um vaso de vidro de Murano que enfeitava a mesinha, deixando-a incandescente em um caleidoscópio de vermelho, azul e laranja. Apesar de sua tristeza, ela recuou para admirar o fenômeno, cheia de um orgulho de proprietária. O vaso era realmente uma coisa linda. Comprado em uma viagem curta a Veneza, ele representava muito mais do que os milhares de liras que havia custado. Ele trazia de volta lembranças duras do dia em que o tapete financeiro que sustentava seu mundo tinha sido puxado bem debaixo de seus pés. Servia como um lembrete constante de como um certo padrão de vida podia ser frágil.

Um toque do telefone a fez correr para a cozinha. Acreditando piamente que ouviria a voz de Kelly, ela ficou surpresa quando o *concierge* diurno anunciou que havia dois detetives do Departamento de Polícia de Chicago no saguão do prédio querendo falar com ela. Ela disse ao *concierge* que os mandasse subir e esperou na antessala colada ao olho mágico. Um minuto depois, as portas do elevador se abriram e duas figuras distorcidas emergiram, uma atarracada e a outra gigantesca. Suzanne abriu a porta antes que eles pudessem bater.

Quando O'Reilly e Kozlowski viram Suzanne emoldurada na entrada, alta, magra e loira, vestida em jeans justos e uma blusa branca bem passada, reagiram como a maioria dos homens reagia ao vê-la pela primeira vez. Aprumaram a postura e encolheram a barriga.

— Srta. Lundgren, desculpe por aparecer sem aviso. Chegamos até você através de Kelly Delaney — disse O'Reilly, mal conseguindo respirar com o esforço de murchar sua pança. Os dois detetives enfiaram as mãos nos bolsos para puxar as carteiras.

— Isso não será necessário — disse Suzanne, dispensando os distintivos oferecidos. — Eu sei quem vocês são e por que estão aqui.

— Você sabe quem nós *deveríamos* ser. Nunca deixe um desconhecido entrar no seu apartamento sem verificar quem ele é. Dois vagabundos como nós podiam ser assassinos com machados.

— Vou levar isso em consideração da próxima vez que uma amiga aparecer morta — disse ela, azeda.

Ela os guiou pela antessala até a sala de estar. O'Reilly soltou um assovio baixo ao observar seus arredores. Ele calculou que o espaço podia abrigar tranquilamente três mesas de bilhar, sem aperto. Os pisos de madeira polida estavam cobertos com tapetes orientais em alguns pontos, e as paredes eram enfeitadas com arte moderna que não lhe agradava muito, mas que ele sabia ser cara. Embora não soubesse muito sobre esse tipo de coisa, ninguém precisava lhe dizer que tudo o que via ali estava bem além do salário de um policial.

— Belo cantinho você tem aqui.

— Obrigada. Eu tenho muito orgulho dele.

Suzanne os levou até um par de poltronas bege e se sentou em um sofá cor de pêssego em frente a eles, descansando as mãos sobre o colo.

— Aquilo ali é lindo mesmo — disse Kozlowski, seus olhinhos pequenos fixos no vaso de vidro.

— É vidro de Murano. Comprei em Veneza.

— Veneza. Esse, sim, é um lugar que eu gostaria de ver antes de morrer.

— Você deveria ir. É muito especial — disse ela.

— Nossos pêsames pela sua amiga — disse O'Reilly, lançando uma olhada feia para seu parceiro para interromper a conversa fiada. — Você a conhecia havia muito tempo?

— Mais de vinte anos. — Os olhos de Suzanne começaram a lacrimejar e ela enxugou as lágrimas com um lenço de linho. O modo como O'Reilly a analisava a deixava desconfortável, embora ela não tivesse como saber que ele a estava comparando mentalmente com Kelly, que ele julgava ser tão rude quanto Suzanne era polida.

— Pelo que pudemos entender, você estava em uma festa com Angela na noite passada, e ela foi embora com você e... — *Droga*. A deusa na frente dele o deixou tão aturdido que ele tinha esquecido do nome da noiva.

Kozlowski veio em seu socorro:

— Maggie Trueheart.

— Isso mesmo — disse ela.

— E o que fizeram depois disso?

— Nós fomos para a Rush Street, para uma boate chamada The Overhang. Foi ideia da Angie. Eu a acompanhei contra a minha vontade.

— Contra a sua vontade? Por que diz isso?

— Eu não sou muito de frequentar bares. Só fui porque Angie insistiu.

Ele juntou as pontas dos dedos em uma cúpula sob o queixo e se inclinou na direção dela.

— Conte-me um pouquinho sobre o que aconteceu naquele bar.

— Bem, Maggie e Angie já estavam lá havia um tempinho quando eu cheguei, porque precisei ir para casa deixar meu carro. Vejamos. Em um curto intervalo, foi consumido muito álcool, inclusive algumas doses puras. Devo confessar que bebi muito mais do que costumo, mas nada muito absurdo, já que eu pretendia trabalhar hoje cedo. Quando Angie mal conseguia parar de pé, eu a levei para casa.

— E vocês voltaram para casa como?

— De táxi. Eu praticamente a despejei dentro do carro. Nós fomos direto para o prédio dela em Old Town, e eu fiz o taxista esperar até que ela tivesse entrado. — A fachada de Suzanne começou a desmoronar, e ela travava uma luta para impedir que seus lábios tremessem. Ela segurou o lenço na frente da boca. — Eu a vi entrar em casa.

O'Reilly perguntou sobre a festa e sobre Harvey e ela basicamente disse a eles as mesmas coisas que Kelly havia dito mais cedo. Eles pareciam estar chegando ao fim da conversa quando Kozlowski perguntou, do nada:

— A noiva não foi embora com vocês?

— Não. Ela estava dançando e quis ficar, então Angie e eu fomos embora sozinhas. — Suzanne pensou em dar uma última olhada na pista de dança antes de guiar Angie para fora do bar, torcendo para que não estivesse cometendo um erro ao deixar Maggie para trás. Como ela dissera, não podia ser a babá de todo mundo. Já era bem difícil bancar a babá de Angie.

Suzanne os levou até a porta e aguardou enquanto eles chamavam o elevador, postando-se a meio caminho entre seu apartamento e o corredor. E então, já incapaz de conter sua apreensão, a pergunta escapou de seus lábios:

— Vocês acham que tinha alguém esperando por ela dentro de casa?

— Quer a verdade? — perguntou O'Reilly.

Suzanne assentiu.

— Não. Nós já conferimos a casa dela. Nenhum sinal de arrombamento ou violência. Ela provavelmente resolveu sair de novo, sozinha. Já vi isso acontecer um milhão de vezes.

— Assim que vocês tiverem certeza, podem me avisar? Eu preciso saber se a entreguei para a morte.

— Avisaremos — disse Kozlowski, de modo reconfortante.

As portas do elevador se fecharam, ela voltou para dentro do apartamento e ficou parada, sem propósito, no meio da sala de estar. Ela queria que Vince entrasse em contato para poder contar a ele o que havia acontecido. Ela se lembrou da decepção na voz dele quando ela ligou da casa de Carol Anne na noite anterior para avisar que ia sair com Maggie e Angie. Ela não sabia por que deveria ser ele a ficar tão chateado. Era ele que era casado.

Ela apanhou a flanela e voltou a espanar.

SEIS

Kelly

O sono inquieto de Kelly esteve cheio de sonhos com Angie. Elas estavam na aula de biologia dissecando um sapo, mas o pescoço do sapo estava quebrado e sua cabeça, virada de lado. Angie ria e Kelly não conseguia entender o que era tão engraçado. Mas o laboratório era na casa de Carol Anne, e Angie dançava com os sapatos de salto agulha vermelhos. O sonho passou para o apartamento de Kelly e uma Angie viva pairava acima dela, cuspindo obscenidades. Kelly tentou rastejar para trás do sofá florido para se esconder, mas Angie a seguiu, xingando-a com um rosto horrivelmente pálido.

— Por que você está tão brava, Angie? — implorou Kelly.

— Por quê? Por quê? — gritou o fantasma, os olhos vidrados se arregalando de fúria. — Porque devia ter sido você no meu lugar. Por isso! Devia ter sido você!

Kelly acordou ensopada de suor. Tinha acordado atrasada para o trabalho outra vez. Ia acabar sendo demitida. Ela tinha sido avisada. Correu para o guarda-roupa e tirou de lá seu uniforme antes de se dar conta de que seu emprego não estava em risco. De que ela havia ligado para o Gitane's para explicar por que não iria trabalhar. De que, hoje em dia, ela era a pessoa mais confiável do mundo.

Ela foi até o nicho da cozinha e se serviu de um copo de água, tomando o líquido em goles ruidosos. Sua roupa de corrida estava fedida e grudada no corpo. Sem querer adiar ainda mais o banho, ela entrou no banheiro e abriu a água, abandonando as roupas no chão. Entrou no chuveiro e ficou imóvel sob a ducha implacável, desejando que o mundo inteiro escorresse ralo abaixo junto com o suor, o sabão e a água. Seu sonho voltou com uma vivacidade que a fez estremecer. O rosto de Angie assomando diante dela, pálido e acusador. *Devia ter sido você no meu lugar. Devia ter sido você.*

Angie tinha razão. Devia ter sido ela.

***

Talvez a cor da vida de Kelly tivesse sido diferente se sua mãe não tivesse adoecido. Ela foi um bebê temporão; seus dois irmãos já estavam no ensino médio quando ela nasceu. Ambos tinham terminado a faculdade e começavam suas próprias famílias quando a mãe foi diagnosticada com um câncer no cólon, estágio quatro. Kelly tinha dez anos. Seu pai, um advogado de patentes bem-sucedido, viajava frequentemente por causa do trabalho, o que significava que a jovem Kelly cuidava sozinha da mãe por dias a fio. Sua adolescência consistiu em ver a mãe sofrer as dores da radiação e da quimioterapia, ouvindo suas lágrimas angustiadas à noite, depois de ter sido submetida à indignidade de uma colostomia. A despeito do prognóstico grave dado pelo médico, sua mãe aguentou durante mais tempo do que qualquer um teria suposto, desejando mais do que tudo ver a filha crescer e se tornar uma mulher.

Kelly estava no segundo ano do ensino médio quando a metástase se alastrou para os órgãos vitais, e ficou claro que a luta estava chegando ao fim. Kelly assumiu o controle e, durante os últimos meses de vida da mãe, corria da escola de volta para casa para ficar com ela, dando-lhe de comer quando ela já não queria mais se alimentar ou trocando a bolsa de colostomia quando ela já não conseguia mais fazê-lo. O pai se ofereceu para contratar enfermeiras, mas Kelly recusou. A intimidade que mãe e filha haviam construído em vida se estenderia até o final.

Sua mãe morreu na véspera de Natal. Kelly sentiu um alívio inicial pelo fim do sofrimento dela, mas isso não chegou a amortecer seu luto. A pessoa que ela mais amava no mundo tinha partido para sempre. De pé no funeral, ao lado do pai e de seus dois irmãos com as esposas e os filhos, ela se sentia em meio a estranhos. Ninguém além de Kelly sabia o quanto a mãe havia sofrido. Uma parte dela tinha sido arrancada, e jamais poderia ser preenchida outra vez.

Para desgosto de Kelly, seu pai se casou com a secretária cerca de um ano depois, uma sino-americana chamada Clara. Kelly ficou traumatizada, não apenas pela presença dessa desconhecida na casa mas também por seu pai ter esquecido sua mãe com tanta facilidade. Para piorar as coisas, Clara era somente dez anos mais velha que Kelly e ressentia a presença da enteada em sua vida tanto quanto Kelly ressentia a dela. Embora eles permanecessem na linda casa em estilo georgiano onde Kelly havia crescido, sua madrasta não perdeu tempo para deixar sua marca no novo território, trocando as antiguidades da mãe de Kelly por peças modernas e substituindo a porcelana, uma relíquia de família, por peças da Crate & Barrel.[2] Kelly odiava tanto a madrasta que evitava ao máximo ficar em casa, dividindo as horas depois da escola entre as casas das amigas. Seu refúgio preferido era a casa de Angie, onde as disputas barulhentas que se desenrolavam durante as refeições eram o oposto da polidez fingida de sua própria casa. Kelly podia ver que o pai estava extasiado com sua esposa jovem e saudável, uma mulher que se esforçava para apagar qualquer traço da mãe de Kelly. E então Clara conseguiu se superar: engravidou.

Kelly não via a hora de se formar. Nem se importou com o fato de seu pai ter faltado à cerimônia porque Clara estava no hospital dando à luz sua meia-irmã. A formatura significava faculdade, e a faculdade era sua passagem para longe de uma casa cheia de memórias sombrias e de um bebê que chorava a noite inteira. Ela se matriculou no curso de verão da Univeridade de Illinois, em Champaign, e foi embora de casa duas semanas após terminar o colégio. Ela mergulhou nos estudos para não lidar com a dor persistente da perda da mãe, uma ferida aberta que não queria cicatrizar. Raramente falava sobre a morte dela, nem mesmo com suas melhores amigas, como se fosse algo sem muita importância. Mas era importante demais, e aquilo a estava destruindo de dentro para fora.

Ela terminou a faculdade um semestre mais cedo, graduando-se com licenciatura, e voltou para Chicago. Como seu emprego como professora só começaria em setembro e ela não queria voltar para a casa do pai – onde Clara a fazia se sentir tão bem-vinda quanto uma ex-esposa –, ela alugou um apartamento em Old Town e pegou um trabalho temporário de bartender em uma boate na Rush Street chamada Oliver's.

Ou ao menos deveria ter sido temporário. Ela adorou cuidar do bar desde a primeira noite. Sua cabeça estivera tão enterrada nos estudos durante a faculdade que ela não tivera uma vida social. A partir de então, ela passava suas horas em um local barulhento e excitante,

2 Grande varejista norte-americana especializada em móveis e acessórios domésticos. (N.E.)

lotado de homens atraentes que pareciam se sentir atraídos por ela também. Sem mencionar que o dinheiro era ótimo. Na primeira semana ela ganhou, só de gorjetas, o equivalente ao salário mensal de professora que receberia a partir de setembro.

Kelly também descobriu outra coisa no Oliver's: um lugar onde ela se encaixava. Afastada de seu pai pela esposa dele e sua bebezinha, e com os dois irmãos que ela mal conhecia ocupados com suas próprias esposas e filhos, seus colegas de trabalho se tornaram a família que ela não tinha. Os funcionários do Oliver's eram um grupo muito unido: seguranças e garçonetes e bartenders que trabalhavam no horário dos vampiros, que batiam cartão das nove às cinco, só que do outro lado do relógio.

Como o dia deles terminava quando o resto do mundo mal começava o seu, com frequência havia festas depois do expediente que duravam até bem depois de o Sol ter nascido. Foi numa dessas festas que outro bartender lhe entregou uma nota de cem dólares enrolada e um espelho com uma linha fina de pó. Kelly sabia o que era cocaína, já tinha visto na faculdade, mas nunca havia experimentado. Supostamente, era a droga dos ricos, uma droga sem efeitos colaterais, então por que não? Ela cheirou a linha e, no instante em que a droga atingiu seu sistema nervoso, foi tomada por um bem-estar que não sentia desde antes de a mãe ficar doente. Tinha encontrado algo para atenuar a ferida dentro dela. Tinha encontrado uma nova melhor amiga.

Festas ocasionais se transformaram em festas regulares, e ela caiu num ciclo de beber e cheirar depois do trabalho, voltar para casa depois do meio-dia e desabar até chegar a hora de ir trabalhar de novo. Quando setembro finalmente chegou, ela já tinha perdido qualquer interesse em dar aulas. Começou no novo emprego, mas continuou a beber e usar cocaína, e foi demitida após três semanas por excesso de atrasos e de faltas alegando alguma doença. O que não a incomodou nem um pouco. Ela retornou ao posto de bartender no Oliver's e ao estilo de vida decadente que acompanhava a função.

Kelly manteve esse ritmo por dez anos. Por ser jovem e resistente, seu corpo deu um jeito de sobreviver aos abusos a que era submetido. Durante essa época, teve alguns relacionamentos passageiros, mas as drogas e a bebida sempre acabavam com qualquer possibilidade de compromisso. Isso não impedia atividades sexuais, e ela fez mais sexo casual do que podia contar. Ou se lembrar. Apagões eram uma ocorrência comum. Ela chegou a engravidar uma vez, mas a natureza cuidou disso e ela perdeu o bebê antes de precisar decidir o que fazer a respeito.

Seu trabalho no Oliver's chegou ao fim quando o bar foi comprado por uma rede nacional com políticas rígidas, e ela foi demitida por beber em serviço. Isso não chegou a ser um grande problema, porque, depois de todos os anos trabalhando na Rush Street, Kelly fizera conexões suficientes para arrumar facilmente outro trabalho. Seu novo emprego era num boteco chamado Finnegan's, bem próximo ao Oliver's. O dono era um irlandês com seus próprios problemas de consumo de substâncias que não se importava se ela bebesse enquanto trabalhava. De fato, ele se sentava no bar durante o expediente e bebia com ela. Esse hábito aumentou a tal ponto que, às vezes, ela mal conseguia ficar de pé ao fim do turno. A cocaína a mantinha funcionando, mas devorava tanto de sua renda que quase não sobrava o suficiente para pagar o aluguel.

Kelly raramente via o pai ou os irmãos e mal conhecia sua meia-irmã. Quanto às velhas amigas, sempre que marcavam um almoço ou um jantar, ela inevitavelmente cancelava no último segundo ou não aparecia. Até que Kelly não apareceu para um almoço que já tinha sido remarcado três vezes com Angie e Carol Anne, e as duas resolveram ir atrás dela. Depois de tocar o interfone várias vezes sem obter resposta, elas entraram no prédio aproveitando a saída de um morador. Subiram as escadas até o terceiro andar e bateram na porta até que ela finalmente a entreabriu. A cena deixou-as em choque. O cabelo de Kelly era um emaranhado sujo, o rosto estava tão inchado que suas maçãs do rosto haviam praticamente desaparecido, seus olhos azul-claros afundados nas órbitas. Ela estava um desastre.

Kelly tentou mantê-las do lado de fora, mas Angie forçou passagem e entrou no apartamento. As condições em que ela estava vivendo conseguiam ser ainda piores do que sua aparência física. A pia da cozinha transbordava de pratos descartáveis e embalagens de delivery, um banquete para as baratas que corriam em meio àquela imundície. O piso estava pegajoso de sujeira e bebida derramada. Garrafas de vodca irrompiam de uma lixeira de plástico. Havia roupa suja amontoada em todo canto, e uma cama desarrumada com lençóis cinzentos era visível pela porta aberta do quarto. O carpete não via um aspirador havia meses, se não anos. Um espelho na mesinha de centro estava sujo de pó branco.

Carol Anne estava tão abalada que não conseguia encontrar palavras, mas Angie as encontrou rapidamente.

— Deus do céu, Kelly, que merda é essa? — gritou ela, enojada. — Isso ultrapassa o limite do nojento. Eu não consigo nem imaginar o que deve estar brotando no seu banheiro. Qual é o seu problema? Você está vivendo feito um bicho! Na verdade, isso não seria justo com os animais. Você está pior.

Kelly piscou várias vezes, silenciosa, tentando voltar para um estado de consciência. Só Deus sabia a que horas ela tinha ido dormir.

— Eu sei que está meio bagunçado. Ando trabalhando muito. Eu ia arrumar tudo esta tarde — ela disse, enrolando a língua.

— Arrumar? Com o quê, uma mangueira de incêndio? Um lança-chamas? — Angie não ia deixar por menos. — Ainda bem que você não apareceu para o almoço. Nós seríamos expulsas do restaurante por violar as normas sanitárias. O que é isso, você tem trinta e um anos, porra, e está na merda. Você quer morrer? Qual é o seu problema?

Muito mais diplomática do que Angie, Carol Anne tentou argumentar com ela.

— Kelly, somos suas amigas e nos importamos com você. Isso não está certo. Você precisa de ajuda. Nós queremos ajudar.

Por baixo do nevoeiro das drogas e do álcool, Kelly ouviu o que estava sendo dito e não gostou nem um pouco. Começou a divagar. Elas não entendiam, não tinham como entender. Elas não tinham crescido com uma mãe enferma em uma casa escura que cheirava a doença e a dor. As mães delas eram saudáveis e inteiras. Elas não tinham um pai que as tinha substituído por uma mulher quase da mesma idade que elas e por um bebê que nunca parava de berrar. Como alguém com pais que as apoiavam e amavam podia compreender sua dor? Ela havia buscado seu próprio nicho e fazia o que funcionava para ela. Ela não pedia nada a ninguém, e ninguém iria lhe dizer o que fazer. Seu ressentimento aumentava como se elas fossem intrusas em jalecos brancos que tinham ido até ali para arrastá-la para um futuro amordaçado.

— Saiam daqui — ela rosnou, os olhos se estreitando em seu rosto ictérico. — Saiam já da porcaria do meu apartamento!

Carol Anne tentou suplicar:

— Kelly, você não vê que a gente se importa com você? Nós queremos...

Angie a interrompeu:

— Esqueça. Nem perca seu tempo. Ela já era. Nós não vamos ganhar essa discussão. — Ela segurou Carol Anne pelo braço e a puxou para fora dali.

Kelly ficou de pé em meio aos detritos, bizarramente desafiadora, uma rainha em seu castelo de lixo.

— Vão à merda e morram! — gritou ela, batendo a porta na cara das duas.

Seis meses depois, Kelly finalmente levou um susto e voltou a si. Ela tinha saído do trabalho mais cedo e estava tentando arranjar um pouco de cocaína. A ação da polícia tinha secado suas fontes habituais na Rush Street, por isso ela pegou um táxi para Boys Town. Lá havia um bar gay chamado The Zone onde o bartender geralmente tinha uns papelotes para vender. Aquela bosta não era pura, e o preço era um roubo, mas ela estava desesperada.

O lugar estava lotado até o teto de homens bonitos, nenhum dos quais se incomodou em olhar quando ela entrou e pegou um lugar no balcão. Lyle, um homem tão magro que parecia anoréxico, com um bigode ralo e olhos lacrimejantes, cumprimentou-a com um aceno de cabeça.

— Vai querer o quê, gatinha? — perguntou ele, flutuando até ela com um descanso de copos na mão.

— Ei, Lyle, queria saber se você tem um ingresso para o filme...

Ele colocou o descanso de copos no balcão e balançou a cabeça negativamente.

— Desculpa, não rola. O canal secou. A pressão chegou aqui, igual à Rush Street.

— Droga — disse Kelly, pensando aonde ir em seguida.

Ela realmente precisava de um teco. Talvez valesse a pena tentar um cara em Wrigleyville de quem ela já tinha conseguido um pouco no passado. Ela tomou uma dose de Jägermeister e dirigiu-se para a porta.

Estava na Lincoln Avenue tentando pegar um táxi quando um homem negro e musculoso saiu de dentro do The Zone e a abordou.

— Não pude deixar de notar que você estava procurando por alguma coisa ali e aposto que não era um cara. Talvez eu possa ajudar... — Ele retirou um vidrinho do bolso interno da jaqueta de couro e agitou-o na frente de Kelly. — O melhor pó que você vai encontrar por aí.

— O único pó que vou encontrar por aí — disse ela, desconfiada, olhando para ele e depois para o frasco. — Uma amostra?

— Claro, mas não aqui. Siga-me.

Ele virou a esquina e conduziu-a até um beco, onde havia um Cadillac parado em frente a uma placa de *proibido estacioinar.*

— Eu me chamo Lemont — disse ele, abrindo a porta do carro para ela. — Entra aí que eu dou uma amostra para você.

Kelly sabia que não era muito inteligente entrar no carro de um desconhecido, mas seu desejo pela droga era maior do que qualquer instinto de autopreservação. Ela entrou no carro e se espremeu contra a porta do passageiro, mantendo o máximo de distância possível entre eles. Lemont inseriu uma colherinha minúscula no frasco, levando um montinho de pó branco para a narina direita dela. Ela inalou mais rápido do que um tamanduá. Outro montinho desapareceu pela sua narina esquerda tão depressa quanto o primeiro. O choque tão aguardado disparou por seu organismo.

— Uau, esse negócio é do bom — disse ela. — Quanto?

Sem responder, Lemont enfiou a mão embaixo do banco e tirou de lá uma garrafa de Jack Daniels. Ele abriu a tampa, ofereceu a garrafa e Kelly tomou um gole direto do gargalo. Ele lhe deu outra fungada e ela tomou outro gole de Jack. Ela estava se sentindo muito bem, totalmente tranquila e no controle. Outra fungada e outro gole da garrafa.

— É, definitivamente eu vou querer uns graminhas — disse ela, enfiando a mão na bolsa em busca do dinheiro. Isso era a última coisa de que conseguia se lembrar.

Quando tornou a abrir os olhos, era plena luz do dia. Kelly estava nua sobre um colchão sem lençol, num quarto com a tinta descascando tanto que pedaços de reboco eram visíveis. Lemont dormia ao lado dela, os músculos escuros brilhando em sua nudez. Uma barata subia pela parede.

Ela se sentou lentamente, fazendo uma careta ao sentir dor entre as pernas. Sabia qual era o motivo da dor, mas, considerando a situação como um todo, isso não era importante. Sair dali era. Ela viu suas roupas amontoadas em um canto do quarto, mas nenhum sinal da bolsa. Ótimo, era lá que estavam as chaves e o dinheiro. Ela não fazia ideia de onde estava nem de como chegaria em casa.

Com cuidado para não perturbar o homem que dormia ao seu lado, ela rastejou para fora do colchão, pegou suas roupas e se vestiu em silêncio. Quando estava prestes a sair, a porta se abriu de supetão. Uma mulher vestindo uma calça justa e uma camiseta do Chicago Bulls caiu para dentro do quarto, uma arma tremendo em sua mão direita. Seus olhos vidrados não deixavam dúvida de que ela estava drogada. Quando viu Kelly, a desconhecida apontou a arma diretamente para ela.

— Como você ousa trepar com o meu homem, sua vaca? — gritou ela.

O homem dela, a essa altura totalmente acordado, estava sentado no colchão, imóvel.

— Fenicia, calma aí — ordenou ele.

— Calma aí? Calma aí? — Ela apontou a arma em sua direção, mirando entre as pernas dele. Ele se cobriu com uma mão larga.

— Isso não vai ajudar em nada — gritou ela, entrando um pouco mais no quarto. — Eu vou estourar essa mão junto com seu pau traidor.

Vendo que a atenção de Fenicia estava concentrada no homem dela, Kelly disparou pela porta aberta e seguiu pelo corredor. Dois homens roncavam nos sofás da sala quando ela saiu do apartamento. Telas cercando os corredores abertos sinalizavam que ela estava em um dos conjuntos habitacionais de Chicago. Pior ainda, ela estava em um dos últimos andares. Sabendo que não devia pegar um elevador, ela correu entre as paredes cobertas de grafite até o vão da escada. Começou a descer correndo o mais depressa que suas pernas trêmulas podiam, com o forte cheiro de urina acompanhando-a pelo caminho todo.

Ela estava chegando ao segundo andar quando encontrou dois membros de uma gangue no meio da escada bloqueando a passagem. Eles vestiam calças jeans largas e camisetas; suas bochechas ainda eram lisinhas com o orvalho da juventude, mas seus olhos escuros pareciam bem mais velhos. Ela tentou desviar, mas um deles segurou seu braço.

— Calma aí, tia! Você não pode simplesmente descer assim, de graça. Tem um pedágio. — Ela tentou se soltar da mão dele, mas ele segurava firme. — Tá surda? Tem um pedágio. Se você não tem dinheiro, a gente tem que receber de algum outro jeito.

Antes mesmo que ela pudesse tentar fugir, ele a prensou contra a parede. Ela lutou para se desvencilhar, mas ele era forte demais. Ele colocou a boca contra a dela e tentou forçá-la com a língua. O hálito dele lhe provocou ânsia de vômito, um odor de tabaco misturado com álcool e dentes sem escovar. O outro adolescente tinha se aproximado por trás dele e, quando ela deu por si, eles a seguravam pelos braços e as pernas, esticando-a entre os dois. Ela lutou e esperneou para se soltar, mas com a força e a juventude do lado deles, seus esforços foram desperdiçados. Outra dupla da gangue apareceu do nada, observando-a como uma mercadoria raramente encontrada.

— Arrumamos uma bela bundinha branca — ela ouviu um deles dizer enquanto uma mão entrava por baixo de sua camisa e arrancava seu sutiã.

— Você topa uma festinha, né, coisa linda? — disse outro.

E então os quatro riram, suas risadas tão maldosas que tanto a bexiga quanto os intestinos de Kelly ameaçaram se soltar. Ela se perguntou se soltar tudo evitaria que eles a estuprassem. Sua boca estava tão seca que ela não conseguiria gritar nem se tentasse, embora soubesse que gritar provavelmente não ajudaria em nada.

Ah, não, Deus! Por favor, Deus! Não permita que isso aconteça, rezou ela quando eles começaram a carregar seu corpo se retorcendo escada acima. *Por favor. Por favor!* Se ela conseguisse escapar dessa ilesa, ela iria mudar. Parar de beber. Parar de usar drogas. Ia ligar para o pai. *Qualquer coisa. Por favor, Deus!*

Kelly sentiu uma rajada de ar ao lado da orelha e, uma fração de segundo depois, o som de um tiro reverberou pelo fosso da escada. Quando olhou para cima, viu a mulher chapada do apartamento parada acima deles. Ela estava com a arma na mão, apontada para o rosto de Kelly.

— Meninos, soltem. Ela é minha.

— Caralho, ela é louca! — Os adolescentes largaram Kelly e fugiram.

Quando Kelly se deu conta, estava rolando pelos degraus de concreto, batendo a cabeça repetidamente no caminho. Outra bala ricocheteou por ela, o chiado da primeira ainda recente em seus ouvidos. Ela aterrissou com um impacto no piso térreo, rachando o lábio. Sem perder um segundo, saiu pela porta aberta para uma área externa sem grama, com papéis e embalagens de comida espalhados pelo chão. Ela se levantou e saiu correndo o mais depressa que seu corpo surrado e seus pés instáveis lhe permitiram. Não parou de correr até ver um carro da polícia em uma rua lateral.

Os policiais foram gentis e fingiram acreditar na história dela sobre ter descido na estação errada do metrô e de algum jeito ter ido parar no meio da Robert Taylor Homes. Eles a levaram para uma vizinhança mais segura e um deles até lhe deu o dinheiro da passagem para chegar em casa.

Naquele dia ela pediu demissão e foi para sua primeira reunião no AA. Logo em seguida, parou no abrigo de animais e adotou a gata. Quando chegou em casa, sua primeira ligação foi para Angie, pedindo desculpas.

Kelly desligou o chuveiro e observou o resto da água descer pelo ralo. Ela vestiu seu roupão esfarrapado e voltou para o outro cômodo. Pegou o telefone e ficou de pé com ele na mão enquanto o cabelo pingava no chão, seu dedo flutuando acima do disco. Essa ligação não seria para Angie, mas sobre ela. A essa altura ela devia estar no necrotério, uma etiqueta com um número no dedão do pé, seus pais aguardando a tarefa abominável de identificá-la. O pai de Angie diria à esposa para esperar no corredor, mas a mãe de Angie insistiria em ver o corpo de sua única filha. A sra. Lupino quase desmaiaria enquanto o sr. Lupino a segurava em seus braços trêmulos.

Ela pensou em como tinha chegado perto de fazer seu pai passar pela mesma situação e sentiu uma pontada agridoce ao imaginá-lo de pé ao lado de sua carne fria, uma lágrima se espatifando na lente de seus óculos com armação de tartaruga. Uma imagem de sua madrasta dando-lhe tapinhas no ombro veio em seguida e a doçura da pontada se dissolveu.

Pare de estender seu próprio sofrimento, ela disse a si mesma. *Existe mais sofrimento para ser compartilhado.* Duas horas depois de deixar a delegacia, ela finalmente telefonou para Suzanne.

SETE

Suzanne

Suzanne não escondeu o aborrecimento por Kelly ter levado tanto tempo para entrar em contato.

— Você está meio atrasada. Seus amigos acabaram de sair.

— Meus amigos? Que amigos?

— Os detetives designados para o caso da Angie. O'Reilly e Kozlowski.

— Ah, você diz Os Dois Patetas? Não chame aqueles dois idiotas de meus amigos — disse Kelly, estremecendo de novo ao pensar na geladeira em que tinha passado a maior parte da manhã. — O que eles queriam com você?

— Queriam saber sobre a Angie — retrucou Suzanne, sua raiva abrandando pela gravidade da discussão. — Sobre nós e o que fizemos ontem à noite. Sobre eu ter levado Angie para casa. Eles me disseram que ela estava usando cocaína — acrescentou ela.

Fez-se silêncio antes que Kelly voltasse a falar.

— Eu deveria ter percebido pelo jeito como ela estava agindo ontem à noite.

— Kelly, todas nós deveríamos ter percebido.

Elas conversaram sobre Angie e as circunstâncias, e sobre como tudo aquilo era horrível, até que o assunto se esgotou. Sem mais nada a acrescentar, nada a fazer, elas desligaram, cada uma tendo que lidar com a morte de Angie em seu próprio universo. Suzanne colocou o telefone sobre a mesa da cozinha e olhou pela janela para a cena dos marinheiros e das lanchas motorizadas no lago. O vazio da perda voltou em toda sua intensidade.

Suzanne tinha conhecido Angela no primeiro ano do ensino médio, quando uma coincidência alfabética as colocou lado a lado na turma de orientação naquela manhã, e em todas as manhãs nos quatro anos seguintes. Lundgren. Lupino. Como você poderia se sentar ao lado de uma pessoa por tanto tempo e não se tornar amiga dela? Apesar de terem personalidades e temperamentos completamente diferentes, a amizade delas foi sólida como uma rocha desde o ensino médio, passando pela faculdade e seguindo além. Suzanne foi madrinha no casamento de Angie. Entretanto, nos anos que se seguiram, elas se distanciaram, de modo que não conversavam mais diariamente, e tinham parado de compartilhar segredos. Podia-se pensar que era porque Angie tinha se casado, mas, na verdade, o relacionamento de Suzanne havia se tornado o maior empecilho para a amizade delas. Suzanne estava casada com seu trabalho.

Suzanne não se lembrava de alguma época em que não tivesse desejado ser rica. Descobrir o caminho para essa riqueza tinha sido sua força motriz na vida. Durante a infância e a adolescência, ela se ressentia porque sua família era mais humilde do que todos em Winnetka, onde pobreza era não pertencer ao *country club* certo. Abaixo disso vinha não pertencer a *country club* nenhum. Seus pais eram imigrantes suecos, donos de uma loja de brinquedos na Green Bay Road perto de lojas de alta-costura e lojas de artigos de cama, mesa e banho onde um lençol custava o mesmo que um carro usado. Ela invejava secretamente seus colegas, que recebiam suas mesadas de advogados e CEOs e industriais de terceira geração. Suzanne tinha que trabalhar por seu dinheiro, passando longas horas atrás do balcão da Skanda, a loja da família, para poder comprar as mesmas roupas que suas amigas compravam com os cartões de crédito dos pais.

As ambições de Suzanne fizeram com que ela levasse a escola mais a sério do que qualquer uma de suas amigas. Ela estudava conteúdos de nível universitário no segundo ano do ensino médio, sempre se esforçando mais do que a média para garantir um dez. Suas notas lhe renderam uma bolsa de estudos na Purdue, onde ela se formou em finanças. Depois da graduação, fez um mestrado na Universidade de Chicago. Quando foi contratada por uma das melhores corretoras da cidade, uma conquista nada fácil para uma mulher na época, ela teve certeza de que finalmente sua recompensa tinha chegado.

Rapidamente descobriu que não. Embora seus cartões de visita com alto-relevo em dourado dissessem *Consultora Financeira*, seu trabalho era basicamente o de uma vendedora colada ao telefone para arranjar clientes em busca de aconselhamento financeiro. A corretora lhe fornecia um modesto salário fixo e uma lista de clientes em potencial: médicos, advogados e outros profissionais. Infelizmente, todo mundo naquele ramo trabalhava com a mesma lista de candidatos. Importunados incessantemente por diversos corretores, os clientes raramente atendiam às ligações dela. Nas raras vezes em que conseguia contornar uma secretária e ser transferida, o cliente aborrecido quase sempre batia o telefone em sua cara. Uma ligação bem-sucedida era quando o cliente ficava na linha por tempo suficiente para que ela terminasse de fazer sua oferta.

Depois de seis meses discando até que os dedos doessem, ela ainda não tinha aberto nenhuma conta. Estava perdida e desesperada, duvidando da escolha de se tornar uma consultora, seus sonhos de riqueza desmoronando à sua frente. E então uma noite, quando ia para casa de ônibus sob uma chuva torrencial, pensando em como pagaria o aluguel com seus parcos rendimentos, o ônibus parou em frente a um prédio em construção. Suzanne virou a cabeça para a janela e viu dezenas de operários de capas amarelas trabalhando sob o aguaceiro. Naquela época havia um grande crescimento na construção civil, e a cidade se tornara um imenso canteiro de obras. Ela teve uma inspiração. E os operários? Eles deviam estar ganhando bem e, como não tinham empréstimos estudantis para quitar, a maior parte desse dinheiro devia ser renda excedente. Afinal, quanto uma pessoa podia gastar em cerveja?

Ela pesquisou um pouco e descobriu que os operários da construção civil recebiam uma média superior a quarenta mil dólares por ano, e a escala de pagamentos ia muito acima disso para quem trabalhava nos pisos mais elevados. Aquilo era mais do que algumas pessoas da sua empresa estavam ganhando, incluindo ela mesma. E, no que dizia respeito aos operários da construção, Suzanne se deu conta de que tinha algo extra a seu favor. Sua aparência. Com quase um metro e oitenta, abençoada com a combinação escandinava de cabelos loiros, olhos azuis e uma pele perfeita cobrindo uma estrutura óssea incrível, ela era linda. Não que fosse vaidosa sobre sua beleza, mas também não via problema em utilizá-la a seu favor. Estar frente a frente com potenciais clientes do sexo masculino lhe daria uma vantagem que ela não tinha ao telefone.

O dia seguinte foi claro e ensolarado. Ela caprichou na maquiagem e começou a visitar canteiros de obras, pedindo autorização aos supervisores do local para conversar com seus funcionários sobre aconselhamento financeiro. Se tivesse tentado essa abordagem em uma firma de advocacia ou alguma matriz corporativa, certamente a teriam mandado embora; no entanto, com toda aquela testosterona quicando em um canteiro de obras, além das boas-vindas, eles também lhe deram carta branca.

Em um ano, ela tinha aberto centenas de pequenas contas. E como eles operavam em uma das maiores altas daquele mercado de todos os tempos, seus clientes ganhavam muito mais do que os parcos cinco por cento que a cooperativa de crédito pagava. A fama de Suzanne se espalhou e ela passou a negociar também com os empreiteiros, que então começaram a recomendá-la para seus fornecedores. Não demorou muito para ela estar cuidando dos portfólios de tantos presidentes e membros do conselho que ela mesma se viu na faixa superior dos impostos. Exatamente onde queria estar.

Suzanne sempre tivera um gosto pela extravagância, desde que podia se lembrar, mas nunca pudera satisfazê-lo. Seus pais, parcimoniosos, desprezavam qualquer tipo de desperdício, e a moderação era sempre reverenciada na casa deles. Agora que ela estava ganhando tanto dinheiro, era hora de realizar esses desejos. Ela foi às compras com fervor.

O primeiro item da sua lista foi uma cobertura na beira do lago, com vista para os lados Sul, Leste e Norte, que ela decorou em um estilo tirado diretamente da *Architectural Digest*. Ela dirigia uma BMW conversível. Vestia as grifes mais elegantes e virou uma cliente regular e reconhecida na Chanel. Tratamentos faciais mensais na Elizabeth Arden e cortes com o melhor cabeleireiro do Sassoon eram de hábito. Um casaco de vison preto e outro de castor a blindavam contra os ventos brutais de Chicago enquanto brincos de diamantes, pérolas Mikimoto e um relógio Cartier alimentavam sua autoestima.

Uma boa porcentagem de suas aquisições era parcelada e os pagamentos engoliam a maior parte de seu salário, mas era 1986 e os mercados continuavam subindo junto com seus rendimentos. Suzanne deu as costas para o turbilhão de dívidas que sugava seu dinheiro tão rápido quanto ele entrava. Estava confiante de que sua lista de clientes e seus próprios investimentos continuariam crescendo. Nesse ínterim, seu fluxo de caixa cobria os pagamentos com bastante espaço de manobra.

Até o dia 19 de outubro de 1987, que viria a ser batizado como Segunda-feira Negra, quando a bolha estourou. O índice Dow Jones caiu 22,6% em um único dia, e mais de quinhentos bilhões de dólares em patrimônio evaporaram, indo para lugar nenhum. Junto com o dinheiro se foram os portfólios da maioria dos clientes de Suzanne — assim como o dela.

Para piorar as coisas, o *crash* ocorreu enquanto Suzanne tirava suas primeiras férias em três anos. Ela bebericava um expresso em um café de Veneza quando rumores sobre algum problema desastroso nas bolsas chamou sua atenção. Como isso foi bem antes do onipresente celular, ela correu para o seu hotel e para a televisão. Quando entendeu a extensão da crise, ela tentou ligar para seu escritório. As linhas ficaram ocupadas por horas antes que ela conseguisse ser atendida. Sua assistente confirmou que as coisas eram tão ruins quanto ela tinha ouvido, se não piores. Ela arranjou um voo de volta para a manhã seguinte e, depois de uma noite insone, pegou um avião às seis da manhã de Veneza para Frankfurt e de lá para Chicago. Se pudesse ela teria voltado antes, mas parecia que praticamente toda Veneza queria ir embora.

Quando pousou no O'Hare, agarrando seu precioso vaso de vidro de Murano junto ao peito, o dano já era irreparável. Na verdade, havia pouco que ela pudesse ter feito para salvar os portfólios de seus clientes, mesmo que estivesse em sua mesa naquele dia fatídico. O sistema estava tão sobrecarregado que sair de alguma posição tinha se provado quase impossível. Mas tente dizer isso para alguém que acabou de perder de vinte e cinco a cinquenta por cento de seu patrimônio. Muitos clientes perderam a confiança em Suzanne por estar fora quando a crise ocorreu. Ela não estivera presente para atender às ligações deles, e o corretor cobrindo suas férias estava afogado em seu próprio lamaçal. Dezenas deles retaliaram fechando suas contas já dizimadas.

Ela tentou explicar que as perdas eram apenas no papel e que o mercado voltaria ao normal, mas, mesmo assim, seus clientes preferiram sair. Ela tentou convencê-los a comprar naquele momento, já que os preços estavam em baixa, mas ninguém lhe dava ouvidos. Seus pequenos clientes, os trabalhadores da construção civil, voltaram para a cooperativa de crédito, onde sabiam que seu dinheiro estaria seguro. A única coisa que ela conseguiu vender aos clientes remanescentes foram certificados de depósito bancário, que pagavam uma comissão ridícula. Então Suzanne foi atingida pela compreensão de que, com sorte, sua renda seria um quarto do que havia sido no ano anterior.

Não havia como pagar a sua dívida com tão pouco dinheiro. A hipoteca. O financiamento do carro. Seus cartões de crédito. Ela cortou os gastos. Nada mais de jantar fora, massagens faciais, nada de novas compras. Ela até resolveu vender algumas peças de volta às joalherias, que inicialmente haviam lhe atendido com tanta alegria. Quando descobriu que o preço oferecido era de vinte por cento do valor original, por um colar que ela ainda estava pagando, ela quase morreu. Porém, desesperada por dinheiro, vendeu a joia assim mesmo.

Com suas reservas financeiras esgotadas, ela se viu forçada a liquidar seus próprios investimentos, assumindo perdas em ações e fundos mútuos que ela tinha certeza de que voltariam a subir com o tempo. Mas não havia tempo. E, apesar de ser a última coisa no mundo que Suzanne gostaria de fazer, logo ficou claro que ela teria que vender o apartamento à beira do lago. Sua residência no quadragésimo andar, com piso de madeira em padronagem espinha de peixe, com molduras de gesso e lambris elegantes, era o pináculo de tudo pelo que ela tinha trabalhado. Depois de sacrificar sua vida social, amorosa e familiar para ser proprietária de algo tão grandioso, a ideia de perdê-lo era devastadora. Pela primeira vez, ela invejou mulheres casadas como Natasha e Carol Anne, que não tinham angústias financeiras porque seus maridos ganhavam bem. Talvez aguentar um marido valesse a pena, se isso livrasse a pessoa de preocupações.

A fera ainda estava faminta. Precisava de dinheiro naquele instante. Ainda que ela anunciasse seu apartamento com preço competitivo para venda, ainda levaria algum tempo até que fosse vendido, mais tempo ainda até que a transação fosse concluída. Não fazia sentido pedir um empréstimo a seus pais. Eles sempre haviam deixado claro que consideravam os gastos dela imprudentes. Pedir dinheiro a eles apenas lhe renderia um sermão bem longo. A situação parecia irremediável.

Foi quando o incorporador imobiliário Vince Columbo veio à sua mente. Um de seus poucos clientes grandes cuja conta permanecia ativa, ele era o incorporador mais bem-sucedido da cidade, e seus resultados continuavam imensos, mesmo com a recessão. Suzanne já suspeitava que ele sentisse atração por ela, mas havia ignorado seus avanços sutis até então. Ele era casado e ela não tinha interesse algum em ser a segunda opção de ninguém. Mas, sempre uma negociante astuta, usara seus atributos físicos para conduzi-lo a um relacionamento de negócios, enquanto mantinha habilmente essa relação no campo profissional. Suzanne concluíra que o motivo pelo qual as contas de Vince continuavam ativas era porque seu interesse nela continuava valendo. Talvez ela pudesse transformar essa atração em um empréstimo. Sob circunstâncias normais, um ato tão drástico seria abominável. Esses, porém, eram tempos difíceis.

A ligação para o escritório dele foi transferida sem demora, e ele aceitou prontamente seu convite para almoçar na sexta-feira seguinte. Para discutir algumas opções de investimento, é claro. Ela se vestiu com um cuidado especial naquela manhã, escolhendo um terno azul royal que valorizava sua compleição clara e destacava seus olhos azuis. Ela chegou cedo ao Pump Room e se ajeitou no couro macio do sofá em uma das mesas mais privativas, cercada por fotos vintage de celebridades de Chicago e ícones de Hollywood. Seus olhos estavam fixados na porta. Exatamente ao meio-dia, Vince Columbo entrou no salão vestindo um terno cinza feito sob medida e uma gravata vermelha, seu cabelo prateado penteado para trás e exibindo o bico de viúva. O jeito como ele se destacava na multidão aristocrática lhe mostrava que ele tomara o mesmo cuidado que ela ao se vestir.

Ele a cumprimentou com um aperto de mãos enérgico e eles conversaram sobre amenidades, mas Suzanne esperava que a tensão em sua voz não entregasse sua apreensão. O garçom os interrompeu e eles fizeram seus pedidos rapidamente: coquetéis de camarão seguidos por linguado. Suzanne escolheu uma garrafa de Chablis Premier Cru da longa carta de vinhos e anuiu em aprovação quando o *sommelier* lhe serviu uma amostra. Sabendo que Vince era fã de beisebol, ela guiou a conversa para a estreia dos Cubs na temporada, que aconteceria em breve. Suzanne fazia questão de estar informada sobre o mundo dos esportes. O conhecimento era útil ao lidar com o mundo masculino.

— Qual é a sua opinião sobre a iluminação no Wrigley Field?[3] — perguntou ela, tomando um gole do vinho.

— Já está mais do que na hora. Os Cubs precisam vir para o mundo real. Eu sei que muitos são contra porque odeiam mudanças, mas minha filosofia é "aceitar a mudança ou morrer". As pessoas que não estão dispostas a fazer ou a aceitar mudanças acabam nadando no mesmo laguinho a vida toda. E essa água fica tão turva que eles não enxergam as oportunidades lá fora.

Suzanne assentiu enquanto mordia uma casquinha de queijo parmesão. Normalmente, a casquinha teria derretido em sua língua, mas ela estava tão nervosa que o pedaço colou no céu de sua boca seca. Ela tomou outro gole de vinho, maior dessa vez, para soltar tanto o queijo quanto seus nervos.

— Vince, isso é muito embaraçoso, mas eu tenho que confessar uma coisa — ela conseguiu dizer. — Eu o trouxe até aqui sob falsos pretextos. Não o convidei para falar de negócios. Não de negócios usuais, pelo menos.

Ele colocou a taça sobre a mesa e fixou os olhos escuros em Suzanne.

— Nós já nos conhecemos há cinco anos, mais ou menos, e... bem, eu o considero um amigo — prosseguiu ela, imaginando se tudo isso não seria um erro colossal. — Eu simplesmente não tenho a quem recorrer e pensei em você, e acho que você conhece minha integridade e minha ética de trabalho. — Ela parou de falar. Isso não estava indo bem. Apesar de todo o ensaio, tanto em sua mente quanto diante do espelho, ela se deu conta de que não era capaz de fazer o "pedido" no final das contas. — Isto é um equívoco — disse ela, puxando o freio de mão.

— O que foi, Suzanne? — Os olhos dele exibiam compaixão, enquanto ele tentava incentivá-la a dizer o que queria.

De volta ao acelerador. Respire fundo. Era como mergulhar num lago frio. Ela pensou na semana de férias de verão que sua família cos-

---

3 Wrigley Field foi um dos últimos estádios de beisebol a sediar jogos noturnos. A proposta de instalação das luzes gerou muita polêmica e arrastou-se por seis anos, até a realização da obra em agosto de 1988. (N.E.)

tumava tirar quando ela era pequena, no norte de Minnesota, onde moravam os parentes de sua mãe. Ela e Johnny mergulhavam os dedos dos pés no lago gelado e gritavam quando o frio lhes dava câimbras. Após repetidas tentativas fracassadas para entrar na água, eles aprenderam que o jeito menos doloroso era simplesmente mergulhar e acabar logo com aquilo. Depois do choque inicial, a água não era nada ruim. A expectativa era pior do que a realidade.

Ela mergulhou.

— Eu preciso de um empréstimo — desabafou ela.

O rosto dele não demonstrou sequer um pensamento enquanto ela explicava sua situação. Ela lhe contou sobre todos os clientes perdidos e sobre suas próprias perdas, disse que venderia seu apartamento assim que o mercado imobiliário se recuperasse e que, quando o vendesse, lhe pagaria com juros. Ela não vislumbrava o mercado de ações se recuperando tão rápido, mas estava fazendo o seu melhor para encontrar boas oportunidades, e tinha certeza de que era apenas uma questão de tempo até que estivesse no azul outra vez. Ele a interrompeu quando ela disse que, é claro, ela forneceria uma nota promissória e...

— Quanto? — indagou ele.

— O quê?

— Eu perguntei quanto.

Seria possível que ele realmente estivesse cogitando lhe emprestar o dinheiro?

— No momento, eu preciso de quarenta mil — disse ela, prendendo o fôlego.

Sem dizer uma palavra, ele enfiou a mão dentro do casaco e retirou um talão de cheques. Preencheu um cheque no valor de quarenta mil dólares e anotou no canhoto: "empréstimo". Ele lhe entregou o cheque e ela encarou o papel com incredulidade. Tinha sido tão fácil. Ela havia pensado que, no mínimo, teria que dar mais explicações, defender sua situação. Mas eis que ela tinha em mãos um cheque de quarenta mil dólares, totalmente legítimo por causa daquela palavrinha no canhoto: "empréstimo".

— Obrigada — disse ela, olhando-o firmemente nos olhos. — Vamos combinar os termos do pagamento.

— Suzanne, eu não estou preocupado com o pagamento. Sei que você vai me pagar assim que puder, e com os juros apropriados do mercado. — Ele sorria enquanto falava, e ela se flagrou reparando como ele era atraente. — Eu me sinto mais seguro emprestando esse dinheiro a você do que ficaria emprestando para alguns membros da minha família. Mas tenho uma condição.

Opa, pensou ela. *Tinha sido fácil demais.*

— Quero que você almoce comigo uma vez por semana. Para discutir o mercado, é claro. E talvez um pouquinho de beisebol.

Suzanne não tinha nada de ingênua e sabia aonde ele esperava que esses almoços fossem levar. Mas isso não a preocupava; ela sabia cuidar de si mesma. O mais importante era que o empréstimo de Vince manteria os cobradores longe de sua porta durante os meses seguintes. Ela lidaria com a outra questão se e quando ela aparecesse.

— Trato feito? — perguntou ele.

— Trato feito — respondeu ela, e eles apertaram as mãos.

Quando a conta chegou, ela a pegou correndo. Ele tentou tirá-la das mãos dela, mas Suzanne segurou firme.

— Por favor, eu o convidei para o almoço — disse ela. — Este é por minha conta.

Ele não argumentou. Ela puxou seu American Express e colocou-o sobre a mesa. Era a última conta que ela pagaria.

OITO

Angie

Angie ficou de pé na entrada, olhando pela janela da frente até Suzanne e o taxista saírem totalmente de vista. Ela tinha ganhado um novo fôlego no táxi, e em casa não era onde ela queria estar. "Casa" era um lugar solitário demais ultimamente. Encontrar um táxi em sua rua quieta era bastante improvável, então ela começou a caminhar para a Halsted Street, onde suas chances seriam melhores. Um carro se aproximou por trás e ela se virou para ver se era um táxi, mas era apenas um carro de passeio, que passou por ela e virou na rua seguinte. Ela ficou um pouco assustada, andando sozinha pela rua deserta, o clique dos saltos ecoando na escuridão. Em dado momento, ela pensou ter ouvido alguém seguindo-a, mas eram só as árvores se agitando na brisa. Ainda assim, ela acelerou o passo, os saltos altos estalando em intervalos menores até que sua caminhada se transformou em uma pequena corrida.

Ela suava quando chegou à Halsted, mas a rua movimentada aliviou sua ansiedade. Frequentadores assíduos emergiam dos pubs locais vestindo calças cáqui, cardigãs e mocassins ou tênis – muito menos preocupados com o estilo do que os *habitués* da Rush Street. Ela brincou com a ideia de entrar em um dos bares da vizinhança para uma rapidinha, mas o tempo estava se esgotando e o vidrinho em sua bolsa estava vazio. A substância naquele frasco era a única coisa que podia reduzir a dor, e sua missão era enchê-lo de novo.

Angie fez sinal para um táxi e deu um endereço em Newtown para o motorista. O táxi fedia a suor, por isso ela abriu a janela e repousou a cabeça contra a moldura da porta, os olhos admirando a cena com uma indiferença preguiçosa. O táxi parou em um sinal vermelho, a um braço de distância de um casal tão imerso um no outro que nenhum dos dois reparou nela. O homem ela conhecia bem, mas a loira mignon que estava com ele, não. Eles riam sobre algo, o braço dele passado possessivamente em torno da mulher. Angie enfiou a cabeça para fora da janela aberta.

— Harvey! — gritou Angie. — Aqui, seu canalha!

Seu ex-marido virou a cabeça, os olhos arregalados pelo choque de ver Angie pendurada para fora de um táxi. A loira encarava a cena sem saber o que se passava. O sinal abriu e o táxi começou a se mover. Angie jogou o tronco para fora da janela e continuou a gritar enquanto quase todo mundo na calçada se virava para assistir à cena.

— Isso mesmo, seu filho da puta miserável! Vá em frente, se exiba em público. Você não consegue nem esperar até o divórcio sair oficialmente. Nos vemos no tribunal, seu polaco safado! Eu vou pegar cada centavo que você tem, seu desgraçado!

O casal desapareceu e ela voltou a se sentar, sentindo pena de si mesma. *O que foi que deu errado, Harvey,* pensava ela, *para você me tratar desse jeito? Eu não estava sempre bonita para você, não mantinha sua casa limpa, não fazia suas comidas favoritas? O sexo não era ótimo – pelo menos no começo? Por que você não podia ser mais compreensivo comigo? Não podia esperar até eu me sentir melhor? Não sabe como foi duro perder aqueles bebês?* Angie visualizou a placa de *Vende-se* na frente da casa deles, os lucros da venda se transformando nos espólios do divórcio, e seus olhos se encheram de lágrimas.

Ela procurava um lencinho na bolsa quando o táxi parou com uma guinada na frente do seu destino, um boteco chamado The Zone. Sua bolsa tombou do colo, aterrissando de ponta-cabeça no chão imundo.

— Droga, olha o que você fez! Devia ter mais cuidado — disparou ela.

— Quatro dólares, dona — disse o taxista.

Ela quis xingá-lo por ainda cobrar a corrida. Recuperando sua carteira do chão, tirou de lá uma nota de dez. Ela colocou a carteira sobre o banco ao seu lado e continuou a coletar as coisas do piso cheio de sujeira, enfiando batons e cremes e o frasquinho vazio de volta na bolsa exageradamente grande. Ela estava tão furiosa que não ia deixar gorjeta para aquele cara de jeito nenhum. Quando ele finalmente estendeu seis notas de um por cima do banco, ela agarrou o dinheiro e meteu-o na bolsa. Em seguida, desceu do táxi e bateu a porta atrás de si.

Sua carteira ainda estava em cima do banco quando o táxi foi embora.

O pavimento ondulava quando ela desceu os degraus escuros para a entrada do bar, segurando a bolsa com força contra a lateral do corpo. Ela tropeçou uma ou duas vezes antes de chegar ao patamar de concreto. Abriu a porta com um puxão forte e entrou.

NOVE

Peguei a entrada da garagem de Carol Anne e estacionei atrás do Porsche prateado de Michael, com placa MD2020. Eu estava para lá de aliviada por chegar inteira ao meu destino, especialmente depois de ter que parar no acostamento para vomitar... duas vezes. Mesmo depois de estacionar, as ondas de ânsia ainda se manifestavam no fundo da minha garganta. Porém, considerando a situação, não importava o quanto eu me sentisse enjoada, qualquer coisa era melhor do que estar no meu apartamento com aquela atmosfera sufocante de culpa. Abri a porta do carro e fiquei ali, imóvel, ouvindo os cortadores de grama a distância e os pássaros cantando nas árvores, os sons consoladores do subúrbio. Sons ancorados numa infância feliz.

Eu ainda estava sentada no carro quando Carol Anne veio correndo pela entrada da garagem, o rosto coberto de lágrimas. Forcei-me a sair do fusca vermelho e a abracei. Esmagamos uma à outra em nosso luto.

— Eu simplesmente não consigo acreditar — ela repetia sem parar, as lágrimas molhando minha bochecha.

— Eu sei. Eu sei. — Era a única resposta que eu conseguia emitir.

Nós nos separamos e olhamos uma para a outra. Os olhos de Carol Anne estavam inchados e vermelhos de chorar, como era de esperar. Mas havia também círculos escuros em volta deles, como se ela não tivesse dormido. Eu conhecia aquele rosto desde a adolescência. Alguma outra coisa se escondia por trás daqueles olhos além da morte de uma amiga.

— Você está bem? Parece quase tão mal que eu.

— Quanto eu — Carol Anne me corrigiu, fungando.

— Credo, fui eu que me formei em letras. Quanto eu.

Carol Anne aproveitou a oportunidade para me analisar de cima a baixo, notando meus olhos escarlates e o rosto arranhado de barba.

— O que aconteceu com você? Parece ter sido atropelada por um caminhão.

— Nem me fale. — Meu estômago tinha sossegado, mas a cabeça ainda latejava impiedosamente. — Eu preciso muito de um café.

Entramos na casa e passamos pela antessala onde nós seis havíamos nos despedido na noite anterior. Reduzidas a cinco agora, para sempre. Enquanto passávamos de braços dados pela sala de estar, olhei pela janela para a piscina em forma de feijão que ficava nos fundos. Em minha mente, Angie estava lá fora, incentivando o stripper com seus pulmões potentes, o bumbum chacoalhando na calça apertada, os seios balançando na blusa decotada. Sua provocação ecoava em meu cérebro. *Mostre a pistola, agente Tony!*

— É como se eu pudesse ouvi-la — disse Carol Anne, dando voz aos meus pensamentos.

— É, eu também.

Atravessamos o corredor de serviço, passando por uma sala de jantar com um teto Wedgewood instalado durante a Era do Jazz, e chegamos à cozinha. Carol Anne serviu duas xícaras de café da garrafa e nos sentamos ao redor da ilha de granito, sob um jogo de panelas de cobre. A casa estava estranhamente silenciosa, a ausência de pés batendo no chão, TVs ligadas e choros de bebê quase mais alta do que sua presença.

— Cadê o Michael? — perguntei, dando uma olhada cautelosa ao redor do local.

— Ainda está dormindo.

— Tão tarde? Pensei que ele acordava cedo.

— Fomos dormir tarde — disse Carol Anne.

Então talvez isso explicasse as olheiras sob os olhos dela. Gente casada aproveitando o fato de as crianças estarem fora por uma noite. Bom para eles. A estabilidade do casamento dela só servia para me lembrar de como eu tinha colocado em risco o meu próprio relacionamento. Nós conversamos sobre Angie estar morta e especulamos sobre o que poderia ter acontecido, minha mente apenas parcialmente conectada ao assunto em questão, enquanto minha consciência palpitava com a lembrança do que eu tinha feito. A culpa continuava a fervilhar, até se tornar uma panela prestes a explodir, e eu não consegui mais me conter.

— Carol Anne, isso vai soar insano, o fato de eu precisar falar sobre mim mesma num momento desses, mas tem uma coisa que eu preciso confessar. Uma coisa bem, bem ruim.

Seus olhos azul-escuros se arregalaram no rosto cansado.

— Você matou a Angie?

— Nem brinca. — Mantendo meus olhos fixos na porta para o caso de Michael aparecer, eu cochichei bem baixinho: — Eu traí o Flynn.

— Você fez o quê? — A resposta dela foi um reflexo dito em alto e bom som.

— Shhhh — implorei, procurando por compreensão no rosto dela. Ela era minha melhor amiga no mundo todo, e eu precisava que estivesse do meu lado.

Nossa amizade vinha desde o jardim de infância, e nós nos entendíamos de um jeito que ninguém mais conseguia. Partilhávamos de um passado em comum, ambas vindas de famílias só de meninas, Carol Anne sendo a terceira de quatro irmãs, e eu, a filha do meio entre três. Crescendo juntas, encontramos uma na outra alguém que sabia como era ter uma irmã mais velha sabichona e uma caçula mimada, alguém que não competia pela atenção do papai nem tentava roubar sua camisa preferida. Sabíamos tudo uma da outra – ou era o que eu pensava na época. Havia um pacto não declarado entre nós de que não apenas os nossos segredos sempre estariam seguros mas também de que jamais julgaríamos uma à outra.

Por isso minha esperança de absolvição foi esmigalhada em pedacinhos quando as palavras seguintes de Carol Anne foram:

— Ah... Meu... Deus! Você ficou maluca?

— Obrigada pelo voto de confiança.

— Desculpa, é que você me pegou de surpresa, só isso. Com a Angie e todo o resto, isso é demais. — Ela viu a expressão despedaçada em meu rosto e amoleceu. — Conte-me o que aconteceu.

Passo a passo, eu contei como conheci o carpinteiro no bar e paguei um drinque para ele, dancei com ele, deixei que ele me levasse para casa e convidei-o para subir até o meu apartamento, onde uma coisa levou à outra e... bem. Quando minha história acabou, abaixei a cabeça dolorida até as mãos, como se me esconder do meu erro pudesse apagá-lo.

— A noite passada foi um pesadelo fodido. Agora a Angie está morta e eu fiz esse negócio horrível. É tudo tão surreal... Aqui estou eu, prestes a me casar com esse cara ótimo, e eu vou lá e estrago tudo desse jeito. Eu vou para o inferno. Eu sei que vou. Ah, Deus! E se eu estiver grávida?

Os olhos dela se arregalaram mais do que eu já tinha visto antes.

— Nem pense nisso. Você usou alguma coisa, né?

— Hoje cedo. Mas não ontem.

O silêncio gritava. O jeito como Carol Anne me fitava me lembrou assustadoramente da minha mãe. Quando ela finalmente disse alguma coisa, seu tom de voz era o tipo reservado para os piores transgressores.

— Você ficou maluca! Eu quase posso compreender o que você fez ontem à noite. Você estava bêbada demais. Mas hoje cedo? Houve um "hoje cedo" também?

Minha vergonha e humilhação estavam completas.

— Juro por Deus, não sei o que me deu. Foi como uma insanidade temporária. Depois que Suzanne ligou e me contou sobre Angie, ele foi tão reconfortante, e de repente eu queria tanto aquilo, queria tanto ele, que não estava nem aí. Eu sabia que deveria ter me segurado, mas não quis me segurar. *Naquele momento.* Agora estou com tanta vergonha que nem sei o que fazer.

— Está bem. Está bem, pare de se punir. Isso não vai resolver nada. — Senti um certo alívio quando Carol Anne demonstrou compaixão. — Esse tipo de coisa provavelmente acontece com mais frequência do que as pessoas gostariam de admitir. Algo como uma última aventura. Você cometeu um erro imenso, mas jamais faria isso com Flynn de novo, certo?

O nome de Flynn abriu novas comportas de culpa. Por motivos além da minha compreensão, o sujeito estava tão completamente apaixonado por mim que às vezes meus sentimentos por ele pareciam brandos em comparação aos dele. No entanto, atiçado pelas chamas da perda iminente, meu amor por ele ganhou uma nova intensidade. Eu o amava mais do que qualquer coisa no mundo.

— Traí-lo de novo? Nem em um milhão de anos. Agora eu percebo como ele é realmente importante para mim.

— Viu? — ela me consolou. — Então talvez isso tenha acontecido por um motivo. E, quanto a estar grávida, a chance é pequena. Eu me preocuparia mais com doenças. — Ela franziu os lábios e repensou sua declaração. — Quando você deve ficar menstruada, afinal?

— Daqui a dez dias.

Minhas palavras caíram com um impacto enquanto nós duas contávamos para trás em nossas cabeças. Não podia haver um período pior.

— Ah, vai dar tudo certo — disse Carol Anne, com uma segurança fingida.

— E se não der?

— Vocês ainda estão naquela coisa de celibato antes do casamento?

Assenti debilmente.

— Aborto? — ela perguntou, mas o olhar que eu lhe lancei acabou com qualquer discussão sobre esse tópico. — Então eu acho que você teria que dizer que é dele.

— Dizer que o que é dele? — A voz masculina quase me fez cair no chão. Tendo relaxado minha vigília da porta, Michael Niebaum tinha se esgueirado por trás de nós e estava de pé no meio da cozinha, uma camiseta do Grateful Dead caindo por cima da calça jeans, os cachos pretos e espessos ainda brilhando do banho. Para minha sorte, ele não tinha ouvido a primeira parte da conversa.

— A escolha da entrada no ensaio do casamento — recuperou-se Carol Anne.

— De volta tão cedo? — Michael disse para mim, obviamente sem nenhum interesse pelo meu jantar de ensaio. Ele beijou a cabeça de Carol Anne por trás. A ternura do gesto quase me fez chorar. — Por que você simplesmente não passou a noite aqui?

— Acredite, eu queria ter feito isso.

— Temos uma notícia terrível, Michael — disse Carol Anne, girando no banco para ficar de frente para o marido. — Angie foi encontrada morta.

Em toda a minha vida, nunca vi nada como a expressão que cruzou o rosto de Michael Niebaum. Seus belos olhos escuros ficaram vidrados como se espiassem as profundezas de algum horror indizível, e toda cor desapareceu de seu rosto. Ele nos deu as costas abruptamente e foi até a cafeteira, onde se serviu de uma xícara com as mãos trêmulas.

— O que aconteceu? — perguntou ele, olhando pela janela e de costas para nós.

— Ainda não temos certeza, mas parece que ela foi assassinada. Kelly saiu para correr hoje cedo e se deparou com uma comoção no Lincoln Park, e havia um cadáver e... era Angie. Isso não é inacreditável? Quer dizer, a gente estava com ela ontem à noite... — A voz de

Carol Anne foi se apagando e voltou. — Michael, eles a encontraram perto do Belmont Harbor, imagina só.

— Como é? — Quando ele se virou, havia recuperado um pouco de cor, embora ainda estivesse pálido para alguém cuja compleição tinha um bronzeado natural. Ele ficou parado absorvendo o que Carol Anne acabara de dizer. Em seguida, fez uma careta e suas mãos foram até seu abdômen. — Com licença, eu já volto — disse ele, saindo correndo do cômodo.

— Você está bem? — Carol Anne perguntou atrás dele. — Ele tem um cólon irritável — explicou ela. — Acho que a notícia da morte de Angie foi tão chocante para ele quanto para nós.

O telefone tocou e Carol Anne olhou para mim, cautelosa, enquanto atendia.

— Alô? Sim. Sim, é ela mesma — disse ela. *A polícia,* ela cochichou. Fiquei em silêncio ouvindo a parte dela da conversa.

— Sim, eu sei sobre o assassinato. Sim. Quando? Hoje à tarde? Sim, estarei aqui. — Houve uma pausa. — Maggie Trueheart? Bem, na verdade...

O terror me dominou. Eu não podia falar com a polícia. Ainda não. Eu não tinha ideia do que eles iam me perguntar sobre a noite passada, e menos ainda de como eu ia responder sem selar meu próprio caixão. Acenei com a mão na frente da garganta como se a estivesse cortando. Que basicamente era o que eu queria estar fazendo. Minha melhor amiga, sempre perceptiva, veio em meu auxílio.

— Na verdade, ela esteve aqui, mas acabou de sair. Sim, senhor. Digo, detetive. Sim, eu vejo vocês, então.

Carol Anne desligou e seus olhos se voltaram para mim.

— A polícia vai vir para cá conversar sobre Angie. Por que você estava me mandando ficar quieta?

— Porque eles vão querer conversar comigo e eu não posso falar com eles agora. — O pânico me envolveu enquanto eu ficava de pé. A culpa e o luto agora estavam no banco de trás, tendo cedido lugar para um instinto mais primário, o de sobrevivência. Algo me dizia que eu teria que contar algumas mentiras, e eu não gostaria de fazer isso na frente de Carol Anne. Ou de Michael. Agarrei minha bolsa e me dirigi para a porta. — Tenho que ir embora.

Carol Anne me acompanhou até a entrada da garagem e ficou ao meu lado enquanto eu ligava o carro.

— Tem certeza de que você está bem?

— Eu não tenho mais certeza de nada, Carol Anne. Exceto de que, do jeito como estou me sentindo no momento, seria melhor se fosse eu lá no necrotério.

— Não diga isso, Maggie — disse Carol Anne, estendendo a mão para dentro do carro e tocando meu ombro. — Eles estão vindo para cá conversar sobre a Angie. Eles não sabem sobre você e não se importam com você. Não se preocupe. Eu estou do seu lado.

— Obrigada, C. A. Eu precisava disso.

Dei a partida no carro e desci pela longa entrada da casa dela.

DEZ

Meus pensamentos estavam em Flynn durante todo o trajeto de volta para a cidade, o homem com quem eu deveria me casar em duas semanas, o noivo que eu havia traído. Havíamos nos conhecido na festa de Natasha e Arthur do Memorial Day no ano anterior, num encontro arranjado por eles, conforme descobri depois. Finalmente livre dos catorze quilos extras que carregava desde o ensino médio, eu estava me sentindo inteligente e sedutora. Depois de anos sendo gordinha e engraçada, sabe como é, a garota com uma personalidade ótima, minha versão reduzida era a garota bonita com uma personalidade ótima. Sem gordinha na equação.

Flynn e eu nos demos bem logo de cara. Compartilhávamos um amor por sushi, música e filmes. Ele me levou para casa e nós ficamos sentados no carro dele na frente do meu prédio até as duas da manhã, comparando filmes favoritos. Ambos tínhamos o mau gosto pavoroso de adorar filmes da Doris Day e *Apertem os cintos... o piloto sumiu!*, mas também apreciávamos clássicos como *O terceiro homem* e *Casablanca*. Ele achou intrigante que eu tivesse optado por uma faculdade estadual como a Universidade de Iowa e me formado em literatura, enquanto ele tinha escolhido Dartmouth, uma das Ivy League, e se formado em finanças. Ele me levou até a porta naquela noite e me deu um beijo afetuoso, mas não afetuoso demais, e eu senti que minha vida sem graça estava prestes a mudar. Quando ele ligou no dia seguinte me convidando para sair eu tive certeza.

E a minha vida mudou mesmo. Pela primeira vez desde o ensino médio, eu era parte de um "nós". Não era mais só eu, ou eu e as meninas. Havia um homem na minha vida. E, de acordo com todas as mulheres ao meu redor, Flynn era um belo homem. Ele era bonito, filho e irmão dedicado, e amado por todos os seus amigos. Vinha de uma família rica, mas era bem-sucedido por méritos próprios, tendo fundado uma empresa de software que crescia rapidamente – o que quer que fosse software. Ele me disse naquela primeira noite que chegaria no mínimo às centenas de milhões de dólares, e, aos trinta e seis anos, já tinha boa parte disso. Ele já tinha dado entrada em uma casa para nós na Gold Coast, e fecharíamos o negócio depois da lua de mel. A casa era o sonho de qualquer mulher – de qualquer pessoa, na verdade. Quatro andares com pisos de madeira maciça, banheiras de granito e balaustradas entalhadas à mão. No entanto, conforme o casamento se aproximava, eu me via com dificuldades para ficar empolgada com o lar dos sonhos. Parecia tão excessivo. Minha mãe me criticava por agir de forma *blasé* quanto a minha boa sorte, ela mesma extasiada pelo fato de que, depois de muitos anos de preocupação, sua filha de trinta e três anos não iria mais alugar um quarto e sala em um prédio sem segurança adequada.

A verdade é que eu estava *blasé* a respeito de muita coisa ultimamente, inclusive Flynn. Eu não tinha certeza se apreendia totalmente o sentido de estar com uma pessoa para sempre. Exceto pelo meu primeiro amor no ensino médio, minha experiência com o sexo oposto era limitada. Antes de Flynn aparecer, meus relacionamentos consistiam de casos breves ou ficadas mais breves ainda de uma noite só. Sendo uma mulher gorda, era fácil convencê-los a dormir comigo – uma vez. Fazer com que eles voltassem era a parte complicada.

Caso eu não soubesse a sorte que tinha por ter conquistado Flynn, havia bastante gente disposta a me lembrar. Eu atribuía minha falta de entusiasmo ao aumento das pressões antes do casamento. Era tudo tão tedioso, as festas de noivado e os chás disso e daquilo, os bilhetes de agradecimento obrigatórios que se seguiam. As decisões que minha mãe tratava como de vida ou morte: convites, registro na loja para jogos de porcelana e prataria e cristais, o curso para noivos com o padre, a escolha do vestido de noiva de três mil dólares, os vestidos das damas de honra, a banda, as flores, o cardápio, o bolo, fazer ajustes semanais no vestido de noiva, encontrar hospedagem para os convidados de fora da cidade, os preparativos para o jantar de ensaio e por aí vai. A lista seguia, interminável. Eu estava sufocando.

Eu me perguntava o que havia de errado comigo. Ali estava eu, aos trinta e poucos anos, uma idade em que a maioria das solteiras já estavam planejando cruzeiros juntas, e eu tinha me arranjado acima das mais loucas expectativas da maior parte das mulheres. A maioria adoraria estar no meu lugar. Eu deveria estar maluca de felicidade. Carol Anne tinha um bom argumento. Naquele momento, na sequência da minha indiscrição – e do que mais eu poderia chamar aquilo? –, Flynn tinha se tornado a coisa mais importante do meu mundo. Eu o amava tanto naquele momento que talvez, de um jeito meio desleal, meu comportamento questionável pudesse ter um resultado positivo.

Decidi ali mesmo que passaria o resto da minha vida compensando Flynn, sendo uma esposa e companheira perfeita. Obviamente, ele jamais poderia descobrir a coisa horrorosa que eu havia feito. Era meu dever protegê-lo daquilo para sempre.

O que levou meu pensamento de volta para o assassinato de Angie. Não para diminuir o fato, de maneira alguma; Angie tinha sido muito importante para mim, mas a polícia sem dúvida ia querer falar comigo naquela tarde. Eu estava enojada comigo mesma por ficar tão preocupada com o que eles poderiam perguntar. Mas não podia conter meu medo. E se eles perguntassem se eu tinha saído do bar com Angie e Suzanne? O que eu diria? Minha intenção era fazer tudo o que fosse possível para ajudar a encontrar o assassino da minha amiga, mas a polícia jamais poderia descobrir o que eu estava fazendo enquanto isso ocorria. Jamais. Poderia. Descobrir. As coisas seguiriam na base do "saber apenas o necessário", e eles não tinham necessidade alguma de saber aquilo.

Quando entrei no meu apartamento, a luz vermelha na secretária eletrônica estava piscando. Havia três mensagens de Flynn me pedindo que ligasse para ele em Nova York, e uma mensagem de um tal detetive O'Reilly dizendo que precisava se encontrar comigo assim que possível. Primeiro liguei para Flynn em seu hotel e respirei fundo antes de falar, imaginando se ele conseguiria sentir minha traição pela linha telefônica.

— Oi — murmurei.

— Maggie, por onde é que você andou? Eu estava começando a ficar preocupado.

— Eu estava na casa da Carol Anne.

— Você não foi para lá ontem à noite?

— Tive que voltar para buscar um negócio.

— Você parece estranha. Está tudo bem?

Antes que ele pudesse fazer mais perguntas, eu lhe contei sobre Angie, na esperança de que ele atribuísse o tom estranho na minha voz ao assassinato da minha amiga. O que era verdade, em parte. É claro que ele tinha uma porção de perguntas sobre o assassinato, mas eu o interrompi antes que pudesse perguntar demais.

— Estou chateada demais para conversar sobre isso agora — falei.

— É claro, eu entendo que você não queira conversar, meu bem. Que choque — disse ele. — Espero que eles peguem o desgraçado.

— Eu também — falei, uma das minhas poucas declarações honestas naquela conversa.

— Vejo você amanhã, então. Eu te amo — terminou ele.

— Eu também — devolvi.

O telefone mal tinha voltado para o gancho quando houve uma batida na porta. Eu a abri para dois homens, um bem grande, o outro baixinho, estendendo os distintivos. Não precisava ser um gênio para adivinhar quem eles eram. Evidentemente, eles tinham decidido fazer um desvio pelo Beco da Culpa antes de ir para a casa de Carol Anne. Eu me xinguei mentalmente por ter aberto a porta.

É claro que eles queriam saber tudo sobre a noite anterior. Sentada com eles ao redor da mesa de jantar, combatendo uma dor de cabeça que me dava vontade de arrancar meu couro cabeludo, fiz o melhor que pude para reconstruir as atividades da noite anterior sem entregar nenhuma informação incriminadora. Enquanto O'Reilly conduzia a maior parte da conversa, os olhinhos de seu parceiro faziam um inventário do meu apartamento: o sofá de sarja combinando com a poltrona, ambos comprados em um saldão de móveis, o pequeno cantinho que abrigava meu escritório, as prateleiras que envergavam sob o peso dos meus livros preferidos em capa dura e das obras completas de Shakespeare, as caixas que eu vinha enchendo aos poucos para a mudança depois do meu casamento. O silêncio de Kozlowski me deixou mais nervosa do que as perguntas do irlandês de rosto corado, especialmente quando seus olhos questionadores viajaram para a porta aberta da cozinha. A garrafa de Jameson tinha sido guardada, mas dois copinhos ainda continuavam virados de cabeça para baixo no escorredor de louça. Minha pressão arterial subiu enquanto eu me perguntava se ele tinha reparado neles.

O'Reilly tinha me perguntado alguma coisa, mas eu estava tão distraída que não entendi.

— Desculpe, o senhor pode repetir?

— Vocês tiveram problemas com alguém durante a noite, por exemplo, no bar?

— Talvez um probleminha. — Eu contei a eles sobre os moradores do West Side que Angie tinha mandado à m... — Dizer às pessoas aonde ir não era nada fora do comum para ela.

— Mais algum contato com eles depois disso?

— Não. Eles foram embora pouco depois com uma jovem... ela era obviamente mais interessante do que nós.

— Então vocês saíram do bar a que horas?

— Suzanne e Angie saíram por volta das três.

— E você?

— Um pouco mais tarde.

As coisas ficaram problemáticas quando Kozlowski soltou a bomba que eu temia.

— Por que você não foi com elas?

Meu coração palpitava tão descontroladamente que era um espanto que não desse para ver por cima da camisa, como nos desenhos animados. O jeito como ele fez a pergunta sugeria que eu tinha algo a esconder. E eu tinha. Contudo, embora o que eu fizera com o carpinteiro fosse errado, não era ilegal, e trazer isso à tona não serviria de nada.

— Porque eu estava dançando e não estava a fim de ir para casa ainda — falei, a língua seca como uma toalha de papel.

— Você estava dançando com algum conhecido? — Kozlowski pressionou.

Me desculpe, mas que diabos isso tem a ver com a história?

— Não, eu estava dançando com uma porção de gente diferente. — Agora eu tinha mentido para a polícia. O que provavelmente era ilegal.

— Então a que horas *você* foi embora da Overhang?

Foi a minha imaginação ou os olhos do detetive grandalhão dardejaram para a minha cozinha? Será que ele estava reparando nos dois copinhos? Senti vontade de correr para o banheiro e vomitar minhas entranhas pela terceira vez naquele dia. *As luzes do bar tinham se acendido. Luzes tão claras que ofuscavam.*

— Depois da última rodada. Por volta das três e meia.

— E como você voltou para casa?

— Peguei um táxi. — Eu disse a mim mesma que era melhor me acostumar com aquela mentira. Ela escorregou da minha língua feito uma ostra. Era estarrecedor o que uma pessoa podia fazer quando sua sobrevivência estava em risco.

O'Reilly tinha começado a falar outra vez, mas minha mente estava tão acelerada que só peguei o finalzinho da pergunta.

— Que tipo de cara ele é?

— Ele quem? — O sangue estava se acumulando em meus ouvidos, a cabeça girando tão depressa que fiquei com medo de desmaiar. Ele estava me perguntando sobre Steven Kaufman?

— O ex dela. Harvey. Que tipo de cara ele é?

— Harvey? — Alívio. A palpitação desacelerou. É isso o que a culpa faz com uma pessoa. O'Reilly não queria saber sobre o carpinteiro. Ele queria saber sobre Harvey. Graças a Deus. — Ele é uma boa pessoa, de modo geral. Veio de baixo e ganhou muito dinheiro e está muito feliz com isso.

— Por que o divórcio?

— Ele a traiu.

— Está sendo um divórcio complicado?

— Existe certa animosidade, claro. Especialmente a respeito dos imóveis. Angie jurava que ficaria com o prédio deles e tudo que havia lá dentro, ainda que isso a matasse. — Fiz uma pausa ao me dar conta do que eu havia acabado de dizer.

— Você acha que Harvey Wozniak seria capaz de ferir sua ex?

Pensei em como Angie e Harvey tinham sido delirantemente felizes em seus primeiros anos juntos. Ele parecia um filhote de cachorro com a língua pendurada quando estava perto de Angie, todo agitado, atrapalhado e feliz. Ele tinha implorado o perdão de Angie depois da traição, mas ela não queria nem ouvir. Será que o amor dele poderia ir tão longe na direção contrária a ponto de ele tirar a vida dela? Eu não conseguia ver algo assim.

— De jeito nenhum Harvey matou a Angie. Ele realmente a amava.

— Você sabia que Angie estava usando cocaína ontem à noite? — perguntou O'Reilly.

Balancei a cabeça, negando. *Outra mentira, mas, de novo, isso era algo que só sabia quem precisava saber, e eles não precisavam saber.*

— Então você não tem nenhuma ideia de quem poderia ser o fornecedor dela?

Outro balançar de cabeça, e esse era verdade.

Ninguém jamais sentiu tanto alívio quanto eu ao ver as costas daqueles dois policiais descendo minhas escadas. Eu me dei nota dez por ter aguentado a entrevista sem que eles tropeçassem em meu segredo, mas a culpa ainda pendia sobre mim como um saco de cimento. Embora eu tivesse trazido esse fardo sobre mim mesma, era, ainda assim, um fardo. A culpa misturada com o medo formava uma mistura potente. Minha mente explorava cenários diferentes. E se eles interrogassem o bartender da Overhang e ele se lembrasse de me ver sair com o carpinteiro? Será que isso faria O'Reilly e Kozlowski voltarem com mais perguntas? Eu rezei para que os policiais encontrassem o assassino de Angie logo, antes que escavassem meus atos na noite anterior ainda mais.

Em seguida, disse para mim mesma que estava sendo paranoica. A polícia não estava interessada na minha vida pessoal. Era com a vida de Angie que eles estavam preocupados. Ou com sua antiga vida.

Minha dor de cabeça tinha evoluído para uma bola de pingue-pongue quicando nas laterais do meu crânio. Jurando nunca mais beber, tomei dois comprimidos de Tylenol e entrei no quarto. O colchão exposto serviu como mais um lembrete do meu pecado. Deitei na cama e aninhei a cabeça entre os braços, perguntando-me como eu seria capaz de encarar meu noivo no dia seguinte e pensando no quanto eu sentiria falta de Angie.

ONZE

Angie

Angie conheceu Harvey num sábado louco durante as festas de fim de ano, quando a loja estava com tão pouco pessoal que ela se viu trabalhando no departamento de lingerie. Abrindo caminho a cotoveladas por um corredor lotado, ela imediatamente notou o homão de cabelos escuros vestindo uma jaqueta dos Blackhawks vasculhando uma prateleira de camisolas de renda, os olhos voltados para baixo, encabulado.

— Posso ajudar? — perguntou ela, resolvendo se divertir um pouco com ele. Ele ergueu a cabeça, os olhos caídos, lembrando os de um sabujo, e seu rosto enrubesceu. Angie teve certeza de que ele teria desaparecido naquele momento se pudesse.

— Hã, sim, estou procurando um presente. — Seu sotaque anasalado indicava que ele vinha do Southside. Proletário.

— Para a sua esposa?

— Hã, não. Uma amiga especial. — Ele pigarreou duas vezes.

— Garota de sorte. — Angie procurou pela arara até encontrar um minúsculo baby-doll preto com barra de plumas. Ela estendeu-o na direção dele. — Este seria o tamanho dela?

— Não tenho certeza — disse Harvey, que a essa altura já estava da cor de uma beterraba. Pelo visto, tamanho era algo que não tinha lhe ocorrido.

— Bem, comparada comigo, como ela é? — provocou Angie, sustentando de modo direto o olhar caído dele. — Você diria que ela é do meu tamanho? Ou ela é maior? Menor?

Harvey deu uma olhada com mais atenção em Angie. Com seu sorriso de lábios cheios, peito volumoso e quadris amplos, a sensualidade extravasava de seus poros. De repente, a namorada dele, magra e plana como uma tábua, encarava a perspectiva de um Natal um tanto escasso.

Ele tomou o baby-doll das mãos de Angie e segurou-o na frente dela.

— Parece ser do tamanho certo. Vou levar. Você poderia embrulhar?

Ela finalizou a compra dele e embrulhou-a em papel de seda colorido. Colocou a caixa em uma sacola da Bloomingdale's e entregou-a para ele.

— Tenho certeza de que ela vai gostar — disse ela.

— Acho que não — respondeu ele, devolvendo a sacola para Angie. — É para você.

Foi a vez de Angie corar, congelada e imóvel atrás do balcão enquanto dezenas de clientes disputavam sua atenção. Encorajado, Harvey sorriu para ela e perguntou:

— E, então, onde é que nós vamos jantar hoje à noite?

Angie havia recuperado seu equilíbrio.

— Que tal no Morton's? Eu gosto de carne vermelha.

Angie só foi usar aquele baby-doll na noite de núpcias. Para a delícia e a frustração de seu futuro marido, ela era virgem e pretendia continuar nesse estado sublime até estar casada. A atitude travessa, e frequentemente lasciva, era uma fachada. Seu pai era um notório mulherengo, suas façanhas tão descaradas que praticamente todo mundo sabia a respeito. Criada à sombra desse comportamento do pai, Angie tinha opiniões fortes sobre sexo e o rastro doloroso que ficava para trás. Ela jamais consideraria o sexo algo casual.

Na primeira noite em que Angie usou aquele baby-doll, na suíte nupcial do Las Brisas, ficou claro que a espera tinha valido a pena – para ambos. Harvey se mostrou o tipo de amante atencioso sobre o qual ela tinha lido nos livros, e sua timidez se derreteu sob a orientação dele. Angie descobriu que sexo era algo de que ela gostava bastante. O que se encaixava bem nos planos, já que sua única aspiração na vida era ter filhos e constituir uma família.

Ela e Harvey ficaram encantados quando, logo depois da lua de mel, eles descobriram que ela estava grávida. Compraram um pequeno edifício com três apartamentos em Old Town e o transformaram em uma casa, com três quartos mais um quarto de bebê. Foi quando ocorreu o primeiro aborto espontâneo. O médico de Angie garantiu que não era incomum isso acontecer na primeira gravidez, de modo que ela e Harvey entusiasticamente tentaram de novo. Uma segunda gravidez também terminou em aborto espontâneo. E uma terceira.

Depois da quarta, Angie estava inconsolável. Ela não podia entender por que seu corpo, tão obviamente construído para gerar crianças, a estava traindo. Quando ela perdeu o quinto bebê, em vez de buscar apoio em Harvey, ela o afastou. Não permitia que ele a tocasse, porque não podia suportar mais um fracasso. O quarto que tinha sido tamanha fonte de alegria para eles se tornou um amargo campo de batalha, com o marido tentando saciar suas carências e a esposa se recusando.

Isso se arrastou por quase um ano até que, certa tarde, Angie voltou mais cedo do trabalho e encontrou Harvey na cama deles com uma loira da área operacional.

Se Angie já estava inconsolável por sua incapacidade de gerar filhos, a infidelidade de Harvey era ainda pior. Ele jurou ser a primeira vez que havia fraquejado, a única vez. Que a mulher lhe dera uma carona até em casa e ele sucumbira em um momento de fraqueza. Jurou que nunca mais aconteceria. Angie não quis nem ouvir. Depois de ver sua mãe aguentar em silêncio os casos extraconjugais do pai, ela não tinha nenhuma intenção de sofrer o mesmo. Harvey lhe implorou, lembrando que eles não faziam sexo havia meses, e pediu que eles buscassem uma terapia de casais. Mas não havia como fazê-la mudar de ideia. A infidelidade era a maior traição de todas na visão dela. Ela o expulsou de casa e deu início ao processo de divórcio. E se recusou a olhar para trás.

DOZE

Carol Anne

Com as crianças de volta, o nível de barulho na cozinha tinha voltado ao normal: ensurdecedor. Cara e Eva brigavam pelo controle remoto da televisão enquanto Michael Jr. guinchava por atenção no cadeirão de bebê. Carol Anne mal percebia qualquer som enquanto descascava batatas diante da pia. Havia outros pensamentos inquietantes ocupando sua mente. A morte de Angie, ainda por cima assassinada. E o que os pais de Angie deviam estar sofrendo. Ela não conseguia nem imaginar quão devastador seria perder uma filha. Em seguida vinha o ato idiota de sua melhor amiga, dormindo com um desconhecido e botando tudo a perder. Mas acima de todas as preocupações estava seu casamento com Michael. Havia algo terrivelmente errado entre eles.

Quando a polícia apareceu, ele estava no hospital lidando com uma lipoaspiração que tivera complicações. Com as crianças ainda na casa da avó, o silêncio era o de uma casa mal-assombrada quando Carol Anne se sentou com os detetives na sala de estar respondendo às perguntas dos dois. Eles lhe perguntaram sobre a noite anterior, sobre Angie e as outras garotas, sobre Angie e Harvey, sobre o estado de Angie quando saíra dali. Se ela sabia que Angie estava usando cocaína – o que, é claro, ela não sabia. O detetive O'Reilly conduziu a maior parte da conversa enquanto seu parceiro silencioso tomava notas. Ambos foram bastante profissionais, e ela não teve dificuldade de ser direta e honesta com eles. Não que Carol Anne tivesse qualquer coisa a esconder. Ao menos era o que ela achava, até o finalzinho da entrevista.

— E as suas convidadas saíram a que horas, sra. Niebaum? — perguntara O'Reilly. Ela gostava que se referissem a ela como sra. Niebaum. Amava o som de seu nome de casada.

— Eu diria que às dez todas já tinham ido embora.

— E, pelo que eu entendi, a sra. Lupino foi de carro para o centro da cidade com a srta. Trueheart.

— Correto.

O detetive baixinho assentiu, as mãos de dedos grossos cruzadas sobre o colo.

— Você ficou sozinha aqui depois disso.

— Sim. As crianças estavam na casa da minha sogra, ainda estão, na verdade, e meu marido estava fora jogando baralho.

— Espero que ele tenha ganhado — brincou Kozlowski, a primeira coisa que ele dizia desde que se apresentara na porta da frente.

— De fato, ele ganhou. É bom que tenha ganhado. Jogou até tarde o bastante para ter ganhado. — No instante em que essas palavras escaparam de seus lábios, ela quis trazê-las de volta. Seria aquilo um brilho de elucidação no olho de O'Reilly? Sua sobrancelha direita tremeu e ele levantou uma mão para acalmá-la.

— E o seu marido chegou em casa a que horas, sra. Niebaum? — perguntou ele.

Provavelmente era uma pergunta de rotina, ela disse a si mesma. Ainda assim, não queria que eles soubessem que os pássaros já estavam cantando quando Michael se deitou na cama deles. Além de ser humilhante, não era da conta deles. Ela torceu para que nenhum dos dois notasse sua hesitação antes de responder.

— Michael chegou em casa pouco depois da meia-noite.

Eles foram embora depois disso, deixando-a sozinha em uma casa que subitamente parecia muito maior e mais vazia.

Os berros das meninas alcançaram um nível intolerável, atravessando seus pensamentos e esmagando seus nervos sensibilizados como um daqueles sopradores de folha infernais que os jardineiros usavam. Sua mão escorregou e ela cortou o nó do dedo com o descascador de batata. Dando as costas para a pia, ela perdeu a paciência e usou um tom que as filhas raramente ouviam.

— Cara. Eva. Parem com isso! Agora mesmo, droga!

Atordoadas ao descobrir que sua mãe tinha um limite, elas fugiram da cozinha e desapareceram pelo corredor. Os gritos do bebê ficaram mais altos, por isso ela o tirou do cadeirão e o segurou contra o corpo. Quando ele se aquietou, ela o devolveu ao cadeirão e começou a lhe dar um purê de cenoura. Sua mente voltou para Michael.

Ele não a tocava havia meses, e a cama que eles compartilhavam era usada apenas para dormir. Pela primeira vez, em quinze anos juntos, Carol Anne desconfiava que houvesse outra mulher. Tantas mulheres passavam pelo consultório dele diariamente que ter um caso seria tão fácil quanto tirar uma pétala de uma margarida. Mas a coisa mais estranha era que ele não exibia nenhum dos típicos sinais de traição sobre os quais ela tinha lido nas revistas. Ele não comprara cuecas novas nem começara a passar mais tempo na frente do espelho. Não havia perfume de outra mulher nas roupas dele. Não havia telefonemas misteriosos para a casa deles, a linha caindo logo em seguida. Assim, ela decidiu que sua imaginação estava fazendo hora extra – que ele estava apenas cansado por causa do trabalho –, a desculpa que ele sempre dava ao ser questionado quanto à falta de intimidade no casamento deles.

Mas os eventos daquele dia reacenderam sua desconfiança em um nível totalmente diferente. Michael tinha entrado sorrateiramente às cinco da manhã e acordado Carol Anne – se é que era possível chamar suas reviravoltas na cama de sono. Ele pediu desculpas por chegar tão tarde, explicou que estava ganhando alto na mesa de pôquer, e que era de mau gosto um ganhador dar no pé. Em seguida, ele fez amor com ela pela primeira vez em meses, anulando a raiva que ela sentia por ele ter chegado naquele horário. Tudo o que importava era que ele tinha feito amor com ela pela primeira vez depois de muito tempo.

Sua felicidade redescoberta desmoronou quando ela testemunhou a reação dele à morte de Angie naquela manhã. Ele tinha ficado branco como as persianas da cozinha, suas mãos tremendo tão visivelmente que ela achou que ele fosse derramar café. Totalmente diferentes das mãos do cirurgião que podia reduzir vinte anos dos olhos de uma mulher. Embora não houvesse como negar que a morte de Angie era uma tragédia inesperada, Michael parecia incomumente perturbado por ela. Afinal, Angie era amiga dela, não dele. Foi quando o impensável lhe ocorreu: será que Angie podia estar se interpondo entre eles? Será que o término de seu próprio casamento havia levado Angie a se meter no de outra pessoa?

Ela ainda estava empurrando cenouras na boca do bebê quando sentiu que Michael estava de pé atrás dela. Ele tinha o hábito irritante de entrar num cômodo sem anunciar sua presença e aí dizer ou fazer alguma coisa que lhe dava um susto imenso. Dito e feito, o toque leve em seu ombro fez com que ela arrancasse a colher da boca do bebê.

— Eu odeio quando você se esgueira por trás de mim desse jeito — disse ela, virando-se para olhar feio para ele antes de concentrar sua atenção no bebê. — Como estava a paciente?

— Ela vai ficar bem. Tive que colocar alguns drenos. É claro, uma lipo na sra. Cavanaugh foi um completo desperdício. Ela vai engordar de novo rapidinho. Só que, dessa vez, a gordura vai acabar na cintura dela, e não na bunda. Graças a Deus elas pagam adiantado. — Ele a abraçou por trás e ela largou o pote de papinha, girando na direção dele para enterrar o rosto em seu peito.

— Michael, por que você agiu de um jeito tão estranho hoje quando ficou sabendo da morte da Angie? — perguntou ela, sem olhar para cima.

O corpo dele se retesou e ele interrompeu o abraço. Segurando-a pela parte superior dos braços com mais firmeza do que de costume, ele olhou para ela de uma forma que a assustou.

— Do que é que você está falando? Uma amiga sua é assassinada e você acha que eu estou agindo estranho? Em comparação com o quê? Não é como se a gente recebesse esse tipo de notícia todo dia.

— Ah, meu Deus, Michael! Você tem razão — disse ela, desculpando-se, sem querer irritá-lo. — É que eu fico com tanto medo às vezes... Você e as crianças são tudo para mim, e se alguma coisa acontecesse...

Ele envolveu-a em seu abraço de novo e segurou-a com mais força dessa vez, balançando gentilmente de um lado para o outro.

— Meu bem, o que aconteceu foi horrível, desumano. É compreensível que você esteja aborrecida. Mas não fique procurando coisas onde não há.

Amparada no abraço do marido, Carol Anne começou a pensar que talvez estivesse exagerando. Porém, havia um tom desconhecido na voz dele, uma normalidade quase forçada. Uma sensação de que algo não estava certo a dominou, estendendo-se mesmo depois que ele subiu as escadas para se preparar para o jantar. Ela se esforçou para suprimir essa sensação. Esse ser de cabelos encaracolados era o centro de sua existência, o único homem que ela já tinha amado, e nada jamais mudaria isso. Seus pensamentos preocupados obscureciam o luto que ela deveria estar sentindo pela amiga falecida.

TREZE

13 dias antes do casamento

O maior obstáculo depois de comer do fruto proibido foi encarar Flynn quando ele voltou de Nova York na tarde de domingo. Eu dei uma desculpa para não buscá-lo no aeroporto, mas não tinha um jeito razoável de escapar do jantar a dois naquela noite. Como ele deixou a escolha do restaurante por minha conta, eu propositalmente optei por um de nossos restaurantes favoritos de sushi, assim não precisaria me sentar de frente para ele durante toda a refeição. Eu estava com medo do que seus crédulos olhos azuis poderiam ler nos meus verdes traidores. Eu ainda não estava preparada para recebê-lo em meu apartamento, então sugeri que nos encontrássemos em frente ao restaurante. No momento em que ele dobrou a esquina, casualmente vestindo sua calça jeans clara e uma polo vermelha, meus olhos se encheram de lágrimas. Ele me abraçou e eu enterrei a cabeça em seu peito, despejando um rio salgado no cavalinho da Ralph Lauren, sem saber direito se o que estava gerando as lágrimas era o meu próprio comportamento ou a morte de Angie. O tempo todo ele esfregava minha nuca com sua mão macia e repetia:

— Está tudo bem, Mags. Está tudo bem.

Quando recobrei o controle, enxuguei as lágrimas e dei uma rápida espiada nele. E então meus olhos voltaram diretamente para a calçada.

— Bem-vindo de volta — falei.

Sentados lado a lado no sushi bar, conversamos sobre a morte de Angie. Eu lhe contei tudo o que sabia sobre o assassinato: que ela tinha, muito provavelmente, saído de seu apartamento depois que Suzanne a deixara lá e sido morta algum tempo depois disso. Por sorte, ele não me pediu mais detalhes sobre os eventos da noite. Quanto menos eu falasse sobre aquela noite, melhor. Eu havia contado uma mentira inofensiva – se é que se pode chamar assim – e dito que Angie, Suzanne e eu saímos da Overhang ao mesmo tempo, mas pegamos táxis separados porque Suzanne ia deixar Angie em casa. Essa versão deixava um furo imenso na minha história, já que Angie morava mais perto do meu apartamento em Old Town do que da cobertura de Suzanne em Lake Shore Drive e, nesse caso, faria mais sentido que eu deixasse Angie em casa, em vez de Suzanne. Flynn não reparou.

Por outro lado, Flynn não estava procurando furos na minha história. Não havia nenhum motivo para ele desconfiar de mim. Em um esforço para aliviar o clima e mudar de assunto, ele contou sobre seu fim de semana em Nova York com seus parceiros de fraternidade, um fim de semana do qual seu fígado levaria pelo menos um mês para se recuperar. Eles tinham começado na sexta à noite com drinques no Fanelli's, seguidos por filés no Gallagher's, e fecharam a noite no P.J. Clarke's, onde os amigos revezaram fazendo brindes de gozação. Na noite de sábado eles jantaram em Hell's Kitchen antes de os rapazes o levarem para o Incubator, um clube de cavalheiros em uma vizinhança sórdida no West Side.

— Você quer saber o que eu estava pensando enquanto olhava aquelas garotas? — disse Flynn, segurando a minha mão. — Eu estava pensando que elas não chegavam aos seus pés. Eu só queria estar aqui com você, ou que você estivesse comigo lá em Nova York.

— Eu também queria ter ido a Nova York — concordei, com toda a honestidade. Se eu estivesse em Nova York, nada disso teria acontecido.

Virei minha cadeira de lado e analisei seu rosto meigo, a descida do nariz e seu queixo proeminente. E me lembrei do quanto era sortuda, algo que minha mãe também era sempre rápida em me lembrar: "Não há muitos homens como Flynn por aí, especialmente para mulheres na casa dos trinta", repetia ela *ad nauseam*. "Eu disse que você encontraria alguém se perdesse aqueles quilinhos."

Como se você não tivesse nada a ver com o meu peso, mamãe, eu queria responder. Uma imagem de Barry Metter rebelde, com cabelos loiro-claros e olhos sonolentos, encontrou lugar em meu cérebro, e meu estômago afundou com uma última pontada de dor pelo meu eu mais jovem.

Eu tinha me apaixonado por Barry tão perdidamente quanto Carol Anne se apaixonara por Michael, meu coração inexperiente tão vulnerável ao primeiro amor quanto os índios em relação à varíola. Ele era mais velho e mais esperto, via o mundo por uma lente diferente. Ele tinha crenças radicais e ideais elevados para resolver a fome mundial e escapar do Vietnã antes de chegar à idade de se alistar. Nós nos conhecemos durante o inverno do meu terceiro ano do ensino médio, e ficamos inseparáveis durante aquela primavera e ao longo do verão. E, como costuma ocorrer nos amores juvenis em sua forma mais crua, ele começou a me pressionar para transar, dizendo que se realmente o amasse eu provaria. Como uma boa garota católica, recusei essa prova de amor, mas permiti que ele fizesse coisas que chocariam meus pais.

Mas então setembro se aproximou, e eu precisei encarar o fato de que Barry partiria para Berkeley. Resolvi que provar o meu amor talvez fosse a única forma de mantê-lo preso a mim pelos quase três mil quilômetros que separavam Winnetka da Califórnia. Foi quando a noite perfeita se apresentou. Meus pais iriam assistir a *La traviata* no centro da cidade e voltariam tarde. Com minha irmã mais velha já morando longe, na faculdade, e minha irmã mais nova passando a noite com uma amiga, a casa era minha.

Barry escalou o olmo do lado de fora do meu quarto para que nenhum vizinho o visse entrando em casa. Eu esperei por ele na janela, vestindo o *négligé* amarelo que meus pais tinham me dado de Natal. Quando ele me tomou em seus braços, nós éramos Romeu e Julieta, dois jovens enamorados tão absortos um no outro que o resto do mundo deixava de existir. Barry foi gentil comigo e eu senti apenas um leve desconforto quando ele abriu caminho pelo território inexplorado. Ele estava em cima de mim com os lençóis afastados para o pé da cama quando a porta do meu quarto se abriu. Tinha que acontecer comigo: a ópera tinha sido cancelada devido à falta de luz no The Lyric.

Até hoje os gritos da minha mãe ressoam nos meus ouvidos. Ela gostaria de vê-lo na prisão por estupro de vulnerável. Como Barry já tinha dezoito anos e eu, só dezesseis, havia uma boa chance de que ela pudesse ter conseguido. Em vez disso, Barry foi banido da minha vida e eu fiquei de castigo pelas últimas semanas do verão. Barry foi embora para Berkeley sem que eu sequer tivesse a chance de me despedir. Fiquei no meu quarto chorando por dias depois disso, recusando-me a comer.

Duas semanas depois, coloquei meu uniforme cinza xadrez e voltei para meu último ano no Immaculata. Nas semanas que se seguiram eu ainda não estava comendo, não sentia apetite nenhum, mas a cintura do meu uniforme começou a ficar apertada. Minha mãe me confrontou com a verdade antes que eu me permitisse ficar plenamente ciente dela. Com minha irmã mais velha longe e a mais nova ainda sem menstruar, minha mãe e eu éramos as únicas usuárias de absorventes da casa. E, quando ela notou que o selo da caixinha de Tampax que ficava embaixo da pia do banheiro continuava intacto, não levou muito tempo para tirar suas conclusões.

Antes que eu desse por mim, a mais católica entre todas as católicas tinha me levado para uma operação de dilatação e curetagem no consultório de seu ginecologista judeu. Quais eram minhas opções? Eu tinha dezesseis anos, com um ex-namorado a três mil quilômetros de distância. E quando minha mãe botava uma coisa na cabeça era como um tornado, uma força da natureza que não se podia desafiar. Eu era uma escrava seguindo ordens. Fiz o que me mandaram, analisando o teto enquanto minhas pernas eram abertas e meu útero era raspado até não restar mais nada. Naquela noite, ainda atordoada pela perda de Barry, e ainda mais atordoada pela perda de nosso potencial filho, eu voltei a comer.

E bota comer nisso! Eu me afundei na comida para aliviar a dor. Comia feito uma glutona: hambúrgueres e batatas fritas e sorvete. Nada me bastava. Continuei comendo até ganhar quase quinze quilos em meu corpinho de um metro e sessenta.

Eu nunca mais vi Barry. O pai dele foi transferido para a Califórnia naquele outono, então não havia nem a chance de vê-lo quando ele voltasse para casa nas férias. Não que eu quisesse vê-lo do jeito que eu estava na época, imensa feito o Hindenburg.[4] Com o tempo, a dor diminuiu, mas não os quilos que eu ganhara. O peso ficou como uma vingança pelo resto do ensino médio, durante a faculdade e depois disso. Em parte, eu atribuía meu sucesso na *Chicagoan* ao meu sobrepeso. A gordura me protegeu de qualquer outro interesse que pudesse virar uma distração, como um namorado, deixando-me tempo de sobra para me dedicar a um emprego do qual eu nem gostava.

Até que um dia, enquanto esperava para entrar em reunião com uma seguradora que anunciava na *Chicagoan*, comecei a folhear uma revista na recepção e encontrei uma foto de Barry. Ele tinha ganhado

---

4 Dirigível alemão da década de 1930 que até hoje detém o título de maior nave a voar. (N.E.)

algum prêmio por ser o maior agente de seguros de sua região. Seu rosto estava mole e flácido, seu cabelo estava com entradas e o sorrisinho malicioso que eu tanto amava tinha evoluído para um sorriso branco com facetas de porcelana. O artigo mencionava como sua esposa e os dois filhos estavam orgulhosos dele. Sua tendência rebelde havia amadurecido em uma conformidade banal. E assim me dei conta de que, em algum ponto lá no fundo da minha consciência, havia uma ideia de que nós dois ficaríamos juntos outra vez. Aquela ideia agora evaporava.

Nas semanas que se seguiram, eu parei de comer exageradamente. Simples assim. Parei de me entupir de hambúrgueres, batatas fritas, biscoitos e sorvete, e comecei a preferir comidas saudáveis como frutas, vegetais e peixe. Comecei a caminhar para o trabalho, em vez de ir de carro ou de táxi. Comecei a fazer abdominais e flexões de braço. E, quilo por quilo, meu sobrepeso se derreteu, até que um dia eu subi na balança e ela marcou cinquenta quilos. O peso exato que eu tinha no verão em que amei Barry.

O peso exato que eu tinha no dia em que conheci Flynn.

Cada palavra que eu disse a Flynn pelo resto da noite soou forçada e fingida, como se ele fosse um estranho do qual eu mal podia esperar para me livrar. A ironia era que ele permanecia a mesma pessoa que eu tinha deixado no aeroporto na quinta-feira à noite. Era eu quem havia mudado, quem havia violado a confiança, quem era agora uma desconhecida. E, por mais que eu tentasse agir normalmente, a normalidade era difícil de encontrar. Uma sensação imensa de alívio me invadiu quando Flynn estacionou na frente do meu prédio para me deixar em casa. Porém, antes que eu pudesse sair do carro, ele me perguntou explicitamente se estava tudo bem. Eu joguei a culpa pelo meu comportamento estranho na morte de Angie, o que era verdade, em parte. Então fugi do carro dele e subi para o meu apartamento, grata por não estarmos morando juntos ainda, para poder ficar sozinha com a minha culpa.

CATORZE

Suzanne

Vince estava sentado na beira da cama observando-a se vestir, os lençóis jogados sobre seu pênis cansado. Ele a encarava tão intensamente que, mesmo enquanto ela puxava o vestido preto de jérsei por cima da cabeça, ainda conseguia sentir o olhar dele. Quando ela dobrou o braço para alcançar o zíper nas costas, ele levantou da cama de um salto e puxou o zíper por toda a extensão de um jeito quase religioso. Seus olhos não desviaram enquanto ela se sentava em frente à penteadeira, enrolando o cabelo loiro num coque perfeito e aplicando uma leve camada de batom. Quando ela colocou no pulso o pesado bracelete de ouro que ele lhe dera, ele aprovou o gesto.

Foi quando a fachada dela se rompeu. Ela deixou a cabeça cair sobre o espaldar da cadeira e deixou escapar um suspiro. Fechou os olhos com força e manteve-os assim, procurando paz no escuro atrás das pálpebras. Não havia palavras para descrever o quanto ela temia esse funeral. O velório já tinha sido doloroso o suficiente: o clima mórbido da funerária, a mãe de Angie chorosa, o pai alquebrado, os três irmãos tentando se manter firmes, os rostos enlutados da família e dos amigos, a dor exacerbada pelas perguntas sem resposta de quem e por quê. Os últimos dias tinham sido excepcionalmente difíceis para Suzanne, trazendo de volta lembranças turbulentas da morte de Johnny. Ela pensou que o tempo havia cicatrizado aquela ferida, mas a morte de Angie a reabrira, e a dor ainda era tão forte como antes.

Quando ela tornou a abrir os olhos, Vince a encarava com preocupação. Ela forçou um sorriso débil.

— É melhor eu ir andando.

— Tem certeza de que está bem? Você parece pálida — disse ele, a voz indicando uma nova preocupação.

Ela começou a sacudir a cabeça em um sim e então parou, chacoalhando-a de um lado para o outro em um enfático não. Lutando para controlar as emoções, ela se sentou ao lado dele na cama que tinha sido o palco de um doce êxtase apenas minutos antes.

— Ah, Vince! Eu não consigo deixar de pensar que isso é, de alguma forma, culpa minha. Quero dizer, eu sei que não é, mas não posso evitar. Toda vez que eu vejo os pais de Angie, a sensação de culpa fica pior. Eu me sinto tão responsável...

— Mas como você poderia ser responsável? — ele a tranquilizou. — Você não obrigou Angie a sair outra vez.

— Mas eu a fiz ir para casa. Você não entende.

— Ajude-me a entender.

— É difícil demais — disse ela.

Vince colocou um braço reconfortante em torno dela. Ela se remexeu para sair do abraço e lhe deu um beijinho rápido nos lábios. Bem diferente dos beijos sedentos de momentos antes.

— Eu não quero me atrasar. Confira se trancou tudo quando sair — ela recomendou.

Ela saiu do apartamento e pegou o elevador até a garagem. Enquanto avançava aos poucos no tráfego matutino, ela ajustou as mãos no volante e o bracelete de ouro refletiu o Sol da manhã. Não pôde evitar um sorriso ante a beleza simples do objeto. Vince havia lhe oferecido o bracelete em um dos primeiros almoços deles. Na época, ela rejeitou o presente. Agora ela o fitava com a satisfação de um gato sobre um capô de um carro aquecido. A despeito de toda a tristeza, o orgulho da posse sempre elevava seu ânimo.

Os almoços com Vince tinham começado de maneira bastante inocente. Por um mês inteiro, às sextas, ela se juntava a ele em um restaurante refinado, onde compartilhavam uma refeição fabulosa acompanhada de um vinho caro. O comportamento dele era sempre o de um perfeito cavalheiro, ficando de pé quando ela se aproximava da mesa, mantendo-se a uma distância apropriada enquanto eles comiam, um beijinho educado na bochecha quando se separavam ao fim da refeição. As conversas raramente eram sobre negócios, focando mais em artes, esportes e história. Às vezes eles discutiam política, mas, como ambos eram conservadores e fãs do atual presidente, George Bush, era como chover no molhado.

Ele falou de si mesmo apenas uma vez. Encorajada por uma terceira taça de vinho, ela lhe perguntara como ele tinha alcançado seu sucesso. Ele lhe contou sobre como nascera em Pittsburgh, quarenta e dois anos antes, filho de pais idosos que morreram a apenas alguns meses um do outro, deixando-o órfão aos oito anos de idade. Pelos oito anos seguintes, ele foi passado de um parente para outro, alguns meses aqui, um ano ali, sem nunca ter um quarto com que pudesse contar, muito menos um lugar para chamar de lar.

— Mas não tenha pena de mim — disse ele, ao notar o olhar de compaixão de Suzanne. — Minha infância fez de mim o que eu sou. Despertou em mim um desejo de ser bem-sucedido, uma vontade que eu talvez não possuísse caso minha vida tivesse sido normal.

Em busca da independência, ele abandonou o colégio aos dezesseis anos e aceitou um emprego no ramo de construção, em que o salário era bom e havia vagas de sobra. Ele amava todos os aspectos do negócio, a ideia de criar algo onde anteriormente não existia nada. Gostava do perigo envolvido e da habilidade necessária para trabalhar tão perto do céu. Apreciava a simetria matemática das estruturas nas quais trabalhava, o modo como toneladas de aço e concreto podiam ser integradas com quilômetros de fiação e tubulações para formar estruturas magníficas. Ele amava lutar contra os elementos externos e resolver problemas.

— Eu decidi que queria ser dono de uma empresa que projetasse e levantasse prédios. Então voltei a frequentar a escola à noite, peguei meu certificado de conclusão e comecei a estudar arquitetura e engenharia. Minha vida toda foi de estudos e trabalho, estudos e trabalho.

Ele fez uma breve pausa, como se resolvendo se deveria continuar, e então, sem que Suzanne o incentivasse, prosseguiu.

— Eu era tão solitário, completamente sozinho. Aí um sujeito com quem eu estava trabalhando em um projeto me apresentou à irmã dele, Anna, e eu arrumei minha primeira namorada. E minha primeira parceira sexual. O que foi ótimo, até ela engravidar. Eu me casei aos dezenove anos. Aos vinte era pai.

Não houve hesitação antes das palavras seguintes.

— Mas quer saber? Apesar de eu ter me enredado em um casamento bem cedo, minha filha valeu a pena. Eu a amo mais do que tudo neste planeta.

Ultrapassada essa barreira, ele continuou com sua história. A família acabou se mudando para Chicago, onde a construção civil crescia muito. Ele conseguiu um emprego em uma pequena empresa, onde o dono o tomou como pupilo e lhe mostrou o lado empresarial do negócio. Quando seu chefe resolveu se aposentar, Vince comprou a empresa e começou a não apenas construir mas também projetar seus próprios prédios.

— E agora, caso você não tenha reparado, Columbo é provavelmente a placa mais vista pela cidade. É a minha paixão, e eu sou muito bom nisso. Eu me sobressaio nos processos de licitação, ao lidar com os sindicatos, resolvendo problemas de projeto. Não faço ideia do que mais poderia fazer se não trabalhasse com empreendimentos imobiliários.

Suzanne o encarou sobre a borda da taça de vinho.

— Essa é uma história e tanto. Você tem muito de que se orgulhar — disse ela, um tanto incerta do motivo pelo qual ele lhe contara sua vida familiar. Não fazia diferença. Ela não tinha intenção alguma de se envolver com ele, por isso deixou o assunto morrer.

Ele nunca mais mencionou a família depois disso, e ela nunca perguntou sobre eles. O assunto dos almoços voltou para arte, esportes e história. Então uma sexta ele a presenteou com um caro perfume francês. Ela tentou rejeitar o presente, mas ele insistiu que ela aceitasse, explicando que era apenas uma lembrancinha, um brinde. Suzanne aceitou, cautelosa. Na sexta-feira seguinte, outro presente, esse muito mais caro: um bracelete Bvlgari de ouro. Dessa vez ela recusou com firmeza. O arranjo entre eles era estritamente comercial, e presentes sugeriam algo mais. Ele deu de ombros e guardou o bracelete no bolso do terno.

Quando eles terminaram o almoço e esperavam o garçom trazer a conta, ele a surpreendeu dizendo:

— Suzanne, uma mulher linda deveria ter coisas lindas. Eu vou continuar comprando-lhe presentes, e você é livre para recusá-los. Mas eu vou guardá-los na esperança de que um dia você os aceite.

Os olhos dela se endureceram.

— Fique à vontade, Vince, mas eu não estou à venda.

Na sexta seguinte, ele a presenteou com um colar de pérolas negras que ela olhou com admiração antes de rejeitar. Na outra semana, ele trouxe um relógio de pulso da Cartier. E assim seguiu-se por várias semanas até que, contra seus melhores instintos, ela se viu cada vez mais atraída por esse *self-made man*, de um jeito mais do que platônico. Era quase impossível não se deixar encantar. Ele era bem-sucedido, inteligente e bonito. Tinha vindo em seu resgate quando ela mais precisara. Os dois tinham muito em comum. Ambos buscavam o sucesso, percebiam que ele vinha com um preço e apreciavam as coisas materiais que o acompanhavam. Ambos amavam as belas-artes, música e literatura, mas tinham pouco interesse em obrigações sociais como festas e bailes de gala. Ambos eram almas solitárias, suas maiores satisfações derivando do trabalho.

Ele era seu amigo. Seu confidente. Seu financiador.

E então passou a ser seu amante.

Aconteceu no décimo segundo almoço. Vince deve ter sentido que a resistência dela começava a vacilar porque, quando ela chegou ao Ritz Carlton naquele dia, em vez de ser conduzida a uma mesa no restaurante do hotel, foi levada até uma sala privativa. Vince esperava ao lado de uma garrafa de Taittinger Comtes de Champagne resfriando em um balde de cobre. Ele ergueu a garrafa do balde e mostrou-a para ela.

— Meu preferido — disse ele.

— Nada mal — concordou ela, plenamente ciente de que o preço da garrafa era estratosférico. Seus olhos experientes analisaram a sala. Um grande tapete oriental cobria a maior parte do piso de mármore rosado. Um par de poltronas Luís XIV estofadas em um rico brocado de cor creme repousava diante de uma parede espelhada. As notas de um dos Concertos de Brandenburgo vinham flutuando de alto-falantes invisíveis. Uma mesa para dois, forrada com uma toalha de linho irlandês, encontrava-se embaixo de um lustre de cristal cintilante, posta com porcelana fina, prataria pesada e cristal reluzente. Suzanne nunca imaginara que tais cenas existissem em algum lugar além dos filmes e das fantasias.

— Espero que você não se importe em deixar o restaurante para lá — desculpou-se Vince. — Eu simplesmente não conseguiria tolerar ouvir a conversa dos outros hoje.

— Bem, não posso reclamar das instalações — disse ela. Seus olhos registraram a porta aberta na outra ponta do recinto e a imensa cama de dossel lá dentro. Semanas antes, ela teria se sentido insultada pelo que aquilo sugeria. Naquele dia, a visão fez seus joelhos tremerem.

Após uma discreta batida na porta, um garçom de casaco branco entrou empurrando um carrinho com um montinho de caviar aninhado em gelo, acompanhado por torradinhas e *crème fraîche*. Vince puxou a cadeira para ela, que se sentou rapidamente, grata ao sentir o sólido assento sob si. Ele se sentou em frente a ela e sorriu.

Ela sentiu tanto sangue correr para suas bochechas que tinha certeza de estar da mesma cor de seu terninho vermelho. O garçom serviu o Taittinger e o caviar, depois desapareceu. Sem trocarem uma palavra, eles brindaram e beberam. Embora o champanhe fosse excelente, ela mal registrou o sabor. Sensações inusitadas percorriam seu corpo, seu hálito escapando em sopros superficiais. Ela tinha sido cortejada por muitos homens na vida, mas os estudos e depois o trabalho sempre vieram em primeiro lugar, de modo que sua experiência sexual era limitada. Ela sentia uma vertigem singular. Seria o Taittinger ou o homem?

A conversa fiada habitual foi silenciando aos poucos, enquanto a eletricidade entre eles continuou a crescer, até que o único som na sala era o concerto. Quando o garçom voltou para servir mais champanhe, foi Suzanne quem rompeu o silêncio, surpreendendo a si mesma com suas palavras. Olhando ousadamente nos olhos de Vince, ela disse:

— Peça para ele não trazer o próximo prato.

O garçom retirou-se, deixando-os sozinhos. Vince permaneceu colado à cadeira, seus olhos transportando-o pelo espaço que havia entre eles. Ele queria ir até ela, mas seu corpo estava reagindo de uma maneira que certamente se faria evidente caso ele se levantasse. A pele dela luzia, rosada, suas pupilas dilatadas nos círculos azul-safira. O nervosismo dele estava mais aflorado do que no dia em que sua filha nascera.

Quando ele encontrou as palavras, pronunciou-as em uma voz inabalável.

— Suzanne, eu quero fazer amor com você mais do que já quis qualquer coisa neste mundo.

As palavras dele a agradaram imensamente, porque ela se sentia da mesma forma. Cada fibra sua desejava que ele a tocasse, a consumisse. Um lado seu que ela nunca soube que existia surgiu e tomou a iniciativa, erguendo-se de sua cadeira e dando a volta na mesa, sentando-se no colo dele e passando os braços ao redor de seu pescoço. A rigidez que ela sentiu sob si confirmou as palavras dele, e ela se deleitou com seu poder recém-descoberto.

O primeiro beijo deles durou vários minutos, nenhum dos dois disposto a interrompê-lo. Suzanne nunca tinha experimentado nada como aquele beijo. Ela se sentia em outra dimensão, como se Vince fosse uma extensão dela. O beijo foi quente e profundo, a coisa mais carnal que já ocorrera em sua vida. Ela queria que ele durasse para sempre.

Não mais embaraçado por sua situação física, Vince se levantou com ela nos braços e carregou-a para o quarto, beijando-a apaixonadamente enquanto a deitava sobre a cama. Os lábios dele eram carícias, movendo-se do pescoço de Suzanne para seu rosto e chegando às pálpebras. Ele desabotoou o casaco dela e levou a boca até as elevações de seus seios. Abriu o zíper da saia e deslizou-a sobre os quadris dela, sua excitação ampliada pela cinta-liga de renda e as meias que ela usava, uma escolha clarividente da parte dela. Foi a vez dela despi-lo e ela não teve pressa, pressionando os lábios contra a pele dele a cada botão que abria da camisa. Quando os botões se acabaram, ela estendeu a mão para o zíper da calça.

Então foi a vez dele de novo e ele a deitou de costas, continuando a beijá-la enquanto retirava seu sutiã, a cinta-liga e a meia, a minúscula calcinha por baixo. Ele estava num frenesi, querendo lamber cada milímetro dela, e quase o fez, sua excitação ficando mais forte conforme ela gemia ao lado dele. Quando ele não aguentou mais, posicionou-se sobre Suzanne, pressionando contra o ponto perfeito entre as pernas dela.

— Você está pronta para mim? — arfou ele.

— Não estou usando nenhum anticoncepcional — ela conseguiu dizer, entre ofegos. Isso o excitou ainda mais. Saber que ela não estava tomando pílula ou carregando camisinhas o fez saber que esse cenário era desconhecido para ela, que ela não praticava sexo casual.

Ele, contudo, estava preparado. Apanhou uma camisinha no bolso da calça e voltou para junto dela na cama, e para o que acabou se revelando o melhor sexo que os dois já tinham provado em suas vidas.

Eles terminaram o almoço na cama, com intervalos entre os pratos para fazer amor outra vez. Enquanto o dia rumava languidamente para a noite, Suzanne jazia nos braços dele, totalmente satisfeita, achando difícil acreditar que pudesse existir algo mais prazeroso do que fechar negócio com um novo cliente ou receber um bônus vultoso.

— Eu trouxe uma coisa para você — disse Vince, beijando a testa dela.

Ele procurou na mesinha de cabeceira e tirou de lá uma porção de pacotinhos. O coração de Suzanne deu um pulo quando percebeu que ele tinha trazido todos os presentes que ela havia rejeitado: o bracelete de ouro, as pérolas negras, o relógio de pulso. Mas havia um pacote a mais dessa vez, a inconfundível caixinha azul com fita branca da Tiffany's.

Sua respiração ficou presa na garganta enquanto ela abria a caixa. Não sabia se ficava aliviada ou decepcionada com o primoroso par de brincos de diamantes e esmeraldas faiscando sob a luz do abajur.

— Ah, Vince, eles são deslumbrantes! — disse ela.

— Então agora você vai aceitar meus presentes?

— Meu lado mercenário sempre vai ganhar no final — disse ela, saindo da cama e indo até o espelho. Completamente nua, ela colocou os brincos, as pérolas e o bracelete e se virou pedindo a aprovação dele. — O que achou?

A visão dela com aquele fio de pérolas escuras pendendo até o meio de sua cintura esguia o agitou de novo, e ele estendeu a mão para puxá-la de volta para ele.

Foi depois da meia-noite que sua felicidade atingiu a primeira lombada. Ela estava tirando uma soneca em seus braços quando ele a despertou. Ao encontrar os olhos dele e ver ali uma desculpa, o sorriso que começara a curvar seus lábios se virou para baixo.

— Eu tenho que ir agora. — Ele a puxou para perto de si e levou os lábios ao ouvido dela. — Eu nunca, jamais me senti assim com uma mulher. Você ficou na minha cabeça desde a primeira vez em que a vi. Estar com você é melhor do que eu jamais imaginei que pudesse ser.

Suzanne vestiu uma máscara de indiferença. Ele estava lhe dizendo que ela era a coisa mais especial de sua vida, mas agora ele tinha que voltar para sua esposa. Não era uma surpresa, mas feria mesmo assim. Que ele a deixasse depois da magnitude do que tinham vivido naquele dia era decepcionante. Por que ele não tinha inventado uma mentira para que eles pudessem passar sua primeira noite juntos? Diabos, ela nem sequer ligara para o escritório para avisar que não voltaria depois do almoço. Ela tinha se colocado em risco e agora ele a abandonava.

— Por favor, não me olhe desse jeito — disse ele, lendo sua mente. — Não me julgue. Não depois de algo tão importante ter acontecido entre nós.

Bem-vinda ao mundo real, pensou ela. O que ela esperava?

— Eu sinto muito por você estar indo embora — disse ela, sem discutir.

Ela respondeu ao beijo de despedida com lábios frios, à carícia em seu rosto com olhos frios, sem deixar transparecer qualquer carência. Quando ele saiu, ela encheu a banheira de mármore e despejou lá dentro alguns sais de banho luxuosos. O perfume de lavanda fez cócegas em seu nariz quando ela entrou na água quente. Em seguida, avaliou melhor sua situação. Isso não precisava ser algo ruim, ela se deu conta. De fato, ter um amante e uma vida própria podia ser considerado o melhor dos dois mundos. Ela nunca tinha buscado um compromisso, para começo de conversa; nunca tinha desejado uma família; logo, por que não aceitar as coisas como estavam?

Ela voltou para a cama e cheirou os travesseiros. O perfume dele ainda estava na fronha, masculino e almiscarado. Ela colocou um travesseiro entre as pernas e outro embaixo da cabeça. Sentindo-se muito sensual e satisfeita, ela caiu em um sono despreocupado.

Uma caixa da floricultura esperava por ela na porta de seu apartamento na manhã seguinte. Dentro havia duas dúzias de rosas amarelas de caule longo. O cartão que as acompanhava dizia: *Para a mulher mais especial do mundo. Com amor, Vince.*

Suzanne nunca mais gastou um segundo pensando na situação conjugal dele. Ela desfrutaria daquele relacionamento como ele era. Embora ela questionasse a racionalidade da decisão – sem mencionar os aspectos morais – de ter um caso com um homem casado, Vince tinha acrescentado à sua vida um elemento que ela jamais soubera que faltava. O tempo que passavam juntos era cheio de excitação e paixão. Vince lhe dava algo pelo que ansiar, uma intensa válvula de escape física. Cada minuto com ele lhe trazia prazer. O fato de que o caso não podia dar em nada o deixava ainda mais prazeroso. Não havia a necessidade de estragar tudo pensando demais. Eles eram duas pessoas compartilhando suas mentes e seus corpos. Isso bastava para ela.

O som de múltiplas buzinas arrancou Suzanne de seu devaneio. O sinal tinha ficado verde e ela estava atrasando o tráfego. Ela estava a caminho de um funeral. Conforme pisava no acelerador e a BMW disparava adiante, ela podia sentir a desaprovação de Angie vinda lá de cima.

QUINZE

10 dias antes do casamento

Fiquei sentada junto à janela catando fiapos da minha saia preta da Gap e vigiando a rua em busca do Audi prata de Flynn. Essa seria nossa primeira vez juntos desde o jantar desajeitado da noite de domingo. Meus nervos estavam em frangalhos e meu estômago se revirava tão ruidosamente que eu só podia rezar para que ele não se pronunciasse durante o funeral. Os últimos dias tinham sido insuportáveis, tentando encontrar normalidade quando eu não sabia mais o que era isso. Minha vida tinha saído do controle tão dramaticamente que eu nem sequer me sentia como eu mesma, e sim como alguém suspensa acima de mim, observando meu outro eu desafortunado lá embaixo.

Eu tinha evitado Flynn por completo na segunda-feira, usando a desculpa de que havia muito a resolver na *Chicagoan* antes do casamento, e que eu precisava trabalhar até tarde. Isso era verdade, de fato. As responsabilidades de uma diretora comercial não paravam, mesmo que uma de suas melhores amigas tivesse sido morta e você tivesse traído seu noivo e ainda fosse a noiva do casamento mais cheio de excessos do mundo. Minha papelada estava atrasada porque eu havia tirado tempo demais para os preparativos do casamento, e o calendário me dizia que só restavam dez dias para colocar tudo em ordem.

Num golpe de sorte absurdo, Flynn precisou sair da cidade na terça e só voltou bem tarde, poupando-me do castigo de comparecer ao velório de Angie com ele. O evento, de partir o coração, já fora difícil o suficiente, cheio de gemidos e lamentos e lágrimas. Eu fui com Suzanne, mas ela estava tão transtornada que ficamos apenas uma hora.

Porém, ali estava eu de novo, em estado apoplético diante da perspectiva de encarar meu noivo. Sem querer arriscar que ele subisse ao meu Éden pecaminoso, no momento em que vi seu carro entrar na rua, desci as escadas e saí do prédio. Ele não estivera no meu apartamento desde *aquele* dia, e eu temia que, se ele visitasse a cena do crime, poderia sentir algo de diferente. Como não tínhamos nos visto nos últimos dias, eu abaixara o escudo da culpa, mas agora teria que erguê-lo novamente.

Caminhei até o carro dele me sentindo vulnerável. O ar tinha cheiro de asfalto molhado por causa da tempestade que caíra mais cedo, e o sol começava a sair de trás das últimas nuvens negras, prometendo um dia úmido em Chicago. Um dia quase perfeito para um funeral. Parei ao lado do carro para me recompor, respirando fundo antes de abrir a porta do passageiro. O cheiro de produto de limpeza usurpou o odor do asfalto molhado. É claro. Era quarta-feira. O dia em que Flynn normalmente levava seu carro para ser limpo. Com ou sem funeral. Ele me saudou com um sorriso de dentes brancos. Eu me sentei e coloquei o cinto, o que evitou que eu lhe desse mais do que um beijinho no rosto.

— Isso foi romântico — disse ele, seu sorriso se transformando em um biquinho desapontado.

— Flynn, eu estou enterrando uma das minhas melhores amigas hoje.

— Desculpe. Estou sendo desrespeitoso. — Ele engatou a primeira marcha e saiu sem dizer mais nada, certamente alimentando mágoas enquanto eu me aninhava em um casulo de mentiras. O rádio tocava uma música de Whitney Houston, "I Wanna Dance with Somebody (Who Loves Me)". Uma imagem indesejada do carpinteiro na pista de dança lotada da Overhang surgiu em minha mente, uma imagem que eu imediatamente reprimi.

Depois de sofrer por vinte minutos no trânsito em ritmo de lesma, nós entramos na Dan Ryan. Flynn começou a dirigir depressa, como se estivesse em uma corrida contra o tempo, costurando rapidamente entre os veículos sem deixar muita margem, às vezes atravessando quatro faixas de uma só vez. Ele adorava dirigir com agressividade e eu normalmente falaria algo sobre esse comportamento de risco, mas naquele momento um acidente fatal parecia a solução perfeita para os meus problemas. Quando chegamos à saída para a via expressa Edens, ele acelerou ainda mais. Enquanto as rampas de saída ficavam atrás de nós, as curvas se arqueando para vizinhanças de casas idênticas, eu me dei conta de que estava na hora de romper o silêncio, se não por mim, no mínimo pela segurança dos outros.

— Obrigada por ir comigo ao funeral — falei, esperando que minha voz soasse sincera. — Eu sei que você tinha um dia importante no trabalho hoje.

— Eu nem pensaria em deixar você passar por isso sozinha. — Ele pareceu apaziguado e baixou a velocidade do carro para mais perto do limite aceitável. — Maggie, qual é o problema?

— Por que você fica me perguntando isso? — suspirei, jogando a bola de volta para ele em uma tática de "a melhor defesa é o ataque".

— Bom, eu sei que essa morte tem sido difícil para você, mas você está agindo de forma estranha. Desde que voltei de Nova York, é como se você fosse outra pessoa. — Quando eu não disse nada, ele acrescentou: — Viu? É disso que estou falando. Qual é o problema com você?

— Me desculpe. — Eu vasculhei o cérebro em busca de uma desculpa razoável. Era injusto torturá-lo assim. — Eu só estou exausta e um pouco deprimida, acho. Não leve para o lado pessoal.

Ele tirou a mão do volante e deu alguns tapinhas na minha.

— Bem, pense em algo bom. Como o nosso casamento. É difícil acreditar que faltam menos de duas semanas para o Dia D, né?

— Com certeza — respondi. Era a verdade, honestamente. Os últimos meses tinham passado voando. Eu pensei em todos os presentes de casamento empilhados no meu antigo quarto de infância. O lugar parecia um bazar.

— Sabe, Mags, um dos melhores dias da minha vida foi quando eu conheci você — disse Flynn, pegando a Tower Road e indo na direção Leste pela reserva florestal, as árvores lá no alto em plena floração. — Eu nunca lhe disse, mas, desde o começo, o que mais gostei em você, além da sua personalidade incrível, é claro, é que você não é uma dessas aproveitadoras que só estão atrás de dinheiro. Você tem conteúdo de verdade. E você me faz rir. Você me faz rir mesmo. Promete que vai continuar me fazendo rir depois que estivermos casados?

— Vou fazer o meu melhor — respondi, perguntando-me se ele conhecia a piada sobre a despedida de solteira em que a noiva... Outra imagem indesejada brotou na minha mente, o carpinteiro sorrindo para mim na pista de dança como se me conhecesse a vida inteira. Eu me censurei, imaginando de onde esses pensamentos estavam vindo.

E pior, como eu podia estar pensando nisso a caminho do funeral de uma amiga?

DEZESSEIS

Vince

Sozinho no apartamento de Suzanne, Vince pensou no feitiço que ela havia lançado sobre ele. Como tudo o que ela fazia deixava uma marca. Ele a visualizou aprumando os ombros enquanto saía a caminho do funeral, endireitando a postura como um soldado se preparando para o combate. A imagem tocou seu coração de um jeito que ele nunca conhecera. Ele se lembrou da postura confiante que ela exibira na primeira vez em que a vira em um de seus canteiros de obra. Mas dessa vez era diferente. Sua postura se retesava contra a atração da tristeza. Ele desejou mais do que qualquer coisa poder ter ido ao velório com ela – ter estado lá para envolvê-la em seus braços, dar-lhe um ombro no qual chorar.

Menos de uma semana havia se passado desde a última vez em que a vira, mas a sensação era de que tinha sido uma eternidade. Ele estava contente por ter resolvido passar por lá essa manhã sem avisar, e mais contente ainda por ter sido recebido de braços abertos por ela. Eles tinham feito amor rapidamente, torridamente. Ele pensou, satisfeito, no momento em que ela deslizara pelo pulso esguio o bracelete que ele lhe dera. Deus, ele tinha sentido uma saudade louca dela nesses últimos dias.

Rolando de volta na cama, ele empurrou o rosto contra os lençóis e inspirou profundamente o perfume dela, gravando-o em sua memória olfativa para desfrute posterior. Em seguida, tomou banho e se vestiu pela segunda vez naquele dia. Postou-se em frente ao espelho do banheiro, dando o nó em sua gravata, com a imagem do quarto refletida pela porta aberta. Como era de esperar, o quarto tinha estilo, desde os lençóis Frette até a cama Biedermeier, passando pelas ilustrações japonesas que adornavam as paredes. Suzanne tinha classe, algo que sua esposa jamais poderia ter, algo que todo o dinheiro do mundo não podia comprar. Na mente de Vince, Suzanne era a pura perfeição. Sua obsessão por ela o deixava louco de medo de que ela não sentisse o mesmo. Quando ele lhe perguntara sobre seus antigos relacionamentos, ela respondera que os poucos namorados que tivera tinham sido tão pouco importantes que não deixaram nenhuma impressão. Mas, certamente, não era possível que uma mulher tão linda e perfeita quanto Suzanne nunca tivesse tido um caso de amor. Devia ter existido alguma grande paixão em sua vida.

Vince notara que havia pouquíssimas fotos pessoais no apartamento de Suzanne. Certamente ela tinha lembranças em algum lugar, imagens de sua vida anterior, anterior a ele. Subitamente ele teve uma ideia que lhe causou repulsa, tamanha violação seria da privacidade dela. Ao mesmo tempo, ele sabia que levaria a ideia a cabo. Ele observou o closet dela, hesitando apenas por um segundo antes de entrar. Como o resto do apartamento, o local era absolutamente organizado, as roupas dispostas por cor como amostras de tinta, das mais claras para as mais escuras. Ele começou a abrir gavetas aleatoriamente: lingerie, meias finas, camisetas, lenços de seda, encontrando um vislumbre dela em cada objeto. Além disso, cada gaveta continha um sachê com perfume de lilás, o cheiro que ele associava a ela naqueles momentos extraordinários entre estar vestida e nua.

Depois de esgotar todas as gavetas sem encontrar nada de natureza pessoal, sua busca se voltou para as prateleiras do alto. Elas eram preenchidas por sacos cheios de bolsas e caixas de sapatos identificados com caneta preta. Sapato de salto alto preto Ferragamo. Sandálias douradas Gucci. Os olhos dele seguiram pelos sapatos até o canto do armário, e foi ali que ele declarou sua vitória. Encaixados entre a última caixa de sapatos e a parede estavam três álbuns de foto de aparência desgastada. Ele se esticou e puxou um deles.

As fotos pareciam ser da adolescência de Suzanne. Havia imagens dela na praia, em um auditório escolar, relaxando em um parque. Ele presumiu que as outras garotas que apareciam com frequência nas fotos fossem as amigas de quem ela falava o tempo todo: a ruiva cheinha era a que estava prestes a se casar, a de cabelos escuros e seios grandes era a morta. Ele devolveu o primeiro álbum e pegou o segundo. Essas fotos eram claramente da faculdade. Cenas de um campus arborizado. Festas lotadas com homens e mulheres bebendo cerveja e fumando. Ele ficou aliviado ao descobrir que não havia nenhuma foto de Suzanne de braços dados com alguém especial, ninguém recebendo aquele sorriso particular que o deixava tão desnorteado.

O terceiro álbum era um volume encadernado em couro rachado, muito mais velho do que os outros. A primeira página continha uma Polaroid de uma menininha olhando para um recém-nascido em um berço. A segunda imagem na mesma página era uma foto de família de um menininho loiro e uma menina loira um pouco mais velha, e dois adultos loiros sentados sobre uma manta perto de um riacho, com uma cesta de piquenique no centro. Os rostos sorridentes emanavam felicidade. A família amadurecia ao longo das páginas seguintes, Suzanne evoluindo para uma jovem atordoantemente linda, o menino se tornando um belo rapaz. Havia fotos do pai dela montando uma árvore de Natal. A mãe tirando um peru do forno. Havia primeiras comunhões e formaturas e aniversários. O álbum todo era habitado pela pequena família: Suzanne, o menino e os dois adultos.

A última página continha um recorte de notícia amarelado.

Residente Local Morto em Acidente com Omissão de Socorro

John Anders Lundgren, 22, de Winnetka, foi morto em um acidente no início da manhã na Green Bay Road, quando o veículo que dirigia foi forçado para fora da estrada por outro veículo que aparentemente invadiu sua pista. Uma testemunha do acidente disse que o motorista do outro carro, um Cadillac preto, vinha dirigindo de maneira errática e parecia estar alcoolizado. A testemunha não conseguiu anotar a placa do veículo porque parou para ajudar a vítima. Lundgren foi levado para o Hospital de Evanston, onde foi declarado morto ao chegar.

Lundgren voltava de Chicago depois de ter deixado sua irmã em casa após uma festa de aniversário da família.

Ele deixa seus pais, Lars e Inga, e sua irmã, Suzanne.

Vince empurrou o álbum de volta para o lugar sentindo que tinha acabado de espiar dentro da caixa de Pandora. Embora Suzanne falasse às vezes de seus pais, ela jamais mencionara um irmão, muito menos um irmão falecido. Agora ele compreendia por que ela estava sofrendo tanto com a morte de Angie.

Ele sabia que deveria se envergonhar por ter invadido a privacidade dela, intrometendo-se em seu mundo particular. Mas estava tão obcecado por ela que não conseguia evitar. E essa invasão era pequena comparada à anterior. A invasão anterior era algo muito mais intrusivo do que vasculhar um armário. Se ela algum dia descobrisse a respeito, com certeza o odiaria. Porém, ela jamais descobriria, porque ele não poderia mais viver se ela o odiasse.

DEZESSETE

Eu sentia a mão de Flynn como uma garra desconhecida me acompanhando na entrada da Agência Funerária Irmãos Donovan. Ao entrarmos na capela mortuária, encontramos uma cerimônia tão grande que vários salões tinham sido combinados, e mesmo assim o recinto estava lotado até o teto. A parte da frente estava cheia apenas com a família. Angie era, afinal de contas, italiana. Tantos arranjos florais forravam as paredes que o lugar mais parecia uma floricultura. De ambos os lados do caixão fechado havia cavaletes com colagens que seguiam o arco da vida de Angie: infância, ensino médio e faculdade. O vazio gritante era a ausência de fotos do casamento, quase como se o casamento jamais tivesse acontecido.

Ida Lupino soluçava alto diante dos restos mortais da filha, seu peito imenso se agitando. Ao lado dela, dando-lhe tapinhas estoicos no ombro, encontrava-se o pai de Angie. Seu rosto bronzeado tinha um ar sombrio abaixo da espessa cabeleira grisalha, a expressão exibindo o luto de um pai que vê a ordem natural ser invertida. Ele tinha pouca semelhança com o homem alinhado que, seguindo a entrada de oito damas de honra, acompanhara uma filha radiante até o altar não tantos anos antes. Os três irmãos mais velhos de Angie completavam a imagem, trajando ternos pretos funestos, seus rostos bonitos voltados para baixo, as esposas ao lado deles parecendo indefesas.

Vi Kelly sentada perto de Arthur e Natasha no centro da sala, o cabelo grosso preso em uma trança apertada. Como quase todo mundo ali presente, ela vestia preto. Natasha parecia elegante em um terno preto caro. O rosto franzido de Arthur parecia irritado, como se ele preferisse estar em qualquer outro lugar. Carol Anne e Michael estavam sentados atrás deles, guardando três lugares. Fiz um gesto com a cabeça para Flynn e nos dirigimos para lá, ocupando duas das cadeiras vagas. Flynn engatou uma conversa com Arthur, que estava bem à sua frente, enquanto eu conversava com Carol Anne.

— Suzanne não está aqui? — perguntei.

— Ainda não.

— Espero que esteja bem. Ela ficou arrasada no velório ontem à noite. Sabe como é, *déjà-vu*, tudo de novo. Como a família está?

— Acho que aquela cena ali diz tudo.

Meu olhar se voltou para a frente da sala, onde os filhos da sra. Lupino estavam praticamente carregando-a para seu lugar na primeira fileira, em preparação para a cerimônia. As cunhadas de Angie circundavam a sogra, tentando consolá-la. Meu coração se apertou em agonia.

— E você? — cochichou Carol Anne. — Como você está?

— Não muito bem.

Eu me virei para o fundo do salão procurando por Suzanne e vi Albert Evans de pé, entre os últimos a chegar. Albert tinha sido o subgerente de Angie e um de seus amigos mais chegados, um verdadeiro pilar durante a separação dela. Antes de conhecer Flynn, passei muitos happy hours bebericando vinho com Angie e Albert, ouvindo sobre os dramas do varejo. Vestido impecavelmente em um terno italiano, Albert parecia se encaixar mais em um editorial de moda do que em um funeral. Mas sua expressão era a de uma criança que acabara de saber que seu cachorro tinha sido atropelado. Nossos olhares se encontraram e eu lhe dei um sorriso irônico. Ele respondeu levando seu lenço aos olhos, secando uma lágrima sincera com o linho irlandês. Seu companheiro, Julian, estava ao lado dele, dando-lhe apoio enquanto aparentava algo entre adequadamente enlutado e entediado.

Foi quando Suzanne entrou, parecendo bonita demais para a ocasião. Eu acenei para ela e trocamos olás cochichados, enquanto o padre alto e calvo subia ao púlpito. O padre Carroll era um amigo antigo da família Lupino e celebrara o casamento de Angie. Agora, ele a enterraria.

— Todos de pé — disse ele, e nós obedecemos.

Ele recitou as preces católicas para os mortos, orações que eu tinha ouvido aos oito anos de idade no funeral da minha avó, seu canto monótono pontuado por um soluço ocasional da sra. Lupino. Depois de terminar as preces rituais, o padre respingou água benta sobre o caixão e convidou os enlutados a prestar as últimas homenagens antes de partir para a missa fúnebre.

As cadeiras se esvaziaram e uma fila se formou conforme as pessoas se dirigiam lentamente para a frente do salão para passar diante dos restos mortais de Angie. Carol Anne parou para tocar o caixão com a mão. Michael assentiu respeitosamente. Kelly também tocou o caixão, assim como Suzanne, cujos ombros se agitaram com um soluço contido. Arthur guiou Natasha, cujos olhos estavam secos, e os dois passaram diante do caixão. E então foi a minha vez.

A foto da formatura de Angie no ensino médio estava empoleirada sobre a tampa do caixão, seu rosto angelical sob o capelo preto. Eu me lembrei do pacto bêbado que nós seis tínhamos feito naquela noite de formatura, um acordo solene de que, se alguma de nós morresse prematuramente, não haveria luto. Em vez disso, deveríamos fazer uma festa e colocar o corpo sentado em um canto, com uma cerveja em uma das mãos e um baseado na outra. Imaginei as contas de rosário que Ida Lupino muito provavelmente colocara entre os dedos rígidos de sua filha, e pensei que isso não teria mais utilidade para Angie do que uma cerveja e um baseado.

— Adeus, minha amiga — murmurei, tocando o caixão, com lágrimas se apegando aos meus cílios. Flynn gentilmente me cutucou e eu me afastei do caixão, enxugando os olhos com as pontas dos dedos. Dessa vez, a mão tranquilizadora de Flynn deu a sensação de estar no lugar certo.

Quando saímos para o saguão, fiquei surpresa ao ver Harvey encolhido em um canto distante como um pária, sua cabeça encaracolada abaixada num pedido de desculpas. Eu não o via desde que Angie e ele se separaram, e ele estava com uma aparência terrível. Seu rosto estava vermelho de tanto chorar, com olheiras escuras contornando seus olhos, como se ele não dormisse por muito tempo. Certamente ele devia estar pensando que, se ao menos ele e Angie tivessem continuado juntos, essa palhaçada não teria acontecido. *Agora é tarde demais, Harvey.* Nenhuma tentativa de reescrever a história podia mudar esse desfecho. Ele ergueu a cabeça naquele momento e me viu. Eu o cumprimentei com um gesto compassivo de cabeça conforme Flynn e eu passávamos por ele, saindo dali. Tive vontade de estender o braço, tocar sua mão e dizer que eu sentia muito, mas não o fiz.

Sair da luz baixa da funerária para a luz do sol foi ofuscante. Entretanto, mesmo com meus olhos apertados para bloquear o Sol, não tinha como não ver os detetives O'Reilly e Kozlowski parados no estacionamento. Vestindo ternos em vez de camisas de mangas curtas, eles tentavam parecer discretos enquanto seus olhos observavam cada um que saía da funerária. Uma sensação de medo me atravessou. Eles eram duas pessoas que eu nunca mais queria ver. Aninhei-me contra Flynn, mais para mostrar a eles do que por vontade, torcendo para que, ao me verem com meu noivo, eles desistissem de qualquer futura pergunta indesejada.

— Está vendo aqueles dois ali? São os policiais cuidando do caso de Angie — falei baixinho.

— Você diz aqueles caras de ternos feios? Pensei que fossem parte dos parentes vindos de Cicero — disse Flynn.

Eu o silenciei e dei uma olhada para conferir se não havia nenhum parente de Angie por perto.

— O que você acha que eles estão fazendo no funeral?

Flynn me lançou um olhar geralmente reservado para alguém que considerasse inacreditavelmente estúpido.

— Estão dando uma conferida em quem veio. É padrão para esse tipo de coisa, tenho certeza. Sabe como é. Criminosos que retornam à cena do crime.

Ele colocou seus óculos escuros Ray-Ban e aceitou um adesivo alaranjado dizendo "funeral" de um dos irmãos Donovan. Entramos no carro e Flynn colou o adesivo no canto esquerdo inferior do vidro, com cuidado para não pressionar demais e deixar uma marca de cola.

Enquanto aguardávamos no carro com o ar-condicionado ligado, esperando a procissão até a igreja começar, pensei sobre o que Flynn tinha dito sobre criminosos que voltam à cena do crime. Eu não conseguia imaginar como alguém ali podia ter tido algo a ver com a morte de Angie.

DEZOITO

Todos que compareceram ao funeral foram convidados para a casa da família depois da cerimônia. Quando Flynn e eu chegamos, as ruas estavam tão cheias que tivemos que estacionar a cinco quarteirões dali. Caminhando ao lado de uma ravina, sob carvalhos densos com a folhagem de verão, eu me lembrei das centenas de vezes em que tinha passado por essa rua na minha juventude. Fosse pisando nas folhas secas de outono ou assistindo à neve que caía entre os galhos pelados, a rua sempre tivera uma doçura particular. Essa doçura agora tinha desaparecido.

A pontada se aprofundou quando chegamos à casa. A modesta residência colonial de quatro quartos da minha primeira visita tinha crescido ao longo dos anos para um gigante com numerosos acréscimos, espalhando-se até os limites do terreno pesadamente arborizado. O pai de Angie parecia acrescentar uma nova ala a cada grande acordo comercial. Ou talvez fosse a cada nova namorada, como uma forma de manter sua esposa ocupada. Não era segredo algum que o sr. Lupino era um mulherengo. Angie sabia desde o segundo ano do ensino médio que seu pai era um adúltero. Ela chorara quando nos contou. Mas, se a sra. Lupino sabia sobre as aventuras dele, nunca deixou transparecer. Afinal, eles eram italianos e, independentemente do horário em que chegasse em casa, seu marido era o mestre e senhor da mansão, e o jantar estava sempre à sua espera. Ironicamente, ele era um verdadeiro homem de família e um católico devoto, que doava generosamente para a igreja. Todo domingo ele estava na primeira fila da igreja com sua esposa e seus filhos, o homem mais bem-vestido do local.

Dezenas de crianças brincavam no quintal da frente, os sobrinhos e sobrinhas e jovens primos de Angie finalmente liberados depois de uma manhã exaustiva de bom comportamento. As crianças eram reverenciadas pelos Lupino, o que tornava ainda mais trágico o fato de Angie não ter conseguido ter nenhuma. Parecia sempre haver um pequeno exército de crianças no local, especialmente nos fins de semana quando os parentes vinham de Cicero para visitá-los. Quando eu era pequena, o caos da casa de Angie era tão convidativo e vibrante em comparação com a quieta discrição da minha família que eu adorava passar meu tempo livre ali. Meus poucos primos moravam em outro estado e eram praticamente desconhecidos, por isso grandes reuniões de família eram totalmente estranhas para mim, fazendo com que as reuniões dos Lupino parecessem mais agradáveis do que provavelmente eram.

Flynn e eu nos esprememos para dentro da casa e abrimos caminho por um corredor lotado até a cozinha. Com todo o equipamento e atividade no recinto, aquilo parecia mais um restaurante do que uma residência. Várias mulheres de peitos amplos trabalhavam nas bocas do fogão, com caldeirões fervilhantes de macarrão e grelhas abertas onde linguiças chiavam. O balcão estava praticamente tomado por tigelas com penne e almôndegas, pratos de frango frito, bandejas de antepastos, cestas de pão crocante. Uma mesa redonda ao lado da janela estava coberta de doces: biscoitos, bolos e *cannoli* recheados com ricota, uma sabotagem para toda dieta que eu começava. Não era segredo que eu mantinha boa parte do meu peso antigo me estufando à mesa dos Lupino, a um mundo de distância da mesa de minha mãe, onde a regra era uma proteína, um carboidrato e um vegetal.

Uma mulher com braços do tamanho das minhas coxas e uma pilha de cabelos grisalhos presa no topo da cabeça estava na frente do fogão mexendo uma panela. Ao me ver, ela soltou a colher e veio correndo, seu corpo amplo se movendo com elegância surpreendente. Ela passou os braços imensos ao meu redor e me abraçou tão apertado que eu mal podia respirar.

— Ah, minha querida, quem acreditaria que um dia como esse podia acontecer? — disse ela, balançando a cabeça em resposta à própria pergunta. Ela me soltou e voltou sua atenção para Flynn, que parecia temeroso de que ela fosse abraçá-lo também. — Ele é seu?

— Este aqui é Flynn Hamilton, meu noivo. Flynn, esta é Rose, tia de Angie.

— Bonito, mas muito magrelo — disse Rose, conseguindo dar um sorriso tênue. — Você também — disse ela, olhando-me de cima a baixo. — Está sumindo! — Aliviada por encontrar uma missão, ela encheu dois pratos de comida e estendeu-os para nós.

— Pronto, agora vão lá fora e comam. *Mangia, mangia.* — Cumprida a missão, ela voltou novamente sua atenção para as panelas borbulhando no fogão de seis bocas.

— Aquela cena saiu diretamente d'*O poderoso chefão* — disse Flynn, quando saíamos pela porta dos fundos.

O quintal estava cheio de gente, em mesas de café ao redor da piscina ou no gramado. Encontramos um lugar na sombra e depositamos ali nossos pratos. Eu me ajeitei confortavelmente na grama enquanto Flynn entrou de novo para buscar bebidas. Eu estava remexendo minha comida quando vi Albert Evans de pé, sozinho, parecendo perplexo com seu prato igualmente sobrecarregado. Ele me viu e se aproximou.

— Posso me juntar a você? — perguntou ele.

— É claro. Cadê o Julian?

— Ele teve que voltar para o trabalho. — Albert retirou o lenço de linho irlandês do bolso e o desdobrou, estendendo-o na grama antes de se sentar. Ele analisou seu prato como se a comida fosse devorá-lo, e não o contrário. — Não é ridículo? Uma mulher gigantesca me encurralou na cozinha e não me deixou escapar enquanto não me deu comida suficiente para alimentar a maior parte da Mongólia Exterior, onde quer que seja isso.

— A tia da Angie. É coisa de italiano. Não importa qual seja o desastre, é sempre importante comer. No café da manhã eles falam do almoço e no almoço falam do jantar. — Eu soltei meu garfo no prato. Meu estômago estava embrulhado, por isso eu não tinha apetite. — Como você está se sentindo sem a sua antiga chefe?

Ele ficou com os olhos marejados e enfiou a mão no bolso procurando o lenço antes de se dar conta de que estava sentado nele. Levou os polegares aos olhos.

— Não tem sido fácil. Angie não era só minha chefe, sabe, era uma das minhas melhores amigas. Eu a amava muito. É tão difícil de conceber que ela tenha sofrido uma morte tão violenta... Eu só espero que ela estivesse chapada o bastante para não sofrer.

— O que isso quer dizer? — perguntei.

Albert olhou ao redor discretamente e se inclinou mais para perto de mim.

— Ah, meu Deus, eu estou morrendo guardando isso só para mim. Jura que guarda segredo?

Eu prometi.

— Eu vi Angie logo antes de ela ser assassinada.

— O quê? Como você pode ter visto a Angie?

— Eu estava no The Zone e ela entrou pouco antes de fechar.

— The Zone? Mas o que a Angie podia estar fazendo no The Zone? — Eu conhecia o bar em Boys Town porque ele anunciava na *Chicagoan*. Com sua clientela quase exclusivamente gay, não parecia o tipo de lugar que Angie frequentaria. Especialmente sozinha.

O rosto dele passou de triste para culpado.

— Acho que ela foi lá para ver se arrumava alguma coisa.

— Então você acha que ela conseguia a cocaína por lá?

A aparência de culpa aumentou.

— Eu a orientei a procurar um conhecido, um bartender que trafica às vezes. Ela estava tão deprimida depois do término com Harvey que eu pensei que um teco de vez em quando a faria se sentir melhor. Então eu a apresentei a Lyle. Eu só estava tentando ajudar.

— Bela ajuda, Albert.

— Como é que eu podia saber que ela acabaria tão descontrolada? Digo, de verdade.

Ele parecia estar tentando convencer a si mesmo mais do que a mim.

— Você conversou com ela naquela noite? — indaguei.

— Não. Eu estava com amigos e ela não me viu. Eu não fui até ela porque... bem, você sabe como a Angie podia ficar agressiva. Especialmente quando estava chapada. Eu não estava a fim de lidar com ela.

— Ah, Albert... — eu o censurei. — Talvez se você tivesse conversado com ela as coisas tivessem sido diferentes.

— É foda. Acha que eu já não tive esse pensamento mais ou menos um milhão de vezes? Mas tem mais. Depois que ela conseguiu o pó, na saída, ela parou para conversar com um cara bonitão de cabelos escuros sentado sozinho. Dava para ver que eles se conheciam e que ele não estava contente de vê-la ali. Ele parecia prestes a esmurrá-la depois de alguma coisa que ela disse. Aí ela foi embora.

— Ah, meu Deus, você contou isso para a polícia?

— Esse é o problema. Eu não posso. Se eu contar para a polícia que ela estava no The Zone, eles vão atrás do Lyle. Você pode achar que este é um admirável mundo novo, mas muitos policiais são homofóbicos e têm tesão de pegar gays. Sem trocadilho. Lyle me telefonou no minuto em que viu o rosto de Angie no noticiário e me implorou para ficar de boca fechada.

— Mas Albert, e se o cara com quem ela conversou a tiver matado?

Ele abaixou a cabeça toda modelada com pomada de cabelo.

— Estou atormentado carregando essa culpa a semana toda. Não durmo há dias.

Você não é o único. Mas eu estava encontrando um lado bom na confissão de Albert. Se o sujeito de cabelo escuro que Albert viu revelasse ser o assassino de Angie, então o crime seria solucionado e eu não teria que lidar com a polícia me fazendo mais perguntas, e possivelmente tropeçando no meu segredo.

— Albert, você tem que ligar para a delegacia da Área 3 e pedir para falar com o detetive O'Reilly. Ele não vai se importar com Lyle. Ele só quer descobrir quem matou a Angie.

Ele fez uma pausa e revirou os olhos.

— Vou pensar, Maggie. Sério. Mas, enquanto isso, lembre-se de que você prometeu não dizer nada.

— Mas Albert, isso é diferente!

— Deixa eu cuidar disso do meu jeito. Senão eu vou negar tudo.

— Albert, você tem que fazer o que é correto.

Nossa conversa foi interrompida pela chegada de Flynn, armado com duas taças de vinho. Carol Anne e Kelly vinham logo atrás dele. Albert se levantou e apanhou seu lenço, dobrando-o cuidadosamente antes de guardá-lo de volta no bolso. Ele cumprimentou as garotas com um gesto de cabeça e se afastou, deixando um monte de comida intocada na grama.

— O que é que ele tem? — perguntou Carol Anne, ajeitando-se no gramado. O terninho azul-marinho fazia seus olhos parecerem ainda mais azuis, mas havia algo indecifrável neles que eu não conseguia entender.

— Acho que ele perdeu o apetite — respondi, pegando uma das taças de vinho da mão de Flynn. — Cadê o Michael?

— O *pager* dele disparou durante a missa. Houve alguma emergência e ele teve que ir para o hospital.

— Uma emergência em cirurgia plástica? — brincou Kelly, levando uma almôndega enorme até a boca.

— Acontece — disse Carol Anne, defensiva.

— E a Suzanne? — indaguei.

— Voltou para o trabalho. Se quer a minha opinião, acho que ver a família da Angie foi emocionante demais para ela. Bateu perto demais do que ela própria viveu — acrescentou Carol Anne.

Lembrei de Suzanne tão arrasada no dia do funeral de seu irmão que precisou ser escoltada até o carro com uma de nós de cada lado, segurando-a de pé. Pensei em minhas próprias irmãs, uma mais nova, outra mais velha. Nós podíamos ter nossas desavenças, mas eu não conseguia imaginar o mundo sem elas. Do mesmo jeito que nenhuma de nós podia imaginar o mundo sem Angie.

Flynn e eu paramos para nos despedir dos pais de Angie na saída. Isso acabou sendo a tarefa mais difícil até então. Havia um tom final nessa despedida que coloria o ar como uma névoa ruim. A mãe de Angie me abraçou e chorou, enquanto o pai ficava ao lado dela no mesmo silêncio sofrido que exibira durante o velório e o funeral.

— Se ao menos a gente soubesse quem fez essa atrocidade... — disse Ida Lupino, soluçando.

Meus pensamentos voaram diretamente para Albert Evans. Sob circunstâncias assim, será que eu realmente tinha que guardar o segredo dele? Será que ele faria o que era correto e se apresentaria à polícia? E se ele o fizesse, será que isso desvendaria o mistério da morte de Angie e traria um mínimo de alívio aos Lupino?

O problema era que havia segredos demais para guardar. Inclusive o meu. Depois de me livrar com a desculpa honesta – pelo menos uma vez – de que meu dia seguinte seria infernal, pedi que Flynn me deixasse no escritório, onde me perdi no trabalho até depois da meia-noite.

DEZENOVE

Kelly

Uma nuvem negra baixou enquanto Kelly amarrava o cadarço do tênis. Era como se a Lua passasse entre a Terra e o Sol, eclipsando toda a luz e deixando-a numa sombra retinta. Quando ela chegava, era sem aviso, como um trem desembestado num cruzamento. Mas, ao contrário de um trem, ela não recuava em alguns minutos. Demorava-se soturnamente, às vezes por horas, às vezes por dias.

O fenômeno tinha começado a persegui-la após a morte da mãe. Ao longo dos anos, ela empregara diversas estratégias para lidar com ele. No ensino médio, ela se trancava no quarto com um bom livro. Na faculdade, ela se enterrava em seus estudos. A bebida, as drogas e o sexo casual vieram mais tarde. Embora a nuvem estivesse em remissão desde que ela alcançara a sobriedade, estava sempre cozinhando em fogo baixo logo além do horizonte. Agora reaparecia com força total, uma rajada de depressão arremessando-a contra uma praia rochosa.

Ela tinha uma sensação de inutilidade, de insignificância, de desamparo, o sentimento de que sua vida era um grande monte de merda. Aqui estava ela com seus trinta e poucos anos tentando fazer pegar no tranco uma vida em que jamais dera a partida, e o desafio parecia irremediável. Ela não era como os outros alunos em suas aulas universitárias, seus cérebros jovens e ansiosos absorvendo conhecimento sem esforço algum enquanto ela tinha que se empenhar, suas trajetórias já programadas para o sucesso. Ela invejava o entusiasmo deles e desejava ter sentido a mesma coisa quando tinha aquela idade.

Alcançá-los era uma droga. Parecia que todas as suas amigas se deixavam levar pela meia-idade adiantada em vez de se esforçarem como ela estava fazendo. Elas tinham tudo pronto, famílias ou carreiras, casas e bons carros, sem nenhuma preocupação financeira quanto ao próximo semestre da faculdade ou o aluguel do mês seguinte. Elas tinham pessoas em suas vidas. Maridos, namorados, filhos. Suzanne estava voando solo, mas seu trabalho era o único amante que ela já desejara. Kelly nunca tivera um relacionamento em que pudesse se apoiar, alguém para quem voltar para casa. Ela dizia a si mesma que estar sozinha não significava necessariamente estar solitária. Mas no caso dela eram as duas coisas. Sozinha e solitária. Ela queria que a vida fosse algo a ser desfrutado em vez de suportado.

Era quase engraçado que ela estivesse estudando para ser psicóloga. Ela odiava psicólogos. Passara tempo suficiente em seus divãs após a morte da mãe e achava a maioria uma gente hipócrita com seus próprios problemas. Ela imaginava que podia fazer um serviço melhor do que eles para ajudar as pessoas. Era por isso que queria ser psicóloga. Pelo menos haveria uma profissional por aí que compreendesse a dor das pessoas.

A gata se aproximou de Kelly e a observou com uma preocupação caolha. *Chega de autopiedade,* Kelly se repreendeu. *Você não pode culpar ninguém além de si mesma por sua vida atrasada. Não deixe que aquela nuvem negra empurre você de volta para aquele lugar. Saia por aí e corra até passar.* Ela acabou de amarrar os tênis e saiu.

O céu do início da manhã era de lápis-lazúli sarapintado de algodão branco, o ar ainda frio enquanto ela atravessava o pátio e começava a descer a rua em seu ritmo de aquecimento. Em breve seu corpo caía no ritmo regular, os músculos ficando mais fluidos a cada passada. Entretanto, embora seu corpo estivesse cooperando, sua cabeça ainda não estava. A nuvem negra pairava acima dela, bloqueando o céu azul e seguindo-a até o parque. Kelly correu mais rápido em uma tentativa de ultrapassá-la. Porém, ela se recusava a ficar para trás, afundando cada vez mais até estar sobre Kelly, envolvendo-a, o rosto contorcido de Angie pairando em seu interior. *Devia ter sido você.*

Com dificuldade para respirar, ela parou e dobrou o corpo em busca de oxigênio, as mãos pousando sobre os joelhos. Qualquer observador teria pensado que ela estava prestes a vomitar. Seu coração disparava em batidas incompletas e o mundo girava de um jeito que confundia o que era em cima e o que era embaixo. Era um ataque de pânico com força total. Obrigando-se a superar a sensação de que ia desmaiar, ela deu meia-volta sobre as pernas instáveis e dirigiu-se para casa. Atravessar a Clark Street foi um esforço hercúleo, e o resto da caminhada foi puro sofrimento.

A gata a cumprimentou com um miado questionador quando ela abriu a porta. Kelly jogou o corpo trêmulo no sofá rosa florido.

O pânico cedeu lentamente, soltando-a de suas garras, um dedo excruciante de cada vez. Se ela já havia sentido que precisava de uma bebida forte, aquele era o momento. Ela podia lidar com a depressão, mas o pânico era totalmente incontrolável.

Ela não podia mais fazer isso por conta própria. Precisava conversar com alguém.

VINTE

8 dias antes do casamento

Na manhã de sexta-feira eu me perguntava por que não tinha simplesmente dormido no escritório, já que havia passado muito da meia-noite quando eu saíra de lá na noite anterior. Encarei carrancuda a pilha monumental de trabalho que ainda precisava ser feito. Números de vendas. Relatórios. Projeções. A pilha parecia crescer em vez de diminuir, e perder o dia de trabalho para ir ao funeral de Angie só me deixara ainda mais atrasada. Minha menstruação estava atrasada. Flynn estava ficando impaciente comigo devido ao tanto que eu o estava evitando. De fato, a vantagem da minha carga de trabalho era poder usá-la para evitar meu noivo. Minha culpa não tinha diminuído nem um grama nos últimos dias; em vez disso, tinha ficado mais forte, uma erva daninha ameaçando me sufocar. Para piorar tudo: lampejos inesperados de Steven Kaufman na pista de dança, e no meu quarto ficavam surgindo no meu cérebro. Por mais que eu tentasse reprimir as imagens, elas se recusavam a ficar enterradas. Durante as minhas poucas horas de sono irrequieto na noite anterior, ele apareceu em um sonho e me pediu que não me casasse com Flynn. Freud dizia que você é todo mundo nos seus sonhos. Será que eu podia ser esse desconhecido que eu não queria ver nunca mais?

Conferi meu calendário. Havia um bilhete para ligar para a loja a respeito dos vestidos das madrinhas. Outro para ligar para a florista. Outro para ligar para a mãe de Flynn dando o número de convidados para o jantar de ensaio. Eu estava tão sobrecarregada que queria sumir, ir para casa e me enrolar num cantinho com um bom livro. Parecia fazer anos que eu não tinha tempo para ler por prazer. Meu apartamento estava cheio de caixas de livros não lidos, mas as demandas recentes na minha vida não deixavam muito tempo para ler. Menos ainda para escrever. Eu sempre tinha achado que havia um livro dentro de mim tentando sair, e que seria apenas uma questão de tempo.

Porém, a vida real não deixava muito tempo. Além disso, para poder escrever era preciso ter algo sobre o que escrever.

O telefone tocou e Sandi, a recepcionista, me informou que havia uma Kelly Delaney na linha. Eu queria atender? *Na verdade, não*, pensei, mas atendi mesmo assim.

— Geralmente você não está correndo a esta hora? — perguntei.

A voz de Kelly soou engrolada como se ela estivesse falando dentro da água.

— Eu não corri hoje. Tinha coisas mais importantes a fazer, como cortar as unhas do pé. Você tem uns minutinhos?

Alguns minutinhos era exatamente o que eu não tinha.

— Para você, tenho tempo de sobra. Como vai?

— Estou meio mal. Preciso muito conversar. Digo, eu podia ir a uma reunião do AA, mas não seria a mesma coisa que falar com uma amiga. Eu estava me perguntando se a gente poderia se encontrar hoje. Eu não queria ser um incômodo, mas não sei para quem mais ligar.

Logo agora, Kelly! Conferi minha agenda. Reunião de equipe. Almoço de negócios. Ligações comerciais para clientes-chave. Eu estava tão ocupada que mal tinha tempo para ir ao banheiro. A primeira janela do dia aparecia por volta das três da tarde, um tempo com o qual eu tinha contado para avançar mais um pouco na papelada. Mas o desespero na voz de Kelly não podia ser ignorado. De que serve uma amiga se ela não pode jogar a própria vida na privada para ajudar?

— Eu só consigo escapar à tarde. Que tal às três? Você vai ficar bem até lá?

— Três está ótimo. — Ela já soava melhor. — Encontre-me no Mayfair Regent. Eu pago um chá para você. Ou uma bebida, se quiser.

— O Mayfair? Acho que você não está pretendendo se dar bem. — O hotel caro era um point para senhorinhas de cabelo azul e os gays que as acompanhavam.

— Eu quero paz e sossego.

— Tudo bem. Nos vemos às três.

— Obrigada, Maggie. Muito obrigada. Eu sei que você está bastante ocupada. Você não sabe o quanto eu agradeço — disse Kelly.

— É para isso que servem os amigos.

Desliguei e tentei trabalhar de novo, mas minha mente não parava quieta. Uma pontada na minha área pélvica chamou minha atenção. Um sinal da menstruação chegando? Ou de alguma outra coisa? Fechei os olhos e rezei por uma câimbra dolorosa e debilitante. Aí me perguntei como podia aconselhar Kelly quando meu próprio estado mental estava tão radicalmente bagunçado.

Escapei do escritório às quinze para as três, ignorando o olhar de "você só pode estar brincando" que Sandi me deu quando eu me dirigi até a porta. Não era segredo para ninguém a quantidade de trabalho acumulado que eu tinha. Cheguei ao Mayfair pouco antes das três e passei apressada pelo porteiro uniformizado, entrando no lobby austero. Era um oásis na loucura da cidade, com ricas paredes revestidas em lambris, um teto exibindo um afresco e uma jovem asiática tocando uma harpa tranquilizadora. O recinto era povoado por mulheres mais velhas e bem-vestidas, e homens bem mais jovens, cujos casacos de seda marfim ostentavam lencinhos de bolso coloridos. Kelly me observava de um sofá no canto mais distante. Seus olhos me lembraram os de um animal se escondendo.

— Você está bem? — perguntei, juntando-me a ela no sofá.

Ela deu de ombros.

— Quando eu era pequena, depois que a mamãe ficou doente, minha tia Betty me trazia para a Michigan Avenue para as compras de Natal e a gente vinha para cá depois. A gente se sentava neste salão com os nossos pacotes e tomava chá. Eu sempre ficava ansiosa por esse dia. Era tão especial para mim! Acho que foi por isso que eu quis encontrar você aqui. Tudo de ruim desaparecia por algum tempo neste lugar. — Ela fez uma pausa e acrescentou: — Tia Betty morreu pouco depois da minha mãe. Ataque cardíaco. Eu ainda sinto saudade dela.

Embora seus olhos azul-claros continuassem secos, eles projetavam a profundidade de mil lágrimas.

Um garçom de casaco branco aproximou-se com um carrinho, servindo pratos com sanduichinhos e *scones* com geleia de morango e creme de nata. Selecionamos um chá e ele o depositou em chaleiras de porcelana, que cobriu com mantinhas de tecido antes de se afastar com o carrinho. O ritual era tão civilizado que, pela primeira vez em quase uma semana, eu me senti quase humana. Kelly se serviu de uma xícara de chá e ficou olhando para ela.

— Maggie, eu não sei o que está havendo comigo. Desde o assassinato de Angie eu me sinto como se estivesse caindo aos pedaços outra vez. Preciso conversar sobre isso antes que algo de ruim aconteça. — Ela não precisava elaborar sobre o que esse algo de ruim podia ser. Eu fazia ideia. — Você sabe que eu odeio pedir ajuda, por isso agradeço demais você estar aqui.

— Ah, fala sério! Eu já disse que é para isso que servem os amigos.

— Quero dizer, tem sido bem difícil este último ano. E, mesmo com tudo isso, acho que eu tenho me saído muito bem. Mas, desde a morte de Angie, bom, eu sinto como se estivesse regredindo para aquele fosso. Não consigo tirá-la da cabeça. Sinto que estava tão absorvida nos meus problemas que não fui uma boa amiga para ela. Ela voltou a me ligar depois do término com Harvey, mas eu estava tão ocupada com as aulas, o trabalho e tudo o mais que acabava nunca tendo tempo para ela. Eu percebi que ela estava chapada na casa da Carol Anne. Eu devia ter dito alguma coisa, mas não disse.

— Kelly, você não podia ter salvado a Angie. Ninguém podia.

— Talvez não, mas eu podia ter tentado. Ela tentou comigo. Eu me vi nela aquela noite, a ansiedade, o caminhar de um lado para o outro. Bem lá no fundo, eu sabia que havia algo a mais acontecendo com ela, além da bebida. Mas eu estava tão consumida pela minha própria recuperação que tudo em que eu pensei foi em mim mesma. Agora eu acordo toda manhã e vejo Angie olhando para mim com acusação nos olhos. E às vezes isso acontece em outros momentos. Está me causando ataques de pânico. Hoje foi tão ruim que eu não consegui nem correr.

— Você precisa parar de se castigar — falei, erguendo uma xícara de chá calmante até os lábios. Minha mão tremeu de leve quando depositei a xícara de volta ao pires. — E eu? Eu estava com ela no bar aquela noite.

Kelly seguiu minha mão nervosa e então me olhou no rosto. Ela me analisou de um jeito que fez eu me sentir tão transparente quanto seus olhos azuis. Será que eles estavam enxergando meu interior? Será que eles podiam ver meu tormento?

— Qual é o problema? — inquiriu ela, mudando a tônica do encontro. De súbito, ela era a garota implacável que eu conhecera no ensino médio. A que podia assumir o controle de um problema e resolvê-lo. Uma equação matemática. Uma mãe doente.

— Comigo? Nenhum. Do que você está falando? Pensei que estávamos aqui para conversar sobre os seus problemas. — Peguei um sanduíche de pepino. Embora meu apetite fosse inexistente, dei uma mordida grande para evitar ter que falar.

— Tem algo de errado, eu posso sentir. Sem essa, Trueheart! Eu conheço você faz o quê, uns cem anos? O que foi? — Meu silêncio só fez com que ela cutucasse mais fundo. — Você está tendo dúvidas quanto ao casamento?

Engoli a mordida de sanduíche. Eu queria dizer que *absolutamente não*, que Flynn era o centro do meu universo e que eu mal podia esperar para me tornar sua esposa dentro de, exatamente, uma semana e um dia. Era isso o que eu queria dizer. Em vez disso, me flagrei de volta ao confessionário.

— Eu traí o Flynn.

— Você o quê?

— É verdade. — Forçando-me a superar a humilhação, contei a história de como conheci o carpinteiro na Overhang. Como o levei para a minha casa e para a minha cama. Dos meus temores de estar grávida. Kelly soltou um assovio baixo.

— Uau! Talvez seja você quem devesse estar frequentando um grupo de apoio.

— Eu não preciso ouvir isso agora — falei, defensiva.

— Certo, desculpe. Mas sabe de uma coisa? Quando estávamos na casa da Carol Anne na outra noite, além das minhas suspeitas sobre Angie, eu tive a impressão de que você não estava tão empolgada assim com o casamento.

— É claro que eu estou empolgada com o casamento! Flynn é o melhor homem do mundo. Tenho certeza de que todo mundo se questiona em algum ponto. — Eu me perguntei se meu argumento era para convencer a Kelly ou a mim mesma. — Foi um casinho de bêbado idiota. Só isso.

— E se você estiver grávida?

— Deus me livre. Mas vou saber em breve. Estou bloqueando essa ideia até lá.

— E se você estiver grávida? — repetiu ela.

— Não sei. Talvez eu vá até New Hampshire procurar o cara — brinquei, sem muita convicção. — Eu podia comprar um daqueles casacos horrorosos de lenhador, em vermelho e preto, e a gente podia criar ovelhas.

Os olhos pálidos se arregalaram.

— Você disse New Hampshire?

— É. O cara era de New Hampshire.

Kelly depositou a xícara no pires com tanta força que quase o quebrou. Ela debruçou o corpo estreito para perto do meu.

— Por favor, não me diga que ele dirigia uma picape. Uma picape branca GMC.

Eu girei por imagens borradas dele espremendo sua picape branca gigantesca entre dois carros em frente ao meu prédio. Uma sensação muito inquietante me dominou.

— Como é que você sabia disso?

— Cacete! — exclamou Kelly. — Essa mesma picape estava estacionada na rua da Carol Anne na sexta passada quando eu fui embora. Eu reparei nela porque a placa de New Hampshire chamou minha atenção, com o slogan de lá, *Viver livre ou morrer*. Que diabos ele estava fazendo lá?

Essa informação recém-descoberta não estava me caindo nada bem, mas eu tinha que cortar Kelly antes que seu entusiasmo me levasse à ruína.

— Pare com isso. É loucura. De jeito nenhum ele estava estacionado perto da casa de Carol Anne. Tem que ser uma coincidência. Provavelmente existem milhares de picapes brancas neste mundo.

— Com placas de New Hampshire? No estado de Illinois, no momento? Não pode haver tantas assim. Na verdade, aposto com você que só tem uma. Meu detector de malucos está me dizendo que tem algo esquisito nisso. Maggie, e se ele estava seguindo a Angie e teve algo a ver com a morte dela?

— Pare. Você sabe que ele não pode ter matado a Angie. Ele estava comigo quando ela foi morta.

Kelly teve a audácia de revirar os olhos.

— Tem certeza disso? Você admite que apagou. — Irredutível, ela prosseguiu sua torturante conexão de ideias. — Não há nenhum bom motivo para esse cara estar em Kenilworth e depois acabar na Overhang. Nós temos que contar isso para Os Dois Patetas.

— Você diz, os policiais? Kelly, nem comece. Nós não sabemos se essa era a picape de Kenilworth. E você sabe o que contar isso aos policiais poderia significar para mim. — Eu me lembrei de minha conversa com Albert Evans depois do funeral, insistindo para que ele contasse à polícia sobre ter visto Angie no The Zone. Ótimo. Agora eu também era uma hipócrita, além de mentirosa e adúltera. Mas o risco era grande demais para que eu fosse qualquer outra coisa. — E, se você for minha amiga, não vai nem pensar em falar com eles.

— Mas e se esse cara saiu enquanto você estava desmaiada e matou a Angie? — choramingou ela.

— E depois voltou para o meu apartamento e para a minha cama sem me acordar. Acho que não.

Kelly não desistia.

— E se ele for um assassino em série pervertido? E se ele voltar para pegar você? Se alguma coisa acontecesse com você e eu soubesse sobre esse esquisitão, aí então que eu nunca mais me perdoaria, nunquinha. Pense nisso.

— E se você estragasse a minha vida? Por favor, Kelly, prometa que não vai dizer nem uma palavra à polícia — implorei.

— Merda — disse Kelly, percebendo a dor em meu rosto atormentado. — Certo, eu prometo. Mas com certeza não estou gostando disso. E você tem que jurar para mim que, se vir esse cara de novo em qualquer lugar, na rua, em uma loja, na igreja, você vai procurar a droga da polícia!

Como é que se diz? De boa intenção o inferno está cheio. Meu esforço para ajudar Kelly tinha se voltado contra mim e agora eu tinha que me preocupar com ela também, além de tudo o mais. Sem falar da outra preocupação que tinha acabado de ser acrescentada à minha lista: se era Steven Kaufman que estava na rua de Carol Anne, que diabos ele estava fazendo por lá? Não havia nenhuma resposta lógica para essa questão.

— Eu juro — falei.

VINTE E UM

Flynn e eu estávamos no Acorn on Oak ouvindo um frequentador assíduo com cerca de cinquenta anos cantar uma versão desafinada de "Loverly", enquanto o pianista, complacente, esforçava-se para ganhar uma boa gorjeta. O Acorn parecia ter saído diretamente dos anos cinquenta: um salão parcamente iluminado com cadeiras estofadas e mesas pesadas, genuinamente brega. Flynn o chamava de antro perfeito.

— E, então, o que você achou do filme? — perguntou ele. Tínhamos acabado de ver *Quero ser grande* no Water Tower Place.

— Achei bacana — respondi —, mas pensei que ia ser mais engraçado.

Depois de sair do Mayfair, eu estava tão agitada que cogitei cancelar nosso encontro regular de sexta-feira, mas achei que seria injusto com Flynn. Além do mais, estava na hora de eu voltar a habitar meu mundo de sempre. *Quero ser grande* tinha sido uma escolha minha. Eu imaginei que seria seguro, nada de polêmicas, nada de sexo, algumas risadas. E ele cumpriu o esperado, um descanso despreocupado de tudo o que vinha me assombrando: trabalho, casamento, infidelidade e gravidez, em ordem ascendente. Por duas horas abençoadas, as travessuras de Tom Hanks como um menino de treze anos que precisa ocupar o lugar de um homem adulto dominaram meu universo. Era a fuga perfeita. Esperto. Engraçado. Descerebrado.

Eu tinha até saído do cinema de bom humor.

Até ver o cartaz promocional do filme na saída, onde um Tom Hanks de aparência culpada pondera as palavras: *você já teve um segredo bem grande?* Foi difícil não sentir um calafrio.

— É, eu também achei que fosse ser mais engraçado — dizia Flynn. — Talvez devêssemos ter visto *Crocodilo Dundee II*.

— Ah, me poupe de sequências. Como foi a sua semana? — Eu estava me empenhando para criar conversas inócuas e deixar de ser a companhia horrível que vinha sendo ultimamente.

— Foi bastante produtiva, na verdade, apesar de... — A voz dele foi sumindo. Eu sabia que ele queria dizer apesar de ter perdido um dia, mas ele deixou passar. — E você?

— Estou na correria. Se eu não me enforcar essa semana, acho que não me enforco mais.

Ele tomou um gole de cerveja.

— Alguma novidade sobre a Angie?

— *Niente* — falei, meus pensamentos voltando a circundar a picape branca na rua de Carol Anne. Afinal, *quais eram* as probabilidades de duas picapes brancas com placa de New Hampshire estarem em algum ponto de Chicago na mesma noite? Tinha de ser menos de uma em um milhão, e havia o quê, três milhões de pessoas em Chicago? Sem contar os subúrbios.

Eu me dei conta de que ele estava falando de novo.

— Eu simplesmente não consigo acreditar que a polícia não está fazendo mais nada a respeito. Que bela porcaria de polícia!

Para meu imenso alívio, Flynn viu um casal que ele conhecia e eles pararam na nossa mesa para dar oi. Ele lhes perguntou se queriam se juntar a nós e eles, por sorte, quiseram, poupando-me de mais conversa desconfortável.

No táxi a caminho de casa, Flynn me perguntou se ele deveria subir.

— Provavelmente não, Flynn. Você sabe que a Natasha vai fazer aquele chá de cozinha cretino para mim amanhã e eu vou ter que acordar cedinho. Graças a Deus esse vai ser o último.

— Tudo bem — disse ele. — Provavelmente seria tentador demais. Eu não quero romper nossa promessa.

Com isso, ele passou um braço possessivo ao meu redor e me puxou para perto. Ele me beijou profundamente e eu senti que cedia em seus braços. Deu a sensação de que estava quase tudo certo de novo. Talvez as coisas fossem ficar bem, pensei. Talvez, apenas talvez, elas fossem ficar bem.

VINTE E DOIS

Vince

A silhueta de Vince era visível na janela da sala de jantar de Suzanne, observando a cidade se desdobrar lá embaixo, centenas de dramas individuais se desenrolando por trás de centenas de quadrados de luz amarela. Uma mãe embalava seu bebê, uma idosa esquentava leite em uma panela, um casal recebia amigos para um jantar, um jovem pegou algo do refrigerador, provavelmente uma cerveja, e voltou à sala de estar para assistir a uma televisão enorme. Se o bebedor de cerveja levantasse a cabeça, o que pensaria do homem na penumbra segurando uma taça de vinho e olhando para ele? O olhar de Vince guinou para a Lake Shore Drive. A fila de carros se arrastava no tráfego de sexta à noite, seus faróis brancos um contraste brutal com as luzes amarelas dos postes, o vazio escuro do Michigan Lake se estendendo, solitário e negro, até o outro lado do desfile em câmera lenta.

Ele tomou um gole de vinho e notou o final, como o sabor se estendia em sua boca. Exatamente como Suzanne. O sabor dela se estendia muito tempo depois de não estarem mais juntos.

Ele deu as costas para a janela e olhou para ela, sentada à mesa, os cabelos loiros reluzindo dourados sob a luz das velas. Suzanne mal tinha dito uma palavra durante o jantar e comera apenas uns poucos pedaços do filé que ele tinha trazido do Gibson's. Seu humor desde a morte da amiga só tinha piorado. Por mais que reconhecesse que ela havia sofrido uma perda, ele estava com dificuldades para entender o comportamento dela. Vince se aproximou e esvaziou o restinho do Latour 1961 na taça dela. O vinho era ridiculamente caro, mas, no que dizia respeito a satisfazer Suzanne, nenhum valor era alto demais. Ele ergueu a garrafa e olhou para o rótulo.

— Sessenta e um foi um ano bom — disse ele.

— Foi. Meu irmão nasceu nesse ano.

Vince sentiu vontade de jogar a garrafa pela janela, desejando ter comprado a de 1982. Ele queria dizer alguma coisa, mas tinha quase certeza de que não devia saber que ela tinha um irmão. Em vez disso, colocou a garrafa vazia no aparador e se postou atrás de Suzanne para massagear os ombros dela. A sensação da pele dela sob as pontas de seus dedos o deslumbrava. Ela era feminina e macia e musculosa e firme ao mesmo tempo. Ela era contradição e harmonia. Fria e quente. Reservada e passional.

— Seu irmão?

Ela se levantou abruptamente, afastando-se dele, e foi até a janela. Seu reflexo no vidro era atormentado e severo.

— Sim, meu irmão. Eu nunca contei isso a você, mas eu tive um irmão caçula. Ele foi morto em um acidente de carro. Aconteceu há muito tempo, logo depois de eu arrumar meu emprego.

Ela parou para tomar um gole de vinho, seus olhos voltados para o outro lado do lago.

— Ele foi jogado para fora da Sheridan Road por um motorista bêbado e bateu numa árvore. Teve um homem que viu tudo e parou para ajudar. Johnny não estava usando o cinto de segurança e foi lançado para fora do carro. Ele quebrou o pescoço. O homem esperou com o meu irmão até a ambulância chegar. Johnny morreu a caminho do hospital. E, por mais que eu aprecie o fato de aquele homem ter parado para ajudar, há uma parte minha que queria que ele não tivesse parado, que tivesse, em vez disso, seguido aquele motorista bêbado e anotado sua placa. Então talvez nós descobríssemos quem matou meu irmão. Talvez fosse possível obter justiça. Ou ao menos uma superação melhor para mim e para meus pais.

Vince começou a falar, mas Suzanne ergueu uma das mãos.

— Não — disse ela, fazendo um gesto para que ele se calasse. — Tem mais uma coisa sobre aquela noite. Johnny foi morto porque me deu uma carona de volta para a cidade. Era aniversário da minha mãe e o meu carro estava na oficina, por isso eu peguei o trem para Winnetka. Meus pais queriam que eu dormisse lá, mas eu insisti em ir para casa porque queria estar no escritório bem cedinho no dia seguinte. Eles não queriam que eu pegasse o trem tão tarde, por isso Johnny me levou para casa. E foi morto quando estava voltando. Você tem ideia da culpa que eu carrego por causa disso? Eu me sinto responsável pela morte dele todos os dias.

Ela parou para se recompor, e dessa vez Vince sabia que não deveria interrompê-la.

— Agora perdi uma das minhas amigas mais queridas e é a mesma coisa. O desgraçado que tirou a vida dela está solto por aí. Eles nunca o encontrarão, eu sei disso. Ninguém vai pagar pela morte de Angie, nunca. Exatamente como ninguém nunca pagou pela de Johnny. — Lágrimas começaram a rolar, deixando riscos escuros de rímel pelo rosto dela. — Só eu. Eu vou pagar pelo resto da minha vida. Você não vê? Johnny morreu porque me levou para casa. E Angie morreu porque eu a levei para casa.

Vince nunca a vira chorar, e sua infelicidade partia o coração dele de um jeito que não imaginara ser possível. Ele se aproximou dela e a abraçou apertado, encaixando as mãos nos ombros que soluçavam enquanto ela enterrava o rosto contra seu peito. Os olhos dela tinham círculos de rímel molhado, as bochechas manchadas de preto. O nariz escorria. E, quanto mais ela chorava, mais ele a amava. A donzela de gelo tinha derretido, e isso só a tornava mais atraente. Ele ficou desconcertado ao perceber que seus sentimentos por ela podiam ficar ainda mais intensos.

— Suzanne, meu bem, escute. — Ele inclinou o queixo dela para cima com os dedos, para que ela olhasse diretamente em seus olhos. — Eu vou dar um jeito nisso. Vou descobrir que matou a Angie.

Ela parou de chorar e, estranhamente, começou a rir em meio às lágrimas.

— Ah, Vince, por favor... Você não tem como descobrir quem matou Angie.

— Tenho, sim — disse ele com o rosto retesado, os olhos negros cheios de determinação. — Neste mundo, há pouquíssimas coisas que não se possa resolver pelo preço certo. O dinheiro pode abrir portas que a polícia não pode. Eu conheço alguém que faz esse tipo de coisa. Ele vai descobrir quem matou a Angie.

Ela piscou para conter outra onda de lágrimas.

— Você está falando sério, né?

— Seriíssimo. Ver você desse jeito é uma tortura para mim.

— Você acha mesmo que pode encontrar quem matou a Angie?

— Eu sei que posso.

— Meu Deus, você é maravilhoso! — Ela fungou e enxugou o nariz com as costas da mão. — Eu devo estar linda.

— Nunca esteve mais bonita. — Ele estava sendo sincero. Tomando o rosto dela entre as mãos e pressionando sua boca contra a dela, ele sentiu o gosto salgado das lágrimas em seus lábios. Ele a guiou gentilmente até o chão.

Qualquer voyeur teria desfrutado de um show e tanto.

Já era quase meia-noite quando Vince chegou em casa. Ele desceu as escadas e dirigiu-se ao seu escritório, passando pelo bar projetado ainda em construção e tomando cuidado para não pisar em nenhuma ferramenta abandonada no escuro. O escritório era seu refúgio, uma sala totalmente masculina, com mobília pesada em couro e uma grande escrivaninha de carvalho. Ele se sentou atrás da escrivaninha e tirou da primeira gaveta sua agenda. Abrindo na letra B, ele desceu o dedo pela página até encontrar o nome que estava procurando. Belchek, Charley. Belchek era um policial de Chicago que tinha sido expulso da corporação por usar meios antiéticos de obter confissões. Ele virou um investigador particular pouco tempo depois e era bastante eficaz, por sinal. Tinha ajudado Vince a ganhar a licitação de um serviço crucial alguns anos antes, desenterrando informações desagradáveis sobre o incorporador concorrente e seu jovem protegido e vazando essas informações para os jornais. Vince não havia precisado das habilidades especiais de Belchek desde então, mas com certeza precisava naquele momento. A despeito do tardar da hora, ele desconfiava de que o ex-policial ainda estaria acordado. Discou o número em sua linha particular.

A voz do outro lado da linha era diretamente saída de um filme *noir*.

— Belchek.

— Charley. Aqui é Vince Columbo.

Se Charley Belchek se importava com o horário, não deu nenhuma indicação disso.

— Vince, quanto tempo! Vejo que você se deu bem desde que fizemos negócios. Encontro as suas placas em todo canto.

— Não posso dizer que tenho motivos para reclamar — disse Vince, ignorando a implicação de Belchek de que talvez não tivesse se saído tão bem sem a ajuda dele. Ele foi direto ao assunto. — Estou procurando informações. Uma mulher foi morta no Lincoln Park na semana passada, chamava-se Angela Lupino Wozniak. Preciso descobrir quem fez isso.

— É um pedido estranho, mas, ei, não é da minha conta saber por que você quer saber o que você quer saber. Conseguir esse tipo de informação é possível, mas vai custar bastante dinheiro, e eu não posso garantir o resultado. Quanto você está disposto a investir?

Vince não hesitou.

— Quanto for preciso.

— Vai ter muita mão para molhar, dependendo do calibre de quem a pegou. Sabe como é: gangue, organizado, algum esquisitão, sei lá. Vai custar pelo menos quarenta mil.

— E eu preciso saber rápido — acrescentou Vince.

Fez-se um silêncio na linha enquanto o ex-policial fazia alguns cálculos.

— Sessenta então.

— Fechado — disse Vince.

VINTE E TRÊS
Ron

Ron O'Reilly rodava nos trilhos entre o sono verdadeiro e o estupor alcoólico, sonhando em trancos intranquilos. O sinal da saída tocava e ele esperava por suas irmãs e seus irmãos do lado de fora da escola St. Mary of the Brook. Ele prometera à mãe que sempre cuidaria deles. O sinal ficou cada vez mais alto. Tocando, tocando. Seus olhos se abriram. Não era uma campainha de escola. Era seu telefone. Ele acendeu a luz e espremeu os olhos para o relógio de cabeceira. Cinco e quinze. Um copo de uísque cheio até a metade repousava na mesa de cabeceira ao lado dele.

Ele atendeu.

— O'Reilly.

Era o comandante de plantão na Área 3.

— Ron, recebemos um telefonema dizendo que a carteira de Angela Wozniak apareceu na garagem da Yellow Cab.

Ron esfregou os olhos e se forçou a voltar à consciência.

— Você está me zoando. Faz uma semana.

— Sem zoeira. Eu sei que é cedo, mas achei que você ia querer saber.

— Estou indo — disse O'Reilly.

Ele ligou para Koz, despertando-o do sono também, e lhe disse para estar pronto em quinze minutos. Em seguida, saiu da cama e foi para o banheiro, enchendo a pia de água gelada e mergulhando a cara lá dentro. A água fria lhe tirou o fôlego, mas fez com que despertasse. Finalmente, ele escovou os dentes duas vezes e gargarejou com Listerine de menta. *Isso deve resolver,* pensou ele.

O céu da manhã já havia passado para um azul-turquesa quando eles passaram pelos portões aramados da garagem da Yellow Cab, um campo de batalha com caixões amarelos encimados pela lápide "táxi". Uma placa na entrada dizia *Patrulhado por cães de guarda*, acompanhada pela imagem de um pastor-alemão arreganhando os dentes. O'Reilly colocou na boca a quarta bala de hortelã daquela manhã e ofereceu uma para Koz, que recusou. Ele estacionou perto de uma guarita de cimento situada no meio da garagem. O som de latidos encheu o ar.

— Onde eles estão? — perguntou Kozlowski, hesitando em abrir a porta. — Não gosto muito de pastores. Por algum motivo eles parecem achar que grandões como eu são um desafio.

O'Reilly apontou para um cercado de tela onde dois pastores-alemães andavam de um lado para o outro como tigres enjaulados, as mandíbulas abertas alertando visitantes a recuar.

— Estão ali, grandão. Você está a salvo.

Eles foram até a guarita de cimento, onde um vigia autorizou sua entrada e orientou que fossem até o escritório. Dentro do cubículo quadrado e sem janelas, dois policiais uniformizados esperavam ao lado de um homem negro, cujas pernas e braços compridos como os de um aracnídeo eram pouco mais do que pele e ossos. Uma mulher branca de aparência cansada e pele cheia de acne, usando uma peruca castanha horrorosa, estava sentada atrás de uma mesa com tampo de fórmica. Uma carteira Gucci do tamanho de um talão de cheque encontrava-se sobre a mesa.

O'Reilly cumprimentou silenciosamente os policiais, o homem, a mulher. Sua cabeça doía muito e ele torcia para que a bala de hortelã fosse disfarce suficiente para os pecados da noite anterior. A mulher, Rosie Harding, era a gerente noturna do escritório. O esqueleto humano, Mashal Anouye, foi apresentado como o taxista ligado à carteira. O'Reilly apanhou a carteira e a abriu. Uma foto de Angela Lupino Wozniak sorriu para ele em meio a dezenas de cartões de crédito. O compartimento para dinheiro continha várias notas de cem dólares novinhas.

O'Reilly dispensou os policiais e ocupou a única outra cadeira disponível na sala, em frente a Anouye. Kozlowski se apoiava contra a parede tão discretamente quanto seu tamanho lhe permitia.

— Alguém quer me explicar sobre a carteira? — perguntou O'Reilly.

Rosie Harding falou antes que o motorista tivesse a chance.

— Mashal entregou essa carteira no último sábado, ao final do turno dele, por volta de cinco da manhã. Eu a tranquei no cofre. É uma política nossa guardar itens de valor até que alguém ligue para reavê-los. Quando Mashal passou aqui hoje cedo para ver se alguém tinha procurado pela carteira, eu conferi o cofre. Dessa vez abri a carteira em busca de identificação e percebi que era aquela mulher que encontraram no Lincoln Park. Aí chamei a polícia.

— É isso mesmo, Mashal? — O'Reilly exigiu saber.

O homem remexeu as pernas nervosamente, os joelhos se movendo como uma aranha em um lugar apertado.

— Sim, é isso mesmo, senhor — disse ele com um sotaque britânico.

— De onde você é, Mashal?

— Eu sou do Quênia, senhor, mas já estou em Chicago há mais de dez anos.

— Não é tão quente por aqui, né? — intrometeu-se Kozlowski.

A cabeça do homem voltou-se momentaneamente para o gigante encostado na parede.

— Não, senhor.

— Fale-me sobre esta carteira — prosseguiu O'Reilly.

— Bem, foi há uma semana, na noite de sexta-feira, senhor, ou na verdade, na manhã de sábado, se preferir. Eu estava descendo pela Halsted quando uma mulher fez sinal para o meu táxi. Eu quase não parei para ela porque meu turno tinha acabado, mas pensei, bom, uma última corrida não vai fazer mal. Assim que ela entrou no táxi eu me arrependi de tê-la apanhado, porque me dei conta de que ela estava muito, muito bêbada.

— O que aconteceu em seguida?

— Ela me pediu para levá-la até um bar, senhor, na Lincoln Avenue. The Zone. Mas devo contar, senhor, sobre algo muito estranho que aconteceu no caminho. Na esquina da Halsted com a Armitage, ela se debruçou para fora da janela e começou a gritar com alguém. Embora eu não me lembre do que ela disse exatamente, foi algo agressivo sobre vê-lo no tribunal. Quando chegamos ao bar, ela parecia apressada. Desceu correndo do táxi assim que entreguei o troco. Sem me dar gorjeta, devo acrescentar. Eu apaguei minha luz e vim diretamente para cá, senhor, para a garagem. Como é meu costume checar a parte de trás do táxi antes de devolver o veículo, foi o que eu fiz, e aí notei essa carteira caída no banco traseiro. Ela deve tê-la esquecido. — Ele apontou para a carteira. — Seguindo o regulamento da empresa, eu a entreguei aqui, senhor, para os achados e perdidos.

— E ela ficou trancada desde então? — O'Reilly perguntou para Rosie Harding. Quando ela assentiu, ele acrescentou: — Vocês já pensaram em entrar em contato com o dono de um item perdido?

Ela lhe lançou um olhar dissimulado.

— O senhor não imagina a quantidade de porcaria que as pessoas largam nos táxis. Ficaríamos no telefone o dia todo.

O'Reilly voltou-se para Mashal, que se remexia na cadeira como se o assento fosse feito de vidro moído em vez de madeira.

— Então o motivo pelo qual você resolveu conferir se a carteira tinha sido reclamada foi...?

— Porque com frequência a pessoa, agradecida, deixa uma recompensa para o motorista que encontra um item perdido, senhor. Eu teria conferido antes, mas estava doente.

Depois de pressionar Mashal por mais informações, O'Reilly descobriu que o sujeito estava fazendo quimioterapia devido a um tumor no pulmão, motivo pelo qual ele se ausentou na semana anterior, e provavelmente o motivo pelo qual não parecia capaz de ficar sentado quieto. Após dispensar o motorista com um conselho de que não deixasse a cidade, O'Reilly jogou a carteira em um saquinho plástico e entregou-a para Kozlowski. Rosie Harding permanecia sentada em silêncio atrás da mesa.

— Você deveria pensar em entrar em contato com seus clientes — foram as últimas palavras de O'Reilly. — Prestaria um grande serviço ao público.

O Sol tinha se erguido por completo quando eles saíram de lá, o dia já esquentando. O som dos cães latindo ecoava nos ouvidos deles quando embarcaram de novo no Ford. O'Reilly virou a chave na ignição e esperou o ar-condicionado começar a funcionar. Seu rosto latejava.

— Não dá pra acreditar que eles não procuraram uma identificação na carteira. Bando de idiotas do caralho.

— Eu não diria que esse é um bom sistema — concordou Kozlowski.

— Acha que pode ter sido o motorista?

Kozlowski chacoalhou a cabeça.

— Acho que não. O cara parecia que ia sair voando na primeira brisa que batesse. Além disso, por que ele entregaria a carteira sem pegar o dinheiro?

— É. Está certo. Pelo jeito, ela mantinha dinheiro suficiente à mão para bancar o vício — concordou O'Reilly, enquanto engatava a primeira marcha. — Mas pelo menos agora sabemos aonde ela foi antes de ser morta.

VINTE E QUATRO

Kelly

O orvalho matinal ainda estava no ar e o Sol ascendia rapidamente enquanto Kelly corria acompanhando o lago. Sua cabeça estava muito melhor do que no dia anterior, mas o corpo estava fatigado pela falta de sono. Ela tinha se revirado a noite toda, tornando a noite da gata tão desagradável quanto a sua, incapaz de parar de pensar sobre a picape de New Hampshire na rua de Carol Anne. Os policiais precisavam saber sobre a picape e o carpinteiro, e ela tentava pensar num jeito de fazer isso sem quebrar a promessa feita a Maggie no Mayfair.

Aos oito quilômetros de corrida, ela deu meia-volta e dirigiu-se para o Sul, evitando o bosque onde o corpo de Angie tinha sido descoberto. Ela duvidava que algum dia fosse correr de novo por aqueles bosques. Estava na calçada perto do totem na Addison quando avistou Ralph, e lhe ocorreu que não encontrava com ele havia dias. Ela diminuiu o ritmo para bater na mão oferecida por ele. Seu sorriso grisalho esticou as bochechas cobertas de barba crescendo.

— Olá, mocinha! — disse ele, erguendo a mão para o tradicional tapinha.

— E aí, Ralph? O que está fazendo por aqui? Não está meio fora da rota?

— Não passo mais por aquele bosque ali, não. Não tem nada de bom por lá.

Ela deu o tapinha e continuou correndo. Tinha passado uns quatrocentos metros quando as palavras dele pegaram tração em sua mente, como pneus atolados atingindo terreno sólido depois de passar pela lama.

— Puta merda! — gritou ela. Deu meia-volta e disparou.

— Ralph, espera! — chamou ela quando o corpo meio desequilibrado dele voltou a ficar visível. Quando ela finalmente o alcançou, sua respiração escapava em ofegos curtos. — Por que você disse aquilo sobre o bosque, Ralph? — arfou ela.

A resposta dele quase a derrubou.

— Eu vi um negócio ruim acontecer por lá.

— Como assim, ruim, Ralph? — perguntou ela, ainda ofegando pela disparada.

Os lábios do velho se distenderam sobre o sorriso de gengivas. Ele assentiu como se tentasse tomar uma decisão importante. Remexendo a terra com um de seus tênis surrados, ele olhou para Kelly com nervosismo.

— Eu não quero encrenca.

— Claro que não, Ralph! Eu sou sua amiga. Não vai ter encrenca nenhuma. Agora me conte por que você não quer entrar naquele bosque.

— Eu vi um homem carregando uma moça morta.

O coração de Kelly parecia que ia parar.

— Ralph, pode me dizer exatamente o que você viu?

— Bom, mocinha, foi mais ou menos uma semana atrás. Eu tava andando pela trilha, como sempre, o Sol tava pra nascer, mas ainda não tinha nascido. Eu levanto cedo, umas três e meia ou quatro. Eu limpava bar lá no centro, então por quase trinta e cinco anos tinha que tá de pé nesse horário. Desde que aposentei, eu não consigo perder o costume. Mas, enfim, eu tava andando e vi alguém perto das árvores carregando um negócio grande no ombro. Pensei que era melhor eu avisar que tava por lá, para ele não assustar ou coisa assim, então falei "Opa". Bom, no segundinho em que ouviu a minha voz, ele largou o fardo e saiu correndo. Então fui lá investigar e vi que era uma moça que ele tava carregando. Pobrezinha. O pescoço todo quebrado, isso tava claro feito o dia. Eu não queria nenhuma encrenca, mas me senti mal por ela estar lá caída daquele jeito, então peguei um pouco de jornal do lixo e cobri ela até alguém vir e enterrar ela direitinho. Aí não sabia mais o que fazer, então continuei andando.

Kelly não sabia se ria ou chorava. Ela sempre soubera que Ralph não batia bem da bola, mas não sabia que a coisa era tão feia. Cobrir uma mulher morta com jornal em vez de avisar a polícia. Porém, a despeito de suas limitações, talvez Ralph tivesse visto o bastante para descrever o assassino. Provavelmente não era a testemunha mais crível do mundo, mas já era um começo.

— Ralph, você conseguiu dar uma olhada na pessoa que carregava a moça?

— Não muito. Como eu disse, tava escuro e ele sumiu no segundo em que ouviu minha voz.

— Pode explicar como ele era?

— Ele era meio grande, chegava quase naqueles galhos mais baixos, e era escuro.

— Escuro, como um homem negro?

Ralph balançou a cabeça, negando.

— Não. Ele tinha a pele branca que nem você. Eu digo que ele tinha cabelo escuro. E tava de roupa escura. Foi tudo que eu vi, de tão rápido que ele sumiu. Agora, mocinha, não vai contar nada disso pra ninguém! Eu não quero encrenca com a polícia. Eu tive problemas com eles uma vez na vida, quando eu ainda bebia, e, acredite em mim, ninguém quer passar por isso duas vezes.

E eu não sei?, pensou Kelly.

— Mas Ralph... — pressionou ela. — Isso não causaria nenhum problema com a polícia. Eles iam adorar que você lhes contasse sobre isso. — Ela tocou suavemente o braço do velho. — Talvez até dessem uma recompensa.

Os olhos dele se acenderam.

— Eu nunca pensei nisso. Receber uma recompensa. Eu nunca recebi nenhuma recompensa na minha vida. Diz pra eles que eles podem me procurar aqui no parque.

O'Reilly estava encolhido em um dos lugares reservados da lanchonete Ann Sather's observando seu parceiro demolir uma omelete de cinco ovos com bacon, queijo e cebola. Seu próprio estômago ainda estava tão revirado que café e torradas eram tudo que ele conseguiria engolir, e mesmo assim já estava empurrando a torrada. Koz limpou o prato de omelete e passou para uma pilha de panquecas. O'Reilly soprou sua xícara fumegante. Seu parceiro era grande, mas, ainda assim, como alguém podia comer tudo aquilo?

— Não alimentaram você recentemente?

— Perdi o café da manhã — respondeu o gigante entre uma mordida e outra. — Melissa e eu geralmente tomamos café na cama aos sábados.

A imagem de um Kozlowski na cama, sem camisa, com um prato apoiado na barriga fez o estômago de O'Reilly embrulhar. Felizmente, seu *pager* disparou a tempo de interromper a imagem. Ele olhou para o visor e xingou o número na telinha em voz alta. Era Kelly Delaney. Aquela garota era um pé no saco. Ela ligara três vezes nas últimas vinte e quatro horas para perguntar sobre a investigação. Na cabeça de O'Reilly, não havia nada pior do que um cidadão intrometido. O que ela achava que eles estavam fazendo? Jogando baralho?

Ele deixou Koz sozinho para terminar seu desjejum e encontrou o orelhão. Kelly atendeu no primeiro toque.

— Detetive O'Reilly, tenho que falar com você — exigiu ela.

— E sobre o que seria?

— Sobre o que diabos você acha que pode ser? Eu tenho informações importantes para vocês. É difícil explicar pelo telefone. Preciso que venham até meu apartamento.

— Por um acaso, estamos na vizinhança — disse ele, com relutância. — Estaremos aí em dez minutos.

Kozlowski ainda lutava com as panquecas quando Ron voltou à mesa.

— É melhor terminar isso aí — disse ele. — Kelly Delaney disse que tem algo para nós.

— Tipo o quê? — perguntou o grandalhão, passando um guardanapo sobre a boca.

— Não sei. Ela diz que é importante. Talvez tenha descoberto quem é o assassino do Tylenol.[5]

Kelly ainda estava com a roupa úmida de corrida quando O'Reilly e Kozlowski apareceram à sua porta. Ela os convidou a se sentarem em volta de sua minúscula mesa de cozinha. Menos de trinta segundos tinham se passado quando um grito invadiu o local, um som atormentado como o de uma pessoa sendo torturada. Os dois policiais se levantaram de um pulo, procurando nos cantos do espaço reduzido, prontos para sacar suas armas.

---

5 Os "assassinatos do Tylenol" foram uma série de mortes por envenenamento que ocorreram em Chicago, em 1982, devido ao consumo de remédios adulterados contendo cianeto de potássio. As investigações permanecem inconclusivas e ninguém foi indiciado pelas mortes. (N.E.)

— O que diabos é isso? — perguntou O'Reilly, sua cabeça girando ao redor da cozinha.

Houve um segundo uivo, ainda mais alto. Kelly olhou para eles, sem graça.

— É a minha gata. Eu tenho que trancá-la no banheiro quando recebo visitas. Ela não gosta muito de desconhecidos. — Ela pensou nas despesas médicas, que ainda estava pagando, pela vez em que Piti atacara a canela de um encanador que tentava desentupir a privada.

Eles tornaram a se sentar e Kelly reparou no tremor que abalava a mão de O'Reilly, mesmo repousada sobre a mesa. Ela se perguntou se a bebedeira dele influenciava seu desempenho no trabalho. Não que a vida dele fosse da sua conta, mas as vidas de suas amigas eram. Ela já tinha uma amiga morta. Queria se certificar de que esse número não subisse para dois por causa da incompetência dele.

— Então, se você pudesse fazer a gentileza de nos atualizar... — disse ele.

Kelly descreveu seu encontro com Ralph e como o idoso surpreendera um homem de cabelo escuro e grande carregando o corpo de Angie na noite do assassinato. O'Reilly começava a pensar que aquela podia ser uma pista importante quando Kelly acrescentou que tinha sido esse Ralph quem colocara os jornais sobre o cadáver de Angie.

— Ele cobriu o corpo — disse O'Reilly totalmente incrédulo.

— Sim. Como eu disse, Ralph é um tanto excêntrico. Ele fez isso como um sinal de respeito.

— E não contou a ninguém sobre isso. Se esse Ralph estiver falando a verdade, ele pode estar encrencado.

— Por favor, não diga isso — disse Kelly. — Ralph tem medo da polícia, e é por isso que ele não falou nada. Mas isso não muda o que ele viu. Vocês precisam conversar com ele.

— Você teria o endereço do Ralph por acaso? — O tom de voz de O'Reilly implicava que ele não levava a sério nem ela nem Ralph.

— Não exatamente. Mas vocês podem encontrá-lo no Lincoln Park, perto do totem. Ele prometeu estar lá hoje à tarde.

— Anotou isso, Koz? No totem.

— Não deboche de mim — disse Kelly, na defensiva. — Vocês mesmos ainda não descobriram nada.

— Na verdade, nós encontramos uma pista — contrapôs O'Reilly. — A carteira de Angie apareceu hoje cedo. Ela a esqueceu num táxi na noite em que foi morta. Nós a teríamos encontrado antes se a idiota do local não a tivesse mantido trancada. Também descobrimos que ela pegou esse táxi até um bar chamado The Zone. Você já ouviu falar?

— Ouvi falar? Esse lugar foi a minha farmácia por anos.

— Provavelmente era a farmácia de Angie também. Tem algum nome para mim?

Kelly travou. Mesmo em sua nova vida, ela não queria causar problemas para ninguém da vida antiga. Pelo visto, O'Reilly leu seus pensamentos, porque ele disse:

— Não se preocupe com o seu amigo do The Zone. Somos da Homicídios, não Narcóticos. Se entregássemos todo traficante que nos deu pistas, teríamos que pegar o Hilton emprestado para colocar todo mundo.

— Tudo bem. O nome dele é Lyle. Eu ia contar a vocês de qualquer forma. O mais importante é descobrir quem matou a Angie.

— Lyle, anotado — disse O'Reilly. Piti soltou outro uivo. — Deus do céu, parece que está rolando um exorcismo ali dentro.

— Nós temos um gato — disse Kozlowski. — Eles só precisam de um pouco de compreensão.

Embora Kelly ainda não quisesse que eles fossem embora, os policiais já estavam se afastando da mesa. Ela estava pensando em como avisá-los sobre o sujeito de New Hampshire. Eles já estavam quase do outro lado do pátio quando ela encontrou a brecha. Kelly tinha jurado a Maggie que não diria nada sobre o sujeito de New Hampshire, mas não tinha prometido nada sobre a picape.

— Esperem! — chamou ela. — Tem outra coisa.

A irritação de O'Reilly estava clara quando ele se virou para ela.

— Talvez vocês devessem saber sobre uma picape suspeita que estava estacionada na rua de Carol Anne na noite da festa.

VINTE E CINCO

7 dias antes do casamento

Passava meia hora do horário estabelecido no convite quando eu entrei no caminho que levava até a garagem de Natasha em Lake Forest, meu fusca parecendo um pedrisco em um mar de Sevilles, Mercedes e BMWs. A mansão de Arthur Dietrich lembrava mais um satélite de Oxford do que um lar. A casa tinha até um nome, Ferrydale, mas não me pergunte o que isso significava. A construção atual erguia-se sobre os ossos de uma mansão que já era considerada ostentosa quando foi construída durante os anos 1920 de Gatsby. Se a intenção de Arthur Dietrich era fazer algo mais afetado do que o projeto original, tinha conseguido. Para ele, o que valia eram as aparências, desde sua bela esposa e seus filhos até sua casa, passando pelo Bentley com placa AMB1C1050. Filho de um carteiro, ele tinha começado a enriquecer negociando agressivamente na bolsa, e depois havia superado todos os limites vendendo a descoberto[6] pouco antes da quebra de 1987. Arthur realmente se gabava a respeito disso, o que era bem típico da sua pessoa. Eu nunca tinha gostado dele. Embora fosse um fanfarrão e um presunçoso, meus sentimentos eram conflitantes, já que tinha sido através dele que eu conhecera Flynn.

De pé em frente às gigantescas portas de entrada, mais adequadas para uma igreja medieval do que para uma residência, ajeitei o cabelo e respirei fundo. Natasha podia estar irritada comigo pelo atraso para o meu próprio chá, mas minha mãe estaria furiosa. E, quando minha mãe ficava furiosa, ela deixava a vida de todo mundo miserável.

O mordomo de Natasha atendeu à porta. Sim, mordomo. Importado da Inglaterra, ele era a última tendência entre os novos ricos. Hobbs me guiou até o vestíbulo, onde Natasha conversava com duas parceiras de bridge da minha mãe.

---

6 Vender um ativo que não se possui com a intenção de diminuir seu preço para então comprá-lo de volta e lucrar com a diferença.

— Nossa convidada de honra, finalmente! — anunciou ela, esvoaçando para me beijar nas duas bochechas em sua melhor imitação da sra. Astor. — Estávamos ficando preocupadas com você.

— Perdão. Havia muito trânsito.

Eu me desculpei com as amigas de minha mãe e caminhamos juntas por um átrio amplo, cheio de tapetes orientais e pinturas colecionáveis adquiridas recentemente. As demais convidadas estavam sentadas no arboreto, tomando vinho branco e conversando educadamente em meio a vasos com figueiras e laranjeiras. A maioria das mulheres tinha a idade da minha mãe, na casa dos cinquenta e acima disso; elas usavam roupas de grife e carregavam bolsas saídas diretamente das páginas da *Vogue*. Em um vestido bege simples que eu tinha comprado na liquidação da J. Crew, e carregando uma bolsa surrada da Coach, eu era sem dúvida a pessoa mais fora de moda no recinto. Minha mãe estava sentada em uma poltrona de *rattan* exibindo um terninho amarelo-canário, uma echarpe Hermès drapeada sobre os ombros e cachos de pérolas nas orelhas. Minha irmã mais nova, Laurel, estava sentada ao lado dela e parecia irritada por ter sido obrigada a comparecer. Eu não podia culpá-la. Ela estava tão exausta do circuito de chás de panela e de bar e de lingerie quanto eu. Nossa irmã mais velha, Ellen, morava em Nova York com o marido e os filhos e tinha dado a sorte geográfica de perder todos os setes chás anteriores.

Minha mãe me fuzilou com o olhar quando me viu. Em seguida, colou um sorriso sobre a carranca e atravessou a sala, flutuando com seu rosto perfeitamente maquiado para me puxar de lado do mesmo jeito que um cão pastor faria com uma ovelha errante.

— Margaret Mary — disse ela, tensa, o uso do meu nome completo me deixando de sobreaviso. — Você tem alguma ideia do quanto é *déclassé* chegar atrasada para um evento em sua homenagem?

— Por favor, mamãe, deixe isso para lá. Eu realmente não estou me sentindo muito bem. — Ao contrário da desculpa que eu dera para Natasha sobre o trânsito estar horrível, essa era a verdade. Eu tinha passado a manhã toda no banheiro vomitando até as tripas, torcendo para que fosse um parasita no hambúrguer da noite anterior, e não aquela outra possibilidade.

Minha mãe me analisou a sério, a preocupação materna vencendo sua raiva. Ela levou a palma da mão à minha testa.

— Você está um pouco pálida mesmo. Ah, Senhor, não me diga que você está ficando doente! Não agora!

— Mamãe, pare! Provavelmente é só uma leve intoxicação alimentar. Agora vamos acabar logo com isso.

— Maggie!

Sem humor para trocar nem mais uma palavra com ela, voltei para o arboreto. Como uma veterana experiente nos chás a essa altura, eu dei as calorosas boas-vindas a todas e pedi minhas desculpas pelo atraso. Fiz alarde com a mãe de Flynn e suas amigas, muitas das quais eu estava acabando de conhecer. A mãe de Natasha estava lá, é claro. Por ser uma das melhores amigas da minha mãe, ela era o principal motivo de eu não ter escolha sobre esse chá de cozinha de última hora na casa de sua filha.

É claro, eu estava plenamente ciente da razão para Natasha ter patrocinado aquele evento supérfluo. Embora o patrimônio de Arthur fosse substancial, o fato de sua riqueza ser recém-adquirida não lhes rendia necessariamente uma entrada para os círculos em que Natasha queria se inserir. Com a mãe de Flynn e suas amigas na casa dela, Natasha tinha reunido um corte transversal das mulheres que pertenciam aos melhores clubes e faziam parte dos conselhos mais importantes de Chicago e da North Shore. Essas eram as mulheres que podiam financiar uma nova ala para o Instituto de Arte ou entregar um gorila para o Zoológico do Lincoln Park com alguns telefonemas. Natasha era uma alpinista social sem cume à vista. Ter esse grupo em sua casa era um passo em direção ao topo.

O mordomo anunciou que o almoço estava servido e nós nos dirigimos para a sala de jantar formal. Um bufê extravagante de massas, saladas, mariscos e peixe defumado estava disposto em uma mesa comprida, em torno de arranjos de flores exóticas em vasos de cristal. Enchemos nossos pratos e nos retiramos para o terraço, onde mesas com guarda-sóis abertos estavam arranjadas ao redor de uma versão reduzida da Fontana di Trevi. Eu me movimentei até ficar ao lado de Carol Anne, que foi a única do nosso grupo a aceitar o convite. Tanto Suzanne quanto Kelly tinham recusado, e com razão. Torcendo para poder ter uma conversa particular com a minha melhor amiga, eu me segurei para não explodir quando Natasha se sentou do meu outro lado, arruinando o plano. Eu dispensei a taça de vinho e pedi um chá gelado. Meu estômago se revirava de um jeito que rejeitava qualquer possibilidade de comer, então usei meu garfo para rearranjar a salada de caranguejo no meu prato, dando a impressão de que eu havia consumido ao menos um pouco dela. Meu comportamento não escapou ao olhar vigilante de minha mãe.

— Ah, meu bem, você é igualzinha à sua mãe! — disse ela, da mesa ao lado.

O terraço ficou silencioso e todos os olhos se voltaram para ela. Eu soltei meu garfo e esperei, temerosa, para descobrir o que nos tornava tão parecidas.

— Eu fiquei uma pilha de nervos antes de me casar com o seu pai e também não conseguia comer. Minha costureira ficou tão cansada de apertar meu vestido de casamento que me disse para só voltar lá dois dias antes da cerimônia.

Todas riram, o que fez eu me revirar, desconfortável, por ser o centro das atenções. Às vezes eu mal podia acreditar nas banalidades que escapavam dos lábios da minha mãe. Enfiei um pouco de caranguejo na boca em desafio direto às palavras dela e contive o impulso de devolver tudo diretamente para o prato.

O holofote se desviou de mim enquanto as convidadas retomavam suas conversas anteriores. Natasha, incrivelmente chique em um vestido creme que provavelmente vinha de alguma butique da Oak Street, me deu um sorriso irônico com uma folha de espinafre presa no dente da frente. Normalmente eu teria avisado, mas meu humor me venceu. Que uma das outras desse a notícia, ou, melhor ainda, que seu marido a avisasse depois de todo mundo ter ido embora.

— E, então, alguma novidade sobre a Angie? — xeretou ela, em um tom que soava satisfeito demais.

— Até onde sei, ela continua morta. — E, então, sentindo que tinha sido afiada demais, mesmo que me dirigindo à Natasha, acrescentei: — Pelo que ouvi, a polícia ainda não sabe de nada.

— Bem, eu ouvi falar de um envolvimento com drogas. Pessoalmente, acho que ela estava procurando alguém para passar a noite e a coisa deu errado.

— Natasha, isso é algo horrível de se dizer! Você sabe que Angie era a última pessoa deste mundo a procurar por um caso de uma noite.

— Eu não acho. De fato, sei que não era assim. Ela tentou seduzir o Arthur uma vez.

Carol Anne quase engasgou com a comida, enquanto para mim foi um desafio conter um sorriso de orelha a orelha. Angie tinha sido veemente em sua antipatia por Arthur Dietrich, chamando-o de *a etiqueta de preço ambulante,* já que ele estava sempre ansioso para divulgar quanto suas aquisições tinham custado. Inclusive Natasha. Ele falava sobre sua esposa e sobre as joias e roupas dela como se fossem parte de seu portfólio. O outro apelido de Angie para ele era *o invasor de espaço,* porque, quando ele estava perto dela, era exatamente assim que agia.

Natasha não ficou nem um pouco desencorajada por nossas reações.

— Vá em frente, pode rir, mas o Arthur me contou que Angie deu em cima dele na nossa festa de noivado no inverno passado, bem aqui, Maggie. Quando ele estava saindo do banheiro. Ele disse que praticamente teve que arrancá-la de cima dele à força.

Eu sabia a qual incidente Natasha estava se referindo, mas ele não havia ocorrido exatamente como ela descrevia. Na verdade, foi um Arthur bêbado que encurralou Angie saindo do banheiro, prensando-a contra a parede enquanto tentava enfiar uma de suas patas por baixo da blusa dela. Em vez de ficar insultada ou brava, Angie riu dele e foi embora. Seu ego ferido deve tê-lo levado a distorcer a história e levá-la de volta para sua esposa.

— Natasha, me desculpe, mas de jeito nenhum a Angie deu em cima do Arthur.

— Ela deu, sim! E foi exatamente isso que eu contei para a polícia. Sabe qual é o problema de vocês duas? — disse Natasha, incluindo Carol Anne. — Vocês confiam demais. A verdade é que sempre tem alguém por aí esperando para ferrar você. Se teve uma coisa que eu aprendi nessa vida é que você tem que ficar de olho naquilo que é seu, porque, assim que você se distrai, alguém vai tentar arrancá-lo de você. — Houve um abençoado alívio quando o mordomo se aproximou e cochichou algo no ouvido de Natasha. — Eu tenho que ir ver o café — disse ela, depositando a taça na mesa e seguindo-o para dentro de casa.

— Uau, ela está tensa — disse Carol Anne.

— Nenhuma novidade nisso.

— Mas e aí, como é que você está, amiga?

— Sobrevivendo, mal e mal.

— Algum sinal *daquilo*?

— Não, mas ainda tenho dois dias antes de entrar na fase do pânico.

Paramos de conversar quando minha irmã mais nova veio se sentar no lugar que Natasha tinha deixado vago.

— Só quero que você saiba que, depois de assistir a esse circo, se algum dia eu me casar, vai ser escondido — disse ela.

— E eu não sei? — foi tudo o que eu pude dizer.

Uma campainha soou e todas as cabeças se voltaram para as portas abertas do pátio. O mordomo anunciou que o café estava servido e a procissão de mulheres se enfileirou de volta em direção à sala de jantar, onde a mesa tinha se transformado em uma *pâtisserie* francesa com tortinhas de frutas, *crème brûlée* e uma variedade de chocolates. Havia até uma máquina de café expresso montada na ponta da mesa. Eu pulei a sobremesa e tomei um cappuccino descafeinado com leite desnatado. Pensei em como o café podia servir como metáfora para a minha vida. Café sem o estímulo. Leite sem a gordura. Uma versão insatisfatória da coisa de verdade.

Após a sobremesa, assumi o papel de boa noiva e abri as caixas lindamente embrulhadas que me esperavam sobre uma mesa forrada de linho perto da fonte. Apesar de o evento ser descrito como um chá de lingerie, fiquei aliviada pela maioria dos meus presentes serem itens de bom gosto, como robes de cetim ou camisolas elegantes, cada uma segurada diante de meu corpo ao som de *oooohhs* e *aaahs*. Tudo isso mudou quando cheguei ao presente da mãe de Flynn. Abri a caixa embrulhada cuidadosamente e desdobrei o papel de seda. Ali dentro encontrava-se um macaquinho vermelho-cereja com aberturas na virilha e nos mamilos. Meu rosto ficou tão escarlate quanto a lingerie. Olhei para minha futura sogra, questionando, e ela assentiu. Ergui a peça frágil para que todos pudessem ver.

— Dá para notar que eu quero ver a Maggie grávida o quanto antes? — disse Marguerite Hamilton.

O terraço inteiro explodiu em risos, exceto pela noiva, que queria rastejar para dentro de um buraco e morrer. Coloquei o macaquinho de volta na caixa, torcendo para que o desejo dela de me ver grávida já não tivesse se realizado.

VINTE E SEIS

Ron

Eles se encontravam em uma rua transversal, na sombra, com as janelas abertas. Enquanto tomava mais café puro, O'Reilly observou seu parceiro atacar dois Big Macs e uma porção de batata frita grande.

— Mas, afinal, onde é que vai parar essa comida toda? — perguntou ele a seu parceiro.

— A gente precisa se alimentar.

— É, eu sei, mas você já pensou em deixar um pouco para o resto do mundo?

Ele tomou outro gole do café. Era fim de tarde, e dizer que ele estava exausto das andanças que tinha feito com Kozlowski desde antes do amanhecer seria um eufemismo. Depois de deixarem a srta. Delaney naquela manhã, eles tinham caçado o tal Lyle do The Zone, que não tinha ficado nem um pouco feliz de ser tirado da cama no seu apartamento em Boys Town. Ele se fez de completo idiota enquanto eles lhe lançavam perguntas sobre Angie, esfregando os olhos incrustados de sono e jurando que não sabia quem ela era. Que nunca a vira na vida. Finalmente, O'Reilly explicou de maneira bem sucinta que ele e Koz eram da divisão de Homicídios, não de Narcóticos, e que, se Lyle cooperasse, eles talvez nunca ficassem sabendo de sua ocupação extracurricular. Caso contrário, bem... para colocar em termos futebolísticos, eles jogariam a Narcóticos para cima dele como dois zagueiros em cima do artilheiro.

Assim, Lyle resolveu cooperar. Sim, Angie tinha ido até o The Zone por volta das três da manhã para comprar um papelote. Ela também tinha pedido um drinque, mas na hora de pagar pela bebida e pela compra extra ela não encontrava a carteira. Sabendo que ela era confiável, Lyle não cobrou a bebida e vendeu a droga fiado, confiando na promessa dela de voltar na noite seguinte.

— Então ela foi embora logo em seguida? — perguntou O'Reilly.

O bartender, magro como um fiapo, passou a mão pelo cabelo que começava a rarear.

— Na verdade, ela parou para conversar com alguém na saída. Um cara de cabelos escuros. Boa aparência. Nunca o vira antes. Ele pareceu meio agitado depois de falar com ela.

— Mas eles não saíram juntos?

— Nada. Ela foi embora sozinha. Ele ficou mais um pouco.

— Você tem certeza de que ele ficou?

— Tenho, sim. Eu disse que ele era bonitão, não disse? — comentou ele, um olhar melancólico brotando em seus olhos sonolentos.

Depois da conversa com Lyle, eles visitaram Harvey Wozniak, que já não era nenhum desconhecido, em seu apartamento alugado. Eles o haviam entrevistado logo depois do assassinato. Embora ele não tivesse um álibi para o período em que Angie foi assassinada, o choque em seu rosto quando eles o informaram sobre a morte dela pareceu tão real que O'Reilly não o considerou suspeito. Até aquele instante. Depois de conversar com o taxista naquela manhã, ele colocara Harvey de volta na lista de possibilidades. Não era preciso ser um Einstein para adivinhar com quem Angie estava gritando de dentro do táxi.

Quando eles apareceram no apartamento dele sem avisar, Harvey estava uma pilha de nervos. Suas mãos cabeludas tremelicaram o tempo todo em que os dois detetives se sentaram em seu sofá puído e o entrevistaram, os rostos como muralhas impenetráveis que o fizeram suar.

— Por que você não nos contou que viu Angie na noite em que ela foi morta? — perguntou O'Reilly, o olhar como um revólver engatilhado.

A cena voltou à mente de Harvey vividamente, descendo a Halsted Street nas primeiras horas da manhã, sua mão no braço de Jennifer e sua cabeça pensando no que viria depois. Ouvindo alguém chamar seu nome. Vendo sua ex-esposa pendurada da janela de um táxi, gritando obscenidades para ele como uma mulher possuída. *Nos vemos no tribunal, seu polaco safado! Eu vou pegar cada centavo que você tem, seu desgraçado!*

— Por que eu não contei a vocês que vi a Angie? Como é que eu podia contar? Quer dizer, num minuto ela estava me xingando, no minuto seguinte tinha aparecido morta. E eu sem um álibi. Eu vejo TV. Sei como isso iria parecer. Erros são cometidos o tempo todo nesse mundo, e às vezes as pessoas pagam por crimes que não cometeram.

— Então você está me dizendo que largou a mulher com quem estava na casa dela e foi direto para a sua?

— Como eu lhe disse antes, sim.

— E presumo que você era íntimo dela.

— Da Jennifer? Sim. Não que seja da sua conta.

— Então por que você não dormiu com ela naquela noite?

— Como eu posso explicar? Meu humor mudou depois de ver Angie. Eu só queria ficar sozinho. Olha, no dia em que eu conheci a Angie, ela veio como um raio, bem daquele jeito da cena d'*O poderoso chefão II*. Eu nunca achei que me casaria com uma mulher como ela. Nossos primeiros anos juntos foram mais do que fantásticos, até ela me expulsar do quarto. Quais eram as chances, da primeira vez que eu a traí, e foi mesmo a primeira vez, com uma gatinha da área de operações que me deu uma carona até em casa, quais eram as chances de Angie voltar do trabalho mais cedo? Minha vida foi pro buraco depois daquele dia. Perdi minha esposa e minha casa. Fiquei na merda. Eu faço pedidos de cobertura com mais frequência do que gostaria hoje em dia. Olha para este buraco onde eu moro. Com mobília alugada. Então você me pergunta por que eu não dormi com a Jennifer naquela noite... Eu vou falar a verdade. Sexo com a Jennifer é ok, mas, comparado com sexo com a Angie, é como comparar leite desnatado e creme de leite. Eu perdi o interesse.

Harvey deu um tapa na perna, frustrado. Com sua vida, sua situação, a perda de Angie. O'Reilly não sabia mais qual era o motivo.

— Eu não matei a Angie — disse, os olhos se enchendo de lágrimas. — Vocês têm que acreditar em mim. Eu amava a minha esposa.

Depois de deixarem a casa Harvey, eles saíram em busca de Ralph, o misterioso andarilho. Encontraram-no com facilidade. Confiando na palavra de Kelly, ele não havia se afastado do totem desde a manhã. Ele recontou sua história sobre ter visto um sujeito alto e de cabelos escuros largar o corpo de Angie no parque e fugir. E sobre cobrir o cadáver com jornais para que ela não ficasse com frio.

— Você reconheceria esse sujeito se o visse de novo? — indagou O'Reilly.

O velho assentiu.

— Sinsinhor, acho que reconheceria.

O'Reilly questionou a própria sanidade por sequer considerar o excêntrico Ralph como testemunha. Ele observou seu parceiro terminar o segundo Big Mac, imaginando como ele seria capaz de comer o jantar.

— E, então, o que você está pensando? — perguntou Kozlowski, secando seu refrigerante com um gole ruidoso seguido por um arroto.

— Estou pensando em colocar Wozniak numa linha de suspeitos para fazer o reconhecimento. Trazer o frutinha do The Zone e o maluco do parque.

— Você acha mesmo que foi o Wozniak?

— Não. Mas já poderíamos descartar essa possibilidade.

— E a caminhonete branca em Kenilworth?

— O que tem ela?

— Acha que é alguma coisa?

— Está de sacanagem? Quando a srta. Delaney nos contou sobre aquela caminhonete eu quis perguntar o que diabos ela estava fumando. Esquece essa porra de caminhonete branca. Não é nada. — O'Reilly deu a partida no carro. Estava morrendo de vontade de beber, quase podia sentir o gosto da cerveja descendo pela garganta no bar da vizinhança. Entretanto, antes de se permitir esse prazer, pensou que eles podiam muito bem fazer mais uma parada. — Está bem, Koz. Já que estamos na área, vamos fazer uma visitinha rápida à noiva. Aí encerramos por hoje.

VINTE E SETE

Foram necessárias três viagens do meu carro até o apartamento para levar todos os presentes do chá de lingerie. Infelizmente, o único significado que todas aquelas caixas lustrosas tinham para mim era a obrigação de escrever bilhetes de agradecimento. Eu me sentei no sofá e puxei as pernas para debaixo do corpo, sentindo-me aliviada por estar de volta ao meu casulo, longe de olhos perscrutadores. Eu mal tinha comido na festa e sentia dores no estômago que reconheci como fome. Fui até a cozinha e fiz um sanduíche de manteiga de amendoim. Tinha dado três mordidas quando ouvi uma batida na porta.

— Mas que meleca — gritei, tentando não xingar por ter minha solidão violada.

Deixei o sanduíche no balcão e fui atender. Meu apetite desapareceu no momento em que olhei pelo olho mágico e vi os dois detetives da divisão de Homicídios de pé no hall. O que é que eles queriam *dessa vez*? Com minhas opções sendo conversar com eles ou me jogar pela janela, eu teria escolhido a janela, só que meu apartamento ficava no segundo andar, então provavelmente não teria dado conta do recado. Abri a porta.

— Boa noite, detetives — falei, em uma tentativa de cordialidade altamente controlada. — O que posso fazer por vocês?

— Espero que não a estejamos perturbando — disse O'Reilly. — Mas descobrimos algumas novas informações que gostaríamos de repassar com você.

— Claro, podem entrar. — Segurei a porta aberta, quase ensurdecida pelo som da minha pulsação nos ouvidos, apavorada que as novas informações pudessem ter algo a ver com o carpinteiro. — Presentes de casamento — expliquei, tirando uma pilha de caixas do sofá e abrindo espaço para eles se sentarem.

Com os braços cheios de caixas, tropecei no tapete e o presente da mãe de Flynn voou da pilha, esparramando no chão o macaquinho com abertura na virilha. O'Reilly mal pareceu notar, mas as orelhas de Kozlowski brilharam, escarlates, e ele voltou a cabeça para a cozinha. Dessa vez não havia copinhos de *shots* no balcão. Só um sanduíche de manteiga de amendoim do qual faltavam três mordidas.

— Como eu disse, presentes de casamento. — Enfiei a lingerie diminuta de volta na caixa e joguei-a por cima das outras no canto da sala. Meus esforços para limpar a área revelaram-se vãos, pois os detetives continuaram de pé.

— Isso vai levar só um minuto — disse O'Reilly. — Nós temos apenas uma perguntinha rápida para você. Já ouviu falar de um estabelecimento chamado The Zone?

A pergunta dele agiu como um bálsamo sobre um músculo tenso quando eu me dei conta de que eles não tinham vindo me perguntar sobre Steven Kaufman. Eles estavam perguntando sobre o The Zone. A prensa do medo se afrouxou.

— Então vocês conversaram com o Albert? — perguntei, presumindo que o subgerente de Angie tinha finalmente falado com eles sobre ter visto Angie na noite do assassinato.

— Albert? Que Albert? — A expressão perplexa de O'Reilly me disse que meu palpite estava incorreto. Ah, droga, esse era o risco de presumir as coisas. Agora eu estava travada.

— Albert Evans. Ele trabalhava com Angie.

— Não sabemos nada sobre Albert Evans. — A sobrancelha direita se arqueou sobre o olho injetado. — Talvez você possa nos esclarecer.

Imaginando que Albert teria que aceitar meu engano, eu contei a eles sobre nossa conversa na residência dos Lupino depois do funeral, acrescentando:

— Ele ia entrar em contato com vocês.

O'Reilly estava claramente furioso, seu rosto mais avermelhado do que de costume. Eu odiava ser flagrada numa mentira, mesmo que fosse apenas por omissão. Claro, havia uma mentira por omissão bem maior lançando sua sombra agourenta pela sala, o meu encontro com o carpinteiro, mas por sorte essa era visível só para mim.

— Bem, ele não entrou em contato conosco. — O'Reilly de repente pareceu inspirado, a vermelhidão diminuindo. — Esse Albert é um cara grandão? Cabelo escuro?

— Ele é totalmente o contrário disso — respondi, pensando nos ombros estreitos e na coloração pálida de Albert. — Ele tem compleição delicada e cabelos claros.

— Angie foi vista conversando com um sujeito alto e de cabelo escuro no The Zone. Harvey Wozniak já frequentou o The Zone, que você saiba?

Eu tive que segurar uma risada.

— Harvey no The Zone? De jeito nenhum. Ele é um homofóbico. Você não o veria num raio de dez quilômetros de um bar gay. Ele detestava a festa de Natal da Bloomingdale's por causa de todos os colegas gays de Angie, e passava a noite inteira com as costas grudadas na parede. Eu juro, se ele deixasse cair a carteira numa festa dessas, teria chutado a bendita até chegar em casa. Além disso — acrescentei —, não pode ter sido Harvey. Albert conhecia Harvey. Ele o teria reconhecido.

— Hummf — grunhiu O'Reilly. — Da próxima vez que alguém lhe der alguma informação, não suponha que essa pessoa entrou em contato conosco. Entre você em contato. Entendeu?

— Vou fazer isso. Eu juro — falei, a mão ansiosa já na maçaneta. Tendo escapado por pouco outra vez, eu estava louca para que eles fossem embora. Porém, antes que eles começassem a descer as escadas, Kozlowski parou e emitiu suas primeiras palavras da noite.

— Espera, Ron. Eu quero perguntar sobre a caminhonete.

A bolada me atingiu por trás e eu me empenhei para não vacilar com o golpe. Não havia dúvida em minha mente sobre a caminhonete de que ele estava falando. Amaldiçoei Kelly por me trair. Agarrando a maçaneta com força para estabilizar minha mão trêmula, fiquei ali me perguntando se esse era o fim da minha vida como eu a conhecia.

— Certo. — O'Reilly deu um olhar de esguelha para seu parceiro que eu não deveria ter visto. — Você, por um acaso, conhece alguém de New Hampshire?

Merda. Eu tinha sido pega. Eu já me preparava para botar tudo em pratos limpos quando olhei para o rosto de O'Reilly e vi uma tábula rasa. Kozlowski também exibia uma expressão vazia. Será que eles estavam me enganando ou não faziam ideia de minha conexão com Steven Kaufman? Com meu futuro pendendo na balança, mantive o rosto tão opaco quanto o deles.

— Por que a pergunta?

— Ah, alguém relatou uma caminhonete branca suspeita, com placa de New Hampshire, perto da casa dos Niebaum na última sexta — respondeu O'Reilly. Seu tom de voz dizia que ele odiava perder tempo.

— Não me lembro de conhecer ninguém de New Hampshire — falei. Era incrível como as mentiras continuavam se acumulando.

Assim que foram embora, eu corri para o banheiro e devolvi as três mordidas de sanduíche. Meu tormento estava completo. O que aconteceria se a polícia conectasse Steven Kaufman a mim naquela noite? Será que eu podia ser acusada de alguma coisa? Será que isso chegaria aos jornais? Pensei em Flynn e em meus pais e na minha absoluta vergonha se isso acontecesse.

Quando meu estômago não tinha mais nada, fui para o quarto. Pegajosa de suor, puxei o vestido úmido da J. Crew por cima da cabeça. Enquanto eu me espremia para fora dele, peguei um relance no espelho da minha silhueta de corpo inteiro. Depois de tantos anos vendo uma gorda com montes de carne inchada, ainda era difícil acreditar que a figura esguia com a barriga côncava e pernas finas pertencia a mim. Um impulso inexplicável me dominou e eu voltei para a sala de estar para pegar o macaquinho que a mãe de Flynn me dera. Eu o vesti e fiz uma pose vulgar na frente do espelho. A visão de meus mamilos espetando o tecido transparente e dos pelos ruivos cacheados se esgueirando pela abertura na virilha fez eu me sentir incrivelmente sexy. Eu fantasiei ser jogada na cama e possuída em um sexo selvagem e apaixonado.

O problema era que, na minha fantasia, não era Flynn quem me jogava. Ou fazia amor comigo.

Meus olhos passearam até o cesto de vime sob minha mesa. Ele não era esvaziado havia uma semana. Eu o revirei e comecei a vasculhar pelos lencinhos e pedaços de papel até encontrar o que estava procurando. Um papelzinho amassado com um número anotado. O número que Steven Kaufman tinha escrito no meu bloquinho naquela manhã: 708-925-1014. Eu peguei o telefone e comecei a discar, mas parei quando pensei melhor no assunto. Esperei um minuto e disquei de novo, dessa vez, o número inteiro. Assim que o telefone começou a tocar, desliguei. Eu não fazia ideia por que tinha feito a ligação, nem do que teria dito se ele tivesse atendido.

Vesti uma calça larga de moletom e liguei para Flynn cancelando nosso jantar, dizendo a ele que a festa de Natasha tinha me deixado exausta. Ele soou desapontado, mas disse que compreendia. Eu me arrastei para a cama e caí rapidamente no sono, dormindo profundamente até que um orgasmo fenomenal me acordou. Fiquei ali no escuro com o coração batendo loucamente. Eu estivera sonhando e, no meu sonho, o carpinteiro havia invadido meu apartamento e estava de pé ao lado da minha cama.

— Você é perigoso ou está aqui para fazer amor comigo? — meu eu onírico tinha exigido saber.

— Sou perigoso — disse ele, arrancando as cobertas da cama e subindo em cima de mim.

Ocorreu-me que eu estava decepcionada por ter sido apenas um sonho. *Que diabos há de errado comigo?*, perguntei a mim mesma, profundamente conflituosa. Eu estava dividida entre três realidades. Em uma, desejava ver o carpinteiro de novo. Em outra, sabia que fazer isso era não somente errado como também pura estupidez. E havia uma terceira, em que uma voz perturbadora dizia que eu deveria sentir medo dele.

VINTE E OITO

Suzanne

Os sinos de domingo da Holy Name Cathedral subiam quarenta andares até o apartamento de Suzanne, onde ela estava sentada na cozinha lendo a edição de domingo do *The New York Times*. Em um mundo perfeito, ela já teria saído para o escritório, mas uma ligação do detetive O'Reilly logo cedo perguntando se ele e o detetive Kozlowski podiam passar na casa dela suspendeu seus planos temporariamente. Ela interfonou para o porteiro de plantão para avisá-lo que estava esperando visitas e voltou ao jornal. Estava no meio da *Week in Review* quando a campainha soou. Ela abriu a porta e ficou surpresa ao ver Vince ali em vez dos policiais. Ele segurava um robusto buquê de flores tropicais na mão direita.

— Vince, o que você está fazendo aqui? — indagou ela.

— Vim aqui no centro para checar uma obra. Sabe, você devia pedir para o porteiro interfonar antes de mandar as visitas subirem, meu bem. Eu podia ser um maníaco depravado.

— Normalmente ele liga. É que eu disse para ele... — Antes que ela pudesse dizer mais alguma coisa, Vince a silenciou cobrindo sua boca com a dele. Ele entrou no apartamento, fechando a porta com o pé. As flores caíram no chão quando ele deslizou uma mão experiente por baixo da saia de algodão dela e, subindo pela coxa, agarrou-a pela nádega direita.

Ela ofegou alto.

— Você é um maníaco depravado.

— Você me transformou em um — retrucou ele.

Vince levou a mão dela para a parte frontal de suas calças, onde sua rigidez empurrava loucamente contra o confinamento, sua excitação servindo apenas para intensificar a dela. Um minuto antes, sexo era a coisa mais distante de sua mente. Agora, era a única coisa a ocupá-la.

Vince puxou bruscamente a calcinha de renda dela até rasgá-la. Afastando-se um pouquinho para ter acesso ao zíper, ele quase tropeçou nas flores. Chutando-as de lado, ele se livrou das calças e levantou

Suzanne sobre sua ereção com um gemido, quase incapaz de se conter enquanto a movia para cima e para baixo.

— Ah, meu Deus — murmurou ela, segurando-se nele com desespero, os pés balançando em pleno ar. Ele puxou a blusa dela para cima e o sutiã em seguida, abaixando os lábios até o mamilo direito e circundando-o com a língua. Ela gemeu de prazer e empurrou seu corpo mais para junto do dele, tentando trazê-lo mais profundamente para dentro de si.

O mundo era apenas Vince e ela, e então era apenas ela, e estava acontecendo, aquele prazer delicioso que beirava a dor, e ela gritou em êxtase. Ele também tinha alcançado esse ponto e, grunhindo como um animal no cio, penetrou-a ainda mais fundo e esvaziou-se dentro dela.

Eles permaneceram imóveis por alguns segundos, ambos saboreando os efeitos do prazer, ambos ofegantes em busca de ar. Em seguida, ele a abaixou, de modo que os pés dela voltaram a tocar o chão. As mãos dele repousavam sobre a bunda dela, os dois ainda tentando recobrar o fôlego, quando a campainha tocou. Vince a encarou, atônito.

— Você está esperando alguém?

— Ah, merda! — disse ela, usando uma linguagem que raramente empregava. — É a polícia. Eles querem conversar sobre a Angie.

Ela rapidamente puxou a blusa para baixo e ajeitou a saia.

— Vou esperar no quarto — murmurou Vince, um sorriso travesso no rosto.

— Aqui, leve isto com você. — Suzanne apanhou a calcinha rasgada e jogou-a para ele. Vince levou o tecido delicado até o nariz por um instante delicioso e desapareceu pelo corredor. A campainha tocou de novo, mais insistente dessa vez. Suzanne conferiu o olho mágico e viu O'Reilly e Kozlowski esperando no corredor. Arrumou o cabelo e abriu a porta.

— Por favor, me desculpem. Eu estava no toalete — disse ela, torcendo para que suas roupas estivessem todas de volta no lugar certo.

— Espero que não estejamos incomodando — disse O'Reilly.

— Eu disse que faria qualquer coisa para ajudar.

Ela se postou de lado para deixá-los entrar. Kozlowski se abaixou e apanhou o buquê abandonado no chão. Em sua pressa para ficar apresentável, Suzanne o negligenciara. Ele o entregou para ela, que o colocou sobre uma mesa, sem oferecer nenhuma explicação de por que ele estava ali. Era imaginação dela ou um olhar de compreensão fora trocado entre os dois detetives? Ela os levou para a sala de estar e eles assumiram os mesmos lugares da visita anterior: os homens nas poltronas de seda, Suzanne postada no sofá cor de pêssego. A luz do início da manhã irradiava através do vaso de vidro de Murano, lançando suas cores sobre o tampo da mesa.

— Vocês disseram pelo telefone que descobriram algo novo — disse Suzanne.

— Isso mesmo — disse O'Reilly. — Para começo de conversa, agora sabemos que, depois que você deixou Angie em casa, ela foi para um bar chamado The Zone e arranjou um pouco de cocaína.

Suzanne fechou os olhos com força, atormentada pelas mesmas dúvidas que a atacavam desde o assassinato. Se ela tivesse entrado para colocá-la na cama naquela noite, será que Angie teria ficado em casa? Se ela tivesse deixado Angie na Overhang, será que o resultado teria sido diferente? Jamais saberia. Quando ela abriu os olhos, os dois detetives olhavam para ela: O'Reilly com o que parecia ser impaciência, e Kozlowski de maneira mais compassiva.

— Angie foi vista tendo uma conversa acalorada com um homem no The Zone, um homem alto com cabelo escuro e encaracolado — prosseguiu O'Reilly. — Você faz alguma ideia de quem pode ser?

— Essa podia ser a descrição de Harvey.

— Sabemos que não era Harvey. Será que a descrição podia se encaixar com Michael Niebaum?

— Michael Niebaum? — Suzanne ficou atordoada pela pergunta. A ideia de que o marido de Carol Anne pudesse estar envolvido na morte de Angie era para lá de impossível. — Michael é alto e tem cabelos escuros, mas de jeito nenhum ele teria algo a ver com a morte de Angie.

— Foi sugerido por uma de suas amigas que Angie tinha uma quedinha pelos maridos alheios. O dr. Niebaum estava fora de casa naquela noite.

— Essa é a coisa mais ridícula que eu já ouvi — disse Suzanne, perguntando-se quem poderia ter feito uma insinuação dessas. Foi quando a imagem de Natasha faiscou em sua mente. Ela cruzou os braços, indignada. — Angie nunca teve um caso com o marido de ninguém, só com o dela mesma. Além do mais, ela era frígida. Posso lhe garantir, Michael Niebaum é um pai e um marido maravilhoso. De jeito nenhum ele estaria tendo um caso com a Angie. Nem de longe.

— Ei, nós somos policiais da Homicídios, não a polícia da moral e dos bons costumes. Precisamos fazer as perguntas difíceis.

Para a surpresa de Suzanne, Kozlowski entrou na conversa. O grandalhão era tão quieto que às vezes ela duvidava que ele tivesse voz.

— Talvez você queira perguntar à srta. Lundgren sobre a caminhonete?

O'Reilly estava incomodado com a obsessão de Kozlowski pela caminhonete branca. Mas que diabos? Koz era seu parceiro no final das contas, e ele percebeu que seria bom agradar o grandão.

— Por um acaso você reparou se havia algum veículo incomum estacionado na rua da sra. Niebaum naquela noite? Especificamente uma caminhonete branca com placa de New Hampshire?

— Não, eu não me lembro de uma caminhonete branca. Mas por que New Hampshire está me soando familiar? Hum... — Ela escavou a memória, tentando se lembrar de onde tinha ouvido algo sobre New Hampshire recentemente. Não era um estado muito citado fora da época de eleições. E então lhe ocorreu. — Ah, eu sei por que New Hampshire me parece familiar! Havia um cara de New Hampshire na Overhang naquela noite.

Ron O'Reilly empurrou o corpo para trás na poltrona com tanta força que quase a fez virar. Kozlowski moveu-se para a frente.

— Poderia descrevê-lo?

Suzanne respirou fundo audivelmente.

— Agora que vocês mencionaram, ele era alto e tinha cabelo escuro e encaracolado. Mas eu lembro que ele usava óculos.

O'Reilly assumiu as rédeas e continuou:

— Sabe o nome dele?

— Eu não sei dizer nada sobre ele. É para a Maggie que vocês deviam perguntar. Foi ela que conversou com ele. Na verdade, ela estava dançando com ele quando Angie e eu fomos embora.

O rosto de O'Reilly ficou mais vermelho do que nunca enquanto ele digeria essa nova informação. Ele pensou na futura noiva negando conhecer alguém de New Hampshire quando eles falaram com ela no dia anterior. Pensou em como a loira diante dele estava agindo de maneira estranha quando eles chegaram. Pensou no jeito evasivo como a sra. Niebaum havia respondido a algumas perguntas deles. Por que ele sentia que todas aquelas mulheres estavam escondendo alguma coisa?

Suzanne os levou até a porta, torcendo para que eles não reparassem na mancha úmida na parte de trás da saia ou no pequeno córrego branco escorrendo pela perna dela. Em seguida, foi para o quarto se juntar a Vince, que estava na cama lendo uma matéria na revista *Town & Country* sobre os restaurantes mais românticos em Paris. Ele já havia decidido que levaria Suzanne para a Cidade Luz. Primeira classe. Eles se hospedariam em uma suíte no Ritz. Ele pediria um champanhe e daí... bem, ele só torcia para que eles conseguissem sair para ver um pouquinho da cidade.

— Eles fizeram você cantar? — perguntou ele, zombeteiro.

— Não, mas espero que eu não tenha causado nenhuma impressão errada — respondeu ela, tirando a saia úmida e jogando-a no piso do banheiro. Ela se deitou na cama ao lado dele, roçando o nariz no rosto dele. — Só que eles fizeram várias perguntas esquisitas. Sobre o marido de Carol Anne, por exemplo. Acho que Natasha foi jogar no ouvido deles que Angie talvez estivesse tendo um caso com o marido de alguém. Mas, tirando o fato de isso estar fora de questão, eu não sei de onde eles tiraram o nome de Michael. Carol Anne e Michael vivem colados desde o começo.

Vince mal escutava uma palavra do que ela estava dizendo. A mera presença de Suzanne sem saia ao seu lado bastava para deixá-lo excitado de novo; o toque da mão dela em sua barriga era elétrico. Seu apetite por ela era incansável, como uma mordida de inseto que só para de pinicar quando está sendo coçada. E, quando não está, pinicava ainda mais. O mais enlouquecedor era que ele desejava mais do que o corpo dela. Seus sentimentos eram mais profundos do que o mero desejo animalesco. Ele a desejava por completo, corpo e alma, queria saber que ela seria sempre sua.

— E teve outra coisa esquisita que eles perguntaram — prosseguiu Suzanne, a cabeça descansando sobre o peito dele de um jeito que lhe permitia ouvir a batida constante de seu coração. — Supostamente havia uma caminhonete de New Hampshire estacionada na rua de Carol Anne na noite da festa de Maggie. E, por mais louco que pareça, Maggie estava dançando com um cara de New Hampshire na Overhang naquela noite. Não é uma coincidência estranha? Quer dizer, com que frequência a gente encontra alguém de New Hampshire?

O coração de Vince deu um salto que qualquer médico teria notado. Suzanne também reparou e ergueu a cabeça para olhar no rosto dele. Ele exibia uma expressão dolorida, os lábios franzidos e fechados, os olhos escuros fixos na parede do quarto dela.

— Vince, você está bem?

— Um espasmo muscular — respondeu ele.

Ele ficou deitado junto a ela tentando forçar o ritmo de seu coração a voltar ao normal; estava tão perto de entrar em pânico quanto um homem de sua natureza podia ficar. Então a polícia estava procurando por um homem de New Hampshire conectado ao assassinato? Bem, isso era simplesmente ótimo. Agora era crítico que o assassino de Angie fosse descoberto logo, antes que pudessem encontrar o sujeito de New Hampshire, antes que viessem à luz certos fatos que o arruinariam aos olhos de Suzanne para sempre.

Ele precisava fazer uma ligação para Charley Belchek e apressar o desgraçado.

VINTE E NOVE

Carol Anne

Michael retirou o *Dermoabrasão* de sua vaga enquanto Cara e Eva corriam euforicamente pelo convés, ambas embrulhadas em coletes salva-vidas. Tranquilizado pelo ronco dos motores do barco e pelo Sol quente em seu rosto, Michael Jr. chutava em sua cadeirinha infantil. Era a primeira vez que eles saíam naquela temporada e, vendo a felicidade no rosto de seus filhos, longe do veneno da televisão, Carol Anne se perguntou por que tinha brigado tanto com Michael sobre a compra do barco para começo de conversa.

Adquirido com os espólios da vaidade, o *Dermoabrasão* era um veleiro de trinta e oito pés com duas cabines, uma cozinha comparável à maioria das encontradas em terra firme e o melhor equipamento de navegação que o silicone podia comprar. Carol Anne agradeceu em silêncio às mulheres que tinham bancado essa extravagância com suas lipoaspirações, plásticas nos olhos e implantes irracionalmente enormes nos seios. Ela olhou para seus seios pequenos, menores ainda depois do último bebê, e sorriu. Ela não faria nada daquilo. Embora a profissão de seu marido fosse transformar as pessoas naquilo que não eram e impedir os estragos do tempo, ela aceitava o que a natureza havia lhe dado e estava disposta a topar o que a idade trouxesse.

O barco deslizava pela água vítrea da marina a uma velocidade baixa, a ponto de não fazer rastro, passando por docas de embarcações igualmente belas. Conforme saíam do cais calmo e adentravam no lago, o barco começou a oscilar. Carol Anne olhou para a linha do horizonte, os arranha-céus como dentes cinzentos contra o céu azul. Contra sua vontade, seus olhos passaram pelo bosque onde o corpo de Angie tinha sido encontrado, e ela se sentiu imensamente perturbada. Era inquietante a proximidade entre o cadáver dela e o cais. Michael acelerou, o propulsor agitou a água e a embarcação se lançou adiante. Enquanto as meninas gritavam de alegria, Carol Anne se permitiu reprimir todos os pensamentos desagradáveis. Nada iria estragar aquele dia idílico.

Michael pilotou o barco por algum tempo sem parar. Quando eles estavam longe o bastante da margem, e podiam considerar que eram os únicos ali, ele colocou o motor em ponto morto e chamou as meninas:

— Alguém quer pilotar?

Gritinhos penetrantes se seguiram enquanto Cara e Eva subiam correndo para a ponte com as perninhas compridas e magras, disputando para chegar primeiro, os sons de *eu, eu, eu!* se espalhando sobre a água.

Carol Anne apanhou o bebê e se sentou na cadeira do convés para niná-lo. Ela observou as mãozinhas perfeitas apertarem a dela, e os olhos escuros e curiosos absorverem tudo ao seu redor, deixando-a tão repleta de amor que ela achou que fosse explodir. Seu bebê milagroso, que havia demorado tanto para vir, que podia nunca ter chegado.

Quando foi que o elemento físico do casamento deles começou a desvanecer? Depois do segundo bebê ou tinha começado antes disso? Pelos últimos anos, a vida sexual deles tinha sido praticamente inexistente, passando-se meses sem qualquer contato físico além de um abraço ou um beijo. Sempre que ela abordava o assunto, aquilo virava uma discussão e Michael ficava cada vez mais defensivo, culpando as pressões do trabalho pela falta de intimidade. As discussões sempre terminavam do mesmo jeito: sexo mecânico, insatisfatório, seguido por mais meses estéreis.

Embora as coisas certamente tivessem mudado desde o nascimento de Eva, em retrospecto, a vida sexual deles já havia se apagado muito tempo antes disso. Talvez não muito depois de eles terem se casado. Com Michael na faculdade de medicina e depois fazendo residência, não sobrava muito tempo para o sexo, e depois de as meninas nascerem sobrava ainda menos. Cada gravidez e parto trouxera consigo períodos de seca mais longos. Carol Anne dizia a si mesma que o amor maduro era assim e se contentava em criar as meninas e cuidar de sua família. Ela tentou de tudo, possível e imaginável, para deixá-lo mais interessado: lingerie sexy, cremes perfumados, filmes pornô, tudo, exceto se pendurar em um trapézio, e teria instalado um no teto se achasse que isso fosse ajudar. Carol Anne não conseguia entender essa ausência de interesse. Ela conservava a boa forma, fazia o melhor que podia com o cabelo desobediente e sabia que o rosto que a encarava no espelho ainda era atraente. Perguntava-se diariamente o que havia de errado com ela para que ele não se interessasse mais.

Porém, quando eles passaram seis meses sem relações conjugais, Carol Anne procurou Michael e chorou. O filho deles fora concebido naquela noite, depois de ele obedientemente fazer amor com ela. Depois disso, Michael lhe dera atenção física toda semana, até que sua barriga ficou inflada com o bebê, e mais uma vez a cama que eles compartilhavam foi usada apenas para dormir. Continuava assim desde o nascimento de Michael Jr.

Na semana anterior, entretanto, Michael subitamente dera uma reviravolta completa. Desde a morte de Angie, ele havia feito amor com ela quase todas as noites, o que resultava em mais vezes do que em todo o ano anterior. Carol Anne não sabia o que isso significava, mas não estava reclamando. Ela não tinha se esquecido da expressão no rosto dele quando ficara sabendo da morte de Angie. Talvez a morte o tivesse feito perceber que era possível perder alguém querido. Ou haveria alguma razão mais sombria? A razão da qual ela suspeitara, ainda que brevemente? Que ele havia se envolvido com Angie e, com Angie fora do jogo, seu amor por ela tinha voltado?

Carol Anne se recusava a acreditar que seria possível tamanha traição. Michael sempre tinha sido seu melhor amigo, e eles haviam passado juntos pelas tormentas do amor juvenil. As fundações de seu casamento eram sólidas. Ela deixou de lado suas dúvidas. Naquele momento, sua maior preocupação na vida era que eles florescessem como família.

Enquanto ela amamentava o bebê, as meninas se revezavam pilotando o barco, até que Michael desligou o motor e deixou que ficassem à deriva. Carol Anne foi para debaixo do convés com o bebê e deixou-o em sua cadeirinha enquanto preparava o almoço: sanduíches de peru, palitinhos de cenoura e aipo e, como petisco especial, batatinhas fritas. Ela nunca servia batatas fritas em casa, pois não queria que as crianças se acostumassem demais com besteiras, mas aquele era um dia especial. E isso acalmaria Eva, que sentia saudade dos sanduíches de manteiga de amendoim. Desde que Cara desenvolvera uma alergia a amendoim, essa iguaria tinha sido proibida na casa deles. Mesmo assim, Michael mantinha um vasto suprimento de injeções de adrenalina no kit de primeiros socorros do veleiro – só por garantia.

Carol Anne pegou sucos em caixinha para as meninas e uma cerveja gelada para Michael. Um refrigerante diet para si mesma.

Deixando Michael Jr. seguro na cadeirinha, ela levou a bandeja com comidas e bebidas lá para cima. Havia acabado de depositar tudo sobre a mesa quando o som de um barco se aproximando chamou sua atenção. Havia uma lancha vindo na direção deles com dois homens na proa e um terceiro pilotando. Todos os três eram magros e bronzeados e estavam quase nus, exibindo fios-dentais de náilon. Eles acenavam para o *Dermoabrasão* com uma familiaridade estranha. Enquanto ela observava, os motores foram ligados e Michael gritou:

— Segurem-se!

Carol Anne foi jogada contra a amurada quando o barco deu um salto adiante. A bandeja escorregou da mesa e derrubou o almoço no convés.

— Michael! O que você está fazendo? — gritou ela. Mesmo com o rugido do motor ela ainda podia ouvir os gritos vindo lá de baixo. Ela correu para a cabine para conferir como estava Michael Jr. Ele chorava, mas, tirando isso, estava bem. Quando o barco finalmente reduziu a velocidade, ela marchou de volta ao convés com o bebê nos braços. — Que porra foi aquilo? — gritou ela para a ponte.

— A mamãe falou palavrão — berrou Eva.

— A mamãe falou palavrão — sua irmã ecoou.

— O pessoal naquele barco... eu não queria lidar com eles — retrucou ele, sua voz quase inaudível sobre o motor e o vento que soprava nos ouvidos dela.

— Você os conhecia?

— Eles fazem parte de um grupo de sanguessugas que fica sempre por perto da marina. Desde que descobriram que eu sou cirurgião plástico, não me deixam em paz. Se deixássemos que eles nos alcançassem, a gente nunca se livraria deles. Esse é nosso dia em família.

— Você não acha que foi rude disparar para longe daquele jeito?

Ele colocou o barco em ponto morto sem responder. Estavam sozinhos na água, o barco fantasma já fora de vista.

— Que tal almoçarmos aqui?

Carol Anne olhou para a bandeja caída no convés e balançou a cabeça, frustrada. Os sanduíches tinham sobrevivido intactos, mas havia batatinhas e palitinhos de cenoura e aipo espalhados para todo lado. Ela limpou a bagunça e carregou as tigelas para a cabine inferior para reabastecê-las. Michael e as meninas desceram do andar superior e a família se sentou ao Sol, comendo em um contentamento tranquilo enquanto as ondas batiam nas laterais do barco. Michael tomou um longo gole de cerveja com os olhos velados, mas o sorriso amplo. Soltou a lata e passou um braço em torno de cada uma das filhas.

— Não dá para ficar melhor do que isso, né? — perguntou ele.

Por mais desconcertante que o comportamento do marido fosse, Carol Anne resolveu deixar passar. Não importava o que acontecesse, ela estava determinada a não deixar nada estragar aquele dia.

O Sol de junho ainda estava alto quando eles voltaram calmamente para o Belmont Harbor, a água calma no ar parado da noite. Michael ancorou o veleiro, batendo nas estacas apenas algumas vezes, para o deleite das meninas. Deixando as crianças no barco enquanto o pai delas mexia com o motor, Carol Anne começou a primeira das várias viagens necessárias para carregar o carro. Ela tinha acabado de largar o isopor no chão, perto do Volvo, quando notou os dois sujeitos que a observavam de um carro cor de areia, estacionado a duas vagas dali. As portas se abriram e eles saíram. Seu alarme disparou quando ela reconheceu os detetives que tinham ido até sua casa após o assassinato de Angie. *O que eles estavam fazendo ali?*

— Desculpe incomodá-la, sra. Niebaum — disse o buldogue de que ela se lembrava como detetive O'Reilly. — A senhora se importa em conversar com a gente por um minuto?

— Claro que não — disse Carol Anne, sem sinceridade.

O maior deles apanhou o isopor e colocou-o na traseira do carro para ela.

— É um belo barco que vocês têm — disse ele.

— É, temos muita sorte em tê-lo — concordou ela. — Faz só dois anos que o compramos, e não tivemos muita oportunidade de usá-lo no ano passado, com a minha gravidez e tudo o mais. Vamos tentar aproveitá-lo de verdade neste verão.

— Vocês já tiveram a chance de sair com ele à noite? — indagou O'Reilly.

Carol Anne hesitou. A pergunta parecia estranha, e a vibração desagradável vinda dos detetives era mais estranha ainda. Ela plantou os pés firmemente no chão e levou as mãos aos quadris. Como uma leoa encarando um predador perto de seu ninho, ela afiou as garras mentais. Seu único propósito era proteger o bando.

— De que se trata isso tudo?

— Sra. Niebaum, quero lhe perguntar outra vez a que horas o seu marido chegou em casa na noite da sexta-feira passada, ou na manhã de sábado, como preferir.

Ela tentou se lembrar de sua mentira para manter a coerência.

— Eu já disse a vocês. Ele chegou pouco depois da meia-noite.

— Seu marido está aqui? Gostaríamos de conversar com ele.

— Ele está a bordo com as crianças. Eu vou chamá-lo para vocês — disse Carol Anne, empenhando-se para soar despojada enquanto sua língua virava algodão. As boas sensações do dia tinham virado fumaça, deixando um poço fumegante de piche em seu lugar. Ela voltou para o barco com tornozelos feitos de madeira, a cabeça girando como massa na batedeira.

— Michael — chamou ela, sem fôlego, enquanto subia os degraus até a cabine. Ele tirou a cabeça da sala de máquinas e ela foi falar com ele longe das meninas, que distraíam seu irmãozinho com um conjunto de dinossauros de plástico. — A polícia está aqui. Eles querem falar com você — sussurrou ela.

— Mas que diabos?! — O rosto dele empalideceu e seus olhos foram na direção da escotilha aberta.

— Não aqui, eles estão no estacionamento — disse Carol Anne. — Michael, eu disse a eles que você chegou em casa por volta da meia-noite na noite em que Angie foi morta. Eu sei que é uma mentira, mas eu não queria que eles soubessem até que horas você tinha ficado fora. Achei que eles não fossem entender.

A cor retornou gradualmente às bochechas dele.

— Está tudo bem, querida. Você fez o certo. Eu vou conversar com eles e já volto.

Carol Anne ficou com as crianças, tentando não explodir de ansiedade enquanto terminava de limpar tudo. As crianças estavam ficando inquietas e tudo que ela podia fazer era mantê-las na cabine. Não havia motivo para elas irem lá para cima enquanto o pai delas conversava com a polícia – especialmente se algo terrível acontecesse. Ela não sabia bem o que era esse algo terrível, mas em algum lugar de sua imaginação isso envolvia algemas. *Não que houvesse qualquer razão para algemas.*

— Cadê o papai? — perguntou Cara. — A gente vai para casa agora?

— O papai já volta. Agora seja boazinha e junte o resto das suas coisas.

Enquanto as meninas juntavam suas roupas e livros, Carol Anne terminava de limpar a cozinha, alternando entre a vontade de chorar e a vontade de gritar. Ela nunca se sentira tão confusa e assustada na vida. Dez minutos se passaram, e depois mais dez, até que Michael finalmente ressurgiu na porta. Quando ela o viu exibindo seu sorriso tranquilo de sempre, permitiu-se por fim relaxar. Toda aquela preocupação por nada.

— Bom, turma, estamos prontos para ir embora?

— Papai, papai! — gritaram as meninas, barulhentas, enquanto subiam correndo os degraus atrás dele.

Carol Anne apanhou o bebê e as seguiu.

No carro voltando para casa, com as meninas no banco de trás distraídas com seus livros de colorir, Carol Anne perguntou baixinho a Michael o que os detetives queriam.

— Nada, na verdade. Alguém enfiou na cabeça deles que Angie e eu talvez estivéssemos tendo um caso.

— Você chama isso de nada? — Revisitando seu temor inconfesso, Carol Anne agarrou a chance de esclarecer tudo. — Bom, e vocês tiveram?

— Meu bem, não seja ridícula! — Ele lhe deu um olhar rápido e sincero antes de voltar os olhos para a estrada. — Não posso acreditar que você tenha me perguntado isso. Eu juro que nunca tive um caso com a Angela. Nem com qualquer outra mulher.

Ela o observou dirigir com os olhos fixos na estrada. Embora acreditasse que ele estivesse dizendo a verdade, a sensação de que algo não estava certo ainda a incomodava. Entretanto, apesar de tudo o que vinha lhe acontecendo, seu mundo no momento estava de volta ao lugar; assim, ela conteve a língua e ficou em silêncio pelo resto do caminho até chegarem em casa.

TRINTA

Vince

O mau humor de Vince piorou ainda mais quando ele encostou na entrada da garagem e viu a Mercedes da esposa estacionada na porta da frente. Não importava quantas vezes ele lhe dissesse para guardar o carro na garagem – eles tinham três vagas –, ela o deixava frequentemente na passagem circular, fazendo a casa parecer uma fotografia de propaganda de carro. Como se a residência majestosa deles não fosse declaração suficiente de riqueza, ela tinha que provar ao mundo o que possuía. *Uma vez caipira, sempre caipira,* pensou ele.

Ele guardou seu Seville na vaga mais próxima e fechou a porta. Giovanna insistira na Mercedes. Vince não acreditava em carros importados, preferindo comprar de fabricantes americanos. O país tinha sido bom para ele, e ele queria ser bom para o país. Era um cidadão exemplar. Votava e pagava seus impostos. Bem, a maioria deles, pelo menos.

Ele entrou pela garagem e invadiu a cozinha.

— Giovanna! — chamou ele, sua voz cheia de uma raiva nada sutil.

Maria, a empregada doméstica salvadorenha, enfiou a cabeça para fora da despensa e recolheu-a de volta, como uma tartaruga voltando para dentro do casco. Ela sabia quando era melhor ficar longe do patrão. A trajetória de Vince o levou da cozinha para o hall de entrada, onde parou na base da escadaria em curva e gritou de novo.

— Giovanna!

Um momento depois, a cabeça da esposa surgiu acima do corrimão, o cabelo longo e castanho fluindo solto sobre os ombros.

— Vince, qual é o problema com você, uivando feito um maluco? Você vai assustar a Maria e eu vou ter que procurar uma nova empregada.

— Mas que droga, Giovanna! Quantas vezes eu já pedi para você estacionar a porcaria do carro na garagem? Quantas vezes?

— Fique calmo, Vince, ou vai acabar estourando uma artéria. Eu tinha uns pacotes para trazer para dentro. Vou tirar de lá daqui a pouco.

Pacotes, pacotes. Tudo o que aquela mulher fazia era comprar.

— Eu tenho que trabalhar um pouco, estarei no escritório — gritou ele, pondo um fim na conversa, se é que houvera alguma. Ele pegou a escadaria em curva até a sala de jogos no andar inferior, onde uma vidraça dava para um quintal paisagístico e uma piscina. Com o bar em construção, a sala lembrava um campo de batalha, com ferramentas e pedaços de madeira serrados pela metade espalhados pela área. Vince deslizou uma mão apreciativa pela cerejeira impecável do bar ainda por terminar. O acabamento era o mais próximo da perfeição que ele já tinha visto. E então, como se punisse o bar por algo que ele tivesse feito, bateu ali com tanta força que a mão ardeu.

Ele entrou no escritório e fechou a porta. Sentado atrás da imensa escrivaninha de carvalho, ele girou o Rolodex até encontrar o nome pelo qual procurava. Já estava falando antes mesmo que a recepcionista terminasse de dizer o nome do hotel.

— Quero falar com o quarto trinta e quatro. E, se ele não estiver, quero deixar um recado.

Mas o residente estava lá.

— Qual é? — disse ele, ouvindo a voz de Vince.

— Qual é que eu quero você aqui imediatamente.

— Ei, cara, é domingo!

— Se você quiser continuar empregado, traga o seu traseiro para cá agora mesmo.

Vince bateu o telefone com mais força ainda do que tinha batido no bar. E daí se o cretino era o maior artesão do mundo? Ele com certeza era péssimo em seguir instruções. A raiva de Vince estava tão descontrolada que ele sentia como se sua cabeça fosse sair voando. Giovanna tinha razão. Ele ficava irritado demais para seu próprio bem. Seu médico já lhe alertara sobre os perigos de ficar tão furioso, sobre como isso acabava com a sua pressão sanguínea, mas era uma daquelas situações em que ele não conseguia se conter.

Houve uma leve batida na porta. Ela se entreabriu e Anna enfiou a cabeça no escritório.

— Estou incomodando? — perguntou ela, lampejando os olhos escuros para ele.

O humor dele se suavizou imensamente. Ele ficou contente ao ver que a filha estava com o cabelo preto natural outra vez; ela o pintava com tanta frequência que ele nunca sabia o que esperar. Num dia era loiro, no outro, estava da cor de uma cenoura. Giovanna lhe garantira que cabelo era só cabelo, e que podia ser mudado facilmente, não era como uma tatuagem, que parecia ser a última moda. Essas seriam mais difíceis de remover.

— Entre, meu bem. Você sabe que nunca me incomoda.

Ela abriu a porta até o fim e entrou no cômodo. Seus jeans justos e a blusinha curta beiravam o vulgar, e Vince fez um lembrete mental de pedir a Giovanna que conversasse com ela sobre suas roupas. Depois lembrou que a mãe dela não se vestia muito melhor, sempre optando pelo que fosse mais chamativo em vez de sutil. Ele queria que Anna tivesse um exemplo melhor; alguém com classe, alguém como Suzanne.

Deixando de lado a questão das roupas, Anna era bem a filhinha do papai, e ele a adorava. Ela tinha herdado a inteligência e o foco dele. Desde a infância, ela enfrentava tudo de forma direta, como ele fazia, fosse aprendendo a andar de bicicleta ou tirando boas notas. Era incansável quando queria alguma coisa e jamais titubeava. Ela havia acabado agora o terceiro ano na Universidade de Illinois, tirando apenas notas máximas em arquitetura. O plano era que, no ano seguinte, quando ela se formasse, Vince a traria para a empresa como sócia. Ela já tinha começado a conhecer a empresa desde a base, trabalhando para ele durante todas as férias escolares.

— Onde você esteve o dia todo, papai? — perguntou ela. — A gente ia comer um *brunch* juntos, lembra?

Ele deu um tapa na própria testa. Tinha estado tão concentrado em ver Suzanne naquela manhã que se esquecera por completo do *brunch* no clube com a esposa e a filha.

— Me desculpe, meu bem. Aconteceu um negócio na construção em Delaware. Espero que você entenda. A gente vai no domingo que vem, com certeza.

Ele odiava mentir para a filha, e o medo o espremeu por um instante quando se deu conta de como suas emoções tinham escapado ao controle. Ele era um homem segurando duas cordas, a família puxando de um lado e Suzanne puxando do outro. Ultimamente, a atração de Suzanne havia se tornado tão forte que ele não sabia quanto mais poderia segurar as duas cordas. Depois de uma infância sendo passado de uma família a outra, sem nunca saber em que mesa estaria sentado em seguida, ele tinha jurado para si mesmo que sua filha sempre teria um ambiente estável em casa, e nada, muito menos uma amante, jamais separaria sua família. Ele usava mulheres e dispunha delas como queria, geralmente oferecendo benefícios generosos para diminuir a dor do término. Mas isso tinha sido antes de Suzanne. Ela era importante demais para ser dispensada. Não havia uma boa solução para o seu problema.

— Está bem, papai. Domingo que vem. Sem esquecimentos dessa vez.

— Não vou me esquecer, querida. Prometo. — Infelizmente, isso significava que não haveria um domingo preguiçoso na cama com Suzanne.

A filha se empoleirou no braço da cadeira e passou os braços em torno do pescoço do pai.

— Você e a mamãe são mais importantes do que tudo no mundo para mim. Nada pode mudar isso, certo?

Por um momento, Vince achou ter visto nos olhos dela um sinal de que ela sabia de algo, mas isso era impossível. Ela não tinha como saber sobre Suzanne. Ele tinha sido mais do que cuidadoso.

— E nada vai mudar o quanto você é importante para nós. Mas algum dia você vai encontrar um homem ainda mais importante do que nós e vai criar a sua própria família. É claro, ele vai precisar obter minha aprovação, e eu não aceito nada menos que a perfeição para a minha filha. Então acho que você não vai a lugar nenhum por algum tempo ainda — brincou ele. Em seguida, seu tom ficou sério e ele acrescentou: — Só tenha certeza de ser bastante seletiva.

— Obrigada, papai — disse ela, saindo da cadeira. — Eu te amo.

— Eu também te amo, querida. — Ele a observou sair pela porta, o balanço de seu traseiro macio fazendo seu coração preocupado de pai dar um pulo. Meu Deus, ele esperava que ela ouvisse seu conselho sobre ser seletiva. Ultimamente ela estava saindo com um seboso qualquer que tinha conhecido num bar, um sujeito velho demais para ela. Giovanna lhe dissera que era só uma fase passageira, como as cores do cabelo, e que se ele criasse caso isso a faria se aproximar mais ainda do rapaz. Ele torcia para que a esposa estivesse correta. Não podia pensar em nada pior do que ter um idiota daqueles como genro.

Meia hora depois, houve outra batida na porta.

— Entre — disse ele, áspero. A porta se abriu e Steven Kaufman entrou gingando, vestindo uma camiseta azul e jeans rasgados, os cachos presos em um rabo de cavalo.

— E então, o que é tão importante para ter me feito dirigir até aqui num domingo?

— O que é tão importante? — Vince tentou de verdade se controlar, pensando em sua pressão sanguínea. Mas era uma batalha perdida. — O que é tão importante é que temos um problema sério. Lembra aquele serviço extra que você fez para mim no último fim de semana?

Steven deu de ombros.

— Você diz espionar sua namorada? Como eu falei, você não precisa se preocupar. Com certeza não há nenhum outro cara no radar dela.

— É. Bem, você fez algo que eu pedi para não fazer.

— Não entendi.

— Você fez contato com as garotas. Dançou com a noiva. Eu disse para você manter distância.

Um sorrisinho malicioso passou pelos lábios de Steven.

— E daí? Que importância tem isso?

— Você não lê a porra dos jornais? A importância é que uma das amigas dela deu um jeito de ser assassinada naquela noite. E alguém reportou ter visto uma caminhonete com placa de New Hampshire estacionada na rua em Kenilworth. E aí, o que você acha que isso parece quando um cara de New Hampshire aparece no mesmo bar que elas? Parece que você as estava seguindo. Essa que é a importância.

O sorrisinho se desvaneceu e Steven abaixou o corpo até a cadeira em frente a Vince.

— Qual das garotas? — perguntou ele.

— O quê?

— Qual das garotas foi assassinada?

— Bom, não foi Suzanne e não foi a noiva, então a outra. Angie. Eu nunca vou esquecer esse nome. Ouvi Suzanne chorar muito por causa dele.

Steven levou uma das mãos atrás da cabeça e puxou o rabo de cavalo.

— Eu não a matei.

— Deus do céu! Eu certamente espero que não, caralho. Mas isso não muda o fato de que a polícia está fazendo perguntas. E, se eles encontrarem você, é melhor ter um álibi para o resto daquela noite.

— Bom... na verdade, eu tenho um álibi.

Os olhos pretos de Vince eram como picadores de gelo no crânio de Steven enquanto ele executava a logística em sua mente.

— Não me diga. Por favor, não me diga. Não a noiva... — Quando o carpinteiro não respondeu, Vince sentiu sua pressão sanguínea atingir níveis perigosos. Esquecendo a mão dolorida, ele bateu na escrivaninha de novo. — Eu pedi para você seguir a Suzanne, não para foder a amiga dela!

— Foi ela que começou. Ela me pagou um drinque.

— Caralho — disse Vince, reclinando-se na cadeira. — Mas que confusão do caralho. A polícia está procurando por uma caminhonete branca com placa de New Hampshire e, como placas de lá não são abundantes aqui na Terra de Lincoln, eles vão encontrar você. E, quando o encontrarem, vão perguntar por que você estava em Kenilworth e depois naquela porra daquele bar. E qual será a sua resposta? Que você estava seguindo a namorada do seu chefe casado, como ele pediu. E o que você estava fazendo quando Angie Wozniak foi morta? Estava trepando com a noiva. Essa não é uma situação boa nem para você nem para mim, sem contar para a noiva.

Steven se ouriçou com as últimas palavras de Vince.

— Ei, me desculpe. Como eu podia adivinhar que alguém ia morrer naquela noite? Estou tão insatisfeito com essa situação quanto você. Acredite, tenho meus próprios motivos para não querer encrenca com a polícia.

A essa altura, Vince estava tão ensurdecido pela raiva que mal podia ouvir. Ele não estava nem aí para os motivos particulares pelos quais Steven não queria falar com a polícia. E também não dava a mínima para a noiva adúltera. Ele só se importava com Suzanne. Não queria nem cogitar a ideia do que poderia acontecer se ela descobrisse que ele mandara alguém segui-la. Será que ela o odiaria? Nunca mais falaria com ele? Isso o mataria.

Só havia uma solução para essa bagunça, e era que Steven Kaufman desaparecesse até que Charley Belchek descobrisse quem era o assassino de Angie. Depois disso, ninguém estaria nem aí sobre o cara de New Hampshire. Ele não tinha nenhuma dúvida de que o ex-policial podia executar o serviço, mas não sabia quanto tempo isso levaria.

Nesse ínterim, Vince não queria Kaufman dirigindo aquela caminhonete por aí, sendo parado e levado para interrogatório. Não, o carpinteiro precisaria se esconder, e que lugar melhor para escondê-lo do que debaixo do nariz de Vince?

— O que vamos fazer é o seguinte. Você vai colocar sua caminhonete na minha garagem e deixá-la lá até que isso passe. Você pode ficar aqui e terminar o serviço no bar. Maria vai preparar um quarto para você na ala dos empregados. Tenho certeza de que vai ser melhor do que o pulgueiro onde você está ficando na cidade. — Ele destrancou a última gaveta da escrivaninha, onde mantinha sua caixa-forte. Lá dentro havia dinheiro, várias chaves e um controle remoto reserva para a porta da garagem. Antes Vince guardava seu revólver ponto quarenta e cinco ali, mas, desde a quebra do mercado, ficava mais confortável deixando a arma presa com uma fita isolante sob a primeira gaveta. Ele contou cinco notas de cem dólares e colocou o dinheiro e o controle remoto da garagem em frente a Steven. — Eis aqui algo para compensar o incômodo. Agora esconda aquela caminhonete logo, antes que alguém repare na placa.

Steven ficou imóvel e em silêncio diante dele, pensando em sua posição. Ele não gostava de responder a Vince, mas estava em uma situação difícil e, naquele momento, não tinha uma solução melhor. Estava falando sério quando disse que não podia conversar com a polícia. E Vince estava certo sobre outra coisa. Qualquer lugar era mais confortável do que a pensão em que ele se hospedava. Guardou o dinheiro na carteira e apanhou o controle da porta da garagem.

— Onde eu devo estacionar?

— Pegue a vaga da minha esposa. A vaga do meio. E, Kaufman, a propósito: fique longe da minha filha.

— Eu nem sabia que você tinha uma filha — disse Steven, saindo.

— Bom. Continue assim — disse Vince para as costas dele, pensando que Steven Kaufman era exatamente o tipo de perdedor que sempre atraía Anna.

Giovanna Columbo chacoalhou a cabeça, frustrada. Não dava para entender o marido. Ali estava ela, levando o carro para dentro da garagem, como ele tinha pedido – ou melhor, exigido – e, assim que abriu a porta, viu a caminhonete do carpinteiro estacionada em sua vaga. Qual era o problema com aquele homem? Ah, bem, deixa para lá. Ela gostava de deixar o carro na frente da casa mesmo. Tirou o carro, deu a volta na entrada circular e estacionou de novo em frente à porta, exatamente como nas propagandas de revista.

TRINTA E UM

Ron

A manhã de segunda-feira estava cinzenta e chuvosa, e a pressão barométrica estava causando o caos na cabeça de Ron O'Reilly. Quatro aspirinas e duas xícaras de café não tinham trazido alívio algum. Agonizando em sua mesa de trabalho, desejando parar todo o fluxo sanguíneo do pescoço para cima, ele tentava bloquear o ruído dos outros detetives trabalhando em seus telefones. A escrivaninha ao lado da sua estava vazia. Koz estava no dentista depois de passar uma noite insone com dor de dente.

Trabalhar no caso de Angela Lupino Wozniak só piorava sua dor de cabeça. Ele basicamente achava que Niebaum a havia matado, não apenas porque Natasha Dietrich tinha plantado aquela ideia, mas porque o bom doutor tinha um barco ancorado no Belmont Harbor, não muito longe de onde o corpo de Angie tinha sido encontrado. Mesmo que o dr. Niebaum não estivesse transando com Angie, uma coisa era certa: Michael Niebaum não estava em casa na sexta à meia-noite. Ele podia ser um bom mentiroso, mas sua esposa não era.

No entanto, para complicar as coisas, havia o homem misterioso de New Hampshire. Sua presença em Kenilworth, e mais tarde na Overhang, era preocupante. Depois de conversar com Suzanne Lundgren, eles haviam colocado várias batidas policiais à procura de uma picape GMC branca com placa de New Hampshire e, se o sujeito não tivesse saído do estado, iria aparecer. Enquanto isso, estava na hora de O'Reilly ter outra conversinha com a noiva.

Porém isso podia esperar. A prioridade do dia era caçar Albert Evans, o elusivo subgerente de Angie. Alguém havia conseguido o contato dele com o setor de Recursos Humanos da Bloomingdale's, mas, ao ligar para o apartamento, O'Reilly ouviu uma mensagem gravada dizendo que ele estava em New Buffalo durante o fim de semana e só voltaria na segunda-feira. O detetive deixou uma mensagem agourenta mencionando a gravidade de se ocultar evidências, apostando que isso evocaria um telefonema de Evans rapidinho.

Essa aposta se pagou um segundo depois, quando seu telefone tocou.

— O'Reilly.

— Aqui é Albert Evans — disse uma voz claramente constrita de medo. — Acredito que você está procurando por mim.

— Isso seria um eufemismo, sr. Evans. Preciso conversar com você sobre a morte de Angela Wozniak. Está disponível para vir aqui agora mesmo?

— Ah, isso não será possível. Estou saindo agora para o trabalho.

— Eu posso me encontrar com você lá. — Quando as palavras de O'Reilly foram recebidas com um silêncio, ele acrescentou: — Ou poderíamos nos encontrar para um café. Não deve demorar muito tempo.

Havia ainda um tremor proeminente na voz de Evans.

— Acho que podemos tomar um café. Você conhece o Peaches, na Rush Street? Se eu pegar o próximo ônibus, posso chegar lá em meia hora.

— Já está bom — disse O'Reilly. — O que você está vestindo, para eu poder reconhecê-lo?

— Com essa chuva toda, vou estar de capa de chuva verde-oliva, mas na verdade eu sei quem você é. Você estava do lado de fora do funeral. Cabelos grisalhos e, sem ofensa, mas você se veste como um policial.

— Meia hora, então. — O'Reilly desligou, pensando que era bom que Albert Evans fosse um chato tão observador.

O'Reilly identificou o assistente de Angie no instante em que ele entrou no Peaches. Ele vestia a mencionada capa de chuva verde-oliva e carregava um guarda-chuva preto com a alça em forma de pato, o cabelo incrivelmente arrumado apesar do aguaceiro. Seus olhos saltaram pelo recinto até encontrarem O'Reilly na cabine do canto. Ele pendurou a capa de chuva e depositou o guarda-chuva em um recipiente de latão ao lado da porta antes de abrir caminho pelo salão lotado.

— Eu sou Albert Evans.

— Sente-se — O'Reilly meio pediu, meio mandou. Evans deslizou obedientemente na cabine e sentou-se, parecendo preso em uma armadilha. — Pelo que entendi, você viu Angie Wozniak pouco antes de ela ser assassinada.

Os olhos de Albert pousaram nas próprias mãos de unhas feitas.

— Me desculpe — disse ele, sem ousar erguer a cabeça. — Eu sei que eu devia ter entrado em contato com vocês. Especialmente porque eu gostava muito de Angie. Ela era mais do que minha chefe, era uma amiga de verdade, e um anjo. E ela tinha muito bom gosto. Nós sentimos muita falta dela na loja. — Ele apanhou uma colher e começou a brincar com ela. — Suponho que não é sobre isso que você quer ouvir.

O'Reilly ergueu uma sobrancelha torta e o encarou em silêncio.

Albert largou a colher e olhou para ele, desconfortável.

— Na noite em que ela foi morta, Angie chegou ao The Zone já tarde, mais ou menos uma hora antes de fechar. Estava óbvio que ela estava bem alterada. Eu estava com um grupo de amigos, então a ignorei. Quero dizer, eu a amava como a uma irmã, mas ela podia ser uma vaca quando estava bêbada. Eu não estava a fim de lidar com ela. Ela tomou um drinque no bar. Aí, na saída, parou para conversar com alguém, um cara alto e bonitão que estava sentado sozinho. Eu me lembro porque reparei nele quando chegou. Ele pareceu bem agitado depois da conversa com ela e saiu pouco depois.

— Por que você não relatou isso antes?

Albert deu de ombros estupidamente e tornou a apanhar a colher.

— Olha — disse O'Reilly em termos nada ambíguos —, se você está preocupado em botar o seu amiguinho Lyle em maus lençóis, dá um tempo. Eu já conversei com ele e, se ele se encrencar, não vai ser por minha causa.

— Você sabe sobre o Lyle? — Evans ficou visivelmente chocado.

— Você acha que a gente fica sentado sem fazer nada? É claro que a gente sabe sobre o Lyle. Agora me conta tudo sobre o sujeito com quem você viu Angie conversando.

Aliviado por não ter mais o peso da traição, Albert se abriu.

— Bem, eu diria que ele tem entre trinta e quarenta anos, alto, moreno e bonitão mesmo. Ele tinha cabelo encaracolado.

— Estava de óculos?

— Definitivamente não. Meu gosto não se estende para homens de óculos.

— Você poderia identificá-lo se visse uma fotografia?

— Ah, claro! — empolgou-se Albert, ansioso para ajudar agora que tinha sido exonerado.

O'Reilly colocou uma foto de Harvey Wozniak na mesa.

— Foi esse homem que você viu no The Zone?

Albert balançou a cabeça negativamente.

— De jeito nenhum. Esse é Harvey, o ex da Angie. Além disso, eu falei que ele era bonitão.

O'Reilly colocou outra foto ao lado da de Harvey. Os olhos claros de Albert se arregalaram, e sua culpa ficou mais evidente.

— Meu Deus, isso é incrível! É ele. É esse o cara com quem Angie estava conversando. Mas a foto não lhe faz jus. Quem é?

— Deixa para lá — disse O'Reilly, apanhando a foto de Michael Niebaum que tinha conseguido com o departamento de trânsito. — Você estaria disposto a identificar esse homem numa fila de suspeitos, certo? — indagou ele.

— Se isso ajudar a descobrir quem matou a Angie, claro que sim — disse Albert.

Kozlowski estava sentado à sua escrivaninha, tentando transferir café de um copo de isopor para dentro de sua boca depois de cinco doses de Novocaína. Sua dor de dente o mantivera acordado a noite toda, e ele não tinha ninguém a quem culpar além de si mesmo. Sua esposa o atormentava havia tempos para que ele fosse ao dentista, mas ele a ignorava. Por sorte, ela não era o tipo de esposa que ficaria repetindo *eu avisei,* embora ele tivesse resolvido lhe dar ouvidos dali em diante, depois de toda a dor que tinha passado. Nunca tinha pensado que ficaria tão feliz em ver uma agulha enorme. Depois que seu dentista o anestesiara, tinha escavado por tanto tempo que Kozlowski se espantou por ele não ter encontrado petróleo.

Ele tentou outra vez o café, mas com a boca tão adormecida o líquido escorreu diretamente para sua camisa. Ele jogou o copinho no lixo e ergueu a cabeça, vendo O'Reilly entrar na sala, o rosto brilhando no vermelho de sempre. Koz se perguntou se ele já havia parado para tomar uma. Às vezes ele fedia tanto da bebedeira da noite anterior que o cheiro emanava de seus poros. Nesses dias, Kozlowski rodava com a janela do carro aberta. Ele não entendia como alguém podia se envenenar do jeito que seu parceiro fazia. Ele mesmo não gostava muito de álcool; talvez uma cerveja ocasional, mas só isso.

Graças a Deus o sujeito não fumava. Isso teria sido intolerável.

— Tivemos uma identificação positiva de Michael Niebaum falando com Angie no The Zone — disse O'Reilly, triunfante, jogando a foto do departamento de trânsito sobre a escrivaninha.

— Ifo é ótchimo, famosh atrásh dele?

— Que diabos você tem de errado?

— Nofocaína.

O'Reilly assentiu em uma compaixão momentânea.

— Não. Eu não acho que Michael Niebaum apresente risco de fuga. Ainda não, pelo menos. E ainda temos que esgotar aquela pista de New Hampshire.

— Ontchi famosh, então?

— Vamos visitar a noiva — disse O'Reilly.

TRINTA E DOIS

5 dias antes do casamento

Eu estava abençoadamente distraída com os números de vendas do mês anterior e as cotas do mês seguinte, feliz por estar fazendo algo que não fosse encarar minha vida desgraçada, quando a campainha do interfone me fez voltar à realidade com um susto. A voz de Sandi Lane não conseguiu disfarçar sua curiosidade mórbida.

— Tem dois cavalheiros aqui no saguão querendo falar com você. Detetive O'Reilly e detetive Kozlowski.

Segurei minha testa para impedir que a cabeça saísse voando dos ombros, perguntando-me que diabos tinha levado os dois policiais a aparecerem no meu escritório. Apesar do terror abjeto, consegui pedir calmamente que ela os mandasse vir até a minha sala. Encontrar com eles no saguão estava fora de questão. Não com uma recepcionista que fazia a sra. Kravitz, do seriado *A Feiticeira,* parecer uma avestruz com a cabeça enfiada na areia. Além disso, eu duvidava de que minhas pernas de borracha conseguissem chegar lá. Sem mencionar minha bexiga.

Um minuto depois, os dois detetives estavam na minha sala. A presença deles era sufocante, fazendo-me questionar se havia oxigênio suficiente no local para nós três. Eu ajeitei os papéis sobre a mesa em um esforço para mostrar que *eu realmente não tenho tempo para isso.*

— Desculpe por não termos ligado antes. Estávamos por aqui — mentiu O'Reilly.

— Vocês parecem estar *por aqui* com frequência — contrapus.

Eles ocuparam as duas cadeiras à minha frente e foram direto ao assunto.

— Tem uma coisa que precisamos repassar com você — prosseguiu O'Reilly sem responder à minha declaração. — Lembra-se do outro dia, quando lhe perguntei se você conhecia alguém de New Hampshire?

Bum! E chegava a bomba que eu tanto esperava. Coloquei minha melhor expressão neutra, minha boca fechada enquanto eu esperava pelas palavras que viriam a seguir.

— Falamos com Suzanne Lundgren ontem e ela nos contou que vocês encontraram alguém de New Hampshire na Overhang, na noite do assassinato de Angie. Que você estava conversando com ele.

Enrolei, fitando O'Reilly por segundos que pareceram anos. Então Suzanne tinha bancado o Judas para cima de mim. Tossindo para ganhar mais alguns segundos da vida que eu conhecia, agonizei sobre o quanto deveria revelar para esses policiais. Foi quando O'Reilly cometeu um erro estratégico que me deu uma escapatória.

— Lembra-se dele agora? — forçou ele.

Lembrar. Obrigada por isso, detetive. Com boa parte da noite envolta em uma névoa alcoólica, como ele poderia saber o que havia se perdido? Com certeza ele estava familiarizado com o cenário.

— Detetive... — falei, envergonhada. — Eu não tenho orgulho disso, mas estava bem bêbada naquela noite. Eu me lembro vagamente de ter dançado com um cara na Overhang, mas não saberia informar se ele veio de New Hampshire ou da Lua.

— Eu não falei que você estava dançando.

Eu me encolhi, mas consegui me recuperar.

— Ah. Bem, eu me lembro de ter dançado, mas é basicamente isso.

Os olhos injetados de O'Reilly continuaram me avaliando, procurando pela falha na minha história. Meu rosto, contudo, estava em branco; aquelas noitadas de pôquer na faculdade estavam valendo a pena agora. Suas palavras seguintes continham um gume afiado.

— Está dizendo que não se lembra de nada sobre esse sujeito?

Chacoalhei a cabeça e dei de ombros.

— Desculpe.

O'Reilly tentou cavoucar mais um pouco, mas foi incapaz de ultrapassar minha declaração de ignorância ébria. Finalmente, ele desistiu e ambos foram embora. Eu me senti como se tivesse acabado de sobreviver a um inquérito do congresso. Por mais que odiasse mentir, eu tinha ficado muito boa nisso. Na verdade, se eu achasse por um segundo que Steven pudesse ter a mínima ligação com a morte de Angie, eu teria me apresentado. Teria mesmo. Mas o que eu sabia sobre ele, e sobre o que ele estava fazendo quando Angie foi assassinada, não era da conta de ninguém além de mim.

***

O resto do dia foi perdido. A pressão dupla do trabalho e do casamento estava me matando e, pior de tudo, minha menstruação ainda não tinha vindo; a meia dúzia de visitas esperançosas ao banheiro não tinha rendido nada além de papel higiênico imaculadamente branco. Cheguei em casa naquela noite me sentindo para lá de esgotada. Com tantos prazos a cumprir, eu realmente devia estar trabalhando até tarde, mas Flynn vinha para o jantar e eu não podia dispensá-lo mais uma vez. Eu já vinha tratando-o mal o bastante.

Eu estava picando vegetais, desfrutando da repetição acéfala da tarefa, quando o telefone tocou. Eu me arrependi por ter atendido no momento em que ouvi a voz do outro lado. Era minha mãe. Depois de suportar o jantar com ela na noite anterior para repassar detalhes de última hora, pensei que estaria dispensada por um tempo.

— Estou ligando para lembrá-la da última prova do seu vestido na quinta.

— Mamãe, não falamos disso ontem à noite? Está no meu calendário. Olha, eu estou tentando fazer o jantar. Tem mais alguma coisa?

— Como é que vão os bilhetes de agradecimento pelo chá de lingerie?

Ficar livre da minha mãe quando ela enfiava algo na cabeça era mais difícil do que matar uma erva daninha.

— Ainda estão em fase de desenvolvimento.

— Sugiro que você resolva isso logo. Assim não vai ter que se preocupar com eles durante a lua de mel. E não se esqueça de mencionar especificamente o presente.

Como se eu tivesse alguma intenção de escrever bilhetes de agradecimento na minha lua de mel. Eu pensei nas praias de St. Barts e em ouvir o som da arrebentação sem nenhuma preocupação no mundo.

— Certo. Vou começar hoje à noite. Tenho que desligar, o Flynn chegou.

Eu tinha me tornado uma mentirosa tão tranquila que mal me reconhecia. Por outro lado, pensando a respeito, eu mal me reconhecia havia muito tempo. Recuando até antes da morte de Angie e da minha noite com Steven Kaufman.

Soltei a faca e sentei-me à mesa. Estava na hora de uma conversa franca comigo mesma. O que havia acontecido com aquela jovem de alma livre que ia viajar e escrever? Onde tinha ido parar a adolescente que nunca quisera uma vida convencional? Eu me escondera atrás daqueles catorze quilos por tanto tempo que, ao sair de debaixo deles, estava com trinta anos e tinha desistido dos meus sonhos. Agora parecia que eu estava disposta a me conformar com os de outra pessoa.

O tempo estava voando depressa demais. A formatura parecia ter acontecido no dia anterior. Meu plano original depois da faculdade era tirar um ano de folga para fazer um mochilão pela Europa, reunindo experiências para um futuro livro. Minha mãe esmagara aquele sonho ainda na raiz. "A Europa vai estar lá pelo resto da sua vida, mas, se você não começar sua carreira agora, vai ficar para trás." Então, em vez de passar um ano descobrindo novos lugares e novas pessoas, dei uma paradinha em Londres por uma semana, em Paris por outra semana, e voltei para casa para vender espaços de propaganda. Por que eu deixara que minha mãe me controlasse daquele jeito? Por que eu não a tinha desafiado e feito o que queria?

Eu nunca vou me esquecer do modo como os olhos da minha mãe brilharam quando eu levei Flynn para casa pela primeira vez. Ela não teria ficado mais feliz nem que eu tivesse levado o Bezerro de Ouro para casa. Não muito tempo depois disso ele me ofereceu o anel de diamante e eu aceitei. Tendo me acostumado com o fato de a paixão estar fora do meu alcance, presumi que isso também se aplicava ao casamento. A vida com Flynn seria confortável e segura. Eu precisava aceitar minha boa sorte por ter encontrado alguém como ele.

Aí fui dominada pela visão de uma porta que jamais se abriria outra vez.

Steven tinha despertado em mim algo enterrado havia muito tempo, a pessoa que tinha desaparecido desde o ensino médio e Barry Metter. Eu tinha estudado o suficiente de psicologia na faculdade para saber que havia um motivo para eu não ter esvaziado o cesto de lixo com o número de Steven. Na verdade, aquele mesmo pedacinho de papel com o número dele havia sido movido para a gaveta da minha penteadeira. Embora tivéssemos passado apenas aquelas poucas horas bêbados juntos, eu não conseguia tirá-lo da cabeça. Ansiava por entrar em contato com ele para lhe perguntar se ele também estava pensando em mim. E então a realidade me esmurrou com um *como assim?* retumbante. Não existia esse negócio de amor verdadeiro. Era tudo um conto de fadas. Como os sonhos que os pais passam adiante para seus filhos e depois tomam de volta.

Eu li uma vez que a meia-idade apaga mais criatividade do que a combinação de guerra e doenças. Seria isso o que havia acontecido? A meia-idade havia me apagado? Será que eu ia me casar com Flynn porque o amava ou porque parecia a coisa mais inteligente a se fazer?

Deixe que as portas fechadas continuem fechadas. Cedi. Meu futuro era com Flynn, que estaria chegando a qualquer momento. Apanhei a faca e voltei a picar vegetais.

— Espero que isso não seja uma prévia da nossa vida de casados — disse ele sobre o meu beijinho desanimado na porta. Ele me puxou mais para perto e me deu um beijo em cheio na boca. Flynn não era uma pessoa particularmente passional, então me pegou um pouco de surpresa quando seu beijo ficou mais profundo, a língua cutucando minha boca enquanto ele deslizava uma mão macia por baixo da minha blusa até o seio.

— Eles parecem maiores — disse ele, sensual.

— Estou para ficar menstruada — respondi, escapando de seu abraço e dando-lhe as costas.

— Não é de espantar que você esteja agindo de maneira tão estranha. — Ele passou o braço em torno da minha cintura e me trouxe para junto dele outra vez. — Sabe, andei pensando no nosso pacto de abstinência e talvez não seja uma ideia tão boa assim, no fim das contas. Digo, não é como se sábado fosse ser a nossa primeira vez. — Ele beijou meu pescoço e sua mão voltou para o meu seio. Para meu desgosto, me vi aborrecida pelas investidas dele.

— Ah, tenha dó, Flynn! O pacto de abstinência foi ideia sua e nós já conseguimos por quase um mês. Deveríamos levar até o fim. — Dando uma colher de chá para ele, dei-lhe um beijo prolongado nos lábios e voltei para a cozinha para cuidar do jantar.

Flynn ficou emburrado por algum tempo em frente ao noticiário da PBS, mas quando nos sentamos para comer ele já tinha superado sua frustração. Ele falou sobre o trabalho e como o novo software revolucionaria as coisas. Falou sobre o casamento e como era lisonjeiro que quase todos os seus colegas de Dartmouth iam vir para a ocasião.

— Por que eles não viriam, Flynn? Você é um cara ótimo.

— É o que eu digo a mim mesmo todas as manhãs — disse ele, apenas um pouco ironicamente. — Mas estou começando a me perguntar se você também pensa assim.

— Por que você está dizendo isso?

— Precisa perguntar? Você anda estranha desde que eu voltei de Nova York. Nós mal conversamos na semana passada.

— Então vamos ter essa conversa de novo — falei, recaindo na minha lista de desculpas. — A morte de Angie. Trabalho. O planejamento do casamento. Minha mãe. Quando tudo isso tiver terminado eu vou melhorar. Eu juro.

Eu me forcei a ser mais tagarela pelo resto da refeição, fazendo gracejos sobre as mulheres no chá de lingerie e contando a ele sobre o macaquinho sexy que sua mãe havia me dado. Comemos macarrão e salada, e Flynn tomou a maior parte da garrafa de Chianti. Quando terminamos de jantar, em vez de ficar por ali para assistir a um filme no videocassete, como fazia normalmente, Flynn optou por ir embora.

— É melhor você descansar um pouco, Mags. Você realmente não parece a mesma. — Ele hesitou e acrescentou: — Não está querendo dar para trás, né?

Eu tive vontade de abraçá-lo e dizer *Estou, sim, e obrigada por compreender.* Mas a pergunta era retórica. Jamais lhe ocorreria que eu pudesse estar menos do que empolgadíssima em ser sua esposa. E com razão: ele *era* um cara ótimo. Flynn passou seu braço quente ao meu redor e eu me vi reconfortada nesse abraço, mas era o tipo de conforto encontrado em um bom amigo ou no irmão que eu nunca tive.

— Não se preocupe tanto. Daqui a cinco dias, você será a sra. Flynn Rogers Hamilton III. Daqui a sete dias, estaremos bebericando mojitos na praia. E, quando voltarmos, teremos a casa nova, e aí poderemos nos dedicar a começar uma família.

Ele me deu uma piscadinha e desceu os degraus. Eu fiquei no alto das escadas observando sua cabeça loira recuar até que a porta da entrada se fechou atrás dele, o tempo todo pensando que ele era a melhor coisa que já tinha me acontecido e que eu era como Jekyll e

Hyde. Como eu tinha sido tão burra a ponto de arriscar perdê-lo por alguém como Steven Kaufman? Minha mente se fixou brevemente nas mãos do carpinteiro e seu toque forte, mas afastei esse pensamento.

Enquanto lavava a louça, minha mente brincava de gangorra, perguntando-me por que eu não tinha simplesmente deixado que Flynn fizesse amor comigo. Aquilo teria servido como cobertura se eu estivesse, de fato, grávida. Mas graças a Deus eu ainda tinha um restinho de integridade. Essa era uma mentira à qual eu jamais poderia sobreviver.

Rezei. *Por favor, Deus, apenas permita que eu fique menstruada, e eu prometo que nunca mais irei enganá-lo.*

TRINTA E TRÊS

Carol Anne

As meninas estavam no acampamento e o bebê tirava a soneca do meio da manhã, o que deixava Carol Anne sozinha na cozinha. Embora seu livro de receitas estivesse aberto na página "Frango com Alcaparras", seu foco estava em um tordo fazendo um ninho na macieira silvestre em frente à janela. Enquanto ela observava o bico do passarinho arrumar os gravetos no lugar, assegurando um ninho seguro para depositar seus ovos e chocar seus filhotes, aquilo a fez pensar em si mesma. Seu único propósito na vida era manter o ninho seguro para sua família.

Ela se preocupava com a ameaça ao seu ninho. Preocupava-se com isso desde seu primeiro momento de consciência até ceder ao sono. Não que se preocupar fosse algo novo para Carol Anne. Ela sempre tinha sido uma preocupada crônica, do tipo que presume o pior quando alguém se atrasa ou não atende ao telefone. Que tinha ocorrido um acidente de carro ou um ataque cardíaco ou uma queda de avião. Ela se mantinha um passo à frente do desastre com rádios e lanternas guardados estrategicamente pela casa, um suprimento de água engarrafada suficiente para um mês no porão, escadas de corda embaixo de todas as camas no andar superior para o caso de um incêndio. Porém sua última preocupação havia ficado tão dominante que expulsara todas as outras.

Michael estava agindo de modo mais estranho do que nunca. Na noite anterior, ele ficara o tempo todo por perto atrás dela, pigarreando como se fosse dizer algo. Quando finalmente abria a boca para falar, saía algo inócuo como "O que temos para jantar?" ou "Como foi o seu dia?". Carol Anne o conhecia o suficiente para saber que ele estava esperando pelo momento certo para soltar uma bomba nela; ele fizera um teatro parecido alguns anos antes, quando insistiu na compra do *Dermoabrasão*. No entanto, seu sexto sentido lhe dizia que dessa vez era algo muito mais sério do que um barco.

Ela só podia recorrer a uma coisa quando estava alarmada desse jeito. Precisava fumar. Depois de revirar a gaveta de toalhas, seu punho se fechou como uma garra em torno do pacote embrulhado em celofane que ela mantinha escondido sob os panos de prato. Levou o pacote até o nariz e cheirou o tabaco através da embalagem. Fumar era reservado para emergências, e aquele momento se qualificava como nenhum outro. Ela acendeu um cigarro na boca do fogão e puxou uma tragada profunda. A nicotina bateu em seu organismo de imediato, entregando uma calma muito apreciada. Ela olhou para o alto e agradeceu a Deus pelas pequenas bênçãos em meio ao caos.

Quando o cigarro queimou até o filtro, ela acendeu outro e ponderou as ironias da vida. As pessoas certamente não eram o que pareciam, especialmente no que dizia respeito à felicidade. Pensou em sua melhor amiga, às vésperas de um casamento dos sonhos, ameaçando destruir tudo por causa de um caso de uma noite. E Kelly ainda tentando preencher o vazio deixado pela morte da mãe. Suzanne totalmente sozinha em seu palácio no céu. Natasha morando com Arthur, seu marido loucamente controlador. Será que alguém era feliz de verdade?

Sua mãe parecia ser feliz quando estava criando Carol Anne e suas duas irmãs. Portanto, foi um choque completo quando seus pais se divorciaram depois que a caçula se formou no ensino médio. Quanto tempo eles se aguentaram pelo bem das filhas? Carol Anne não tinha a resposta para essa pergunta, mas sabia que sua própria felicidade dependia totalmente de sua família, de Michael e das crianças. Desde que eles estivessem juntos, não existia problema que não pudesse ser resolvido.

Ela esmagou o segundo cigarro e contemplava fumar um terceiro quando captou um movimento em sua visão periférica. Com seu jeito furtivo de sempre, Michael tinha se esgueirado sem se anunciar. Ele ficaria bravo com ela por fumar; como qualquer médico, ele se opunha ao cigarro com veemência. Entretanto, quando ela se virou para encará-lo, ele não mencionou os cigarros; parecia nem ter reparado neles. Ele exibia o rosto de um desconhecido.

— Qual é o problema? O que você está fazendo em casa? Você está bem? — As perguntas dela saíram em uma rajada, a voz cheia de preocupação conjugal.

— Carol Anne, precisamos conversar.

O sabor da nicotina em sua língua ficou enjoativo. O tom dele alertava sobre algo ruim. Ela havia previsto esse momento, se afligido a respeito. Agora que ele tinha chegado, ela estava tão assustada que sua vontade era virar as costas e fugir. Mas manteve-se firme.

— É sobre a Angie? — murmurou ela.

— De certa forma, é.

— Você a matou?

— Deus do céu, não! Não seja ridícula — disse ele, o rosto abrindo um sorriso fácil e, por um momento, ele era seu Michael de novo. E então o véu opaco recaiu, pesado e estranho. — Isso não é fácil para mim.

Ah, meu Deus, ele quer o divórcio, pensou ela. Ela mal puxava o fôlego enquanto analisava o rosto dele, distorcido pela dor. Um silêncio prolongado foi quebrado apenas pelo som da geladeira soltando gelo. Ela esperou com uma paciência sofrida, empenhando-se para não gritar *me conte!*

— Você se lembra da primeira vez que fizemos amor? — perguntou ele casualmente, esforçando-se para insinuar outra vez o sorriso em seu rosto.

E ela poderia se esquecer algum dia? Tinha sido na Tower Beach, sobre um cobertor que ela tinha trazido escondido de seu quarto e que não pôde devolver depois por causa de toda a areia. A mãe dela havia procurado por aquele cobertor durante anos. Carol Anne teve medo de que a polícia fosse aparecer e pegá-los no flagra, mas Michael a acalmara, dizendo que pessoas apaixonadas mereciam compartilhar esse sentimento. Depois disso, ela soubera que eles estariam ligados um ao outro para sempre. Ela tinha dezesseis anos.

— Claro que me lembro. E eu nunca fiz amor com mais ninguém.

Ele deu-lhe as costas, incapaz de encará-la com o que tinha a dizer.

— Eu fiz.

O tapa verbal deixou o rosto dela entorpecido. Então suas suspeitas eram verdadeiras: ele estava tendo um caso. Sem se preocupar mais com a desaprovação dele, ela pegou outro cigarro e o acendeu, esperando que ele prosseguisse.

— Isso vai doer — admitiu ele —, mas eu preciso contar toda a verdade. É o mínimo que você merece. Por muito tempo, havia algo de diferente em mim. Na verdade, foi assim a minha vida inteira. Mas as coisas chegaram ao auge mais ou menos um ano depois de eu terminar a faculdade de medicina. Eu comecei a ter sonhos eróticos intensos, sonhos sexuais que me acordavam no meio da noite. Eu os escondi de você. Aí a Cara nasceu. E Eva. E eles desapareceram por algum tempo. Mas eu continuava tendo pensamentos perturbadores e sentia falta dos sonhos. Até que, um dia, uma pessoa entrou na minha vida e me forçou a encarar meus medos, alguém que entendia meu conflito interno. Essa pessoa disse: "Eu sei o que está incomodando você". Nós conversamos e, quando a verdade veio à tona, eu me senti leve, como se o peso do mundo tivesse sido retirado dos meus ombros, como se a vida subitamente fosse algo a ser celebrado. Nós acabamos tendo um caso.

Lágrimas encheram os olhos de Carol Anne enquanto o tapete era puxado de debaixo de seus pés.

— Foi a Angie?

— Não, não foi a Angie. Essa pessoa fazia residência no hospital.

— Você ainda está tendo um caso com ela?

— Não. — Michael inclinou a cabeça para trás e fitou o teto. Suas próximas palavras foram quase inaudíveis. — Meu caso com ele terminou há muito tempo.

As palavras a atingiram como um furacão. Ela quis corrigi-lo, dizer "Você quer dizer *ela*", mas em seu coração ela sabia que não tinha sido um erro. Michael estava lhe contando algo de que ela podia até ter desconfiado, mas que lhe parecera uma ideia tão abjeta que ela a havia enterrado junto com as coisas em que não queria pensar. Agora não havia como negar. Agora o mundo fazia sentido. Isso explicava por que eles viviam como melhores amigos, praticamente como dois irmãos. E, de súbito, os jovens do barco no domingo também fizeram sentido.

— Você teve um caso com um homem — disse ela, surpreendendo-se com o modo calmo como fizera a declaração.

— Sim.

— Houve outros?

— Houve.

Foi nesse ponto que Carol Anne perdeu o controle. Ela se jogou sobre Michael, batendo no peito dele com os punhos. Ele recebeu os golpes sem nem tentar contê-la.

— Você está me dizendo que o nosso casamento é uma mentira! — gritou ela. — Seu canalha! Canalha!

Quando ela se deu conta da violência do que estava fazendo, relaxou as mãos ao lado do corpo e o encarou, os olhos cheios de lágrimas.

— E a aids, Michael? E eu? Você já pensou que podia me infectar? Você já pensou nisso?

— Eu sempre pratiquei sexo seguro — disse ele, pragmático.

— E isso deveria servir de consolo? — Ela foi até a mesa e se sentou, pousando a testa sobre as mãos. — Você disse que isso dizia respeito a Angie, de certa forma. De que forma?

— Eu vi a Angie na noite em que ela foi morta. Em um bar gay.

— Como é? Eu não entendi. — A cabeça de Carol Anne ergueu-se das mãos e ela o encarou, confusa. — Por que você está me contando isso agora?

Ele estendeu as mãos para ela, abrindo-as e fechando-as como se tentasse pegar algo inalcançável, os olhos se avermelhando enquanto ele tentava conter as próprias lágrimas.

— Eu recebi uma visita do detetive O'Reilly hoje de manhã. Alguém me viu conversando com ela no bar. — Os ombros dele desabaram e ele continuou: — Na noite da sua festa para a Maggie, depois que o jogo de cartas terminou, eu estava carente, então fui para a cidade procurar por... — Ele respirou fundo para carregar as palavras que se seguiram. — Bem, eu fui a alguns lugares. Finalmente, parei nesse lugar chamado The Zone, e quem é que eu encontro ali? A Angie. Ela estava totalmente transtornada, mas não a ponto de não entender por que eu estava lá. Ela fez algum comentário sobre a inutilidade do casamento e foi embora. Eu acabei o meu drinque e saí de lá. Aí, no funeral da Angie, eu vi um cara que estava tentando falar comigo no The Zone naquela noite. Eu tinha praticamente certeza de que ele não havia me visto, então resolvi que era melhor não ir para a casa dos pais da Angie depois da cerimônia, só para o caso de ele aparecer por lá.

— Então não houve nenhuma emergência médica naquele dia?

— Não — admitiu ele, fitando-a diretamente nos olhos. — Mas ainda fica pior. Eles querem que eu compareça a uma fila de suspeitos. Parece que uma testemunha poderia me identificar como alguém que estava no parque carregando o cadáver da Angie. O que é impossível, porque eu não estive lá.

— Uma fila de suspeitos? Você não pode ser posto numa fila de suspeitos. E se alguém vir você? Pense no que isso pode significar para a sua reputação!

— Eu sei — disse ele, soando derrotado.

— Mas Michael, quando você veio para casa naquela manhã, você fez amor comigo. E parecia que estava realmente envolvido. Você estava fingindo?

— Não. Você tem que entender o quanto eu estou dividido. Eu te amo de todo o coração. Depois de ver Angie no bar, eu entrei no carro e saí dirigindo para pensar em tudo. Eu dirigi até a fronteira com Wisconsin. Tudo em que eu conseguia pensar era em como seria horrível perder você e a nossa família, e isso me apavorou. Você e as crianças são as coisas mais importantes da minha vida. Então tomei a decisão de lhe contar tudo e de fazer terapia para enfrentar esse problema. Assim que eu decidi isso, tudo em que eu podia pensar era em voltar para casa e fazer amor com você. Eu quero que a gente fique junto. Essa é a verdade.

Carol Anne mal podia respirar enquanto analisava a situação. Seu marido tinha acabado de confessar que havia dormido com homens. Isso já era bastante devastador, mas, além disso, ele era suspeito de ter assassinado Angie. Ela se perguntou o que era pior: seu marido ser gay ou suspeito de assassinato? Ela decidiu que ser suspeito de assassinato representava uma ameaça maior à família deles no momento. Ela podia até ver as manchetes. "Médico casado de um subúrbio da região Norte, cirurgião plástico renomado e frequentador de bares gays é suspeito de assassinato." Não importaria se ele fosse culpado ou inocente, Michael perderia sua clientela. O dano estaria feito aos olhos do público. E o que dizer de Cara e Eva? Como as outras crianças as tratariam ao saber que o pai delas estava sob suspeita de um crime assim?

Se a terapia de Michael fosse bem-sucedida, e ela queria acreditar que seria, de que isso adiantaria se a carreira dele estivesse arruinada?

O mais importante era proteger seus filhos de qualquer dano. O caso de Angie era de grande destaque, e ela não podia arriscar que Michael fosse associado a ele. Ela foi até o marido e massageou a nuca dele, como costumava fazer quando ele vinha para casa depois de dias longos de residência. Ela cuidaria disso, ainda que precisasse usar todos os seus recursos e mais um pouco.

Ele não podia estar numa fila de suspeitos. Isso era tudo.

— Não se preocupe, Michael. Vai ficar tudo bem — ela o tranquilizou. E tudo ficaria bem. Ela garantiria isso. As coisas eram muito mais fáceis quando você sabia o que estava combatendo.

TRINTA E QUATRO

Ron

Com Kozlowski de licença após outra noite insone com dor de dente, Ron tinha ido sozinho visitar o consultório do dr. Michael Niebaum, em Evanston. Consultório. Que eufemismo. A sala de espera era como o saguão de um hotel, inclusive com uma bancada de café e acabamentos em mármore. Ou talvez como um bordel, considerando-se todas as beldades que passavam por ali.

O bom doutor concordara em vê-lo imediatamente. Ele admitiu quando O'Reilly disse que ele tinha sido visto conversando com Angie no The Zone. Mas aí teve a coragem de tentar passar O'Reilly na conversa, falando que tinha dirigido até Wisconsin depois disso para pensar um pouco. Era mais provável que ele tivesse ido de carro para o Leste, até o Belmont Harbor, e não para o Norte, até a terra do leite e do queijo. A boa notícia era que Niebaum tinha concordado em entrar numa fila de suspeitos. A má notícia era que O'Reilly precisaria localizar o itinerante Ralph para fazer essa fila acontecer.

Agora ele estava de volta à Área 3, esperando seu café da manhã regular, de aspirina e café, entrar em ação. O telefone tocou e, quando ele atendeu, ficou surpreso ao ouvir a voz da esposa de Niebaum. Ele imaginou a mulher bonita e de fala suave tentando encobrir sua preocupação quando eles conversaram no estacionamento no domingo. Ainda que ela fosse uma mentirosa, seu coração se solidarizava com ela por estar casada com um canalha completo.

— O que posso fazer por você, sra. Niebaum?

— Detetive O'Reilly, é imperativo que eu converse com o senhor o mais rápido possível. Poderia vir até a minha casa?

Imperativo. Palavra forte. Talvez ela estivesse pronta para confessar que seu marido não havia chegado em casa perto da meia-noite naquela noite. Ela estava um pouco atrasada para isso. Ou havia mais alguma coisa que ela quisesse dividir com ele? Embora ele tivesse acabado de chegar dos subúrbios ao Norte, sua cabeça latejava tanto que qualquer desculpa para sair do "escritório" servia. Ele tinha ficado até tarde no bar da vizinhança.

— Estou a caminho — disse ele.

O cigarro queimou até o fim entre os dedos dela. *Parar de novo vai ser bem difícil,* pensou ela enquanto apagava as últimas brasas em um pires. Depois de ouvir a confissão comovente de Michael, ela o convencera a voltar ao trabalho. O que eles iam fazer? Ficar olhando um para o outro? Assim que ele saiu, ela ligou para o detetive O'Reilly. Agora ela teria que tirar um coelho da cartola.

O som de Michael Jr. chorando no andar de cima fez um palavrão escapar de sua boca. Ela tinha sido otimista em pensar que ele dormiria por muito tempo mais. Ela foi até o quarto do bebê e o encontrou de pé no bercinho, o rosto vermelho de raiva pelo abandono. Ao ver a mãe, suas lágrimas secaram como uma torneira fechando, e um sorriso radiante iluminou seu semblante. Era a primeira vez que ele ficava de pé. Ao ver aquilo, uma onda incontida de amor fluiu por ela.

— Meu menininho milagroso — disse ela, erguendo-o do berço. — Você nunca vai saber o milagre que você é.

Carol Anne estava trocando a fralda dele quando a campainha da porta tocou. Ela terminou, apressada, e correu escada abaixo com o bebê nos braços. A porta se abriu para um detetive O'Reilly de aparência cansada, com olhos injetados e roupas amarrotadas. Seu cabelo grisalho se erguia nos rodamoinhos, dando-lhe um ar de quem tinha acabado de sair da cama.

Ela olhou por cima do ombro dele esperando encontrar seu parceiro grandalhão.

— O senhor está sozinho? — perguntou ela.

— O detetive Kozlowski está indisposto esta manhã. — Ele forçou um sorriso que deveria deixar Carol Anne tranquilizada. Um silêncio desconfortável se seguiu, pontuado pelo som do bebê gorgolejando.

— O senhor se incomoda se formos para a cozinha? — disse ela, finalmente. — Lá eu posso soltar o bebê.

— Não me incomodo nem um pouco. Fico muito confortável em cozinhas. — Enquanto ela o guiava pela casa finamente decorada, ele se pegou pensando no apartamento elegante de Suzanne Lundgren que ficava nas nuvens. E na mansão de Natasha Dietrich em Lake Forest. As amigas de Angie Wozniak realmente viviam bem. E aí se lembrou do apartamento apertado de Kelly Delaney. Bem, quase todas as amigas.

Quando chegaram à cozinha, ela colocou o bebê no andador e ofereceu uma xícara de café a O'Reilly.

— Como o senhor gosta?

— Puro. E forte. — A mão dele tremia quando ele levou a xícara até os lábios. O líquido encorpado era muito melhor do que o que eles tomavam na delegacia. — Então a senhora queria conversar comigo sobre alguma coisa, sra. Niebaum?

Carol Anne vinha ensaiando suas falas na cabeça desde que tinha desligado o telefone. Sobre como Michael era um bom homem, bom pai, um profissional dedicado e talentoso. Sobre o quanto seria danoso se certas informações vazassem. Sobre o quanto ela dependia dele. Agora que chegava a hora de falar, as palavras tinham secado antes que pudessem alcançar sua língua. Ela acendeu um cigarro para aumentar a coragem.

— Desculpe por isso, o cigarro é temporário, mas é totalmente necessário, creio eu. — Ela puxou uma tragada profunda e esperou que a nicotina fizesse efeito. Exalando a fumaça para longe do bebê, ela apagou o cigarro e ficou olhando para a bituca. — Pelo que entendi, meu marido é um suspeito na morte de Angie.

— Apenas tecnicamente suspeito — disse O'Reilly.

— Por quê? Porque ele foi visto no mesmo bar que Angie? — Os olhos dela estavam semicerrados enquanto olhava para o chão, envergonhada num nível pessoal. — Sim, ele me contou que estava no The Zone. Na verdade, ele me contou muita coisa recentemente. Mais do que eu gostaria de saber. Mas o fato de ele estar no bar não tem nada a ver com a morte de Angie. É só uma coincidência eles estarem lá ao mesmo tempo. Nada de mais.

E é uma coincidência que vocês tenham um barco ancorado a poucos metros de onde o cadáver dela foi encontrado?, O'Reilly teve vontade de perguntar. Mas conteve o impulso. A vulnerabilidade dela apelava para o seu lado compassivo. Ela não era apenas bonita como também parecia muito decente; sua pele pálida e os cachos escuros e frisados o lembravam muito de sua falecida mãe. Embora O'Reilly não soubesse com certeza o motivo de Michael Niebaum estar no The Zone às três da manhã, ele sabia que isso não era um bom sinal para seu casamento. Sua antipatia por Michael Niebaum ficou mais forte. Tivesse Niebaum algo a ver com a morte de Angie Wozniak ou não, seu estilo de vida havia feito outra vítima: sua bela esposa.

— Michael me contou que o senhor quer que ele entre numa fila de suspeitos — disse ela, a voz suave ficando gélida. Ela estendeu a mão para outro cigarro, mas mudou de ideia. Voltou-se para ele, implorando com os olhos. — Detetive O'Reilly, o senhor simplesmente não pode colocar Michael numa fila dessas. Tem que entender o que isso faria com a carreira dele. Ele tem uma reputação a zelar. Se alguém o visse na delegacia, ou seja lá onde for que vocês façam essas coisas, isso arruinaria a nossa família... as nossas vidas.

— Sra. Niebaum — disse O'Reilly. — Por que mentiu para nós anteriormente? Por que disse que o seu marido chegou em casa à meia-noite, quando isso não ocorreu?

Ela sabia que era forte, mas as pessoas tinham um limite. Eram tantas coisas atacando-a, de tantas direções, que ela sentiu que iria implodir. Embora se empenhasse para manter a fachada corajosa, ela estava perto do limite, as mãos tremendo pelo nervosismo e a visão borrada pelas lágrimas contidas. O'Reilly viu seu dilema e tentou impedir que sua empatia por essa mulher falasse mais alto que suas obrigações como policial da divisão de Homicídios. Ele não se deixaria dissuadir pelas lágrimas de uma mulher. Não importava o quanto ela lembrasse sua mãe.

— Eu não sei por que menti. Eu não sou uma mentirosa — confessou ela, cerrando os dentes em um esforço para manter o controle. — Talvez eu estivesse envergonhada pelo horário que ele chegou. Talvez eu sentisse que havia algum problema. Mas o senhor tem que acreditar em mim. Michael Niebaum nunca teve relações com Angie e certamente não a matou.

O'Reilly não tinha tanta certeza quanto a isso, mas uma lâmpada se acendeu em seu crânio quando Carol Anne usou a palavra "relações". Niebaum era obviamente gay ou bissexual. E se ele estivesse tendo relações com várias pessoas? Talvez ele e Angie e o cara de New Hampshire fossem um trio. Isso explicaria muita coisa. Ele precisava solicitar legalmente os registros telefônicos de Niebaum. Saber com quem uma pessoa conversa pode responder a muitas perguntas. Mas conseguir um mandado para isso podia levar muito tempo, e O'Reilly estava com pressa. Ele olhou para a mulher desesperada diante dele.

— Vou lhe dizer uma coisa, sra. Niebaum. Se a senhora tem tanta certeza de que o seu marido não teve nada a ver com a morte de Angie, tem algo que a senhora pode fazer para ajudar a provar isso. Vou fazer um trato com a senhora. Eu evito a fila de suspeitos em troca dos registros telefônicos do seu marido. De casa e do trabalho. Se eu tiver que passar pelos canais legais, isso pode levar dias, mas com a sua permissão...

— Nós vamos fornecer os registros — disse Carol Anne, seu rosto transparecendo o alívio. Por um minuto, ele pensou que ela jogaria os braços ao redor dele. — Faremos qualquer coisa para provar a inocência de Michael. Qualquer coisa.

No caminho de volta para a cidade, O'Reilly passou por uma dessas franquias de restaurante que servia comida ruim em um grande balcão. Ele fez meia-volta e entrou no estacionamento. Afinal de contas, era hora do almoço, e uma gelada podia ajudá-lo a recuperar o equilíbrio. Sua primeira cerveja desapareceu em um gole ininterrupto, e ele pediu uma segunda, tomando-a mais lentamente enquanto rolava cenários possíveis em sua mente. Caso extraconjugal. Amante homossexual com ciúme. Triângulo amoroso homossexual. Uma pena Koz não estar ali para trocar ideias. Por outro lado, se Koz estivesse ali, eles jamais estariam ali. Ele pediu uma terceira cerveja e pagou a conta.

Enquanto voltava para o carro, seus pensamentos se voltaram novamente para a situação de Carol Anne Niebaum. Até os ricos podiam ser infelizes, concluiu.

TRINTA E CINCO
Kelly

O Gitane's estava a loucura de sempre, com engravatados almoçando às pressas e madames em roupas de grife fazendo exatamente o contrário. Kelly chegou ao trabalho logo depois de uma prova de biopsicologia em que não havia se saído bem, o que a deixou distraída o turno todo. Por duas vezes ela se esqueceu de repassar os pedidos para a cozinha, até perceber que os clientes esticavam os pescoços procurando por ela, e uma vez ela chegou a entregar a conta errada para uma mesa. Por sorte, eles notaram antes que ela passasse o cartão de crédito. Senão o erro teria saído do bolso dela.

Mas a prova não era toda a razão para seu desempenho medíocre. Sua mente ainda estava preocupada com a ideia de que o cara de New Hampshire estava, de alguma forma, conectado ao assassinato de Angie. Contar aos policiais sobre a caminhonete branca não pareceu acelerá-los nem um pouco para encontrar o sujeito. Ela tinha chegado à conclusão de que não havia outra opção além de lhes contar a história toda.

— Desculpe, Maggie — disse ela em voz alta, enquanto procurava por uma moeda e se dirigia ao orelhão em frente ao banheiro feminino. Ela ficou feliz ao encontrar O'Reilly em sua mesa.

— Eu detesto ser um incômodo, mas preciso muito conversar com você sobre uma coisa importante no caso de Angie.

— Eu não acredito nisso nem por um minuto, srta. Delaney — retrucou ele. Sua ressaca tinha melhorado depois das cervejas, mas conversar com Kelly a trouxera de volta com força total.

— No quê? Que eu tenho algo importante para lhe contar?

— Não. Que você detesta ser um incômodo.

— Ha, ha, ha — disse ela, sem humor nenhum. — Eu preciso muito encontrar com você.

— Estamos bem ocupados por aqui — disse ele, na esperança de dissuadi-la. A última coisa que ele queria era perder mais tempo com essa enxerida. — Você não pode simplesmente me contar pelo telefone?

— Eu disse que era importante.

— Está bem — cedeu ele. — Onde você quer me encontrar?

— Estou terminando meu turno do almoço. Que tal no O'Dwyer's, na Dearborn, daqui a uns quinze minutos?

O'Reilly deu uma espiada na face branca do relógio na parede da frente. Ali eram duas e quarenta e cinco.

— Certo. Três horas — disse ele. *E é melhor que valha a pena.*

Koz telefonou um minuto depois.

— Muito bom ouvir que você está vivo — O'Reilly o censurou. — Onde diabos anda você?

— Entrando e faindo de confultóriov de dentiftav. Elev finalmente arrancaram aquela porcaria. Agora Melifa evtá puta da vida, porque ela tem agonia de gente com dente faltando. Ela div que não pode ficar cavada com um caipira. Parefe que eu vou ter que botar uma ponte. O que não é barato. Lá fe vai minha nova vara de pevcar — lamentou Kozlowski. — Evtou perdendo alguma coiva?

— Vá até o O'Dwyer's. A gente vai se encontrar com Kelly Delaney, então provavelmente é bom você ainda estar anestesiado.

— A frenhorita Delaney. Qual é o problema com ela defa vev?

— Não sei, ela não quis me contar. Talvez ela queira se juntar à polícia.

A primeira coisa a chegar ao nariz de Kelly assim que ela passou pela porta foram os odores familiares de cerveja choca e madeira apodrecida. Alguns dos antigos *habitués* estavam no balcão, empurrando as doses de bebida mais forte junto com a cerveja. Ela gostava de passar em seu antigo local de trabalho de tempos em tempos, só para se lembrar de como era ruim, meio como o personagem de Fitzgerald que tomava um drinque por dia para não começar a imaginar que a bebida era melhor do que realmente era. Só que, ao contrário do personagem de Fitzgerald, ela não podia tomar sequer uma bebida. Isso ela sabia.

Ela se sentou em um banco instável, em frente a uma mesa instável junto à janela, e fez um gesto com a cabeça para cumprimentar Eddy, o bartender que fazia o turno diurno desde que ela podia se lembrar.

Ele devolveu o cumprimento com um sorriso falhado, os dentes amarelados grandes feito os de um cavalo em seu rosto ossudo. Ele estava tomando o que parecia ser um copo de água gelada, mas Kelly sabia que não era. A única água naquele copo estava no gelo.

A garçonete se aproximou e Kelly pediu uma Coca diet. Era um *déjà-vu* assistir a Eddy executar os movimentos. Copo, gelo, pistola de refrigerante, canudinho, entregar o copo para a garçonete, bebericar seu próprio drinque. Ela se perguntou quanto tempo mais até que Eddy sucumbisse a uma doença do fígado ou atravessasse a rua bêbado na frente de um carro em movimento.

Kelly se sentia culpada pelo que estava prestes a fazer, mas preferia ser odiada por uma Maggie viva do que chorar por uma Maggie morta. Quando ela era pequena e sua mãe a castigava por alguma coisa, sempre dizia: *isso está doendo mais em mim do que em você.* Era assim que ela se sentia sobre a quebra de seu juramento a Maggie. Mas precisava ser feito.

Kelly apanhou um *Chicago Tribune* abandonado na mesa ao lado e começou a resolver as palavras cruzadas. Depois de anos de tempo vago atrás de balcões, ela tinha se tornado mestre no passatempo. Quase todas as lacunas estavam preenchidas quando ela ergueu a cabeça e viu o detetive Kozlowski vindo em sua direção, a bochecha direita inchada lhe dando a aparência de um esquilo careca e bem grande.

— Srta. Delaney, incomoda-se se eu me juntar a você? — A voz dele estava arrastada e, por um momento, ela se perguntou se ele andava tendo aulas com O'Reilly. Em seguida, ele tocou a bochecha com uma de suas patas enormes. — Uma obturação de cem dólares acaba de virar uma ponte de quinhentos dólares.

— Você não odeia gastar dinheiro com os dentes? Eu odeio. Relaxe. E, pelo amor de Deus, pode me chamar de Kelly? Eu me sinto velha quando alguém da minha idade me chama de srta. Delaney. Eu me sinto como uma professora ou algo assim.

— Então me chame de Joe.

— Joe — disse ela, olhando para as palavras cruzadas ainda por terminar. — Você por acaso não saberia o nome de uma erva medicinal com nove letras, saberia?

— Eu devia saber. Passava muito tempo fazendo palavras cruzadas durante as operações de tocaia.

— Droga. Um quadradinho vazio está me impedindo de resolver a coisa toda. — Ela pensou no que tinha acabado de dizer. — É assim na divisão de Homicídios? Um quadradinho vazio ferra com tudo?

Kozlowski deslizou um dedo por baixo do colarinho levemente apertado e desejou que seu parceiro aparecesse logo. Ele ficava desconfortável perto de mulheres, exceto sua esposa, e estava sempre com medo de dizer algo que fosse soar estúpido.

— É mais como um montão de quadradinhos. E você tem que conseguir provar. Muitas vezes nós sabemos quem é o culpado, mas, se não tivermos provas suficientes para o promotor condená-lo, então é inútil sequer efetuar uma prisão.

— Isso acontece com frequência?

— Mais do que você gostaria de saber.

Kelly pensou em como tinha escapado por pouco naquela vez no conjunto habitacional. Ela sabia que aqueles adolescentes não teriam nenhum problema em matá-la, e se perguntava se eles teriam sido capturados. A garçonete ressurgiu, tendo notado outra pessoa na mesa. Kozlowski pediu uma soda.

— Eu não sou muito de beber — disse ele. — Nunca gostei muito do álcool nem do efeito que ele faz em mim.

— Acho que o seu parceiro compensa por você. — Kelly observou a reação do gigante.

— Ron pode gostar dos tragos dele, mas isso não o torna um mau sujeito — disse ele, em defesa de O'Reilly. — E eu nunca conheci um policial que trabalhasse mais. Ele deveria ter subido para tenente há muito tempo.

— Talvez seja o hábito da bebida que o esteja atrasando.

Kozlowski deu de ombros.

— Ele é irlandês, o que eu posso dizer? A vida dele não tem sido exatamente fácil. A mãe dele morreu quando ele era um moleque, e ele teve que praticamente criar os irmãos sozinho. Seu pai vivia bêbado o tempo todo. Só para mostrar que tipo de cara ele é, ele cuidou do velho até ele morrer, uns dois anos atrás.

— E a esposa?

— Ele já foi casado uma vez, mas não deu certo.

Não era de espantar, pensou Kelly. No entanto, pela primeira vez ela viu O'Reilly como algo além de um beberrão. Ela imaginou como a mãe dele tinha morrido, se ela havia sido devorada por um câncer até não sobrar mais que um monte de ossos habitando um robe cansado. Será que um jovem Ron O'Reilly também tinha chorado toda noite até dormir? Será que a perda da mãe habitava sua psique como ocorria com ela? Será que o álcool estava preenchendo o vácuo deixado pela morte dela?

— Uma lástima isso sobre a mãe dele — disse Kelly, triste.

A porta do boteco imundo se abriu e O'Reilly entrou. Ele fez um rápido inventário do salão, os olhos estendendo-se sobre o balcão, antes de se juntar a eles na janela. A garçonete estava de volta antes que o banco tivesse uma chance de ranger.

— Algo para tomar?

— Uma xícara de café.

— Tem certeza de que não quer nada mais forte? — provocou Kelly.

O olhar que ele lhe lançou informou que ela estava forçando a barra. A garçonete se afastou balançando a cabeça, torcendo para que os três abstêmios alugando sua melhor mesa fossem embora antes que começasse o happy hour.

— Eu tenho algo importante a compartilhar aqui — disse Kelly. — Isso é tão delicado que pode arruinar a vida de alguém. Estou traindo a confiança de uma amiga. Mas estou tão preocupada com a segurança dela que sinto que não tenho escolha.

O'Reilly disparou um olhar a Kozlowski que dizia *Deus me livre de detetives amadores*. Ele mal podia esperar para ver o que a ex-viciada-ex-alcoólatra-e-agora-estudante-de-psicologia-e-corredora-e-garçonete jogaria para cima deles dessa vez. Ele não teve que esperar muito pela resposta. Kelly se debruçou para a frente e falou em uma voz que não passava de um sussurro:

— Se querem saber mais sobre o cara de New Hampshire, vocês precisam conversar com Maggie Trueheart.

O'Reilly conteve um grunhido. Ela os havia arrastado para o boteco para nada.

— Nós já conversamos com Maggie — disse ele. — Ela se lembra vagamente de ter dançado com ele na Overhang, mas é basicamente isso.

O'Reilly bateu uma nota de dez na mesa e se levantou para ir embora.

— Não, espere! — implorou Kelly, erguendo a voz. — Essa não é a história toda. Ela mentiu para vocês. Ela fez mais do que dançar com ele. Ela dormiu com ele.

Alguns dos fregueses viraram a cabeça ao ouvir isso. O'Reilly voltou a se sentar. Dessa vez ela tinha sua atenção.

— Com o devido respeito, se isso é verdade, como é que esse cara pode ter matado a Angie se estava ocupado?

— Escuta só o que eu acho que aconteceu. Ele deu um boa-noite cinderela para Maggie, no bar ou na casa dela. Acredite, eu sei como é fácil fazer isso. Depois que ela apagou, ele saiu e matou Angie, depois voltou para a cama de Maggie. Se ele for pego, quer um álibi melhor do que esse?

— Mas qual seria a motivação dele? — divagou Kozlowski em voz alta.

— Essa é a parte que eu não sei. Mas vocês precisam admitir que é esquisito demais ele estar perto da casa de Carol Anne e depois na Overhang. E depois pegar a minha amiga.

O'Reilly assentiu, mais para si mesmo do que para os outros. Seu instinto de que Maggie Trueheart escondia alguma coisa estava correto o tempo todo. Agora ele sabia o que era. Ele pensou na mentira de Carol Anne Niebaum e em suas dúvidas sobre a honestidade de Suzanne Lundgren. Ele não era a polícia do moral, mas se perguntava qual era o problema com essas mulheres. Será que nenhuma delas dizia a verdade?

— Agora, o que a gente precisa fazer é o seguinte — prosseguiu Kelly, o plano mapeado em sua mente. — Maggie não pode saber que eu a entreguei. Vocês têm que inventar alguma coisa, tipo que um dos vizinhos a viu saindo da caminhonete de New Hampshire. Ou que o bartender a viu indo embora com ele. Digam qualquer coisa, desde que me mantenham fora disso. Eu não estaria fazendo isso se não estivesse me borrando de medo de que ele vá atrás dela. Eu não poderia ficar em paz comigo mesma se isso acontecesse.

— Ah, nós vamos conversar com ela, não se preocupe — disse O'Reilly, levantando-se da mesa pela segunda vez com Kozlowski logo atrás. Eles estavam a meio caminho da porta quando o grandalhão congelou e deu meia-volta para ficar de frente para Kelly.

— Milefólio — disse ele.

Kelly olhou para as palavras cruzadas e sorriu.

— Isso. Milefólio. Obrigada, Joe.

Quando chegaram à rua, O'Reilly ergueu uma sobrancelha torta para o parceiro.

— Milefólio? Isso é código para quê, posso saber?

— Palavra com nove letras para uma erva medicinal.

— Ah — disse O'Reilly.

Evidentemente, algo havia ocorrido entre os dois antes de ele chegar. Ele não sabia por que achava a familiaridade entre os dois irritante. Não havia como negar que a tal Delaney era uma autêntica praga. Além dos motivos óbvios para querer descobrir quem matou Angie Wozniak, outro enorme incentivo para solucionar o assassinato era tirá-la do pé dele.

TRINTA E SEIS

3 dias antes do casamento

Eu trabalhei até tarde na terça e estava de volta ao escritório logo cedo na quarta. Meu sono tinha sido irrequieto; um sonho caótico atrás do outro. Sonhos com Flynn, meu casamento, Steven Kaufman. Ainda havia vários prazos a cumprir até o fim da semana, e as marcas cor-de-rosa na minha lista de afazeres se multiplicavam. Eu tinha vontade de tapar os ouvidos e escancarar a boca como a personagem de *Sombra no escuro*.[7] Se ao menos a vida tivesse um botão de pausa... Ou, melhor ainda, um de rebobinar. Eu desejava que um buraco negro se abrisse e me engolisse. Seria um final piedoso.

Minha menstruação ainda não tinha vindo. Meus seios estavam inchados e doloridos, meu abdômen distendido como se eu tivesse me empanturrado no bufê do India House. Eu não me lembrava de jamais ter me sentido tão desconfortável antes de menstruar. Nunca. Tentei me convencer de que era tensão pré-menstrual, de que o estresse estava causando o atraso, de que não havia como eu estar grávida por um único deslize. Mas, se esse era o caso, então por que meus seios estavam escapando para fora do sutiã?

O telefone na minha mesa tocou. Era minha chefe, Marian Roche, a editora da *Chicagoan*.

— Eu queria saber se você poderia subir aqui. — A voz dela estava séria. Senti meu estômago se retesar. Marian não era alguém que gastasse tempo com elogios. Ela só chamava alguém quando havia um problema.

— Claro. Eu já vou.

Tomei o elevador para o décimo andar e passei pelo longo corredor de vidro dos escritórios executivos, parando diante da placa com o nome *M. Roche*. Ela se vestia com elegância, a cabeça de cabelos prematuramente grisalhos abaixada sobre uma ampla mesa de vidro, tão

---

7 Filme de terror de 1979 cujo cartaz mostra uma boca aberta gritando. (N.E.)

transparente quanto as paredes. Ela gesticulou para que eu entrasse, os olhos cinzentos analisando meu rosto como um médico tentando chegar a um diagnóstico.

— Como vão as coisas? — perguntou ela, sem me oferecer um lugar para sentar.

— Estou bem — menti, outra mentira entre mentiras. Meu olhar vagou para a janela que dava para o Grant Park, onde jogadores de *softball* arremessavam uma bola sob o sol da manhã. — Um pouco de nervosismo pré-nupcial, mas, tirando isso, estou bem.

A expressão no rosto dela dizia que sua pergunta não tinha nada a ver com meu bem-estar pessoal. Marian tinha pouco tempo para tais frivolidades em seu universo. Aos quarenta e cinco anos, ela havia sobrevivido a três casamentos, os primeiros dois terminados em divórcio, o último em uma viuvez que a tornara editora-chefe e proprietária da *Chicagoan*. A revista era seu cônjuge agora, e ela era competitiva. Toda sua razão de ser era manufaturar um produto superior que mantivesse a lealdade dos leitores tanto quanto a dos anunciantes.

— Eu sei que você está com o prato transbordando, mas preciso checar os prazos de agosto. — Ela me encarou com a precisão de um raio laser. — Você vai conseguir atravessar a linha de chegada até sexta-feira?

Eu me remexi.

— Estou um pouco atrasada.

— O que é "um pouco atrasada"? Se você precisa de equipe extra para lhe ajudar a terminar antes do prazo final, é só dizer. Eu tenho o pessoal.

Como eu queria que uma equipe extra fosse a solução. Uma equipe extra não poderia entrar na minha cabeça para me ajudar a me concentrar. Uma equipe extra não poderia me fazer dormir à noite ou acabar com a minha culpa. Mas eu tinha que fazer isso por conta própria, tirar forças de algum lugar. A longo prazo, esse emprego que eu detestava talvez fosse a única coisa que me restaria para sustentar a mim mesma, e talvez mais uma pessoa.

— Obrigada, Marian, mas é o tipo de coisa que seria impossível delegar. Eu pretendo trabalhar até mais tarde nas próximas duas noites. Não se preocupe, eu vou terminar.

— Está certo, Maggie. Eu tenho fé em você. Mas lembre-se: se precisar de ajuda para terminar algumas dessas tarefas, eu estou aqui.

Marian estava gentilmente me dizendo que, se eu não conseguisse terminar o serviço, não haveria ninguém além de mim em quem jogar a culpa. Deixei o escritório dela resolvida a bloquear todas as preocupações paralelas e me concentrar no meu trabalho. Essa resolução desmoronou no momento em que as portas do elevador se abriram no meu andar e eu vi o detetive O'Reilly sentado em uma das cadeiras Mies folheando o exemplar mais recente da *Chicagoan*. Isso estava começando a ficar habitual demais. Sandi fazia o melhor que podia para fingir que a presença dele não era nada fora do comum. Quando ele me viu, fechou a revista e se levantou.

— Srta. Trueheart, tem alguns minutinhos?

— Para ser honesta, detetive, não, não tenho. Eu não tenho nem alguns segundinhos. — Minha voz soou estridente, as cordas vocais apertadas de estresse. Fiquei tentada a marchar pelo corredor, deixando ele e suas roupas amarrotadas no saguão, mas não tinha coragem. — Venha comigo — cedi.

Os olhos de Sandi nos seguiram pelo corredor. Graças a Deus meu escritório não tinha paredes de vidro como o de Marian. Entramos na sala e eu fechei a porta.

— Detetive, tenho certeza de que o senhor pode imaginar que eu tenho muito a fazer antes desse fim de semana, então pode ser rápido?

— Isso depende. Você vai me contar tudo o que sabe desta vez?

— Tudo o que eu sei sobre o quê?

— Sobre o sujeito de New Hampshire.

Meu estômago emitiu um ronco obsceno que pareceu leve comparado à atividade em torno dos músculos do meu esfíncter. Contudo, não sendo alguém que se dobrava com facilidade, continuei meu blefe.

— Olha, eu já contei tudo — falei com mais frieza do que julgava possível.

— Srta. Trueheart — disse ele, categoricamente —, um de seus vizinhos disse ter visto uma picape GMC branca com placa de New Hampshire na sua rua na noite em que Angie Wozniak foi assassinada. Estamos procurando pelo proprietário dessa caminhonete. Agora, se você tem alguma informação que não está compartilhando conosco, eu posso levá-la sob acusações que vão desde cúmplice de assassinato até obstrução da justiça.

Descoberta. Eu tinha sido descoberta. Eu já tinha conseguido blefar duas vezes, mas agora a única escolha era abrir o jogo. Era impossível não entender a ameaça implícita nas palavras de O'Reilly. Ele parecia ser do tipo que ficaria feliz em me escoltar do casamento algemada, se isso fosse necessário. Eu me afundei em uma das cadeiras do escritório.

— Detetive, o cara que você está procurando não podia ter nada a ver com a morte de Angie. Ele esteve comigo a noite toda — admiti. — E, como o senhor provavelmente sabe, eu vou me casar no sábado. Se isso vazar, não preciso lhe dizer que tipo de problema vai me causar. Não entendo por que todo o departamento de polícia de Chicago está tão interessado no meu comportamento.

— O seu comportamento não é da conta de ninguém. O dele é. Eu só quero fazer algumas perguntas a ele, só isso. Prometo que vou tratar a sua situação com delicadeza. O motivo de eu ter vindo sozinho foi para lhe garantir que o assunto será tratado tão discretamente quanto possível.

Minha humilhação era completa.

— Mas você não entende? Ele saiu do bar comigo e ficou comigo até a manhã seguinte. Eu vou ter que desenhar a razão de ele não poder ter nenhuma relação com a morte de Angie?

— Você mesma admitiu que tinha bebido bastante. Estava consciente o tempo todo em que ele esteve por lá? Pode ter certeza de que ele nunca saiu do seu apartamento?

Vasculhei a memória borrada pela enésima vez. Doses na cozinha, os lábios dele no meu pescoço, nós dois abrindo caminho tempestuosamente até o quarto. Minha lembrança seguinte era a ligação de Suzanne. Não, honestamente, eu não podia ter certeza absoluta de que ele tinha ficado no meu apartamento o tempo todo, mas provavelmente tinham sido só algumas horas entre... a coisa e a próxima... coisa.

— Você não está mesmo pensando que ele saiu, assassinou Angie e depois voltou, né? Isso não faz nenhum sentido.

— Nada faz sentido até fazer sentido. Agora, por favor, um nome.

— Steven Kaufman — falei baixinho, derrotada.

— E você tem alguma informação de contato dele?

A inevitável rendição final.

— O número de telefone dele está no meu apartamento.

— Vamos buscar.

— Como assim? Agora? — Meus olhos saltaram para a infinidade de trabalho sobre a minha mesa. Por outro lado, terminar tudo antes do meu casamento começava a parecer menos crítico. Desse jeito, talvez eu tivesse o fim de semana livre para terminar tudo. E muitos fins de semana vindouros. — Claro, por que não? — falei.

Os presentes do chá de lingerie ainda estavam empilhados num canto, dividindo espaço com livros encaixotados e quinquilharias que seriam transferidas para a casa nova quando voltássemos de St. Barts. Uma mala aberta para a lua de mel jazia no sofá. Ainda estava vazia.

Deixando O'Reilly sozinho na área do desastre, entrei no quarto. O telefone estava na primeira gaveta da penteadeira, junto com lembrancinhas da minha vida passada: guardanapos de papel com bilhetinhos, cartões-postais de Londres e Paris, caixinhas de fósforo dos meus restaurantes favoritos. Apanhei o pedacinho de papel amassado e o encarei. Em seguida, peguei um dos cartões-postais e anotei o número ali. Quando retornei à sala de estar, O'Reilly estava de pé em frente à janela, fitando minha porta. Eu lhe entreguei o pedaço de papel e ele o enfiou no bolso.

— Você se incomoda se eu mandar os peritos para cá para ver se conseguem encontrar uma impressão digital?

E eu pensei que as coisas não podiam piorar. Imaginei uma van cheia de homens de macacões se amontoando no meu apartamento e deixando um rastro de pó preto atrás de si. Tente explicar isso para os vizinhos. Ou para Flynn. Ou para minha mãe.

— Isso não será necessário. — Vi outra vez Steven na minha cozinha servindo uísque irlandês em dois copinhos. Fui até lá, peguei a garrafa e entreguei-a para O'Reilly. — As digitais dele vão estar aqui.

Eu me perguntei se ele ficaria tentado a beber o uísque.

Quando voltei ao escritório as coisas estavam quietas, a recepcionista que substituía Sandi durante o horário de almoço mal ergueu os olhos da revista *People*. Entrei em meu escritório e fechei a porta. Uma calma inexplicável me dominou, como uma pessoa que aceitou a própria morte. A montanha de trabalho subitamente parecia superável. Eu me sentei à mesa e ataquei-a com fervor.

TRINTA E SETE

Ron

Era fim de tarde e a companhia telefônica tinha enviado por fax uma lista de todas as chamadas feitas a partir da residência dos Niebaum nos dias anteriores ao assassinato de Angie. Centenas de números foram discados, mas um se destacava. De maneira gritante. Na noite do assassinato, havia sido discado um número de Oakbrook que batia com o que a noiva havia lhe dado como sendo de Steven Kaufman. A linha estava atribuída a um tal de Vincent Columbo. Ele encarou os dois números e mal pôde acreditar na própria sorte.

— Koz, você acha isso tão interessante quanto eu? — perguntou O'Reilly, entregando o fax da telefônica e o pedaço de papel de Maggie para seu parceiro.

Kozlowski deu uma olhada rápida.

— Mais do que interessante.

— Columbo... Columbo... Será que é aquele empreiteiro?

— Só tem um jeito de descobrir — disse Koz.

O trânsito estava travado na Eisenhower, o pôr do sol cegando os motoristas de um jeito que quase parava o tráfego. Mesmo com o ar-condicionado ligado na potência máxima, O'Reilly suava os pecados da noite anterior. Kozlowski abriu a janela em busca de algum alívio. Eles foram para o Oeste até chegarem à saída para o Oakbrook Mall e pegaram a via expressa, dirigindo-se mais para o Oeste. Acelerando por entre faixas de um verde pastoril, eles finalmente alcançaram Chewton Glen. Duas torres de pedra grandiosas marcavam a entrada, mas não havia portão.

— Acho que eles não são muito ligados em segurança — observou O'Reilly.

— Pelo menos por enquanto — concordou Kozlowski.

Eles entraram na subdivisão e seguiram uma rua de casas exageradamente grandes em torno de um lago artificial. Pararam em frente a uma imensa réplica de arquitetura grega com uma garagem de três carros. Havia uma Mercedes-Benz estacionada na via circular que levava até a porta principal. Uma placa espetada no gramado da frente avisava os visitantes que a casa estava protegida pela Safeway Systems.

— Vamos esfriar a cabeça um pouco — sugeriu O'Reilly.

Eles dirigiram até o fim do quarteirão e deram meia-volta, estacionando em frente a um terreno arborizado de onde podiam ver a entrada da casa. Após alguns minutos, uma mulher de cabelo escuro vestindo uma regata e uma calça branca e justa saiu pela porta da frente e foi embora dirigindo a Mercedes. Não muito tempo depois, um Cadillac Seville entrou na via circular e estacionou na garagem mais adiante.

— O chefe da casa? — interrogou Kozlowski.

— Bom chute. O que você me diz de irmos até lá e termos uma conversinha com o sr. Columbo?

Eles entraram na via circular, estacionando no espaço deixado pela Mercedes.

— Nós definitivamente estamos puxando a média deste lugar para baixo — disse O'Reilly enquanto eles saíam do carro civil.

Eles tocaram a campainha e uma mulher hispânica atendeu. Visivelmente abalada quando os detetives mostraram os distintivos, ela os deixou de pé na varanda da frente e se apressou em procurar seu empregador. Ela voltou pouco depois, pedindo a eles que *sigam-me, por favor* em um inglês carregado de sotaque. Ela os guiou por uma entrada opulenta para o piso inferior, passando por algumas ferramentas espalhadas e pedaços de madeira até chegar a um escritório na extremidade do salão. Vince Columbo estava sentado atrás de sua escrivaninha, assistindo a uma partida dos Cubs com a TV no mudo. A janela atrás dele emoldurava uma piscina com jardins paisagísticos descendo até o lago.

Eles pescaram seus distintivos outra vez e Vince deu uma olhadela desinteressada antes de desligar o jogo.

— O que posso fazer por vocês, cavalheiros? — perguntou ele, os olhos escuros penetrantes e determinados enquanto ele se inclinava sobre a mesa.

O'Reilly dirigiu-se a ele da forma mais reverente que conseguia.

— Senhor Columbo, somos da Homicídios, da Área 3, e gostaríamos de saber se poderíamos lhe fazer algumas perguntas.

A empregada doméstica pairava nervosamente na porta.

— Está tudo bem, Maria. Pode ir. Esses cavalheiros não são da imigração. — Ela fez o sinal da cruz e se afastou, uma oração sussurrada flutuando atrás dela.

Vince se levantou e fechou a porta. Gesticulou na direção de um par de poltronas de couro perto da TV e se sentou em um sofá de couro na frente delas.

— Vocês disseram que têm algumas perguntas?

— Sr. Columbo — começou O'Reilly, seu suor finalmente começando a secar no frio do ar-condicionado do escritório. — Há pouco mais de uma semana, uma mulher chamada Angela Lupino Wozniak foi assassinada, e seu corpo foi encontrado no Lincoln Park. O senhor conhecia essa mulher?

— Não, eu não a conhecia — disse Vince, a menção àquele nome colocando-o em alerta.

— O senhor nunca se encontrou com ela?

— Não, absolutamente.

— Nem mesmo para um drinque ou algo inocente do tipo?

— Eu lhe disse que não conheço essa mulher. — Ele não tentou mascarar a irritação em sua voz. — Ouçam, cavalheiros, embora eu não tenha nada a esconder, fico um tanto desconfiado de dois detetives da polícia de Chicago aparecendo na minha porta sem avisar e me interrogando sobre uma mulher morta que eu nunca vi, tudo isso sem me dar nenhuma pista quanto ao motivo. Talvez vocês queiram me esclarecer.

— Em termos práticos, sr. Columbo, o seu número de telefone foi ligado a uma pessoa que está sendo investigada nesse caso. Esta é uma investigação informal, mas minha experiência é de que pessoas sem nada a esconder geralmente cooperam bastante. Agora, o senhor estaria disposto a responder mais algumas perguntas?

Assim que O'Reilly deu voz a esse pedido, a porta do escritório se abriu e uma jovem atraente de cabelos escuros, vestindo jeans justíssimos, entrou no cômodo. Seu rosto assumiu uma expressão de absoluta surpresa quando ela viu os dois detetives.

— Ah, desculpe, papai. Eu não percebi que o senhor estava acompanhado.

Sem esperar que lhe pedissem, ela fechou a porta ao sair, indo embora tão rapidamente quanto tinha vindo. Vince se pegou desejando que ela não vestisse roupas tão justas.

— Linda garota — disse Kozlowski.

— Minha filha. Eu morro um pouquinho a cada vez que ela sai pela porta com algum idiota... — Vince retomou a conversa. — Quero deixar claro que não estou confortável com essa situação e não serei pressionado. Entretanto, vou responder a quaisquer perguntas que eu julgar razoáveis. As outras terão que ser feitas na presença do meu advogado. É justo?

— É justo — retrucou O'Reilly, impassível. Não era como se a petulância fosse alguma novidade. — Primeiro, quem mora aqui?

— Eu, minha esposa e minha filha, quando ela não está na faculdade, e a empregada de meio período — disse Vince.

— Mais ninguém?

— Isso mesmo.

— O senhor conhece alguém que more em Kenilworth?

— Conheço várias pessoas de Kenilworth. Fiz alguns projetos por lá.

— Especificamente, o senhor conhece Michael e Carol Anne Niebaum?

— Não.

— O senhor sabe de algum motivo pelo qual alguém da casa deles teria ligado para cá na noite de 6 de junho?

— Eu já lhe disse. Não conheço essas pessoas nem sei por que alguém lig... — Ele parou no meio da frase. Suzanne havia lhe telefonado naquela noite para dizer que ia sair com as garotas e teria que cancelar o encontro deles. Ele se levantou, abriu a porta e enfiou a cabeça para fora para garantir que sua filha havia ido embora. Retomou seu assento em frente aos detetives. — Eu recebi uma ligação de Kenilworth naquela noite, sim. Foi da minha namorada. Ela estava em uma festa e telefonou para cá, na minha linha particular. — Seu olhar passou de um detetive para o outro. — De homem para homem, espero que isso possa permanecer entre nós.

— Essa namorada tem nome? — perguntou O'Reilly.

— Suzanne Lundgren.

O'Reilly ficou aturdido. De repente, entendeu de onde tinham vindo aquelas flores no chão na última visita que haviam feito a ela. Ele tentou permanecer tranquilo.

— Mas nunca foi apresentado à amiga dela, Angie?

— Não. Eu só ouvi falar dela através de Suzanne. Que está extremamente perturbada por esse assassinato, devo acrescentar. Por causa do meu carinho por Suzanne, não há nada que eu queira mais do que ver o culpado sendo levado à justiça.

O'Reilly assentiu antes de partir para a jugular.

— O senhor conhece alguém chamado Steven Kaufman?

Vince teve que se esforçar para manter o rosto plácido, tentando descobrir como os policiais tinham descoberto o nome do carpinteiro.

— Por que a pergunta?

— Ele foi visto perto das garotas naquela noite.

— Steven Kaufman estava fazendo alguns trabalhos para mim aqui na casa. Estava trabalhando no bar pelo qual vocês passaram no corredor.

— Alguma ideia de por que ele daria o seu telefone como sendo o dele?

— Ele está ficando em uma pensão barata no centro, então eu lhe dei esse número para usar com fornecedores e entregas. Mas infelizmente ele se revelou tão baixo quanto seu hotel. Não apareceu para trabalhar esta semana.

— Alguma ideia de por que o sr. Kaufman estava em Kenilworth na noite de sexta passada?

— Absolutamente nenhuma. — Vince estava preparado para essa pergunta. Ele não podia contar a eles a razão de Kaufman ter estado em Kenilworth, nem podia contar que o sujeito que eles procuravam estava no andar de cima, na ala dos empregados, provavelmente vendo TV.

Na saída, Kozlowski passou a mão sobre a superfície lisa do bar inacabado. Seu pai tinha sido um artesão do velho mundo, e ele reconhecia uma grande habilidade quando a via.

— Este é um trabalho lindo. Uma pena Kaufman não ter terminado antes de desaparecer.

— Não é? — concordou Vince.

A Mercedez entrou na via circular enquanto eles estavam saindo. O'Reilly conferiu seu relógio, um desses de plástico usado por corredores. Funcionava perfeitamente. Na telinha digital lia-se seis horas. Passava do happy hour. Ele observou pelo espelho retrovisor a mesma mulher que haviam visto antes, de cabelos escuros, sair do carro e começar a descarregar compras.

— Se eu tivesse uma esposa como aquela, com certeza não estaria por aí trepando com outra pessoa — disse O'Reilly.

Kozlowski não comentou a observação do parceiro, dizendo, em vez disso:

— Você não acha um pouco esquisito a esposa de Columbo estar levando as compras para dentro pela porta da frente?

— Como assim?

— Bem, eles têm uma garagem para três carros, e certamente deve haver uma entrada de lá para a cozinha. Não acha que a sra. Columbo iria preferir entrar por ali em vez de arrastar as compras por toda aquela casa enorme?

— Talvez a garagem esteja cheia.

— Bem, a filha deles está em casa, então lá se vai uma vaga. Vimos Columbo estacionar na outra. Mas e a terceira? Quem está estacionado lá?

— A empregada? — sugeriu O'Reilly.

— Talvez, mas me parece meio estranho dar uma vaga da garagem para a empregada. Mas aqui vai algo que está me incomodando ainda mais. Você viu todas aquelas ferramentas largadas pelo chão da sala de jogos? Elas são caras. Parece estranho um artesão fugir e abandonar suas ferramentas.

O'Reilly não precisou pensar muito antes de dizer:

— Sabe, Joseph, você é uma porcaria de um gênio! Vai virar tenente antes de mim, eu juro. Acho que o que precisamos saber agora é: quem está estacionado atrás da porta número três?

TRINTA E OITO

Suzanne

Suzanne passou pela porta e foi diretamente para a salinha ouvir suas mensagens. Uma voz eletrônica lhe disse que ela havia recebido seis chamadas. A primeira era de Vince. Seu tom de voz indicava que algo o incomodava.

— Sou eu, meu bem. Só conferindo para ver se você já voltou da casa dos seus pais. Eu tento de novo mais tarde. Não ligue para mim.

Que curioso, pensou Suzanne. *Ele nunca disse isso antes.*

O recado seguinte era de Kelly.

— Quer ir ao casamento comigo no sábado?

Vince de novo.

— Você ainda não chegou em casa? Espero que esteja tudo bem.

Na verdade, ela não estava bem. Era o aniversário da morte de Johnny, uma noite que ela sempre passava na casa da família. Era uma noite solene e deprimente que reabria velhas feridas.

A quarta chamada era do detetive O'Reilly.

— Por favor, ligue para mim quando ouvir isto.

Uma quinta mensagem era de seu pai, provavelmente deixada no segundo em que ela saiu.

— Olá, querida. É a mamãe e o papai. Ligue para nós assim que chegar, só para sabermos que você chegou bem.

A última ligação era de alguém que desligou assim que foi atendido pela secretária eletrônica, mas ela não tinha dúvida de que era Vince outra vez.

Ligou primeiro para seu pai. Ele soava ansioso e cansado.

— Alô, Suzanne?

— Isso, paizinho, sou eu. Pode ir dormir agora. Estou em casa. — Ela podia ouvir sua mãe ao fundo perguntando se estava tudo bem. Ela imaginou o pai com o pijama de algodão, o robe amarrado com força em torno da cintura magra, assentindo com a cabeça para a mãe saber que a menininha deles tinha chegado em casa inteira.

— Boa noite, meu bem. Sua mãe e eu vamos dormir melhor sabendo que você está em casa. Nós te amamos.

— Eu também amo vocês — respondeu ela.

Ela ficava triste porque os pais viveriam para sempre à sombra da morte de Johnny, duas pessoas que envelheciam presas em um ciclo, indo da loja para casa e de casa para a loja como robôs, passando tempo demais debruçadas sobre álbuns de fotos amareladas. Às vezes Suzanne queria gritar: *vocês precisam abrir mão dele. Precisam seguir em frente com suas vidas em vez de afundar no esquecimento.* Lágrimas encheram seus olhos, lágrimas por seus pais, por Johnny, por si mesma. *Você também tem que abrir mão dele, Suzanne.*

O telefone a arrancou de sua teia de dor ressuscitada.

— Alô — respondeu ela, desanimada.

— Meu bem, finalmente você está em casa. Já passa das onze. Tentei falar com você a noite toda.

— Bem, estou aqui agora. — A distância na voz dela preocupou Vince, e ele temeu que a polícia tivesse conversado com ela sobre Kaufman. Por sorte, ela pôs fim a esse medo logo em seguida. — Eu acabo de passar uma das noites mais deprimentes da minha vida. Às vezes eu acho que, se não fosse por mim, meus pais simplesmente deixariam de existir. E agora meu pai está falando em vender seu negócio, já que não tem ninguém para assumir o lugar dele. Eu sei que eles querem que eu tome a frente, mas parece que eu não consigo fazê-los entender que minhas aspirações são maiores do que a Skanda.

— Tadinha — disse ele, tão ligado a ela que a infelicidade de Suzanne se tornava a dele. — Tem algo que eu possa fazer?

— Não, Vince. Não há nada que você possa fazer. — E, então, como se um mágico tivesse agitado sua varinha, o tom dela mudou e ficou mais animado. — Três ligações esta noite. A que devo essa honra histórica?

Vince se preparou. Ele tinha uma tarefa muito desagradável para cumprir, e ela precisava ser resolvida de imediato.

— Eu preciso ver você. Agora.

— Esta noite? Já está tão tarde... Não pode esperar até amanhã?

Ele queria dizer que podia esperar até amanhã, sim, e mais mil amanhãs depois disso. Podia esperar pela eternidade e mais um dia. Mas ele não podia se dar ao luxo de perder tempo. Precisava encontrá-la e explicar seus atos antes que fosse tarde demais. Ele precisava fazer com que ela compreendesse e torcer para que não o odiasse.

— Eu queria que fosse possível, mas não é. Não tem trânsito a esta hora da noite. Estarei aí em quarenta e cinco minutos.

Embora Suzanne estivesse exausta, a urgência na voz dele a fez concordar, permitindo que ele viesse. Ela se perguntou o que ele dizia à esposa quando saía de casa em horários estranhos assim. Será que ele criava algum tipo de emergência do ramo da construção? A ideia de que ele mentia para a esposa era desagradável, por isso ela a afastou da mente. Em seguida, um pensamento mais inquietante lhe ocorreu. E se ele estivesse vindo para terminar tudo? A possibilidade nunca havia lhe ocorrido. O tempo que eles passaram juntos tinha sido tão feliz, tão empolgante, que ela não conseguia se lembrar de como era sua vida antes dele. As coisas fantásticas que ele lhe dera, os lugares aonde eles iam para comer, o sexo. Acima de tudo, o sexo. Um tremor a percorreu só de pensar nisso. Ela não conseguia acreditar que tinha passado tantos anos sem nenhuma intimidade. Por muito tempo, ela havia pensado que sexo não era importante. Agora não podia imaginar viver sem isso.

Ironicamente, o status conjugal dele agora lhe importava menos do que nunca. Depois daquela primeira noite juntos, quando Suzanne percebeu as regras do jogo, ela havia feito as pazes com a existência da esposa e não se sentia nem um pouco ameaçada por ela. Vince claramente a idolatrava, e quantas esposas podiam fazer a mesma afirmação? Ele estava presente para Suzanne física, psicológica e até financeiramente, se necessário. Ela não precisava de mais nada.

E então outro pensamento, quase tão perturbador quanto o anterior, esgueirou-se por sua mente. E se ele estivesse vindo para lhe dizer que estava abandonando a esposa? Aquilo seria tão ruim quanto perdê-lo. O relacionamento deles era perfeito do jeito que estava: ele estava lá para ela, mas ela ainda tinha seu próprio espaço. Suzanne prezava sua independência e não sentia absolutamente nenhuma necessidade de se casar. Não tinha vontade de ter filhos, por acreditar que a probabilidade de filhos trazerem sofrimento era tão alta quanto a de trazerem felicidade. Ela jamais se colocaria numa posição em que pudesse sofrer como seus pais.

Suzanne vivia em seus próprios termos, contente com sua vida como ela era. Assim, sentou-se junto à janela, observando as luzes da cidade lá embaixo, torcendo para que seja lá o que Vince estivesse vindo lhe contar fosse algo com que ela pudesse lidar.

O interfone a despertou. Ela havia adormecido. Era o porteiro ligando do saguão. Isso, por favor, mande o sr. Columbo subir. Ela o recebeu na porta, e ele passou por ela sem nem um abraço, a intensidade em seu rosto assustadora, seus olhos dilatados como os de um animal ferido. Ele parecia mais velho, menos bonito, talvez porque sua boca estava voltada para baixo nos cantos. A bochecha direita se contraía de modo incontrolável. O coração dela batia com um temor infeliz. *Deus, me ajude. Ele está me deixando.*

— O que é, Vince? — perguntou ela, baixinho.

— Podemos nos sentar e conversar?

— Claro.

Agindo mais como uma visita inesperada do que como um amante, ele a seguiu até a sala de estar e se sentou ao lado dela no sofá, deixando um espaço intencional entre os dois. Ele a absorveu com os olhos. Pela primeira vez desde que se conheceram, o corpo dela não tinha nenhum desejo físico por ele. Todo o ser dele estava ansioso, como um soldado que sabe que o inimigo está à espreita em algum lugar no escuro. Nesse caso, o inimigo era a verdade.

— Suzanne, eu gosto muito de você — começou ele, quase mansamente. — Mais do que já gostei de qualquer mulher.

Suzanne abriu a boca para falar, mas Vince a silenciou com a mão erguida.

— Espere até eu terminar. Acho que você me conhece bem, e você sabe o tipo de cara que eu sou: o tipo que, quando quer alguma coisa, vai cem por cento atrás disso. Nada fica no meu caminho. O que eu sinto por você é ainda mais forte. Eu quero você cento e dez por cento. Eu acordo pensando em você. Penso em você o dia inteiro. Você é a última coisa na minha mente antes de eu ir dormir. Preciso ouvir a sua voz pelo menos uma vez ao dia ou eu fico maluco. Meus sentimentos por você tornam a minha esposa tão secundária que ela praticamente não existe.

Ele se levantou do sofá e começou a caminhar de um lado para o outro na sala, as mãos fechadas em punhos apertados. Em questão de segundos, os pensamentos de Suzanne passaram de *Deus, me ajude, ele está me deixando* para *Ah, meu Deus, ele está largando a esposa.*

— Por favor, não me odeie por isso — disse ele, colocando um pé deliberadamente na frente do outro. — Eu não sei de que outro jeito contar, então vou despejar logo. Na noite da despedida de solteira, quando você saiu com as garotas, eu... — A voz dele foi sumindo conforme as palavras se enganchavam na garganta.

— Você o quê, Vince? O quê? — exigiu ela.

Ele parou e abaixou a cabeça.

— Eu mandei alguém seguir você.

— Você fez *o quê?* — A ideia era tão ridícula que ela riu alto.

— É verdade, eu mandei alguém seguir você. Fiz um homem que trabalha para mim seguir você até Kenilworth e depois até o centro. Ele estava com você e as outras garotas na Overhang.

Um entorpecimento se espalhou por ela quando a realidade do que ele dizia começou a se firmar...

— Eu não entendo, Vince. Eu sempre fui sincera com você, sempre disse aonde estou indo e o que estou fazendo. Eu ofereci toda essa informação porque quis. Eu não tenho ideia do que faria você desconfiar de mim desse jeito. — O rosto dela brilhava, avermelhado pela raiva. Sua vida não era sua. Ela era uma mulher tão sustentada quanto era possível ser. — Eu não liguei para você naquela noite para dizer o que eu estava fazendo? Não liguei? Talvez eu devesse simplesmente ter gritado os meus planos da porta da frente da casa de Carol Anne. Nossa, era de se pensar que eu que sou casada e estou traindo.

Ele a encarou sem piscar.

— O problema é esse, Suzanne, você não entende? Eu sou casado e você parece não se importar com isso. Você não reclama nem pergunta sobre a minha esposa, se temos uma vida sexual, ou mesmo qual é a aparência dela. Isso não é normal. Se você me amasse, estaria me enchendo o saco sobre a minha esposa. Mas você nunca disse nada. Isso me faz questionar sua seriedade nesse relacionamento. Então, quando você disse que ia sair só com as garotas naquela sexta, eu fiquei meio doido. Você *nunca* sai com as meninas. Eu precisava saber se era realmente isso que você estava fazendo. Se eu descobrisse que você estava com outra pessoa, eu morreria de ciúmes. Eu sou maluco por você, Suzanne. Você me transformou em um louco.

Ele ficou de joelhos no meio da sala e juntou as mãos em uma prece.

— Eu alego insanidade. Me perdoe.

Embora ela quisesse ficar brava, a visão dele de joelhos a fez explodir em uma gargalhada. Ela não pôde evitar. A histeria cresceu, fazendo com que ela se dobrasse ao meio no sofá, as mãos cruzadas sobre a barriga e lágrimas escorrendo dos olhos. Ele não estava terminando tudo com ela, nem estava largando a esposa. Ele havia mandado que alguém a seguisse. Essa era a força da obsessão que ele tinha por ela. Vince olhava para ela como um menininho flagrado fazendo uma besteira. Quando ele se deu conta de que o riso dela não continha nenhuma amargura, começou a rir também. Só que o riso dele era nervoso, de alívio.

Suzanne se sentou e enxugou as lágrimas do rosto. Ela abaixou as sobrancelhas e franziu a testa para ele.

— Vince, eu deveria ficar furiosa e expulsar você daqui. Em vez disso, vou perdoá-lo. Mas, se você algum dia invadir minha privacidade de novo, não haverá uma segunda chance.

— Eu juro, nunca mais vou fazer nada assim.

— Mas tem outra coisa sobre a sua confissão que está me incomodando. Por que você resolveu me contar?

— Porque a polícia está procurando pelo cara que eu contratei. Sua amiga Maggie deu a eles um número de telefone e eles o rastrearam até mim. Eles têm a ideia equivocada de que ele pode estar envolvido no assassinato de Angie. Eu queria contar a você sobre ele antes da polícia.

— Mas por que Maggie teria o telefone dele? — Os olhos dela se arregalaram quando ela se lembrou da cena na Overhang. — Ah, Vince, você não acha que a Maggie...

Ele desviou o olhar.

— Ah, meu Deus — foi tudo o que ela disse.

Ela pegou no sono rapidamente depois que eles fizeram amor, e Vince ficou deitado ao lado dela no escuro, ainda tentando recuperar o fôlego. Mesmo em seu estado esgotado, um tremor de excitação o percorreu. Ele analisou o perfil dela na luz tênue que passava pelas persianas e pensou em como jamais poderia suportar ficar sem ela. Pela primeira vez em sua vida de casado, ocorreu-lhe a ideia do divórcio. Era incrível como o destino podia chegar e mudar uma vida. Uma curva errada. Um encontro por acaso. Uma quebra da bolsa. De vez em quando, a pessoa precisa agarrar a oportunidade quando ela aparece. Suzanne era uma oportunidade que ele não queria que escapasse nunca.

Ele sabia que isso causaria muita dor a sua filha. Ela também era o amor da sua vida, mas era um tipo diferente de amor, e ele esperava que ela o amasse o bastante para compreender esse outro lado da moeda.

TRINTA E NOVE

2 dias antes do casamento

Três punks durões, vestindo camisetas rasgadas e bonés de beisebol virados para trás, observaram enquanto eu descia as escadas do El no ponto da Fullerton. Eu os encarei de volta, desafiando-os a mexer comigo. Se eles me espancassem e me deixassem para morrer, estariam me fazendo um favor. Eram nove horas e meu dia tinha terminado. Mantendo a promessa feita a Marian, eu tinha cruzado a linha de chegada. Minha escrivaninha estava limpa, minha caixa de afazeres estava vazia. O único trabalho que se interpunha entre mim e o casamento era uma passada no escritório na manhã seguinte para cuidar de alguns detalhes de última hora.

Contudo, a redução da pressão no trabalho não diminuiu nada a outra pressão que me atingia. A horrenda realidade era que minha menstruação ainda não tinha vindo. Não havia como evitar: eu podia estar grávida. Eu tinha inclusive parado na farmácia e comprado um teste de gravidez, minha última jogada desesperada. A certeza talvez pudesse me dizer que rumo seguir.

A noite estava agradável, sem umidade, para variar, e com uma leve brisa soprando do lago. Caminhando pelo asfalto ao lado de lojas fechadas e restaurantes abertos, eu andei sem pressa, tentando evitar o inevitável. Virei na minha rua e caminhei devagar sob o dossel de árvores até alcançar o meu prédio. Aí congelei. Alguém estava sentado nos degraus da frente, fora do feixe de luz do alpendre. Não havia um rosto. Apenas uma massa de cabelos frisados brotando de um par de ombros. Meu primeiro pensamento foi de que era uma sem-teto, mas, quando a sem-teto ergueu a cabeça, vi que era Carol Anne, o rosto tão inchado e vermelho de chorar que mal dava para reconhecer.

Corri até ela e passei os braços ao seu redor.

— O que foi? Aconteceu alguma coisa com uma das crianças?

— As crianças estão bem. É o Michael. Ah, Maggie, você não vai acreditar nisso. — Ela soluçava tanto que eu mal conseguia compreendê-la.

— Está tudo bem. Vamos entrar.

Pesquei minhas chaves na bolsa e segurei a mão dela. Subimos as escadas até meu apartamento de mãos dadas. Assim que entramos, eu a sentei no sofá e fui até a cozinha para servir uma taça de Pinot Grigio para cada uma. Aí pensei melhor e levei a garrafa toda.

Entreguei-lhe uma caixa de lenços de papel e o vinho, e ela assoou o nariz e tomou um gole choroso. Esperei que ela se acalmasse. A taça estava pela metade quando ela finalmente foi capaz de falar.

— Minha vida está arruinada — lamentou ela.

Entre na fila, pensei. Ela prosseguiu, descarregando uma história que me deixou passada: a confissão de Michael quanto a suas inclinações homossexuais, sua promessa de mudar para manter intacto o casamento deles. Eu fiquei sem palavras. Quem algum dia desconfiaria de que Michael Niebaum fosse homossexual, ou bissexual, ou seja lá que diabos ele fosse? Ele sempre parecera ser o companheiro perfeito. E agia de maneira tão máscula. Aquilo só demonstrava que não se pode confiar nas aparências.

— Eu queria que ninguém nunca descobrisse, nem mesmo você, sobre todos esses anos em que quase não tivemos vida sexual. Era embaraçoso demais. Por muito tempo eu achei que a culpa fosse minha, que eu era pouco atraente ou entediante. Então, quando Michael me contou a verdade, de uma forma meio bizarra eu fiquei feliz por finalmente identificar o problema. Pensei: *pelo menos agora eu sei contra o que estou lutando.*

Ela recomeçou a chorar.

— Mas, depois de toda essa conversa sobre tentar mudar, nada mudou. Ele deveria estar em casa hoje às cinco e meia. Quando deu sete horas e ele não tinha chegado, liguei para o consultório. Ele disse que tinha uma paciente atrasada, mas aí eu ouvi uma voz de homem ao fundo e pirei. Você sabe que todas as pacientes dele são mulheres. Então eu chamei uma babá e vim te ver. Eu não conseguia mais encarar isso sozinha. Precisava contar para alguém. Eu fiquei sentada aqui embaixo por tanto tempo que achei que você não fosse voltar para casa. — Ela enfiou a mão na bolsa e tirou de lá um maço de cigarros. — Você se incomoda se eu fumar?

Terminamos o Pinot Grigio enquanto Carol Anne acendia um cigarro depois do outro, e eu combatendo a tentação de me juntar a ela.

Abri uma segunda garrafa de vinho. Carol Anne dispensou, dizendo que precisava ficar sóbria antes de voltar dirigindo para casa. Aquilo não me fez parar. Eu não tinha para onde ir. Servi outra taça.

— Ah, e além de tudo isso — fungou Carol Anne — ele é um suspeito pelo assassinato de Angie.

— Credo, e de quem aqueles policiais não suspeitam? O cara com quem eu dormi também é suspeito.

— Ai meu Deus — disse ela. — Eu ando tão enrolada nos meus próprios problemas que me esqueci completamente de você e daquele cara. A sua menstruação veio?

Apontei para a sacolinha branca da farmácia sobre a mesa da entrada.

— Teste de gravidez. O problema é que um falso negativo pode ser muito comum na semana seguinte à data esperada da menstruação, então, se der negativo, ainda não terei certeza de que não estou grávida.

— Mas e se for positivo?

— Aí pelo menos eu vou ter certeza. Você acha que eu daria uma boa mãe solteira? Isso vai acabar com meus pais. Imagina a minha mãe...

— Esqueça a sua mãe. E o Flynn?

Balancei a cabeça, bêbada.

— Não sei, simplesmente não sei. Acho que vou esperar até o último minuto. Uma vez pararam o ônibus espacial faltando vinte e sete segundos para a decolagem. Acho que posso parar um casamento, se for preciso.

A segunda garrafa de vinho estava a caminho de se esvaziar, e as palavras de despedida de Carol Anne ainda ressoavam em meu cérebro. *Se você estiver grávida, não está ajudando essa criança bebendo desse jeito.* Coloquei a taça sobre a mesa e pensei em tudo outra vez. Eu não estava enfrentando problemas. Estava enfrentando desafios. Pensei na situação de Carol Anne e encontrei uma solução ébria para nós duas. Se eu tivesse que cancelar meu casamento e Carol Anne se divorciasse de Michael, podíamos morar juntas e criar nossos filhos como uma grande família feliz e disfuncional, como em *Kate & Allie*. O telefone me tirou à força da realidade alternativa.

— Alô — atendi com a língua espessa.

— Maggie? Você está bem? — Era Flynn, e ele soava irritado.

— Ótima — retruquei, empenhando-me para soar lúcida. — Carol Anne passou por aqui e tomamos algumas taças de vinho, só isso.

A reprovação silenciosa dele foi transmitida pela linha.

— É melhor você dormir um pouco. Eu não preciso dizer que amanhã é um grande dia. O pessoal de Dartmouth vai chegar e eu não quero você de ressaca.

Ressaca é o cacete, pensei, erguendo um único dedo no ar, deliciada com minha rebelião privada.

— Não se preocupe comigo. Eu vou estar bem.

Ele deve ter sentido que a situação tinha potencial para se tornar explosiva, porque seu tom mudou.

— Maggie, eu sei que você está sob muita pressão. Não estou querendo pegar no seu pé. Só quero que tudo seja perfeito. Agora tenha uma boa noite de sono, e eu ligo de manhã. Tudo bem?

— Tudo certo, Flynn, boa noite.

— E, Mags? Eu te amo.

— Eu também.

Desliguei pensando no dia seguinte. Os dez padrinhos de Flynn chegariam no aeroporto O'Hare e teriam que ser levados até seus hotéis. O meu lado dos convidados era pequeno em comparação com o dele, a única concessão que minha mãe tinha feito aos meus desejos. Minhas madrinhas seriam minhas duas irmãs, a irmã de Flynn, Nan, que acabava de voltar de um semestre morando na Itália, e Carol Anne, que era minha dama de honra.

Eu tinha esvaziado a última taça de vinho desafiadoramente quando o telefone tocou de novo. Certa de que era Flynn ligando outra vez, disparei um *alô* rabugento. A voz masculina era menos familiar do que a de Flynn, mas ainda assim familiar.

— Aqui é o Steven.

— Onde você conseguiu meu telefone? — indaguei.

— Eu vi no seu telefone naquela manhã — respondeu ele, sem remorso. — Estou saindo do estado. Eu só queria avisar você.

— Você sabe que a polícia colocou você como suspeito de assassinato?

— Você sabe que não fui eu.

— Como eu vou saber?

— Ah, fala sério — disse ele.

— Não, é sério. Como eu vou saber que você não me deu alguma coisa e saiu escondido? — perguntei, repetindo a teoria de Kelly. — O que você fazia perto da casa de Carol Anne naquela noite? E por que nos seguiu até a Overhang e me seduziu depois disso?

— Não é o que parece. — Fez-se um silêncio prolongado e então: — Posso ir até aí explicar? É importante para mim que você saiba antes que eu vá embora.

— Não pode me contar pelo telefone?

— É complicado.

A coisa mais sábia a fazer seria responder um inconfundível *não* e desligar. Ou apenas desligar. Isso seria a coisa mais sábia. A coisa mais racional. Bem, ninguém podia me acusar de ser racional ultimamente, nem de longe, e, depois de beber até me achar invencível, eu não vi mal algum em deixar que ele passasse em casa por alguns minutos. Na verdade, a visita dele podia me ajudar a esclarecer algumas questões que eu estava guardando.

— Está bem, você pode vir. Mas é melhor chegar aqui rápido, e você não pode ficar muito tempo.

— Estou a caminho — disse ele.

Eu me deitei na frente da televisão, pulando de canal em canal numa busca inútil por algo que prendesse minha atenção. Estava aturando uma reprise de *Seinfeld* quando ouvi uma batida de leve na porta.

Atendi e ali estava ele à minha frente, em carne e osso, real, não sonhado. Ele era mais atraente do que eu me lembrava, seus braços fortes e musculosos saindo de uma camiseta preta de algodão por dentro da calça jeans. Eu o impedi de entrar no apartamento.

— E aí? — exigi.

— Posso pelo menos entrar?

— Tem certeza de que você não é perigoso?

— Não mais perigoso do que você.

Eu abri espaço e o deixei entrar.

— Você está bonita — disse ele casualmente, passando por mim e se ajeitando na mesma poltrona em que havia se sentado naquela manhã tão longínqua.

Ele agia como se aquilo fosse um encontro informal. Eu me perguntei como ele se sentiria se soubesse que minha vida estava prestes a desmoronar por causa dele. Empoleirei-me no braço do sofá, tentando exalar um comportamento impessoal e manter o equilíbrio ao mesmo tempo.

— Eu não o chamei aqui para fazer comentários sobre a minha aparência. Eu quero respostas. Você pode começar explicando o que estava fazendo em Kenilworth naquela noite.

— Estava fazendo meu trabalho. Fui contratado para seguir vocês todas por aí.

Eu quase caí do sofá. Enquanto eu ouvia tudo em um silêncio aturdido, ele me contou que seu chefe e Suzanne eram amantes e que seu chefe havia lhe pagado para relatar as atividades de Suzanne. Embora eu estivesse chocada em descobrir o caso de Suzanne, fingi que já sabia.

— Então você estava nos espionando o tempo todo que passamos na casa de Carol Anne?

— Eu passei a maior parte do tempo na caminhonete. Embora tenha me esgueirado pelos fundos depois que o stripper veio e visto você algemada na cadeira. Foi a primeira vez que reparei em você, e pensei que você era uma gracinha.

Meu rosto esquentou. Seria ele ou o vinho?

— E daí?

— Daí quando vocês todas estavam saindo, eu ouvi você dizer para Suzanne que a encontraria na Overhang. Então eu parei em um orelhão para contar ao Vince o que estava acontecendo e ele me disse para ficar colado na Suzanne a qualquer preço.

Pensei em quando o notei pela primeira vez, sentado sozinho no bar, seus cachos quase dentro da cerveja. Depois pensei na minha piadinha de tentar pagar pelo drinque dele, que havia ocasionado minha ruína.

— Então por que você não seguiu a Suzanne quando ela e Angie foram embora? Por que você ficou?

Steven olhou para o chão e esfregou a ponta da bota no tapete. Achei o ato adorável e involuntariamente pensei que era revigorante ele não ter um MBA ou trabalhar num banco de investimentos. Suas mãos pendiam à toa na lateral do corpo, aquelas mãos fortes e capazes. Eu gostava do fato de ele trabalhar com as mãos e de criar coisas que duravam, coisas de valor real, não dinheiro gerando dinheiro só para gerar mais dinheiro.

Ele ergueu a cabeça e deu um sorriso que fez eu me sentir como Scarlett O'Hara quando Rhett a encara do sopé da escadaria.

— Pode-se dizer que eu me distraí com algo muito, muito mais interessante do que a namorada de Vince Columbo.

Eu queria me odiar pelo arrepio que subiu pela minha espinha. *Ah, Senhor, foi aí que eu cedi.* Havia uma conexão inexplicável entre nós, uma química implícita carregando o ar de desejo. Pensei na possível criança crescendo em meu útero, uma intimidade que nada podia transcender. Antes que eu pudesse dizer qualquer coisa, Steven estava articulando meus sentimentos.

— Você acredita em destino? Que nós fomos feitos um para o outro? Diga que você não está sentindo isso agora.

Sem me dar conta, eu já pendia na direção dele, feito um metal atraído por um ímã. O resto de decência em mim dizia que isso era imoral, mas os átomos indecentes continuavam me puxando mais para perto. Então a sanidade prevaleceu por um momento e eu recuei.

— Você tem que ir embora agora. Eu não posso cometer esse erro novamente.

Uma determinação cintilou nos olhos cor de café dele.

— Talvez não tenha sido um erro, Maggie. Talvez fosse para ser assim.

E então minha boca bêbada entrou em ação sem avisar meu cérebro bêbado.

— E eu estar grávida também?

No momento em que as palavras escaparam da minha língua eu quis trazê-las de volta, mas isso seria como fazer a água subir de volta do ralo. Elas não podiam ser recolhidas. E, embora as palavras tivessem a intenção de um tapa, ele as tomou como um convite.

Ele cruzou o espaço entre nós e se abaixou até o chão, enterrando a cabeça cacheada no meu colo. *Você não entende, está tudo errado!* Era o cabo de guerra moral outra vez. Por mais que eu quisesse fazer o certo, meu *não* mental estava cedendo espaço para o *talvez*. Ele ergueu a mão e tocou meu rosto, e eu virei gelatina, escorregando do sofá para o chão. E então eu estava deitada e o peso dele estava totalmente em cima de mim, a rigidez dele por cima dos jeans como um paraíso logo além do alcance.

Meu desejo por ele era tão forte que não existia mais nada. Não havia Flynn, casamento, bebê no meu útero. As mãos dele abriram meu sutiã e sua boca foi até o meu seio. Minha boca estava faminta por ele e eu retirei seus lábios do meu seio, cobrindo-os com os meus. O hemisfério inferior do meu corpo se movia, lentamente no começo, depois mais rápido, acompanhando o movimento dele e em seguida se afastando, provocando-o com a delícia da privação. Cada parte minha queimava, meu rosto, meus dedos, os dedos do pé. Até minhas orelhas latejavam de calor. Eu queria tanto... tanto.

Pá. Pá. Pá.

O som era desorientador. Primeiro achei que tivéssemos derrubado um abajur, mas o barulho persistiu, ficando cada vez mais alto. Com um ofego de amortecer qualquer paixão, eu percebi que alguém batia na porta. Meu coração parou por três segundos. Flynn tinha vindo dar uma conferida em mim. Eu podia ver o choque nos olhos de Steven, e a mão com que ele me segurava se afrouxou. Pensei em como seria patético se Flynn nos flagrasse daquele jeito.

Então vieram as vozes, e elas certamente não eram a de Flynn.

— Polícia! Abra a porta! Você tem dez segundos, ou nós vamos arrombar.

— O banheiro — falei para Steven, apontando para o corredor.

Levantei-me num pulo e enfiei a blusa para dentro da calça, contando até dez antes de girar a maçaneta. O'Reilly e Kozlowski irromperam para dentro da sala, seguidos por dois policiais uniformizados.

— Cadê o Kaufman? Temos um mandado de prisão para ele — exigiu saber O'Reilly, mal olhando para mim. Seus olhos foram para o corredor, onde um pequeno facho de luz escapava por baixo da porta fechada do banheiro.

— Ali! — gritou O'Reilly.

Kozlowski e os dois uniformizados se postaram em frente ao meu banheiro.

— Deem dois segundos para ele e então arrombem.

— Esperem! — gritei, minha situação inebriada alimentando ainda mais o caos. — O que vocês estão fazendo?

— Temos um mandado de prisão para ele — disse O'Reilly.

— Mas ele não matou a Angie. Ele estava comigo — argumentei, puxando o braço dele.

— Esse mandado não é pelo assassinato de Angie. É um mandado anterior, emitido pelo estado de New Hampshire. Por abuso sexual e bigamia. — E então, sem nenhum outro aviso, O'Reilly gritou para Kozlowski. — Já deu. Tira ele daí.

Fechei os olhos e esperei para ouvir a porta se arrebentando em pedacinhos. Segundos se passaram sem nem um som. Quando abri os olhos, os dois policiais uniformizados estavam saindo do banheiro com as armas em punho, balançando a cabeça. Lá dentro, o exaustor estava ligado para ninguém.

Praguejando baixinho, O'Reilly correu para o meu quarto, seguido pelos outros. O cômodo estava vazio, as persianas soprando de um lado para o outro nas sombras. O'Reilly enfiou a cabeça para fora da minha janela agora sem tela e se viu diante da escada de incêndio.

Conforme o circo se desenrolava diante dos meus olhos, eu estava indiferente a tudo, exceto às palavras de O'Reilly reverberando em meus ouvidos, como a detonação de uma bomba. Abuso sexual já era bem ruim, mas bigamia? *Bigamia!* E pensar que eu quase tinha jogado a minha vida fora por um filho da puta que não apenas era casado com outra pessoa, mas com duas outras pessoas.

QUARENTA

Kelly

Sentada em um banco no parque, em frente ao Water Tower Place, Kelly conferia o relógio com impaciência enquanto esperava pelo detetive O'Reilly. Ao seu redor havia crianças da vizinhança correndo e brincando sob os olhos vigilantes das babás, que aproveitavam para se atualizar quanto às fofocas matinais em polonês e espanhol. Livres da prisão dos condomínios, as crianças eram a essência da energia desenfreada, macacos urbanos atacando trepa-trepas, furacões levando destruição ao tanquinho de areia.

Ela deu outra olhada no relógio. O'Reilly já estava quinze minutos atrasado, e Kelly começava a se perguntar se ele iria aparecer. Ela só torcia para que ele não tivesse parado num bar pelo caminho. Ele não parecera muito contente em ouvir sua voz naquela manhã, e menos contente ainda quando ela insistira para que eles se encontrassem de novo. Bem, no que dependesse dela, ele podia ir à merda. Ele era um funcionário público e ela era uma cidadã pagadora de impostos. Ela precisava saber se ele tinha seguido sua dica sobre Maggie ter dormido com o cara de New Hampshire. Uma coisa era certa: se ela fosse da polícia, o noticiário noturno jamais relataria que um suspeito tinha escapado. É só tomar como exemplo aquele pobre rapaz asiático morto pelas mãos de Jeffrey Dahmer.[8] Se ela fosse um dos policiais interpelando Dahmer, certamente teria sentido o cheiro da mentira.

E ela tinha sentido esse cheiro em New Hampshire. O fato de que O'Reilly não estava concentrado em encontrar esse sujeito confundia Kelly. Embora sua opinião do policial de olhos vidrados fosse muito

8 Jeffrey Dahmer foi um serial killer que fez muitas vítimas entre os anos 1989 e 1991. O caso ganhou ainda mais notoriedade devido à negligência dos dois policiais que encontraram o jovem Konerak Sinthasomphone, uma das vítimas que havia conseguido escapar, mas o devolveram ao apartamento do assassino por acreditarem na versão de Dahmer sem fazer uma checagem. (N.E.)

mais generosa após descobrir sobre sua infância e a morte prematura de sua mãe, ela ainda imaginava quanto do desempenho profissional dele era comprometido pela bebida.

Outros dez minutos se passaram antes que ela o visse atravessando a rua em frente ao Ritz, a passada arrogante, o peito largo garantindo que os braços nunca tocassem direito a lateral do corpo. Apesar das mangas dobradas da camisa, o calor e a umidade já haviam desenhado anéis de transpiração em suas axilas. Quando ele chegou ao parque, abriu caminho por entre as crianças dervixes e se jogou ao lado dela. Uma bola perdida rolou até ali e parou aos pés dele. Ele a apanhou e jogou gentilmente de volta para o menininho que a perseguia.

— Você está atrasado. — Kelly olhou ostensivamente para seu relógio. — Eu preciso ir embora logo para o trabalho.

— Sou um cara ocupado. Você não é o único caso no meu arquivo. Quero dizer, Angie não é o único caso no meu arquivo. Nada pessoal, srta. Delaney, mas você é como a tortura chinesa da água. Pinga, pinga, pinga até a pessoa achar que a cabeça vai explodir. Agora, o que temos hoje?

Ela tentou não olhar de cara feia.

— Você já conversou com a Maggie sobre aquele sujeito?

— Ah, se conversei — disse O'Reilly, suprimindo uma risada irônica. — Mas, antes de eu falar sobre isso, deixe-me fazer uma pergunta. Você já pensou em entrar para a polícia?

— É a última coisa em que eu penso. — Suas interações com policiais tinham sido majoritariamente desagradáveis. — Mas talvez depois de pegar meu diploma eu consiga um trabalho como psicóloga da polícia. Deus sabe que vocês precisam.

Ele deixou o comentário passar.

— Bem, tenho que admitir que você estava certa sobre algo não estar certo com o cara de New Hampshire. Nós rodamos as impressões digitais dele e encontramos mandados pendentes para ele, incluindo abuso sexual e bigamia.

Kelly quase caiu do banco.

— Eu disse que ele era perigoso. Você acha que ele matou a Angie? Graças a Deus que ele não machucou a Maggie. Ela contou o que aconteceu, então? Tenho certeza de que ele deu alguma coisa para ela naquela noite.

— É, bem, ele certamente não deu nada para ela *ontem*.

— O que você quer dizer com isso?

O'Reilly estava gostando mesmo daquilo. Era bom ter a vantagem para variar. Ele olhou para ela, que esperava impacientemente por uma explicação. Ela era bronzeada e sardenta, os olhos azuis transparentes como bolinhas de gude. E então, como se a visse pela primeira vez, ocorreu-lhe a ideia de que ela era, na verdade, bastante atraente. Por um momento, ele perdeu sua linha de raciocínio.

— Como assim, ele não deu nada para ela ontem? — repetiu Kelly.

— Ah. É. — respondeu ele, o pensamento voltando aos trilhos. — É sério, você realmente devia conversar com a sua amiga sobre o juízo dela. Kaufman estava no apartamento dela na noite de ontem. Uma viatura encontrou a caminhonete na rua dela e avisou pelo rádio. Nós fomos até lá correndo, espadas desembainhadas, mas parece que a espada dele tinha sido sacada antes. Metaforicamente, é claro.

— Aquele desgraçado estava no apartamento da Maggie! — Kelly não podia acreditar no que ele lhe dizia. — Como? Ele invadiu o apartamento? Vocês pegaram o filho da mãe?

O rosto de O'Reilly murchou em uma expressão envergonhada de derrota.

— Ele saiu pela janela e escapou. À luz de sua situação conjugal, eu deveria saber que ele é bom em saídas estratégicas.

A mente de Kelly percorreu o que tinha acabado de descobrir. Maggie tinha merda no lugar do cérebro? Pior, como esses bostas de policiais tinham conseguido se atrapalhar para capturá-lo? Quando ela voltou a olhar para O'Reilly, o rosto dele exibia uma aparência contrita. Ela se sentiu mal por ele, por ter estragado tudo depois de chegar tão perto. Talvez eles tivessem mais a conversar além do sujeito de New Hampshire.

— Você mora sozinho? — ela se surpreendeu ao perguntar.

— Isso é meio pessoal.

— Aposto que você não se alimenta muito bem.

— Que policial se alimenta bem?

— Bem, eu estava pensando que você talvez fosse gostar de uma comida feita em casa uma hora dessas. Italiana com um toque irlandês. *— De onde estavam vindo essas palavras?*

O rosto já vermelho de O'Reilly corou e ficou ainda mais vermelho. Não era tanto pelo súbito interesse nele, mas porque era ela que estava tomando a iniciativa. Em sua vizinhança, não funcionava assim. O homem sempre dava o primeiro passo. Pior ainda, ele não entendia como seu absoluto desprezo por aquela mulher podia virar do avesso tão aleatoriamente. Suas palavras seguintes o fizeram pensar que ele mesmo precisava frequentar algumas aulas de psicologia.

— Ou talvez você queira sair e ter alguém servindo você, para variar?

— Você estava pensando em quando?

— Que tal amanhã à noite?

— Não posso. Amanhã é o casamento da Maggie. — Ela refletiu um momento antes de acrescentar: — Pelo menos, acho que é.

O'Reilly não pôde evitar uma revirada de olhos.

— Se esse casamento acontecer, ele certamente não vai contar com um bom começo. Que tal se eu ligar para você amanhã, só para garantir?

— É um bom plano.

Eles entraram em acordo e saíram em direções opostas, ele de volta ao Ritz, onde o manobrista cuidava de seu carro de graça, e ela no sentido da Chicago Avenue para o turno do almoço. Kelly se virou brevemente e observou enquanto ele ia embora. Ele parecia estar andando mais ereto do que antes. Seu estômago se agitou de um jeito desconhecido. *Nem comece. É só um ato de amizade.* Ela não estava pronta para ninguém em sua vida além da gata. Especialmente para um policial com um problema de alcoolismo.

— Porcaria de maldição irlandesa — resmungou ela em voz alta.

Mas os irlandeses sofriam de outras maldições além da bebida, e Kelly estava sendo vítima daquela outra maldição irlandesa: o martírio. No detetive O'Reilly ela havia encontrado uma causa, e longe dela abandoná-lo. Ele precisava dela, soubesse ele disso ou não.

QUARENTA E UM

1 dia antes do casamento

Minha mesa estava perfeitamente limpa, nem um pedacinho de papel, nem um copo de café vazio usado. Até a lixeira estava vazia. Contrariando todas as probabilidades, eu tinha realizado o impossível. Empurrei a cadeira para trás e me postei junto à janela, olhando invejosamente para o mundo lá embaixo. Os carros na Michigan Avenue costuravam de uma faixa para a outra como besouros procurando por comida. Pequenos corpos se apressavam pelo asfalto, movendo-se em conjunto ao longo de outros corpos, cada um ocupando seu próprio mundo. Vidas. Cada um daqueles estranhos intocáveis tinha uma vida única, com sua dose de felicidade e tristeza, sucesso e fracasso, amor e perda.

Eu teria trocado de lugar com qualquer um deles. Meu Waterloo se aproximava, e eu o encararia com mais uma ressaca. A dor ofuscante em minha cabeça era uma distração quase bem-vinda comparada à angústia mental logo abaixo dela.

Como o carpinteiro podia ter me enganado tão completamente? Que tipo de pessoa podia fazer isso? E, falando nisso, que tipo de pessoa era eu, pronta para me entregar a ele de novo, bloqueando completamente qualquer preocupação com as consequências? Que poder ele tinha sobre mim? Mesmo agora, sabendo quem ele era e o que ele era, a imagem de sua cabeça no meu colo me assombrava, como se ele estivesse tentando se conectar à possível – não, provável – vida crescendo dentro de mim. Uma pontada de instinto materno me atingiu por ter bebido tanto. Se a ressaca fazia eu me sentir tão mal, eu nem conseguia imaginar o efeito que teria sobre a criaturinha lá dentro.

Como eu queria estar longe daquele momento, poder voltar! Desejei que existisse uma máquina do tempo que eu pudesse ajustar para antes de Steven Kaufman, antes de Flynn, antes da *Chicagoan,* antes da faculdade. Queria ser jovem de novo, antes de ser pega na cama com Barry Metter, antes do aborto que eu nunca poderia esquecer, antes de ganhar todo o peso que me isolara por tanto tempo. Eu queria voltar atrás e fazer as escolhas certas, voltar para a faculdade e estudar teatro ou escrita criativa ou algo com alma, ainda que eu tivesse que pagar por isso sozinha. Queria voltar para aquele círculo unido de amigas, tão próximas que elas nunca estavam a mais do que um telefonema de distância. Queria ficar ansiosa quanto ao futuro, em vez de temerosa. Sentia saudade das férias de verão e dos empregos de meio período. Eu odiava olhar no espelho e ver linhas finas se formando nos cantos dos olhos e da boca. Não tanto por vaidade, mas porque elas eram mais provas do tempo que passava voando. Eu estava na meia-idade e nunca tinha feito nada excitante ou escandaloso. Minha vida toda tinha consistido em acompanhar a correnteza.

Bem, a maré estava prestes a virar. Minha decisão estava tomada. Ela tinha sido tomada antes das duas ligações de Flynn naquela manhã, quando ele estava a caminho do aeroporto para buscar um dos grupos de Dartmouth. Havia sido tomada antes de conversar com minha mãe pela terceira vez no dia sobre os detalhes do ensaio. Tinha sido tomada antes de eu perder a paciência com Sandi por me perturbar, quando a recepcionista só queria saber a que horas eu planejava sair. Minha decisão tinha sido tomada na noite anterior, no vazio do meu apartamento depois que a polícia fora embora, ouvindo Laura Nyro no escuro.

A terra havia rachado, as águas retrocediam e um tsunâmi de cinco andares se agigantava.

Houve uma batida e Marian meteu a cabeça dentro do meu escritório. Seu sorriso ensaiado desapareceu quando ela me viu de pé na janela. Minha chefe mantinha seus pensamentos para si na maioria das ocasiões, mas essa não era uma delas.

— Você está bem? Está com uma aparência péssima.

Eu tinha certeza de que estava pior do que péssima. O medo, a indecisão, as longas horas de trabalho e o excesso de bebida tinham cobrado seu preço. Minha pele estava da cor do pavimento lá embaixo e um par de olheiras escuras tinha feito residência sob meus olhos. Até meu cabelo estava sem volume.

Tentei dizer a ela que eu estava bem, mas as palavras não saíram da minha boca. Minha garganta se apertou em torno delas, transformando-as em um ruído patético. Embora eu estivesse envergonhada demais para chorar na frente da minha chefe, eu tinha ido longe demais para não fazê-lo. Enterrei o rosto nas mãos e solucei.

— Ah, meu bem, controle-se — disse Marian, fazendo uma rara exibição de afeto enquanto pousava uma mão coberta de ouro no meu ombro. — É só um casamento. Eles podem ser cansativos. Eu mesma passei por alguns. Quer conversar a respeito?

Balançando a cabeça em negativa, eu contive as lágrimas. Não restava nada para ser conversado. O choro fizera eu me sentir um pouco melhor, como o radiador de um carro soltando vapor. A presença de Marian era de fato tranquilizadora. Ela era uma sobrevivente de primeira, prova viva de que ficar sozinha não significava a morte.

— Eu preciso alertá-la — disse Marian. — Talvez você queira se ajeitar um pouco. Tem uma pequena multidão reunida lá fora esperando por você.

Então era por isso que Sandi ficara me azucrinando para saber quando eu ia embora. Eu tinha respondido com grosseria. Eu realmente era a maior vaca do planeta. Marian parou na porta e aprumou seu casaco ajustado à perfeição.

— Eu vou lá fora segurá-los por alguns minutos. Você vai ficar bem?

Assenti e sorri tolamente, enquanto limpava o nariz escorrendo.

— Obrigada por ter fé em mim.

— E por que não teria? Maggie, você sempre fez um trabalho esplêndido. Precisa ter um pouco mais de fé em si mesma.

A porta se fechou, deixando-me apenas com um pó compacto e um batom para ficar apresentável. O pó ajudou a diminuir as manchas em volta dos olhos e o batom acrescentou um pouco de cor ao meu rosto, mas nada podia reduzir a angústia da minha alma. A última coisa que eu queria era encarar um monte de gente bem-intencionada, crente de que eu estava entrando em uma maravilhosa nova fase da vida, quando eu sabia que a verdade era o oposto.

Eu me preparei e saí para o corredor.

— Surpresa!

Meu apartamento pareceu mais solitário do que nunca, as pilhas de caixas de papelão dando testemunho silencioso da mudança. Todas as prateleiras estavam vazias, minhas quinquilharias e lembranças, fotos e livros, tudo empacotado de maneira organizada para ser entregue na nova casa enquanto estivéssemos em St. Barts. Somente a mobília continuava no lugar, pronta para ser apanhada pelo Exército da Salvação. Embora eu tivesse morado no mesmo apartamento por mais de dez anos, nunca investira muito nos móveis, sempre presumindo que fosse algo temporário, que eu me mudaria para outro lugar em breve. Coloquei os presentes da equipe do escritório junto aos presentes do chá de lingerie e me perguntei quanto tempo levaria para devolver tudo. Pelo lado bom, não haveria mais bilhetes de agradecimento para escrever.

Passava um pouco das duas da tarde. O ensaio na Holy Name Cathedral era às seis, e eu deveria estar lá às cinco e meia. Era imperativo que eu encontrasse Flynn antes desse horário.

Liguei para o escritório dele e fui atendida por uma gravação informando a todos que ele iria se casar e só voltaria dali a duas semanas. Em seguida, tentei sua casa no centro. Outra secretária eletrônica. Deixei um recado pedindo a ele que me ligasse o mais rápido possível. Meu telefone tocou menos de um minuto depois.

— Alô, minha noiva. O que foi?

— Flynn, você está sozinho? — Uma balbúrdia de vozes ao fundo me disse que a pergunta era absurda.

— Não. Uma porção dos caras está aqui. E eu estou saindo agora para ir buscar Toady e Craig. É a última viagem. Os últimos Sig Eps.[9]

— Ah. Você pode me ligar assim que estiver sozinho? É importante.

— Ok, meu bem. Tenho que ir. O trânsito vai estar um inferno.

Depois que ele desligou, eu liguei para a minha casa de infância. Queria ouvir a voz da minha mãe uma última vez enquanto ela ainda me amava. Minha irmã mais velha atendeu. Minha dor de cabeça chegou ao auge quando me dei conta de que Ellen e sua família tinham voado de Nova York naquela manhã. Eu nunca achei que me importasse muito com o que minha irmã pensava de mim, mas agora temia que Ellen também fosse me odiar.

---

9 Abreviação da fraternidade Sigma Phi Epsilon, de Dartmouth. (N.E.)

— A mamãe não está aqui, mas deve voltar logo. Ela foi buscar o vestido dela. Você está empolgada?

— Para lá de empolgada — foi o melhor que consegui responder. — Não precisa avisar a mamãe que eu liguei. Não é nada.

— Então a gente se vê na igreja. E, Maggie, não se atrase. Você sabe que isso dá nos nervos da mamãe. As coisas correm muito melhor quando ela está de bom humor. Ouça a voz da experiência.

Eu desliguei sentindo pena do legado que minha irmã herdaria. Seria Ellen quem ficaria sobrecarregada lidando com o humor da minha mãe mais tarde. Eu me perguntei como meu pai reagiria. Até aquele momento, não tinha pensado muito no homem calmo e amoroso que compunha o outro lado da equipe que havia me criado. Será que ele ainda seria tão calmo e amoroso quando se desse conta de quanto dinheiro tinha desperdiçado em um casamento que não aconteceria?

Fui até o quarto e me deitei, esperando o telefonema de Flynn. Os minutos se transformaram em horas sem que o aparelho tocasse. Às cinco horas, não havia mais nada a fazer exceto me vestir e ir até a igreja.

Antes de sair, joguei o teste de gravidez no lixo sem abrir. Eu havia resolvido que não precisava dele.

QUARENTA E DOIS

Vince

Da janela do escritório, Vince olhava fixamente o gramado bem cuidado, torcendo para que sua pressão arterial não subisse além dos limites. O carpinteiro tinha dado no pé no começo da noite anterior, levando consigo sua caminhonete e as ferramentas, e deixando para trás um bar inacabado na sala de jogos. Vince estava bastante convencido de que não o veria de novo. Bem, que o diabo o carregasse. Agora que ele tinha contado a Suzanne sobre ter colocado Kaufman para segui-la naquela noite, a ameaça de que ela descobrisse tudo já não o assombrava.

Não, o que aumentava sua pressão arterial no momento era o drama se desenrolando no andar de cima. Giovanna estava dando um ataque porque ele tinha se esquecido de algum evento beneficente ao qual eles deveriam comparecer naquela noite, e ele não tinha intenção alguma de ir. Não quando a alternativa era ficar com Suzanne.

— Eu avisei você meses atrás — gritou ela.

— Meses atrás são meses atrás. Você deveria ter me lembrado. Agora eu me comprometi a levar alguns clientes para o jogo dos Sox esta noite. Eu tenho um camarote. — Eventos esportivos eram sempre uma mentira conveniente. — Como você acha que nós conseguimos manter esse estilo de vida?

Optando pelo plano B feminino universal, ela irrompeu em lágrimas. Agora ele era forçado a fazer a escolha indesejada entre cancelar seu encontro com Suzanne e se desapontar ou manter seu encontro com Suzanne e desapontar sua esposa. Vince sempre tratara Giovanna bem, dando-lhe basicamente tudo o que ela queria e cuidando para que ela jamais descobrisse seus casos. Tinha sido fácil até ali porque suas infidelidades anteriores foram curtas, distrações vãs e prazerosas do tédio conjugal.

Porém, ele desconhecia o vazio de sua vida até conhecer Suzanne. Seus sentimentos por ela eram mais profundos do que ele jamais julgara possível. No dia em que os dois detetives da Homicídios apareceram à sua porta, ele se deu conta de que estava mais preocupado com os sentimentos de Suzanne do que com os da esposa. Até os da filha empalideciam em comparação. De fato, já havia lhe ocorrido que, se Giovanna soubesse de seu caso com Suzanne, talvez *ela* pedisse o divórcio. Ele esboçou quanto estaria disposto a deixar para ela. Era muito mais do que ele sequer cogitara antes de Suzanne, mas nenhum preço era alto demais para tê-la em sua vida.

Ele discou o telefone dela. O mero som de sua voz o transformava em um cão salivando na vitrine do açougueiro.

— A que horas você vem? Eu comprei uma surpresinha na loja de lingeries da esquina — provocou ela. — Estou vestindo a surpresa agora mesmo. Bem, se é que se pode chamar isso de vestir.

A pele dele se arrepiou e ele lutou muito para não se sentir trapaceado.

— Estou num pequeno dilema. Talvez eu não consiga ir hoje. — Antes que ele pudesse elaborar, a porta se abriu e sua filha entrou no escritório. Seu cabelo escuro estava preso no topo da cabeça e ela vestia um short curto que ele desejava que fosse vários centímetros mais comprido.

— Papai, precisamos conversar.

Ele cobriu o bocal com a mão.

— Agora não, Anna. Negócios.

Ela lançou para ele um olhar impaciente e se jogou em uma cadeira para esperar. Quando ele percebeu que ela não iria embora, ele descobriu o bocal e falou em um tom formal:

— Acabou de surgir uma coisa, Bob. Posso ligar para você depois?

A ligação foi desconectada em seu ouvido sem uma palavra.

Vince se virou para a filha. Ele queria ficar bravo com ela por atrapalhar sua conversa com Suzanne, mas era impossível. Ela também era a dona de seu coração.

— O que foi, querida?

— Desculpe interromper seus *negócios*, papai. — Era impressão sua ou aquilo era um tom de ironia na voz dela? — Mamãe está lá em cima chorando. Ela diz que você se recusa a ir com ela ao baile de gala do Clube de Artes hoje. Você sabe o quanto essas coisas são importantes para ela. Ela comprou uma mesa. Vai ficar humilhada na frente das amigas se você não for.

— Eu já disse à sua mãe, tenho um compromisso de negócios, querida. — Ele não soava convincente nem para si mesmo.

Anna deu a volta por trás da cadeira dele e massageou-lhe o pescoço.

— Papai, por favor. Você não precisa fazer negócios esta noite. Por favor, vá com a mamãe. Por favor.

Ele olhou para os olhos suplicantes da filha e se deu conta de que não poderia lutar contra as duas, mãe e filha. Algum dia ele seria livre, mas com certeza não seria naquela noite. Sua ereção parcial murchou quando ele percebeu que a surpresa de Suzanne teria que esperar.

— Está bem, eu vou. Mas com uma condição: você tem que me prometer que vai comprar o resto do short da próxima vez.

— Eu vou, papai. Prometo.

Anna parou de esfregar o pescoço dele e foi na direção da porta. Enquanto ele a observava se mover, a carne macia vestida no short justo, os seios empurrando contra a blusinha rodada, seu coração de pai deu um pulo. Ela era jovem demais e confiante demais para ter aquela forma.

— Espere — chamou Vince. Ela parou e se virou de novo na direção dele. — O que você vai fazer hoje à noite, querida? — perguntou ele, querendo congelar aquele momento quando eles ainda se amavam incondicionalmente e eram uma família feliz.

— Vou sair com o Sal.

O humor dele voltou a ficar sombrio quando ele pensou no morador do West Side de fala ligeira com quem ela estava saindo. Tinha vontade de proibi-la de sair com ele, mas esse tempo já havia ficado muito para trás.

— Bem, divirta-se, mas não demais — cedeu ele. Tudo o que Vince podia fazer era torcer para que ela não estivesse dormindo com ele.

— Sim, papai. — Ela lhe deu um sorriso estranho. — Vou avisar a mamãe para tirar seu smoking do armário.

Ele esperou até ouvir os passos dela subindo as escadas antes de tornar a ligar para Suzanne.

— Desculpe ter interrompido você, mas era a minha filha. Parece que eu não vou poder mesmo ver você esta noite. Tenho que comparecer a um evento de caridade. Me desculpe.

— Não se preocupe — disse ela. — Com as novas taxas de desemprego que vão ser divulgadas na semana que vem, eu fiquei no telefone o dia todo e estou moída mesmo. Acho que vou pedir uma pizza de lombo, bacon e abacaxi e comer na frente da TV assistindo a alguma coisa idiota.

O fato de ela não soar desapontada por não poder vê-lo acabava com ele. Ele tinha esperado ao menos um pouquinho de raiva da parte dela, uma indicação de que ela sofria tanto sem ele quanto ele sem ela. Em vez disso, ela parecia imperturbável. Sem querer deixar que ela desligasse ainda, ele prolongou a conversa perguntando:

— Uma pizza de lombo, bacon e abacaxi? De onde você pede isso?

— Da Parducci's.

— Parducci's? Aquela pizzaria na Huron? Agora você está me deixando com água na boca por causa da comida quase tanto quanto por você. Enquanto estiver comendo sua pizza, pense em mim mastigando um pedaço de bife passado demais e ouvindo algum chato explicar por que eu deveria esvaziar meus bolsos pela causa. Estarei o tempo todo desejando estar com você. Posso ver você amanhã?

— Você sabe que eu tenho o casamento da Maggie amanhã. Eu vejo você no domingo.

Domingo. Havia algum conflito na agenda de domingo, mas o que era? A resposta o encarava emburrada do calendário. O brunch no clube com a esposa e a filha. Ele tinha prometido e não podia quebrar a promessa uma segunda vez. Seu coração afundou ante a ideia de perder outra manhã de domingo na cama de Suzanne.

— Não posso esperar até domingo — disse ele, atingido por uma súbita inspiração. — Que tal amanhã de manhã? Eu busco você cedinho. Podemos sair no meu barco e curtir a paisagem. Juro que trago você de volta com tempo de sobra para se preparar para o casamento.

— Eu não sabia que você tinha um barco.

— Não sabia? Pois é, está no Belmont Harbor. Acabei de trazê-lo da doca seca faz uns dois dias — mentiu ele.

A verdade era que o barco estava em sua vaga havia umas duas semanas. Ele nunca havia mencionado o barco antes porque nunca o utilizava. Tinha sido um presente de aniversário de casamento para Giovanna porque ela achava que eles deviam ter um barco. No fim, nem sua esposa nem sua filha gostavam muito de navegar, de modo que ele ficava ocioso a maior parte do tempo. Ultimamente ele vinha pensando em vendê-lo, já que o preço da manutenção era um absurdo, mas agora estava feliz por não ter feito isso. A ideia de fazer amor com Suzanne longe da costa era irresistível, superando qualquer preocupação em violar a confiança familiar.

— Tudo bem. Você está na minha agenda para amanhã cedo, sr. Columbo. Mas teremos que fazer uma entrada apressada...

Ela tinha mesmo dito aquilo?

— Tudo bem, srta. Lundgren. Não se esqueça de levar aquela surpresinha que ia me mostrar. E, Suzanne...

— Sim?

— Eu... bom, eu digo amanhã.

— Mal posso esperar.

— Eu também mal posso esperar. — Ele manteve o telefone junto à orelha por um bom tempo depois de ela desligar, como se pudesse manter a conexão com ela. Falando para a linha desconectada, ele acrescentou: — Suzanne, eu te amo.

Ele destrancou a última gaveta da escrivaninha e tirou de lá a caixa-forte onde guardava as chaves do barco. Elas ficavam por cima da pilha de dinheiro, presas a uma pequena boia amarela. Ele guardou tudo de volta na caixa-forte e tornou a trancá-la na gaveta. Em seguida, dirigiu-se com relutância ao andar superior para se arrumar para a noite de tortura.

Estava tão distraído que não viu sua filha encolhida na sala de jogos junto a seu escritório, atrás do bar inacabado.

— Aqui é da Parducci's, em Huron. Em que posso ajudar?

— Oi, eu acabei de pedir uma pizza de abacaxi e bacon. Eu não lembro se dei o endereço correto.

— Lundgren? Na Lake Shore Drive, número 1025? Apartamento 4025?

— É isso mesmo. Quanto tempo você disse que vai demorar?

— Mais ou menos uma hora e meia. Desculpe, mas estamos lotados hoje.

— Sabe de uma coisa? Pode cancelar o meu pedido. Eu vou sair para comer.

— Cancelaremos. Tenha uma boa noite.

Anna Columbo desligou o telefone se sentindo muito satisfeita consigo mesma.

QUARENTA E TRÊS

Véspera do casamento

As imensas portas triplas da Holy Name Cathedral erguiam-se diante de mim, a igreja que era o modelo do estilo europeu da arquidiocese de Chicago. Tinha sido preciso acionar muitos contatos, sem mencionar uma doação obscenamente generosa por parte do meu pai, para conseguir uma data para a cerimônia em junho num prazo relativamente curto. Algumas pessoas esperavam anos. Eu subi os degraus com passos medidos, pesados. Ao alcançar o topo, hesitei, tentando prolongar aquele momento. Estava tão úmido que o ar se agarrava à minha pele como gaze molhada. Tomando um último fôlego úmido para me fortificar, abri uma porta pesada de madeira e entrei no vestíbulo frio e escuro.

Eu me benzi com água benta e entrei na igreja, o eco dos meus saltos deixando a catedral vazia ainda maior do que ela já era. Sentei-me na última fileira de bancos e absorvi a magnificência do lugar sagrado onde meu casamento ocorreria no dia seguinte. Era o mais puro Renascimento Gótico, com colunas de mármore rosa ascendendo até um teto abobadado engastado em ouro. Vitrais que iam do piso ao teto filtravam o Sol da tarde. Cristo me vigiava de uma cruz dourada no altar distante. Rezei para ele, pedindo tanto força quanto perdão.

O som oco das portas se abrindo abalaram o silêncio, e eu me virei para ver minha mãe e minhas duas irmãs entrando na igreja. Ellen segurava a mão de sua filha, Olivia, a daminha de honra que jogaria as pétalas de flores. Laurel carregava um CD player, um fone de ouvido abraçando suas orelhas. Terminei minha oração e me levantei para cumprimentá-las. O rosto de minha mãe entregava como minha aparência estava ruim.

— Ah, meu Deus, você não está doente, né? — exigiu ela, sua preocupação ressoando pela igreja vazia. — Você não parecia bem no último fim de semana na casa da Natasha, mas isso é pior.

Minha irmã caçula se jogou num banco e fechou os olhos, movendo o corpo no ritmo da música.

— Laurel, isto aqui é uma igreja. Guarde isso — disparou minha mãe. Ela levou a mão até minha testa. — Você não está com febre.

— Eu disse que estou bem — repeti, sabendo que não estava nada bem.

— Oi, desconhecida — disse Ellen, encostando a bochecha na minha. — A gente teria chegado mais cedo, mas o trânsito na cidade estava desumano. Aposto que todo mundo vai chegar atrasado.

Ótimo, pensei. Mais tempo para contemplar meu suicídio.

A irmã mais nova de Flynn, Nan, foi a próxima a chegar, seu rosto corado de calor. Ela tinha os mesmos cabelos loiros e os olhos azuis do irmão, mas, ao contrário de Flynn, que era esguio e em forma, Nan era gordinha, com um queixo duplo e braços roliços graças a seu semestre no exterior. Fazer seu vestido de madrinha sob encomenda da Itália tinha sido um pesadelo, com ela ligando para mudar suas medidas várias vezes. Ela me puxou para junto de si em um abraço úmido.

— Estou tão empolgada! — disse ela em uma voz aguda de menininha. — Peguei meu vestido hoje e ele serve perfeitamente. Vai ser tudo tão lindo!

Outra pontada da consciência implacável. Nan tinha deixado abundantemente claro o quanto se sentia honrada em fazer parte da cerimônia. Pensei nos vestidos de madrinha em seda lilás que haviam custado setecentos dólares e nos sapatos de tecido tediosamente tingidos para combinar. Pensei no meu próprio vestido branco virginal de três mil dólares, pendurado em um suporte especial no meu antigo quarto, esperando seu efêmero momento sob os holofotes antes de ser relegado à preservação. Pensei no corte de vitela com arroz selvagem e vegetais da estação a oitenta dólares o prato, e no brinde de Taittinger a vinte dólares a taça. A banda. As flores. Os guardanapos personalizados.

Principalmente, pensei em Flynn.

Rezei para que algum desastre me aliviasse de minha tarefa infeliz. Um tornado arrancando o teto da igreja ou um terremoto trazendo tudo abaixo. Se não isso, então a bala de um atirador me atingindo quando eu saísse da igreja depois do ensaio também funcionaria.

Esses pensamentos melancólicos foram abruptamente interrompidos quando Flynn fez uma chegada barulhenta, flanqueado por sua comitiva turbulenta de Dartmouth, o rugido de suas vozes ameaçando descolar o ouro dos tetos abobadados. Toady Cornwall, o padrinho principal, e Bart Pierce, um dos outros padrinhos, faziam piadas idiotas e antigas sobre o casamento ser uma instituição e quem é que iria querer ir parar numa instituição? Eles vieram na minha direção em bando, e eu me senti como se tivesse acabado de entrar em uma festa de fraternidade. Fazendo o melhor que eu podia para ressuscitar um pouco de ânimo, tentei brincar com eles, e estava sendo um absoluto desastre quando vi Carol Anne entrar na igreja e se sentar lá no fundo.

Pedi licença para trocar uma palavrinha com ela. Carol Anne também parecia não ter dormido bem. Pus uma mão compreensiva em seu braço e perguntei:

— Como você está?

— Vou sobreviver. Michael e eu tivemos outra discussão. Dessa vez ele jurou que vai procurar ajuda, e não só da boca para fora, então concordei em tentar resolver as coisas. E você?

— Deixe-me colocar as coisas assim: não se incomode em prestar muita atenção nas instruções do padre Jennings — cochichei.

— O teste deu positivo?

Chacoalhei a cabeça.

— Eu não fiz o teste. Não preciso.

— Ah, Maggie. — Como a amiga de verdade que ela era, Carol Anne compartilhava da minha angústia. — Quando você vai contar a ele?

— Depois dessa palhaçada, acho. Eu tentei contar hoje, mas não consegui pegá-lo sozinho.

Lágrimas encheram os olhos de Carol Anne, mas eu a contive.

— Nem pense nisso. Eu já estou com dificuldades suficientes. — Dei um aperto forte na mão dela. — Prometa que você ainda vai ser minha amiga. Você pode muito bem ser minha única.

— Aqui está minha noivinha tímida — disse Flynn, interrompendo-nos. Seu sorriso desapareceu quando ele viu o quanto eu estava abatida, mas ele se recuperou rapidamente. — Estávamos procurando por você.

— Sempre — disse Carol Anne, tocando meu braço enquanto Flynn me levava para longe.

Meu pai tinha chegado, alto e de aparência distinta, seu cabelo grisalho recuando levemente, os óculos redondos com aro de tartaruga apertados no topo do nariz. Ele tinha vindo de seu escritório de advocacia no

Loop,[10] e seu terno azul-marinho e a gravata azul continuavam perfeitamente bem passados. Pensei em todas as coisas paternais que ele tinha feito por mim ao longo dos anos. Pagado pela minha educação e pela viagem abreviada à Europa; abafado a histeria da minha mãe no pior dia da minha vida, quando fui flagrada na cama com Barry Metter. Bem, o primeiro pior dia da minha vida. Ele não sabia sobre o segundo pior. Ainda.

O padre Jennings veio do presbitério vestido de preto sacerdotal com um colarinho branco, sua cabeça careca brilhando sob o fulgor das luzes da igreja. O padre de meia-idade tinha uma atitude informal, o que fazia dele mais amigo do que líder religioso, e minha culpa se multiplicou pensando em todo o tempo que ele investira no curso de noivos com Flynn e comigo. *Vocês já discutiram quem vai cuidar das finanças? Vocês dois pensam da mesma forma em relação a filhos? Flynn espera ter uma noitada com os rapazes?*

— Aqui está o meu casal sortudo — disse ele, dando-me um beijo amistoso na bochecha e apertando a mão de Flynn. — Está todo mundo aqui?

— Se não estiverem, estão perdendo a chance de fazer parte do melhor casamento do ano — disse Flynn. Senti calafrios e achei seriamente que fosse vomitar.

O padre bateu palmas para silenciar a aglomeração e o interior da igreja ficou quieto, tirando o som da voz de Toady, que diminuiu um minuto depois. Agindo mais como um diretor de palco do que como um homem de Deus, padre Jennings anunciou:

— Certo, gente. Vamos fazer isso para que todos possam ir jantar.

Durante a agonizante hora que se seguiu, ele nos guiou pela mecânica da cerimônia, separando as pessoas segundo seus papéis, padrinho, madrinha, daminha de honra, pajem. Eu quase perdi o controle quando passamos pela parte do meu pai me levando pela nave. Eu amava tanto meu pai, a última coisa que eu queria era magoá-lo também. Meu relacionamento com ele quando eu era pequena tinha sido diferente do das minhas irmãs. Eu nunca fiz beicinho nem dei chilique para conseguir o que queria como Ellen fazia. Nem fui como a Laurel, dependendo dele para tudo, desde preencher as inscrições para a faculdade até abrir uma

---

10 Centro financeiro de Chicago. (N.E.)

conta no banco. Eu sabia que ele era grato pela minha aceitação das coisas como elas eram, pela minha falta de carência. Nós éramos iguais em vários sentidos. Não éramos de reclamar. Nós só abaixávamos a cabeça e fazíamos as coisas.

Minha mãe acompanhava cada movimento do ensaio, absorvendo tudo com seu raciocínio rápido para análise posterior, de modo a fazer quaisquer correções necessárias. Ela era uma das pessoas mais organizadas e meticulosas do planeta, sua casa lindamente decorada e sempre imaculada, suas festas sempre orquestradas à perfeição. Toda a sua vida girava em torno da ordem. Eu esperava que ela estivesse à altura de administrar a desordem que em breve cairia sobre ela.

Meus olhos moveram-se para Flynn, sorrindo beatificamente na presença combinada da família e dos amigos. Ele era uma pessoa tão boa, tinha sido tão bom para mim, que eu torcia para que, quando tudo terminasse, ele acabasse me odiando. Eu merecia.

Todos se reuniram no vestíbulo após o ensaio. Flynn estava resolvendo o transporte até o Chicago Club quando eu o peguei pelo braço e o puxei à parte.

— Flynn, quero ir com você. Sozinha. Preciso conversar com você.

— Claro, Mags — disse ele, cordato, fazendo o melhor que podia para disfarçar o estranhamento.

Assim que os últimos convidados se puseram a caminho, atravessamos a rua juntos até o estacionamento da igreja. Enquanto eu entrava no Audi impecável de Flynn, certamente pela última vez, meu coração batia tão alto que praticamente abafava a voz dele.

— Para que todo esse mistério, Maggie? — perguntou ele conforme saía para a rua.

Não havia mais como fugir. Para mim, bastava de mentiras.

— Flynn, antes de qualquer coisa, quero que saiba que eu gosto muito de você e que isso é a coisa mais difícil que eu já tive que fazer em toda a minha vida.

O maxilar dele se retesou na antecipação de algo desagradável, mas seus olhos continuaram fixos na rua, uma corrida de obstáculos com placas de parada, faróis de trânsito e bicicletas.

Respire fundo, como na ioga. Inspire. Expire. Inspire. Prenda. Solte tudo.

— Eu traí você. Transei com um cara uma noite.

O ar dentro do carro ficou denso. Flynn atravessou duas faixas e parou na calçada cantando pneus, quase derrubando um ciclista no processo. Suas mãos agarravam o volante com tanta força que os nós dos dedos eram picos esbranquiçados. Ele abriu a janela do motorista e o ruído do trânsito ao nosso redor entrou no carro, deixando-nos não mais tão sozinhos. A princípio, ele não olhou para mim. Depois, lentamente, ele virou a cabeça na minha direção. A angústia cintilava como brasas enterradas em seus olhos azuis.

— Por que você está me contando isso agora? — disse ele baixinho.

Eu estendi a mão e toquei em seu braço, desejando desesperadamente fazer contato com ele pela última vez, tocar a pele que já tinha sido o meu futuro.

— Porque eu acho que estou grávida.

— Maggie, me diga que eu não ouvi direito. — Quando minha única resposta foi o silêncio, ele bateu no painel com tanta força que o carro balançou. Era o mais perto que eu já tinha visto Flynn chegar da violência. — Talvez, de algum jeito, nós pudéssemos superar uma traição. Mas uma gravidez? Eu perguntaria quem ou por que ou como, mas isso não vem ao caso realmente, não é? Não se você está grávida.

— Flynn, me desculpe. Eu sinto muito mesmo. Como eu posso explicar? — Lutei para não chorar. Eu não queria que ele pensasse que eu tinha a pachorra de esperar sua compaixão. Mas as lágrimas vieram mesmo assim, fluindo pelo meu rosto e caindo em meu vestido, fazendo eu me ressentir por ainda estar claro lá fora, de modo que os transeuntes podiam enxergar dentro do carro. Em um gesto que quase me cortou ao meio, Flynn pousou a cabeça no meu ombro e também começou a chorar.

— Por quê, Maggie? Por quê?

Eu não sabia como responder. Eu mesma não tinha certeza da resposta. Tudo o que eu sabia era que nós, juntos, como um casal, não era suficiente para mim e nunca tinha sido. Que eu nunca estivera realmente apaixonada por ele. Não era que eu quisesse algo mais, mas eu queria outra coisa. A correnteza rápida da meia-idade tinha me capturado e eu não tinha sido corajosa o bastante para me soltar. Até aquele momento. Mas eu jamais poderia explicar isso de uma forma que ele compreendesse. O melhor que eu podia fazer era ninar meu ex-noivo gentilmente de um lado para o outro, repetindo sem parar:

— Me desculpe, me desculpe...

QUARENTA E QUATRO

Suzanne

Suzanne assistia ao jornal quando o porteiro ligou do saguão.

— Srta. Lundgren, tem uma entrega para a senhorita aqui.

— Obrigada, Alvin. Pode mandar subir.

Ela desligou a TV e foi até o vestíbulo, surpresa por sua pizza ter chegado tão rápido. Quando ela fez o pedido, disseram que a espera seria de uma hora e meia, mas ali estava ela, em menos de uma hora. Bem, quem era ela para reclamar de uma pizza chegando antes do previsto? Ela estava morrendo de fome.

Ela postou-se na porta e esperou, segurando dinheiro suficiente para a pizza e mais uma gorjeta generosa. As portas do elevador se abriram e, em vez do entregador com o boné verde da Parducci's, uma garota voluptuosa de cabelos pretos saiu, carregando uma sacola de papel pardo.

— Suzanne? — perguntou ela, olhando para a porta.

— Sim — respondeu Suzanne, cautelosa. Ela nunca tinha sido abordada pelo nome por um entregador e, além disso, onde estava a caixa com o logo da Parducci's? A sacolinha certamente não parecia conter uma pizza. Veio-lhe um impulso de bater a porta, um impulso que ela falhou em seguir. A garota a encarava com olhos escuros e indecifráveis.

— Meu nome é Anna — disse ela, com um sorriso de lábios generosos. — Filha de Vince. — Antes que Suzanne tivesse uma chance de falar, Anna acrescentou: — Meu pai me mandou buscar você. Ele está no barco e quer que você o encontre lá.

Suzanne estava muda de espanto. Ela analisou a jovem de pé na sua porta de entrada. Havia algo de familiar que ela não conseguia identificar, ou seria apenas o DNA de Vince que ela estava vendo? Mais importante: o que é que Vince estava pensando ao mandar a filha buscar sua amante para um encontro romântico? Ele tinha perdido a noção? A ideia extrapolava os limites da sanidade. Quando Suzanne recuperou a voz, soou zangada.

— Olha, Anna, eu não sei bem o que está acontecendo aqui, mas eu não vou a lugar nenhum. Pode dizer ao seu pai que a minha noite já se encerrou.

— Você não entende — implorou a garota. — Minha mãe já sabe de tudo a seu respeito. Ela o confrontou hoje, pouco antes de eles saírem para o evento de gala. Eles tiveram uma baita briga por sua causa e ela o expulsou de casa. Ele está ficando no barco.

— Então por que ele não veio me buscar? — perguntou Suzanne, cética. — Por que ele mandaria você?

— Papai acha que a minha mãe contratou um detetive particular. Ele não queria vir pessoalmente ao seu apartamento para o caso de estar sendo seguido. Ele tem medo de que a minha mãe vá tirar cada centavo dele. Ela pode ser uma vaca bem vingativa — acrescentou Anna.

Suzanne fervia de raiva. Ela não podia acreditar que Vince a tivesse colocado nessa situação. Já era esquisito o suficiente mandar segui-la na noite da festa, mas agora mandar sua filha buscá-la como se ela fosse alguma mercadoria? Isso era demais. Realmente demais. Ela não ia aguentar esse tipo de coisa.

— Anna, foi muito gentil da sua parte fazer a viagem até aqui para me buscar, mas pode dizer ao seu pai que, se ele quiser me ver, ele pode me ligar. Eu já me recolhi por hoje. Agora, adeus. — Suzanne começou a fechar a porta, mas a garota estendeu a mão e tocou seu braço.

— Você não entende — implorou ela. — Eu prometi que ia levar você. Não me obrigue a decepcioná-lo. Eu disse a ele que podíamos ser amigas. Tudo o que me importa no mundo é a felicidade do meu pai.

Suzanne olhou nos olhos de Anna, estranhamente suplicantes. Ela sabia o quanto a garota significava para Vince e o quanto o colapso de sua família seria duro para ele. E compreendia bem demais as preocupações dele sobre a esposa ir atrás de seu dinheiro. Bem, isso era problema dele, e algo com que ele teria de lidar sozinho. Em seguida, suas próprias finanças invadiram sua mente. A cobertura estava ligada a ele através do empréstimo. Se as coisas dessem errado, será que a esposa de Vince poderia, de algum jeito, acabar ficando com o lar de Suzanne? Será que ela poderia processar Suzanne por alienação de afeto? Tinha havido um caso recente no *Tribune* sobre uma esposa que ganhara um milhão de dólares da amante. Suzanne começou a entrar em pânico. Talvez fosse melhor que ela e Vince conversassem, afinal de contas.

— Está bem, eu vou com você — cedeu ela. Foi só quando elas estavam descendo pelo elevador em silêncio que Suzanne se lembrou de que tinha encomendado uma pizza. Ela entregou dinheiro ao porteiro para pagar pela comida e disse a ele para dividi-la com a equipe.

— Meu namorado está esperando no carro — disse Anna. Ela levou Suzanne até depois da esquina para um Buick prateado estacionado na frente de um parquímetro expirado. Música alta emanava das janelas escuras. Anna abriu a porta de trás para Suzanne e entrou pela da frente. — Este aqui é o Sal — disse ela, apontando para uma cabeça escura abaixada ao volante.

— Oi — grunhiu ele, sem se virar para trás enquanto saía para a Lake Shore Drive. A música estava tão alta que era quase impossível pensar, por isso Suzanne pediu que ele abaixasse o volume. Dessa vez ele deu uma olhada para trás e, quando ela viu seu rosto, achou que ele também parecia familiar. Com certeza ela não podia se esquecer de um rosto como o dele. E então o sangue gelou em suas veias quando ela notou o pesado Rolex de ouro e o bracelete de ouro em torno do pulso dele.

As palavras zombeteiras de Angie ecoaram em seu cérebro. *Eu tenho uma política de nunca dançar com alguém que use mais joias do que eu.*

Agora ela sabia onde o havia visto antes. Na Overhang. E Anna também. Só que Anna estava loira naquela noite. Alarmes começaram a disparar em sua mente, e ela resolveu que ia sair do carro na primeira oportunidade. Quando eles saíram da Outer Drive em Belmont, ela esperou até que parassem num sinal e puxou a maçaneta da porta. Os alarmes viraram sirenes. A porta se recusou a abrir. Estava trancada por dentro.

QUARENTA E CINCO
Vince

Vince ficou mexendo na gravata-borboleta de frente para o espelho de corpo inteiro em seu closet. Resignado ao seu destino, ele havia resolvido seguir a maré e aproveitar o melhor que pudesse do evento beneficente, com as pessoas chatas, a comida ruim e os discursos longos. Talvez pudesse fechar alguns negócios. Ele puxou a gravata até alcançar o resultado desejado e recuou para se admirar. Ele realmente gostaria que Suzanne pudesse ver sua figura imponente com o smoking. Em seguida, enterrou esse pensamento. Aquilo só a fazia parecer mais distante. Ele foi até o banheiro da suíte, onde a esposa estava sentada em frente à penteadeira se maquiando.

— O que você acha? — indagou ele, apontando para a gravata.

— Tanto trabalho — disse ela, espremendo os olhos enquanto aplicava o delineador. — Não sei por que você simplesmente não compra uma gravata que já venha amarrada. Você dificulta tanto as coisas.

Giovanna estava imensamente aliviada pelo mau humor do marido haver se dissipado. Ela amava se arrumar e ir a eventos com gente rica e importante. Tendo apenas o diploma do ensino médio, ela nunca se sentira plenamente segura de que se encaixava nessa turma, mas, por outro lado, dinheiro era o grande equalizador. Ela queria que Vince fizesse alguns lances em um item caro no leilão daquela noite para deixá-la ainda mais próxima de conseguir a aceitação na sociedade de Oakbrook. Ela estava de olho num lote que incluía uma semana em uma *villa* na Toscana e um passeio privativo em um lugar chamado Uffizi. Ela se perguntava se era um restaurante.

Sabendo que a esposa ainda demoraria mais meia hora com a maquiagem, Vince desceu até a sala de jogos e se serviu de uma vodca no bar inacabado. Ele tomou a bebida no pátio do lado de fora, onde o Sol do fim de tarde tingia o lago artificial com um dourado tremeluzente. Ele havia acabado de tomar um gole encorajador quando percebeu um movimento em sua visão periférica. Ele se virou e viu Kaufman agachado nos arbustos, as roupas cinzentas de poeira, os cachos escuros caindo em espirais oleosas.

— O que diabos você está fazendo aqui? — Vince exigiu saber.

— Me escondendo dos policiais, para começo de conversa — retrucou ele, avaliando o quintal como um animal em busca de predadores. — Você não acreditaria no que eu tive que fazer para chegar até aqui. Se incomoda se a gente entrar?

— Mas que caralho? — disse Vince, abrindo a porta de correr para a sala de jogos. No momento em que estavam do lado de dentro, ele se virou para o carpinteiro e o intimou: — Que diabos aconteceu com você ontem à noite? Eu botei o meu na reta por você, caralho, botei você dentro da minha casa, dei dinheiro e comida, e você vai e desaparece num passe de mágica? Bom, não pense mais em ficar por aqui. Eu já contei a verdade para Suzanne, então não dou um puto se os policiais encontrarem você agora.

Kaufman estava de pé junto ao bar, deslizando a mão sobre a madeira lisa.

— Isso aqui ia ficar lindo — lamentou ele antes de se virar para Vince. — Olha, eu não estou pedindo para ficar, mas preciso da sua ajuda. Eu tenho alguns mandados pendentes e preciso sair do estado. Preciso de mais dinheiro.

— Mandados? Como assim, mandados? Que tipo de mandados?

Steven deu de ombros e sustentou o olhar de seu ex-contratante.

— Abuso sexual e bigamia. As acusações são uma baboseira. É uma longa história.

— Sei. Bom, a minha esposa leva uma eternidade para se vestir. Eu tenho tempo de sobra. — Ele fitou o carpinteiro com uma raiva crescente enquanto se dava conta de que havia permitido que um homem acusado de abuso sexual comesse e dormisse na mesma casa que sua esposa e sua filha. Vince sempre se considerara um bom juiz de caráter. Será que havia cometido um erro no caso de Kaufman? Ele deu uma boa olhada em Steven, puxou outro copo e o encheu de vodca. Ele o entregou ao carpinteiro enlameado. — Vá em frente — disse Vince, voltando-se para olhar pela janela. — Sou todo ouvidos.

Steven deu um gole comedido e começou a andar de um lado para o outro.

— Como eu disse, essas acusações contra mim são uma merda. Você quer a versão mais curta ou a mais longa?

— A curta já serve. Minha esposa não demora *tanto* assim.

— A versão mais curta é que eu me casei com Meghan, minha namoradinha do colégio, logo depois da formatura. Nós éramos jovens demais e achávamos que estávamos apaixonados, e acho que até estávamos na época, mas depois de alguns anos nós percebemos que era um erro. Éramos mais como irmãos do que marido e mulher. Aí resolvemos por um divórcio amigável. Problema nenhum, certo? Nós procuramos um advogado e ele nos disse que, como não tínhamos filhos, seria fácil. O acordo era que Meghan ficaria com a casa, que não valia muita coisa mesmo, e eu ficaria com a caminhonete e todas as minhas ferramentas. Fiquei sabendo de um serviço em Manchester, então assinei uma papelada, dei a ela o dinheiro para o advogado e disse para finalizar tudo. Um dia ela me liga e diz: *Parabéns, estamos divorciados.* Então lá estava eu, em Manchester, trabalhando para um dos empreiteiros locais que tinha essa filha gostosona chamada Heather. Eu juro, essa menina era pura encrenca. Ela começou a aparecer sempre que eu estava na obra, basicamente se jogando para cima de mim. Sendo ela a filha do chefe e tudo o mais, eu fiz o que pude para evitá-la. Digo, quem é que precisa desse tipo de problema, certo? Aí um dia ela aparece quando eu estou sozinho instalando armários na cozinha — prosseguiu Steven — e, quando me dou conta, estamos transando no piso de compensado. Depois disso ela começou a visitar com mais frequência, e, bem... você pode imaginar. Quando dou por mim, ela está me dizendo que está grávida e que se o pai dela descobrir vai lhe dar uma surra daquelas, e por isso eu tinha que me casar com ela. Quer dizer, nós nem saímos juntos em um encontro nem nada. Só fizemos sexo na obra. E eu duvidava seriamente de que fosse o único transando com ela. Vou te contar, pensei em entrar na minha caminhonete e sair vazado de lá. Mas a culpa me impediu. Então nós nos casamos às escondidas. O pai dela não gostou muito, mas o que estava feito estava feito. O cretino até me deu um aumento. Passaram-se alguns meses e a Heather nada de engordar. Acabou que ela mentiu sobre a gravidez. Ela só queria que alguém a tirasse das mãos do pai e eu acabei sendo o otário. Quando descobri que não havia bebê nenhum, disse a Heather que queria me separar. Então liguei para a minha ex-mulher para descobrir quem tinha cuidado do nosso divórcio, que tinha sido tão fácil. Foi então que o pesadelo começou de verdade.

Steven parou de caminhar de um lado para o outro e bebeu a maior parte da vodca. Os olhos de Vince se voltaram para ele, sem piscar, enquanto ele bebericava seu próprio drinque.

— Ainda estou escutando — disse ele.

Steven retomou sua caminhada.

— No fim das contas, meu divórcio não tinha sido finalizado, porque a Meghan usou o dinheiro que eu tinha dado para comprar um carro em vez de pagar o advogado. Então, merda, ali estava eu, com duas esposas, mas sem culpa de nada. Decidi dar no pé e lidar com os casamentos depois. Eu já estava quase saindo de Manchester quando um carro de polícia me mandou encostar. Os policiais me algemaram e me jogaram no banco de trás da viatura. Quando chegamos à delegacia, meu novo sogro estava lá e, quando dei por mim, ele me deu um soco tão forte que quase quebrou meu maxilar. Os policiais o seguraram e ele gritou que quando acabasse comigo eu desejaria estar um décimo tão bonito quanto a filha dele. E aí a Heather entrou e, se eles não tivessem me dito que era ela, eu juro por Deus que não a teria reconhecido. O rosto dela parecia ter passado por um moedor de carne. Eu não sei o que aconteceu, mas o lábio dela estava rachado e um dos olhos estava fechado de tão inchado. E ela estava dizendo aos policiais e ao pai que eu tinha feito aquilo com ela. Era como aquele cara em *Dirty Harry* que se espanca e põe a culpa em Clint Eastwood. Só que eu era o Clint Eastwood. E o pai dela não é do tipo que dá ouvidos a explicações. Ele é do tipo que atira primeiro e pergunta depois, então eu sabia que podia me considerar morto se ele botasse as mãos em mim. Eu liguei para Meghan vir pagar minha fiança, já que ela me devia pelo menos isso, e, no minuto em que fui liberado, dei no pé sem olhar para trás. Era meu sogro ou a prisão, e nenhum dos dois me parecia muito atraente. Essa é a verdade. Eu juro. Eu não sou um cara ruim. Só uma vítima de circunstâncias de merda. E eu não estaria nessa bagunça imensa agora se você não tivesse me pedido para... — ele abaixou a voz e olhou escada acima antes de continuar quase em um sussurro — ... para seguir a sua amiga.

Vince matutou sobre a história do carpinteiro. Por mais louca que fosse, ele não tinha motivos para duvidar. Kaufman sempre tinha sido franco com ele.

— Eu posso ser um idiota, mas vou ajudar. De quanto você precisa?

— Só o suficiente para me levar até o Colorado e comprar novas ferramentas. Eu conheço um cara que trabalha em Aspen e ele me disse que estão começando a construir como doidos por lá. Os policiais ficaram com a minha caminhonete, então vou ter que pegar um ônibus. Pode me adiantar uns dois mil?

— Só isso? — disse Vince, quase como se falasse sério. Ele tornou a entrar no escritório e trouxe a caixa-forte de lá. A primeira coisa que notou ao abri-la foi que as chaves do barco não estavam mais em cima da pilha de notas de cem. O que não fazia sentido, já que elas estavam lá não fazia nem uma hora, quando ele marcara o encontro com Suzanne. Ele começou a abrir e fechar gavetas pensando que talvez as tivesse colocado distraidamente na gaveta errada.

— Tudo certo? — perguntou Steven.

— Sim. Eu só perdi uma coisa.

Ele ainda vasculhava sua mesa quando a linha privativa tocou.

— Alô — disparou ele, zangado.

— Ei, eu tenho notícias boas, ruins e bem ruins para você. — Não havia como confundir a voz anasalada de Charley Belchek. Depois de contar a Suzanne a verdade sobre ter mandado alguém segui-la, Vince quase se esquecera do acordo com o ex-policial. — A boa notícia é que eu descobri quem matou a moça no Lincoln Park. A má é que tive que molhar uma porrada de mãos por aí. Sessentão. Você cobre?

— Claro — respondeu Vince, sabendo que provavelmente tinha custado a Belchek a metade daquilo. Mas um acordo era um acordo. E, embora ele não se importasse mais em tirar os policiais do rastro de Kaufman, apresentar a Suzanne a pessoa que havia assassinado sua melhor amiga faria dele um herói aos olhos dela.

— Espere só um minuto — disse ele a Steven, sentado ansiosamente à espera do dinheiro.

— Está falando comigo?

— Não, Charley. Tem outra pessoa aqui. Vá em frente.

— Então, como eu disse — prosseguiu Belchek —, se você molhar o suficiente por aí, dá para colher qualquer coisa. Eu começo pela população carcerária. Geralmente tem alguém que se pode comprar em troca de um favor. Sabe como é, ajudar a família do presidiário ou algo do tipo. Agora, eu devo dizer, desde o começo eu tinha certeza de que tinha sido algum crioulo que a matou. Ou um cucaracha. Mas, quando não ouvi nada dos meus contatos negros ou latinos usuais, passei para o lado mais claro dos suspeitos. Acabou que tem um marginal chamado Rico preso na cadeia municipal por arrombamento e invasão. Acho que ele tinha um companheiro de cela chamado Joey preso por posse de drogas. Então Joey está lendo o jornal velho que eles recebem para ler, e eles leem, pelo menos alguns deles, e ele aponta para uma foto e diz: "Eu sei quem matou essa garota". Uns dois dias depois, Joey foi solto e acabou-se. Quando Rico fica sabendo sobre o meu pequeno incentivo, ele entra em contato e me indica Joey. Quando eu encontro esse Joey, ele está todo tímido, até eu aumentar o incentivo, aí ele se dispõe a compartilhar o que sabe. Parece que ele tem um certo problema com "substâncias". Eu disse que espalhando as verdinhas a coisa aparece — acrescentou ele num adendo.

— Você pode ir direto ao ponto, Charley? Eu tenho que sair ainda este ano — cutucou Vince.

— Certo. Então o Joey me diz que ele estava com esse cara e alguma mulherzinha, e que eles pegaram a garota que acabou morta do lado de fora de algum bar. Ela estava bêbada e Joey farejou encrenca, então resolveu cair fora. Mas ele tem certeza total de que o outro cara a matou. Ele disse que o seu camarada fez alguns serviços por encomenda em Lake County, execução, cobrança de dívidas e tudo o mais, então quebrar um pescoço não seria nada de mais para ele.

— Tem um nome?

— O nome é Salvatore Gianfortune. Atende por Sal. Você sabe como eu disse que havia notícias boas, ruins e bem ruins? Aí vai a notícia bem ruim. Ele anda tagarelando por aí sobre... humm... passar um tempo com a sua filha.

Vince deixou o telefone cair e instintivamente estendeu a mão para pegar a arma presa com fita isolante embaixo da gaveta. O vão estava vazio. Ele deu um salto de sua mesa e correu pela sala de jogos até a base da escadaria.

— Giovanna! — berrou ele. — Anna ainda está em casa?

— Não, ela saiu enquanto você estava no banho. Você está subindo? Estou pronta para sair.

As chaves desaparecidas. A arma desaparecida. Ele se virou para Steven, que o acompanhara para fora do escritório. Olhou para as mãos dele, com os nós dos dedos grandes. Ele já tinha visto o carpinteiro descarregar sozinho todo um caminhão de madeira e carregar o material até o quintal.

— Minha filha está em perigo. Venha comigo — ordenou ele.

Com Steven logo atrás, Vince subiu a escadaria dois degraus de cada vez e irrompeu na cozinha, onde sua esposa o esperava usando um tomara que caia Dior, com o cabelo preso no topo da cabeça e pilhas de diamantes em seu pescoço e suas orelhas. Uma olhada no rosto apavorado do marido a deixou aterrorizada. Ela não se lembrava de algum dia tê-lo visto tão assustado.

— O que foi? Qual é o problema?

Vince encarou a mulher com quem tinha compartilhado os últimos vinte e dois anos. Não podia lhe dizer que a filha deles estava na companhia de um assassino, não podia sobrecarregá-la com essa informação. Era demais para qualquer mãe. Ele não lhe contaria nada até ter certeza de que a filha deles estava a salvo.

— Giovanna, me desculpe. Eu não posso ir hoje. Houve um acidente em um dos canteiros de obra. Me desculpe — repetiu ele. Ele roçou os lábios nos dela rapidamente e correu até a garagem com Steven em seus calcanhares.

Ao escutar as palavras *canteiros de obra*, o medo de Giovanna se transformou em fúria. Como ele ousava abandoná-la quando ela estava toda arrumada e pronta para sair? Sempre havia alguma coisa com aquele negócio. Ele não pagava gente para cuidar das coisas por ele? Bom, dessa vez ela não ficaria em casa sofrendo em silêncio. Dessa vez, ela iria sozinha e arrumaria alguma desculpa por ele. Mas era bom que ele estivesse preparado para pagar por aquela viagem para a Toscana, porque ela não seria superada no leilão.

QUARENTA E SEIS

O estirão de estrada de Indiana Toll era reconfortante em seu vazio, o facho alto dos meus faróis a única coisa a cortar o cinza infinito. Eu acelerava pelo campo aberto, raramente topando com outro veículo, encontrando segurança em estar fora de contato. Eu não sabia bem para onde ia. Só sabia que, por enquanto, estava livre das opiniões e julgamentos de outras pessoas.

Minhas lágrimas tinham se esgotado cerca de cem quilômetros atrás. Elas eram torrenciais quando eu deixei Flynn sozinho no Audi, pioraram no táxi até o meu apartamento. Eu chorava tanto que o taxista não me deixou pagar pela corrida. Do jeito que meu coração doía, era um milagre que ele continuasse batendo. Se tivesse parado de bater, eu não sei se teria me importado.

No momento em que pisei no apartamento, liguei para o restaurante e pedi que chamassem meu pai. Quando ele atendeu, a preocupação era evidente em sua voz. Onde nós estávamos? Flynn e eu deveríamos ter chegado meia hora antes. Todo mundo estava preocupado com a gente.

Eu contei a ele ali mesmo, o anúncio frio de uma realidade fria: *por causa de alguns desacordos sérios, Flynn e eu decidimos que não podemos nos casar.* Era a frase que Flynn tinha criado para nos poupar da humilhação. A parte sobre eu estar grávida podia esperar até mais tarde. Meu casamento arruinado já seria drama suficiente para os meus pais por um dia. E para Flynn.

Meu pai tentou me manter na linha enquanto mandava alguém procurar minha mãe. Sempre que algo relevante dava errado na vida dele, sua esposa sempre podia dar um jeito. Eu não sabia como explicar a ele que aquilo era algo que minha mãe perfeita não podia consertar.

— Pai, não chame a mamãe. O que aconteceu não pode ser desfeito. Não vai haver casamento.

— Estamos indo para aí — disse ele.

— Pai, não faça isso. Eu não vou estar aqui. Vou sair. Me desculpe. Me desculpe mesmo.

Eu desliguei pensando no quanto tinha usado aquelas palavras nos últimos dias. Minhas desculpas tinham ficado cansativas de tanto precisarem ser usadas. Uma coisa que eu sabia com certeza era que eu precisava sair dali o quanto antes. O telefone inevitavelmente começaria a tocar a qualquer segundo, então tirei-o do gancho. Peguei uma muda de roupas, alguns itens de higiene pessoal, e saí apressada do apartamento. Entrei no meu carro, determinada a pegar a primeira rodovia que encontrasse.

Três horas depois eu estava no meio do caminho para Toledo. Ninguém jamais pensaria em me procurar por lá. Nem eu mesma.

Assim, disparei pelo vasto Meio-Oeste, sem saber que, enquanto meus faróis rasgavam um caminho para o nada, outro drama de natureza muito mais assustadora do que o meu se desenrolava.

QUARENTA E SETE

Suzanne

O Belmont Harbor estava velado numa luz cor de chumbo que lembrava uma pintura renascentista sem restauração. Sal encostou na extremidade mais distante do estacionamento quase vazio e desligou o motor, a música alta substituída por um silêncio agourento. Anna se virou e sorriu para Suzanne, um gato de Cheshire com cabelos pretos.

— Aqui estamos — disse ela.

Sem querer que eles a vissem em pânico, Suzanne continuou puxando a maçaneta da porta sem resultado algum.

— Desculpe, mas eu não estou conseguindo sair do carro — disse ela com uma calma fingida.

Sal bateu na própria cabeça com a parte baixa da mão.

— *Stupido!* Está com a trava para crianças. Eu fiquei com meus sobrinhos ontem. — Foi a primeira coisa que ele falou além da saudação grunhida. Ele saiu do carro e deu a volta até a porta de Suzanne. Abriu a porta e ergueu um pino na lateral. — Viu? Proteção para as crianças.

As veias de Suzanne se encheram de alívio por haver uma explicação. Talvez ela estivesse sendo um pouco paranoica. E daí se Anna e Sal estavam na Overhang? Mas aí um pensamento ainda mais estranho lhe ocorreu. E se Vince os tivesse enviado até lá para espioná-la também? Será que ele realmente submeteria a filha a algo assim? Um novo pico de raiva sobrepujou seu bom senso.

— Cadê o seu pai? — ela exigiu saber.

Anna apontou para a doca mais distante.

— Ele está no barco.

— Bom, então vamos lá falar com ele.

Eles caminharam pelo estacionamento da marina, passando por uma família carregando toalhas de praia e sacolas para o carro na luz diurna que diminuía. Quando chegaram ao píer, Anna digitou uma senha no portão metálico que impedia invasores de acessarem os barcos. A porta se fechou com uma batida atrás deles e o ruído ecoou pelo cais, abafado. Uma sensação de aprisionamento baixou novamente sobre Suzanne. No crepúsculo que se aprofundava, luzes cintilavam do interior de alguns barcos no cais; no entanto, tirando uma pequena lancha-cruzeiro a duas vagas dali, os barcos que forravam a doca onde ela se encontrava estavam escuros.

— Qual é o barco? — indagou ela, parando.

— Aquele — disse Anna, apontando para uma lancha impressionante ancorada no fim do píer.

— Aquele barco está escuro. Pensei que você tivesse dito que o seu pai estava aqui.

— Ele deve estar tirando uma soneca — disse Anna.

Suzanne se lembrou de um seminário sobre segurança a que havia comparecido anos antes. O seminário fora dado por um policial aposentado que afirmava que o medo era a campainha de alerta embutida no corpo contra situações perigosas. O alarme soara em seu apartamento e de novo no Buick, mas ela o ignorara. Bem, ele certamente estava disparando agora. Em sua ansiedade para conversar com Vince, ela tinha deixado o bom senso de lado. Se tivesse prestado atenção aos seus instintos desde o começo, estaria em casa agora comendo pizza, e não encarando o casco escuro de uma lancha-cruzeiro na qual Vince não estava e não havia estado a noite toda.

Suzanne se lembrou de outro ponto crucial do seminário. *Nunca permita que levem você para um local secundário.* As coisas não tinham como ficar mais secundárias do que um barco escuro num porto escuro. Resolvendo que já havia sido estúpida por tempo suficiente, ela se virou para voltar ao portão. Sal bloqueou sua passagem com uma arma na mão.

Ela nunca tinha visto uma arma de verdade antes. Seus pais não possuíam uma, assim como nenhum de seus amigos. Pelo menos que ela soubesse. Ela já vira armas na televisão e nos filmes, é claro, mas isso não era nada em comparação com a realidade fria do aço apontado para ela e o poder destrutivo que ele continha. Adrenalina inundou seu organismo conforme a reação de fuga ou luta a dominava. Lutar estava fora de questão. A única alternativa possível era fugir. Mas o medo se fechava ao redor dela rápido demais, paralisando sua habilidade de entrar em ação.

— Mexa-se — comandou Sal, empurrando-a na direção do barco. Anna postou-se ao lado dele, sorrindo e ainda segurando a sacola de compras que carregava antes.

Suzanne decidiu se manter firme.

— O que vocês querem de mim? — disse ela, tentando inserir um pouco de autoridade na voz.

— Mexa-se, já disse.

Sentindo que não havia outra escolha, ela começou a descer pelo píer, dando passos pequenos para prolongar seu progresso enquanto analisava a situação. *O que* eles queriam dela? Planejavam feri-la ou isso seria apenas para assustá-la? Será que se tratava de dinheiro? Será que eles queriam o dinheiro dela? E então seus pensamentos mergulharam num lugar mais sombrio, aquele que ela vinha evitando. Será que ela estava dando seus últimos suspiros?

O lago dos dois lados do píer estava desolado, negro e convidativo. Se ela se jogasse na água, seria praticamente impossível que eles a vissem. Ela se imaginou mergulhando de cabeça no cais, do jeito que ela e Johnny faziam nos lagos gelados de Minnesota, e nadando feito um sapo debaixo d'água até onde seu fôlego pudesse levá-la.

Mas a arma em suas costas a manteve em movimento até eles pararem perto de um barco grande e esguio com o nome *Giovanna Anna* pintado em dourado na proa.

— Suba — mandou Sal.

Suzanne manteve-se firme, recusando-se a sair dali.

— Um tiro bem aqui — disse ele, pressionando o aço frio contra a espinha dela — e você vai para uma cadeira de rodas pelo resto da sua vida, com um saco para o mijo e outro para a merda.

O medo dela foi tão forte, sua boca ficou tão seca, que ela podia sentir os pulmões se esvaziando e colando. Era agora ou nunca. Em um último esforço, ela se jogou adiante na direção do vão entre o barco e o píer. Suzanne estava caindo na água e na promessa de fuga quando sentiu o tornozelo ser capturado por uma mão de aço. Seu corpo se chocou contra um pilar e ela ficou pendurada de cabeça para baixo sobre o vazio escuro, indefesa. Virou a cabeça para cima. O céu estrelado entrou em foco atrás da cabeça de Anna, que a segurava com uma força alimentada pelo ódio.

— Piranha idiota — disse ela em voz alta.

Sal estendeu a mão e puxou-a de volta para o píer pela parte de trás da calça jeans. Suzanne tentou gritar, mas Sal botou a mão por cima de sua boca com tanta fúria que lhe rachou o lábio. Ele a conteve enquanto Anna destrancava a cabine e acendia a luz. Em seguida, ele arrastou-a para dentro do barco e jogou-a no salão. Anna fechou a porta atrás deles.

— Belo barco, não é? — Anna cuspiu as palavras para Suzanne, fitando-a com uma hostilidade desvelada. — Aposto que você gostaria de botar as mãos nele. Bem, meu pai o comprou para mim e para a minha mãe. Entendeu?

Rasgando o rosto em um sorriso aterrador, a garota enfiou a mão na sacola e tirou de lá um rolo de fita isolante. Suor se formou na testa de Suzanne, ensopou suas axilas, umedeceu sua virilha. Seus intestinos ameaçaram ceder. Sal forçou-a em direção a uma cadeira e segurou-a enquanto Anna usava a fita isolante para prender as pernas dela à cadeira e suas mãos junto às costas.

— Por favor — implorou Suzanne. — Eu não sei o que vocês querem, mas se for dinheiro...

— Como você ousa, sua vaca? — A filha de Vince apanhou a arma que Sal tinha colocado sobre a mesa e bateu no rosto de Suzanne com ela. A cabeça dela voou como a de uma boneca, e lágrimas de dor rolaram de seus olhos enquanto uma marca vermelha brotava em sua bochecha. — Dinheiro? Meu pai tem mais dinheiro do que você vai ver nesta vida! — Ela voltou sua atenção para Sal. — Eu não aguento mais escutar essa piranha. Pode calar a boca dela?

Sal cobriu a boca de Suzanne com a fita isolante e enrolou-a em torno da cabeça dela várias vezes, para garantir. Anna continuou seu discurso.

— Você se intrometeu na nossa família e mudou tudo. Meu pai nunca agiu desse jeito com as outras putas dele. Você não é a primeira, sabe? Houve muitas antes de você. Mas, com você, ele anda diferente. Ele nunca colocou nenhuma delas acima de mim e da minha mãe. Com você, é quase como se a gente não existisse. O que eu não entendo é que você nem faz o tipo dele — sibilou ela. — Ele nunca gostou de mulheres magrelas e sem peito. Sempre preferiu suas mulheres com curvas, como a sua amiga. Cara, eu tinha certeza de que aquela puta era a certa. Tudo se encaixava. Mas adivinha só? Nada mudou depois que ela morreu. — Anna pressionou a arma na bochecha de Suzanne. — Desta vez eu sei que peguei a pessoa certa.

— Anna, para! Você está louca? — Sal arrancou a arma da mão dela e colocou-a em cima da mesa. — Nada de tiros por aqui. O barulho ecoaria pelo cais todo.

— Desculpe, Sal. Acho que me empolguei demais. — Ela deu as costas para a mesa e lhe deu um beijo longo e cheio de promessas, lambendo o rosto dele. Ele deslizou uma das mãos até o traseiro dela e a puxou para junto de si, separando-lhe as pernas com uma das suas.

— Vamos mostrar para ela como é que se faz — disse Anna, fitando Suzanne diretamente enquanto se esfregava na perna dele para cima e para baixo. — É assim que você faz com o meu pai?

Sal deu um sorriso malicioso. Anna puxou a camiseta e o sutiã para cima, segurando um seio massivo em cada mão, as auréolas escuras do tamanho de moedas de prata. Ela gemeu alto quando Sal tomou um seio em sua boca, sugando-o. Suzanne fechou os olhos para bloquear a cena, mas nada podia bloquear os sons animalescos de sexo.

— Ah, amor, amor — Sal ficava repetindo. — Meu pau vai explodir.

— Meu pai fala isso quando fode você? — provocou Anna.

Finalmente, depois de um tempo interminável, houve alguns grunhidos graves seguidos por um silêncio. Suzanne entreabriu os olhos e viu Sal puxando seu jeans desbotado por cima das longas pernas brancas, fechando o cinto no alto da barriga. Anna jazia no sofá, os seios esparramados para as laterais das costelas, as pernas escancaradas.

— Você gosta de assistir, puta? Achei mesmo que ia gostar.

Sal pegou a chave do barco e saiu para o convés. Anna vestiu a camisa dele e o seguiu, deixando Suzanne sozinha na cabine. Seu coração batia com tanta força que ela achou que fosse desmaiar. Não existia nenhuma dúvida de que eles pretendiam matá-la. Ela se perguntou por que havia cometido o erro de vir com eles.

E então a dura verdade lhe ocorreu. O erro não tinha sido se permitir ser trazida para o porto. Aquilo tinha sido um erro periférico. Um erro maior fora cometido, e aquele erro era o motivo da morte de Angie e agora levaria à sua própria morte. O erro de ter um caso com um homem casado.

Ela devia saber que isso não levaria a nada de bom. *Nada de homens casados* era o mantra primordial de todas as colunas de conselhos amorosos do mundo. O fato era que ela havia contrariado tudo o que lhe fora ensinado e cometido adultério. Que estupidez! Em vez de pedir dinheiro a Vince quando começou a ter problemas financeiros, ela deveria ter vendido seu apartamento. Ela sabia o tempo todo que ele lhe emprestaria o dinheiro porque se sentia atraído por ela. Pensou que podia lidar com isso, enrolar Vince até que pudesse pagá-lo de volta. Em vez disso, caiu vítima de seus próprios desejos egoístas. Era tarde demais para desejar que nunca tivesse se envolvido com ele.

Os motores do barco foram ligados e a cadeira começou a vibrar, intensificando o medo de Suzanne. Eles iam sair do porto e partir para as águas profundas do lago. Ela visualizou seu corpo submergindo até o fundo lamacento do lago, servindo como alimento para os peixes e outras formas de vida aquática. Ninguém jamais descobriria o que havia acontecido com ela. Seu coração bateu com mais força.

Quanto tempo se passaria até que alguém sequer percebesse que ela tinha sumido? Vince daria pela falta dela na manhã seguinte quando fosse buscá-la e ela não estivesse lá, mas o que ele poderia fazer? Não poderia notificar a polícia de que sua namorada estava desaparecida. O primeiro sinal de alerta soaria mais tarde, no casamento, quando seu lugar na mesa ficasse vazio. Ela imaginou os telefonemas frenéticos de seus pais e o sofrimento que se seguiria nas semanas posteriores, sem saber o que havia acontecido com sua última filha viva.

A polícia iria até o prédio dela e faria perguntas. O porteiro talvez se lembrasse de que ela saíra com uma jovem morena de saia justa, e de que dera a ele dinheiro para uma pizza, mas isso não adiantaria muito.

O motor parou e fez-se silêncio antes de ele tossir de volta à vida. Reunindo toda a astúcia que lhe restava, Suzanne olhou em volta buscando por qualquer saída possível. A mesa onde a arma repousava tinha cantos quadrados e afiados. Talvez ela pudesse se balançar até lá e usar os cantos para cortar a fita isolante que prendia suas mãos. Dali, a arma se encontrava fácil de alcançar. Não havia nada a perder. Qualquer coisa era melhor do que ficar ali sentada, esperando para se tornar uma vítima. Usando o peso de seu corpo para balançar a cadeira para a frente e para trás, ela conseguiu movimentá-la um milímetro adiante. Encorajada, ela continuou balançando a cadeira na direção da mesa, para a frente e para trás, em uma corrida contra o tempo. O motor recomeçou, uma vibração rítmica embaixo dela, e em breve eles estariam deixando o cais. Ela começou a trabalhar mais rápido.

Estava na metade do caminho até a mesa quando o motor foi desligado de novo. A porta da cabine se abriu e Anna entrou. A camisa de Sal estava aberta e os seios dela pendiam quase até o umbigo, uma sombra de pelos púbicos apontava para sua vulva. Quando ela viu que Suzanne tinha se movido, suas sobrancelhas se encontraram em um franzido irritado.

— Está achando que vai a algum lugar? — perguntou ela.

A garota andou na direção dela, ergueu um pé descalço e deu um empurrão na cadeira que fez Suzanne quicar pelos degraus da cabine. Ela aterrissou de costas, batendo a cabeça com tanta força que quase perdeu a consciência. Quando finalmente forçou os olhos a se abrirem, Anna estava de pé em cima dela com a fita isolante na mão.

— Vadia burra. Aonde você achou que ia? Você é ainda mais problemática do que a sua amiga.

Um terror inimaginável agarrou Suzanne enquanto a filha de Vince cortava quatro pedaços de fita e se debruçava sobre ela. *Ah não, ah não, ah não.* Incapaz de mover os braços ou as pernas, ela chacoalhava a cabeça e retesava o corpo, debatendo-se na cadeira como um peixe fora d'água. *Ah não, ah não, ah não.*

— Não veja mal algum — disse Anna, pressionando um pedaço de fita sobre os olhos de Suzanne. — Não ouça mal algum — prosseguiu ela, colocando um pedaço sobre cada orelha de Suzanne. E então gritou: — Não respire mal algum!

Ela apertou o último pedaço de fita no nariz de Suzanne e segurou firme.

Suzanne tentou inspirar, mas a fita bloqueava suas narinas. Tentou exalar, mas o ar voltou para dentro do nariz. Tentou mexer a boca para soltar a fita, sem resultado algum. Sua mente lampejou para um verão em Minnesota quando ela quase se afogou e sua tia precisou fazer respiração boca a boca. Ela tinha ido para um local agradável e voltado, encontrando seus pais e Johnny em um círculo ao seu redor, com os rostos marcados de preocupação. Talvez fosse acontecer algo desse tipo outra vez. Ela perdeu a consciência bem quando os motores voltaram à vida.

QUARENTA E OITO

O'Reilly tinha acabado de desembrulhar seu sanduíche do Subway quando o Seville passou voando por eles.

— Puta merda! — disse ele, jogando o sanduíche no banco traseiro. Ele deu a partida no Crown Victoria e deu meia-volta. — Era o Kaufman no banco do passageiro?

— Parecia com ele — disse seu parceiro grandalhão, dando uma mordida tranquila em seu próprio sanduíche. Eles estavam vigiando a casa de Columbo havia horas, torcendo para vislumbrar o carpinteiro fujão. Agora com certeza o tinham visto.

— Como caralhos ele entrou naquela casa sem a gente ver?

O'Reilly pisou fundo no acelerador, rezando para que não houvesse crianças brincando na rua enquanto ele voava pela área residencial. Quando alcançaram a saída do bairro, o Seville era um pontinho vermelho dirigindo-se para o leste.

— Cara, ele está correndo mesmo — disse Kozlowski, comendo calmamente seu sanduíche. Ele não via motivo algum para não comer. Não estava dirigindo mesmo.

O'Reilly colocou o Crown Victoria para trabalhar, o velocímetro passando de cento e dez em segundos. Por sorte, sua ressaca naquele dia estava leve, já que ele bebera só cinco ou seis cervejas na noite anterior. Ele sabia que estava quebrando todas as regras dirigindo naquela velocidade, especialmente fora de sua jurisdição, mas não queria nem pensar nisso.

— Quer pedir apoio? — perguntou Kozlowski enquanto o vão entre eles e o outro carro diminuía.

— Não. Primeiro vamos ver para onde ele está indo.

O Seville entrou na Eisenhower e dirigiu-se para a cidade, movendo-se tão depressa que O'Reilly teve que colocar à prova todas as suas habilidades como motorista. Columbo era um maluco ao volante, ultrapassando todos os limites de velocidade, cruzando quatro faixas de uma só vez, chegando até a subir por uma rampa de saída e descendo do outro lado para contornar um ponto de tráfego mais lento.

— Isso é quase como nos filmes — disse Kozlowski, terminando o último pedaço. — Só que nos filmes haveria mais uma dúzia de policiais em cima de nós a essa altura.

— É, isso só acontece nos filmes — concordou O'Reilly. — Esse cara acha que é piloto da Nascar?

— Sei lá. Mas ele está com muita pressa mesmo.

Eles chegaram à cidade em tempo recorde. O Seville deixou a via expressa e entrou no labirinto subterrâneo do começo da Wacker Drive. Havia obras em andamento, com tapumes e cones alaranjados confundindo as faixas. Eles viram o Seville logo à frente, e estavam se aproximando dele, quando um veículo desviou de um cone deslocado e entrou na frente deles. O'Reilly pisou no freio com tudo, a inércia quase metendo Kozlowski e ele pelo para-brisa, apesar dos cintos de segurança. Ele soltou uma torrente de palavrões enquanto ambos assistiam ao Seville desaparecer pelas fileiras de laranja neon.

— E agora? — indagou Koz.

O'Reilly ponderou a situação enquanto o carro errante saía do caminho.

— Aposto dez dólares que eles estão a caminho do Belmont Harbor. E, em algum ponto disso, vejo o dr. Niebaum.

Ele tornou a meter o pé no acelerador. Com força.

Dez minutos depois, eles pararam com uma cantada de pneus no Belmont Harbor. O Seville estava abandonado no meio do estacionamento, com o motor ainda ligado e as portas do motorista e do passageiro abertas. Eles abordaram o carro com cuidado, as armas soltas nos coldres.

— Estava com pressa mesmo — repetiu Kozlowski.

O'Reilly vasculhou o cais. Luzes vazavam de pouquíssimos barcos, mas o *Dermoabrasão* era um deles.

— Eu sabia que havia alguma conexão entre Niebaum e...

Suas palavras foram interrompidas pelo som de passos apressados. Entretanto, o som não vinha da direção do barco de Niebaum. Vinha do píer na extremidade mais distante do cais. Nas sombras sinistras das luzes amarelas do porto, eles podiam ver as silhuetas de dois homens correndo.

Tinha que ser no píer mais distante, pensou O'Reilly. Ele levantou as calças e fez um gesto de cabeça para Kozlowski. Ambos prenderam as armas e saíram correndo atrás dos homens.

QUARENTA E NOVE

A mão de Vince tremia tanto que ele mal conseguiu digitar a senha de entrada. Ele podia ver as luzes cintilando dentro do *Giovanna Anna* e ouvir o ronco suave dos motores da lancha. Vince nunca matara alguém, nunca sequer sonhara em fazê-lo, mas, se Sal tivesse ferido sua filha de algum jeito, haveria uma primeira vez. O portão se abriu com um estalido justamente quando o *Giovanna Anna* começou a se afastar de sua vaga.

— Depressa! — gritou ele para Steven.

Os passos deles ecoavam como batidas de tambor pela marina conforme eles corriam pelo píer. Eles chegaram ao barco no instante em que ele saía da vaga. Vince saltou para a proa primeiro, seguido por Steven, que caiu ruidosamente no convés. Os motores foram colocados em ponto morto e a cabeça escura de Sal surgiu na ponte.

Sem esperar por Steven, Vince foi diretamente para a plataforma da popa. Ele abriu a porta da cabine com tanta força que ela quase escapou das dobradiças. De pé no meio do salão, seminua em uma camisa masculina, estava a filha dele. Ao ver o pai, ela ofegou e fechou a camisa com um puxão.

— Papai! — gritou ela. — O que você está fazendo aqui?

— Ele machucou você? — Vince exigiu saber, perfurando-a com os olhos negros. — Ele machucou você? — repetiu ele.

Ela lhe deu um olhar lastimável, como o de uma criatura com dor. Jogando-se para cima dele, ela o agarrou pelas lapelas e irrompeu em lágrimas em seu peito coberto pelo smoking.

— Ah, papai! Graças a Deus você está aqui — choramingou ela em uma voz trêmula. — Ele me estuprou.

A fúria dentro de Vince fez surgirem raios vermelhos diante de seus olhos, o sangue bombeando com tanta força que era um milagre alguma artéria não ter estourado. Aquela escória humana tinha estuprado a filha dele. Ele iria pessoalmente rasgar Sal em pedacinhos, com as próprias mãos. Envergonhado pela quase nudez de sua filha, ele pegou uma manta do sofá e embrulhou-a. Um estrondo veio do lado de fora.

— Fique aqui — comandou ele.

Vince saiu para a plataforma da popa e lá encontrou Steven e Sal atracados num combate físico. O morador do West Side estrangulava o carpinteiro e tentava jogá-lo por cima da amurada. Steven então tirou vantagem da posição e jogou Sal por cima dos ombros para o convés. Em seguida, os dois estavam no chão, brigando como lutadores de rua, chocando-se contra as cadeiras do convés, alternando-se na posição em cima do outro a cada poucos segundos.

Steven nunca tinha lutado com ninguém tão forte. A força de Sal era sobre-humana e, embora o carpinteiro usasse cada grama de músculo que possuía, o outro sujeito o estava superando. Sal lutava sem regras. Ele mordeu o pescoço de Steven, errando a jugular por pouco. Steven arqueou as costas com uma força nascida da adrenalina e conseguiu jogar Sal longe, mas um momento depois Sal já estava em cima dele de novo, esmagando seu rosto com os punhos.

Vince assistia de longe, tentando decidir o que fazer. As posições dos dois combatentes mudavam com tanta frequência que qualquer tentativa de intervir seria como enfiar a mão em uma briga de cães. A certa altura, ele tentou puxar Sal para longe de Steven, mas, como um cão furioso, Sal meteu os dentes na parte carnuda da mão de Vince, arrancando um pedaço. A dor fez Vince recuar, com sangue escorrendo da mão ferida, enquanto Sal continuava a esmurrar Steven.

Steven de alguma forma empurrou Sal para longe de si e então os dois voltaram à batalha furiosa, as silhuetas de seus músculos tensos parecendo mármore esculpido enquanto eles lutavam mano a mano. Finalmente, Sal levou a melhor sobre o carpinteiro exausto, prendendo os ombros do outro ao convés com os joelhos. Ele passou as mãos de ferro em torno do pescoço de Steven e começou a apertar. A boca do carpinteiro se abriu em uma súplica muda, as mãos se debatendo no vazio enquanto procuravam pelo oponente. Não havia dúvida na mente de Vince de que, se não fizesse nada, Sal mataria Steven. E talvez matasse Vince logo em seguida. Ele não queria pensar no que poderia acontecer com sua filha depois disso.

Vince abriu um banco que servia como local de armazenamento e tirou de lá um remo de madeira, sentindo o peso dele em sua mão boa. Ele voltou-se para os homens em luta e levantou o remo acima do ombro, preparando-se para esmagar o crânio de Sal. Porém, antes que ele pudesse atacar, um tiro soou, reverberando com um tinido pela água aberta. Sal ofegou e desabou sobre o convés. Vince olhou ao redor e encontrou a filha de pé ao seu lado com uma arma na mão. Os olhos dela estavam fixos em Sal, que se remexia no convés com sangue jorrando de uma artéria perfurada. Vince assistia, boquiaberto, em um horror atônito.

— Ele me estuprou, papai, ele me estuprou — soluçou Anna, caindo contra ele com a arma ainda nas mãos. Ela estava histérica, e ele tentou consolá-la enquanto fitava com um ódio incontido o homem que sangrava no convés. Steven se levantou lentamente, tossindo e esfregando a garganta, e gentilmente retirou a arma da mão de Anna. Ele subiu até a ponte e levou o *Giovanna Anna,* então à deriva, de volta para sua vaga. Em seguida, desligou os motores e voltou ao convés.

Então fez-se silêncio, exceto pelo som do choro de Anna, a cabeça escura soluçando sobre o ombro do pai.

CINQUENTA

O'Reilly e Kozlowski estavam presos no portão quando o tiro soou, o som ampliado como trovão pela vastidão da água. Um homem de bermuda cargo apareceu no passadiço de um barco dilapidado procurando pela fonte do barulho. O'Reilly o chamou e acenou com seu distintivo pelas barras de ferro.

— Ei, você! Polícia! Precisamos entrar, depressa!

O sujeito de bermuda correu pela doca para deixá-los entrar. Os dois policiais recomeçaram a correr, segurando com mais firmeza as armas que raramente sacavam, O'Reilly torcendo para chegar até o fim sem cair duro ou sofrer um ataque cardíaco. Quando se aproximaram do *Giovanna Anna,* desaceleraram e se abrigaram atrás de um barco vizinho para analisar melhor o cenário no convés. Steven Kaufman segurava uma arma abaixada, enquanto uma garota vestindo uma camisa masculina soluçava no smoking de Vince Columbo.

— Não se mexa, Kaufman! É a polícia — gritou O'Reilly das sombras. — Solte a arma no convés e levante as mãos. Você também, Columbo. E a garota. Ninguém se move!

Steven se virou para os dois detetives e analisou suas opções. Ao fundo, podia-se ouvir o grito das sirenes. A água lá embaixo parecia escura e convidativa. Talvez, apenas talvez, ele conseguisse escapar.

— Não faça isso — disse Vince, sentindo a intenção do carpinteiro. — Não fuja. Eu cuidarei pessoalmente para que você tenha os melhores advogados. Eu lhe devo isso por salvar a minha filha.

Steven colocou a arma no convés e ergueu as mãos acima da cabeça. Vince também levantou as mãos. As mãos da garota soluçando continuaram ao lado do corpo dela, o rosto escondido no peito de seu pai. O'Reilly e Kozlowski subiram a bordo.

— Mas que caralhos... — disse O'Reilly ao ver a figura de cabelos escuros no convés, sua vida escorrendo em uma poça crescente de sangue. O'Reilly apanhou a arma que Steven havia largado e guardou-a no bolso.

Com a filha soluçando ainda agarrada à sua camisa, Vince apontou para Sal e apelou aos detetives.

— Aquele homem matou Angie Wozniak. E estuprou a minha filha.

A garota ergueu a cabeça chorosa do peito de Vince.

— Ele me estuprou — afirmou ela, numa voz arrancada de algum lugar sombrio lá dentro. — Ele me estuprou e jurou que, se eu contasse a alguém, ele faria comigo a mesma coisa que fez com a mulher na cabine inferior.

— Que mulher na cabine inferior? — perguntou O'Reilly, tenso.

Kozlowski já estava a caminho da cabine. Um minuto ansioso se passou enquanto O'Reilly vigiava os outros personagens no barco. A porta da cabine se abriu e o policial grandalhão emergiu carregando o corpo inerte de uma mulher em seus braços, com um bolo de fita isolante no punho. Estreitas linhas vermelhas cintilavam nas pernas dela, onde ele usara seu canivete para libertá-la da cadeira.

— Ela não está respirando, mas ainda tem pulsação. — Ele colocou a mulher inconsciente no convés e se ajoelhou para começar a aplicar massagem cardíaca, bombeando o peito dela e trabalhando febrilmente para empurrar ar dentro dos pulmões paralisados, suas costas enormes bloqueando-a da visão dos outros. O'Reilly já tinha chamado uma ambulância pelo rádio para o sujeito no convés, mas repetiu o gesto, solicitando outra enquanto seu parceiro continuava tratando da mulher. A primeira das viaturas que responderam ao chamado tinha entrado no estacionamento, e dois policiais uniformizados já se aproximavam do barco. O'Reilly os fez parar e apontou para o *Dermoabrasão* a três vagas dali.

— Deem uma olhada naquele barco — gritou ele. — Tem um médico a bordo. Acordem-no e tragam-no para cá. Temos uma mulher morrendo.

Os policiais saíram correndo mais rápido do que O'Reilly jamais conseguiria.

Ainda abrigando a filha chorosa debaixo do braço, Vince agradeceu a todos os poderes superiores por ela estar ilesa. Ele esperava que o dano psicológico não fosse grande demais. Mas ela era uma lutadora, como ele, e Vince confiava que ela fosse sobreviver àquilo. Seus olhos se voltaram para a figura menos afortunada no convés. O rosto dela estava coberto pelo imenso policial, mas ele podia ver um braço branco com um relógio Cartier adornando um pulso esguio. Uma mão macia e bem tratada. Seu coração ameaçou parar de bater. Ele conhecia aquele braço, aquela mão, aqueles dedos; ele os levara a seus lábios várias e várias vezes. Soltou sua filha.

— Suzanne — gritou ele, movendo-se na direção do corpo prostrado no convés. Alguém o agarrou pela manga do smoking e o segurou. Pensando ser O'Reilly, ele se virou, pronto para se defender. Mas não era O'Reilly quem o segurava. Era Anna.

— Para, papai! Para! — berrou ela, o rosto tão maligno e cheio de ódio que ele mal a reconheceu como sua filha. As unhas dela arranharam seu braço como um gato desesperado. — Não vá até ela!

Os dois uniformizados voltaram correndo para o barco, seguidos por um Michael Niebaum sem camisa e carregando um kit de primeiros socorros. Ele subiu a bordo e congelou ao ver Sal caído em uma poça de sangue.

— Não ele — gritou O'Reilly. — É tarde demais para ele.

O policial grandalhão foi mais para o lado e o cirurgião plástico respirou fundo ao ver Suzanne no convés. Ele se ajoelhou ao lado dela e procurou pela pulsação. Sem hesitar, procurou no kit e tirou de lá a injeção de adrenalina que mantinha sempre à mão por causa da alergia de Cara. Ele enfiou a seringa no peito de Suzanne. Quase de imediato, houve um engasgo, uma tosse e um ofegar úmido. O corpo de Suzanne se debateu enquanto lutava para voltar à vida. Sua respiração estava errática, um ofego e uma inspiração, um ofego e uma inspiração. Gradualmente, ela começou a inspirar em um ritmo mais regular. Suas pálpebras se abriram, trêmulas.

Ela olhou ao redor, confusa, os olhos passando de Michael Niebaum para o detetive Kozlowski e o detetive O'Reilly, perguntando-se por que eles estariam ali, sua memória vazia. Vince também estava ali, com Anna a seu lado; ele a fitava como se tivesse visto um fantasma.

E então tudo voltou em fragmentos. Ela saindo de seu apartamento com Anna. Sendo forçada para dentro do barco. Sendo presa à cadeira por Sal. Anna golpeando-a com a arma. Os dois fazendo sexo na frente dela. A última coisa de que se lembrava era Anna empurrando-a pelos degraus da cabine. Todas as memórias paravam ali.

— Vince — murmurou ela, estendendo um braço.

Vince soltou os dedos da filha de sua manga e se ajoelhou ao lado de Suzanne. Ele tomou suas mãos nas dele e roçou-as com os lábios.

— Estou aqui, Suzanne. Você não precisa se preocupar.

— Vince. — Os olhos dela se fecharam de exaustão.

— Não, Suzanne. Não fale. Você pode me contar depois.

— Não, Vince. Tenho que lhe contar agora. — Invocando cada átomo de energia que seu corpo exaurido podia, ela disse: — Sua filha tentou me matar.

A seguir, fechou os olhos e ficou quieta.

— Isso não é verdade! Foi o Sal! Foi tudo o Sal — implorou Anna, puxando a manga do casaco do pai.

Os paramédicos chegaram, trazendo duas macas. A polícia manteve Vince ali enquanto Suzanne era colocada em uma maca, um lençol puxado até seus ombros. Sal foi colocado na segunda maca. Seu lençol cobria a cabeça. Vince e Anna foram escoltados até duas viaturas separadas, Anna gritando por seu pai enquanto era guiada para o banco traseiro, as emoções de Vince divididas entre sua filha e sua amante.

A imprensa chegou ao local a tempo de filmar Steven Kaufman sendo colocado em uma terceira viatura policial, as mãos algemadas junto às costas.

CINQUENTA E UM

Pela primeira vez em dias, eu senti apetite de verdade. Durante a última semana, eu não tinha comido mais do que um ou dois bocados. Pensei na semente crescendo em meu útero e em como ela tinha sido maltratada desde sua concepção, com bebida demais e comida de menos. Jurei cuidar melhor dela dali por diante.

Eu estava me aproximando da fronteira de Ohio quando começaram a brotar placas sinalizando um posto de parada. Logo o fulgor das luzes acenou da escuridão infinita. Eu saí da interestadual e estacionei meu humilde fusca em meio a uma frota de caminhões e caminhonetes. A lanchonete adjacente estava cheia de caminhoneiros e caçadores, a maioria usando bonés com logotipos de empresas de maquinário pesado. Algumas cabeças se viraram para me olhar, uma mulher viajando sozinha era sempre uma fonte de interesse, mas os olhos da maioria dos fregueses estavam colados a televisões mudas afixadas em torno do salão.

Encontrei uma mesa junto à janela e apanhei o cardápio em um suporte de arame. Uma garçonete se aproximou e pedi uma salada de frango e um milk-shake, reclinando-me em uma exaustão inerte para assistir à TV enquanto esperava minha comida. A televisão estava no canal WGN, que reprisava o noticiário das nove. O prefeito dava as boas-vindas a algum dignitário, seguido por uma série de comerciais. A salada de frango chegou e eu comecei a comer como se tivesse acabado de ser liberada de um campo de prisioneiros. Quando finalmente ergui a cabeça para dar uma pausa, o jornal estava de volta, e uma repórter loira estava de pé em frente a uma dúzia de carros da polícia. A legenda dizia: Belmont Harbor. Em seguida, entraram imagens gravadas anteriormente no local. Steven Kaufman, algemado, estava sendo conduzido para uma viatura. Ele virou sua cabeça de cachos escuros e me encarou de dentro da tela. Seu rosto tinha hematomas e um de seus olhos estava fechado de tão inchado. As coisas ficaram ainda mais surreais quando a câmera abriu o plano e mostrou Michael Niebaum, sem camisa, parado ao fundo.

Larguei meu garfo e fui procurar um orelhão. Carol Anne estava em casa, o som sonolento da voz de minha melhor amiga me tranquilizando no mar de incertezas.

— Adivinha quem é?

— Maggie, é você? — A voz dela passou a soar totalmente acordada. — Você está bem? Todo mundo está preocupado com você. Onde você está?

— Não se preocupe. Eu não me enforquei. Estou em algum lugar perto da fronteira de Ohio. Desculpe por ligar tão tarde, mas eu precisava saber o que aconteceu.

— Bom, a verdade é que todo mundo ficou totalmente em choque. Sua mãe chorou. A mãe de Flynn chorou. Seu pai estava completamente desorientado. E eu já vi Flynn em dias melhores.

— Flynn? Ele foi para o restaurante?

— Foi. Ele apareceu e levou seus pais e os pais dele para um cantinho e conversou com eles. Depois ele contou aos presentes, e eu estava incluída aí, o que deve ter contado aos seus pais. Que vocês dois se deram conta de que não era correto se casarem, e que tiveram que parar antes que cometessem um erro. Ele mandou superbem, Maggie. Cuidou de tudo com muita classe. Não disse nem uma palavra maldosa a seu respeito. Aí os rapazes do Sig Ep se juntaram em volta dele e declararam que, se não ia haver um casamento, ia haver uma festa de arromba. Ele vai ficar bem, Maggie. Claro, não sei se posso dizer o mesmo da irmã dele. Nan parecia realmente arrasada.

Eu me encolhi ao pensar em decepcionar Nan. Deus, eu era uma criatura maléfica. Mas a gente não pode se casar por causa dos outros, relembrei a mim mesma. Era isso o que tinha me trazido até ali para começo de conversa. E aí eu entrei no motivo real para o telefonema.

— Eu estou numa parada de caminhoneiros e acabei de ver no jornal que prenderam o pai do meu filho. E sou eu que estou totalmente doida, ou o Michael também estava lá?

A voz de Carol Anne mudou outra vez.

— Tem muito mais nessa história do que o que você acabou de ver no noticiário.

Ela me contou o que sabia, sobre Suzanne quase ter sido morta pelo mesmo cara que provavelmente matou Angie, sobre Michael ter salvado a vida de Suzanne. Ela não tinha ideia de onde Steven se encaixava nessa história. Só sabia que ele tinha sido preso. Havia tantas perguntas que eu nem sabia por onde começar. Fiz a mais importante primeiro.

— Como está a Suzanne?

— Ela está internada. Eles tiveram que sedá-la, e os pais dela estão lá. Acho que ela vai ficar bem, pelo menos fisicamente.

— Graças a Deus que Michael estava lá.

O silêncio prolongado me disse que talvez não fosse uma coisa tão boa assim que Michael estivesse por lá – ao menos não para Carol Anne.

— Ele estava se divertindo com um amigo enquanto eu estava no seu jantar de ensaio. Maggie, para mim já chega. Acabou.

Desliguei pensando em como o mundo como o conhecíamos tinha saído de seu eixo.

Dessa vez meus faróis estavam virados para o oeste. Meu fusca e eu corríamos pelo preto retinto na direção de Chicago, levados por uma urgência que eu mesma não conseguia entender por completo. Apesar de todo o sofrimento que eu causara a Flynn e aos outros, pela primeira vez em muito tempo eu não me sentia presa em uma armadilha. Eu tinha uma sensação de liberdade como a de uma lagarta que acaba de criar asas e consegue voar.

E então a verdade se revelou. Pelo menos uma vez na vida eu tinha feito o que queria. A verdade era que não me tornar a sra. Flynn Rogers Hamilton III me caía muito bem. Durante meus dias de universitária em Iowa City, eu era apaixonada por várias coisas. Teatro. Poesia. Literatura. E causas como a fome mundial e direitos iguais e o meio ambiente. Nos anos que se seguiram à formatura, essas paixões tinham sido abafadas pela idade, mas também tinham sido enterradas sob a carga pesada de um trabalho pelo qual eu nunca fora apaixonada. Às vezes você se deixa envolver tanto no que todo mundo acha que você deveria estar fazendo que não tem mais certeza do que realmente quer. E, embora eu ainda não tivesse muita certeza do que queria, sabia que não era Flynn e a vida que ele teria me oferecido. Flynn era o sonho da minha mãe e de um monte de outras mulheres. Mas não era o meu. E eu sabia de mais uma coisa: não importava o que acontecesse, eu não voltaria para a *Chicagoan*.

Quanto ao misterioso Steven Kaufman, eu não fazia ideia de quem ele realmente era ou do que aconteceria com ele, mas sabia de uma coisa. Se esse bebê na minha barriga causasse na minha vida um décimo do caos que ele tinha causado, então eu tinha que apertar o cinto e me preparar para a viagem da minha vida.

Já passava das duas da manhã quando entrei no meu apartamento. Corri para o banheiro para me aliviar pela primeira vez em horas. Quando me virei para dar descarga, não sabia se ria ou chorava. A privada estava vermelha como um enfeite de árvore de Natal.

Enfiei-me na cama e dormi profundamente pela primeira vez em meses.

Na manhã seguinte, fui até o local onde Steven estava preso enquanto esperava a extradição para New Hampshire. O'Reilly tinha arranjado para que eu o visse, deixando-nos a sós em uma salinha sem janela com duas cadeiras de plástico. Ele parecia cansado, seus cachos murchos, o rosto manchado de cortes e hematomas. O olho inchado parecia melhor do que estava no jornal da noite anterior. Ele se sentou em sua cadeira como um estudante à espera de uma aula.

— Eu só vim dizer que não vou me casar, no fim das contas — disse. — Não sei por que me senti compelida a informá-lo, mas você teve tanto a ver com isso que me pareceu a coisa certa a fazer.

Nossos olhos se encontraram com uma compreensão mútua que me eletrizou e assustou ao mesmo tempo.

— Eles vão me mandar de volta para Manchester — disse ele. — Eu não vou lutar contra a extradição. Mas quero que você saiba de uma coisa: eu não sou o sujeito que fez essas coisas de que estão me acusando. Bem, exceto pela bigamia, mas isso não foi culpa minha. O pior que eu já fiz na minha vida foi tentar agir direito com todo mundo.

— Sei bem como é — refleti.

— Maggie, eu sei que nosso encontro não aconteceu exatamente sob as melhores circunstâncias, mas, se eu sair inteiro de Manchester e voltar para cá, posso ver você?

— Não vejo por que não. Digo, se eu ainda estiver aqui. Talvez eu vá para o Oeste.

As palavras que ele soltou em seguida foram cautelosas, lançadas como uma isca de pescador na temporada errada.

— E o que você me disse na quinta à noite, sobre estar grávida... Era verdade?

— Eu achei que fosse — retruquei. — Mas veja só como são as coisas. Minha menstruação veio.

CINQUENTA E DOIS

Kozlowski passava um sábado tranquilo com a esposa enquanto O'Reilly, sem nada que o prendesse ao seu apartamento triste, arrumava sua escrivaninha, a ressaca tão leve que ele mal a notava. Ele estava reduzindo seu consumo. Seu telefone tocou.

— O'Reilly falando.

— Bem, detetive... — Não havia como confundir aquela voz rouca. — Eu não devia ter duvidado de você.

— É a intuitiva e persistente srta. Delaney falando? Não se sinta mal. Você não estava cem por cento enganada sobre o seu sujeito de New Hampshire. Nós tínhamos mesmo um mandado de prisão para ele, afinal de contas. E foi bom estarmos de olho nele, senão as coisas podiam ter acabado muito mal para a sua amiga Suzanne.

— Não sei, não. Tem algo naquele cara que ainda me incomoda. Mas eu não estou ligando para falar sobre o assassinato de Angie, para variar. Não exclusivamente, pelo menos. Acredito que você tenha se oferecido para me pagar um jantar se eu estivesse disponível hoje à noite.

— É, eu ouvi falar que o casamento foi cancelado.

— Você também acertou nessa. Mas não sei se isso é ruim.

— Sua amiga Maggie é uma pessoa bacana — disse ele. — Um tanto confusa, mas bacana, mesmo assim.

— Nós todas somos um pouco confusas — disse Kelly. — Mas e o jantar? Sua oferta ainda está de pé ou aquilo era da boca pra fora?

— Que tal às sete? — perguntou ele, passando um dedo sob o colarinho já afrouxado.

— Está ótimo.

— Eu busco você.

Ele desligou e observou um grupo de cinco jovens *skinheads* sendo guiados pela sala para formar uma fila de suspeitos. Nunca tinha fim. Mas, por hoje, tinha acabado para ele. O'Reilly abriu a primeira gaveta da escrivaninha e empurrou a eterna papelada lá para dentro. Em seguida, enfiou a mão no fundo da gaveta e tirou um frasco que ali vivia. Pensou por um minuto e jogou-o na lixeira.

Kelly afastou seu prato, deixando metade das costelas e um monte intocado de batatas fritas.

— Eu não consigo comer nem mais uma mordida — exclamou ela. — Já vou ter que correr uma semana para queimar isso tudo.

Ela tomou um gole do refrigerante diet e abriu um lenço umedecido da pilha que havia sobre a mesa. O'Reilly acabou com a última costelinha e engoliu-a com alguns goles de cerveja. Era apenas sua segunda da noite. Ela estava contando. Ele depositou o copo sobre a mesa, deixando cinco impressões digitais evidentes em molho barbecue.

— Nenhuma dificuldade em conseguir uma condenação aí — provocou Kelly.

Ele examinou as mãos grudentas.

— Acho que este não é o melhor lugar para um primeiro encontro, né?

— Isso é um encontro? — Ela abriu mais alguns lenços umedecidos e jogou-os para ele. — Então agora estou esperando.

— Esperando?

— Esperando você preencher as lacunas.

O'Reilly secou o resto da cerveja.

— Bem, a menina Columbo está sob observação psiquiátrica e aposto com você que ela vai alegar insanidade. O pai dela vai cuidar disso. Se é que chegará a ir a julgamento. O advogado a está mantendo calada e ninguém está falando nada.

— Então o que você acha que aconteceu?

— Resumindo, ela estava louca de ciúmes da namorada do papai e queria vê-la fora da jogada. Só que da primeira vez ela não acertou. E aí, quando o comportamento do papai Columbo não mudou...

— Ela descobriu que eles tinham matado a pessoa errada — Kelly terminou por ele — e foi atrás de Suzanne.

— Eu falei que você devia ser policial — disse O'Reilly. Ele estava pensando em outra cerveja e olhou ao redor procurando pela garçonete. Em seguida, olhou de novo para a mulher sentada diante dele. Seus pálidos olhos azuis pareciam capazes de enxergar dentro dele. Talvez não precisasse de outra cerveja, afinal. — Que tal um filme? — perguntou ele, surpreendendo a si mesmo. Ele não ia ao cinema havia anos.

— Me parece bom — disse Kelly, contente consigo mesma.

Depois do filme, ele a levou para casa e a acompanhou até a porta. Ela tinha escolhido um filme artístico e, embora ele achasse que iria odiar, o filme tinha sido muito bom, ainda que não houvesse policiais, perseguições de carros nem nada explodindo. Parado desajeitadamente em frente ao apartamento dela, ele reparou em como ela estava bonita, metade de seu rosto brilhando sob a luz do poste, metade encoberto pelas sombras das árvores lá no alto, seus olhos azuis translúcidos tão convidativos quanto a água em que ele tinha nadado certa vez, em suas únicas férias com a esposa no Caribe. Ele foi invadido pelo impulso de beijá-la, mas o medo do fracasso o impediu. Fazia algum tempo que ele não beijava uma mulher. A última tinha sido sua esposa, na verdade. A única coisa que ele beijara desde o divórcio tinha sido uma garrafa.

Kelly olhou para O'Reilly sob a luz amarelada. Mesmo de sapatilhas, ela era mais alta do que ele. Estava tomada por emoções que não se sentia muito confortável em encarar de frente. Embora soubesse que isso podia resultar em problemas, não queria que a noite terminasse ainda.

— Quer entrar para um café? — ofereceu ela.

Ele encolheu os ombros e os cantos de sua boca se curvaram para cima.

— Por que não?

Tarde demais ela se lembrou de Piti. A gata dormia no meio do sofá florido e, quando eles entraram, ela ergueu a cabeça, dando uma olhada carrancuda de um olho só para O'Reilly. Antes que Kelly pudesse impedi-lo, O'Reilly colocou uma mão de dedos grossos na cabeça da gata. Kelly arfou e esperou que a gata o atacasse. Piti olhou para a mão, cautelosa, e aí empurrou a cabeça contra a palma.

— Essa foi a coisa mais esquisita que eu já vi — disse Kelly, assistindo àquilo espantada. — Essa gata odeia todo mundo, tirando eu.

Meu epílogo

Falarei sobre as outras primeiro.

Kelly e O'Reilly acabaram se casando um ano depois. Em uma pequena cerimônia na Prefeitura seguida por bolo e café. E isso foi tudo. Sem refeição de quatro pratos, sem damas de honra, sem banda, sem arranjos florais e definitivamente sem brinde com champanhe. O policial beberrão tinha ficado a seco mesmo. Mas ele nunca conseguiu a promoção pela qual esperava. Seu parceiro Kozlowski a recebeu, de modo que ele se demitiu da corporação e Kelly largou a faculdade, e os dois abriram uma agência de detetives particulares. Eles a batizaram, veja só, de Caminhonete Branca Investigações.

Eu voltei para o casamento deles, uma das minhas últimas viagens de volta ao Leste, ainda que isso significasse ouvir minha mãe se lamentando sobre Flynn ter fugido para se casar em Las Vegas pouco depois do nosso não casamento. Ela mal podia conter as lágrimas ao pensar em outra mulher vivendo no que seria a casa de sua filha. Fiquei muito feliz ao descobrir que Flynn tinha se recuperado. Ele era um sujeito bacana e eu só lhe desejava tudo de melhor. Havia um alívio em saber que eu não tinha arruinado sua vida, no fim das contas.

Carol Anne acabou se divorciando de Michael. Ela tentou dar a ele uma última chance, mas, após meses de terapia sexual, terapia de casal, terapia de regressão — tudo que se possa imaginar —, Michael percebeu que não poderia praticar a monogamia heterossexual. O divórcio foi amigável. Ele deixou Carol Anne muito bem financeiramente e com uma garantia vitalícia de melhorias cosméticas gratuitas. A princípio, a vida sem Michael foi difícil para ela, já que era tudo o que ela conhecia. No entanto, ela começou uma empresa de decoração e conheceu um homem sete anos *mais jovem* que ela em um seminário para pequenos empresários. Ele foi ao casamento de Kelly com ela, e eu devo confessar que, não apenas ele era bonito como eu não via Carol Anne sorrir daquele jeito havia anos.

Infelizmente, as coisas não correram tão bem para Suzanne. Ela sofreu de ansiedade e de pesadelos terríveis após a experiência no barco e fez terapia por anos depois disso. Ela terminou tudo com Vince logo em seguida, recusando-se a vê-lo de novo exceto em uma ocasião, na presença do advogado dela para acertar as contas entre eles. Como sua memória daquela noite horrível estava prejudicada e Sal estava morto, não foi registrada nenhuma queixa contra a filha de Vince. De fato, Anna terminou como CEO da empresa do pai, e seu nome aparece nas manchetes de tempos em tempos. Suzanne vendeu quase tudo o que possuía para pagar as dívidas e se mudou para a casa dos pais. Ela acabou trabalhando na loja deles. Foi diagnosticada com câncer de mama pouco antes da virada do milênio e morreu alguns meses depois. Seus pais a seguiram em pouco tempo.

A vida de Natasha encontrou um obstáculo considerável quando Arthur foi indiciado por vender e comprar ações com informações privilegiadas. Ele acabou sendo condenado a uma pena pesada na cadeia e eles perderam a casa em Lake Forest. Entretanto, engenhosa como sempre, Natasha se divorciou do palhaço e se casou com outro operador, ainda mais rico e mais insuportável. Ouvi dizer que ela passa a maior parte do tempo na França hoje em dia.

Quanto a mim, Steven passou em Chicago menos de um mês depois de ter sido extraditado para New Hampshire. Eu ainda estava no meu apartamento, vivendo da minha poupança e planejando minha mudança para o Oeste. Quando o vi parado à minha porta, foi como ganhar um bilhete para as estrelas. Você precisa ter experimentado o amor passional verdadeiro na sua vida para entender como foi vê-lo de novo, seus longos cachos emoldurando o rosto, os olhos pedindo desculpas por trás dos óculos de aro de metal.

As queixas criminais contra ele tinham sido abandonadas quando a segunda esposa desmentiu a história contra ele. Ela confessou que tinha sido seu próprio pai quem lhe dera a surra brutal depois de flagrá-la no chão de um canteiro de obras com um dos operários. Os advogados ainda estavam trabalhando nas acusações de bigamia, mas aquilo não me importava. Nós não precisávamos de um pedaço de papel para desfrutar do que havia entre nós.

Então nos mudamos para Roaring Fork Valley, no Colorado, mais conhecida pela cidade de Aspen. Estava acontecendo um *boom* imobiliário, de maneira que Steven não teve dificuldade para encontrar trabalho e eu arranjei um emprego escrevendo para o jornal local. Nossa vida era idílica. Nós fazíamos trilhas, acampávamos e esquiávamos. Escalamos algumas montanhas. Administrávamos nossas vidas de modo que o trabalho fosse flexível e passávamos dois meses por ano viajando por lugares como a Europa e o Extremo Oriente. Fizemos trilhas em Machu Picchu e mergulhamos na Grande Barreira de Corais. E, entre os esportes e as viagens, frequentávamos shows no Music Festival[11] e estudávamos os clássicos na Great Books.[12]

Acabamos abrindo nossa própria construtora, o negócio cresceu e nossa vida continuou a florescer. Éramos delirantemente felizes, nossa paixão um pelo outro alimentada pela beleza e pela cultura que nos cercavam.

Mesmo a quebra do mercado, que nos arruinou financeiramente, junto com vários de nossos amigos, não amorteceu nosso amor um pelo outro. Embora tivéssemos nossos desafios, a química que compartilhávamos nos manteve juntos. Contudo, a quebra foi responsável pelo nosso fim em outro sentido. Depois que nossa empresa foi à falência, Steven arranjou um trabalho em uma das poucas obras da região, a construção de uma casa imensa em Castle Creek Valley. Enquanto ele estava assentando um muro de arrimo, uma rocha imensa se soltou da encosta da montanha, acabando com a vida dele em questão de segundos, e, em vários sentidos, com a minha também.

Portanto, foi com emoções conflitantes que descobri sobre meu tumor no cérebro. Os médicos disseram que é um câncer de crescimento acelerado, então o fim não está longe. Na verdade, eu anseio em me separar deste mundo agora, porque tenho certeza de que o verei de novo no próximo. E, quando estivermos juntos de novo, espero finalmente conseguir uma resposta para a pergunta que eu nunca fiz a ele,

---

11 Provavelmente se refere ao Aspen Music Festival, considerado um dos maiores festivais de música clássica dos Estados Unidos. (N.E.)

12 Refere-se à Great Books Foundation, uma organização independente e sem fins lucrativos que organiza leituras e grupos de discussão. (N.E.)

uma pergunta que me atormenta desde que ele deixou meu apartamento depois de nossa primeira noite juntos.

Como a caminhonete dele tinha ido parar do outro lado da minha rua naquela manhã seguinte?

Posfácio aos leitores, por Kelly O'Reilly

Esta história me foi dada pela irmã caçula de Maggie, Laurel. Fiquei totalmente chocada quando ela me telefonou para informar sobre a morte de Maggie, e mais chocada ainda quando ela e sua companheira, Alice, apareceram à minha porta com o manuscrito. Elas o encontraram no chalé de Maggie depois de sua morte, e Alice disse a Laurel que seria uma homenagem maior à memória de sua irmã se o manuscrito fosse entregue a mim.

Olhando para Laurel, eu me lembrei tanto de Maggie, com seus cabelos vermelhos e os olhos travessos. Meu coração deu um salto quando pensei em como tínhamos sido próximas durante uma época. Todas aquelas memórias compartilhadas, algumas boas, outras nem tanto. O tempo e a distância nos separaram, prenderam cada uma a seu mundo. Mas foi fantástica a rapidez com que eu fui tragada de volta ao nosso mundo compartilhado quando comecei a ler as palavras de Maggie. A história dela era bem contada, e eu tive que achar graça de como ela acertou em cheio tantas coisas sobre mim, especialmente o começo do meu relacionamento com Ron. E, para falar a verdade, eu devo meu casamento e meus filhos a Maggie, direta ou indiretamente. Se ela não tivesse bancado a louca naquela última noite, eu não acho que nossos caminhos teriam se cruzado algum dia. A menos que eu começasse a beber de novo!

Mas, falando sério, a última frase no livro dela foi um momento *eureca*. Independentemente de como a vida dela com Steven Kaufman tivesse se desenrolado até a morte dele, eu sempre achei que havia algo de esquisito naquele cara. Na verdade, eu me preocupava por ela estar com ele em algum lugar tão remoto como o Colorado, especialmente porque mal a víamos depois que ela se mudou para o Oeste. Contudo, conforme os anos se passaram e nossa comunicação ficou mais rara, eu me esqueci das minhas suspeitas. Afinal, nossas vidas estavam tão separadas, e eu estava trabalhando e criando meus filhos.

Agora, porém, a questão tinha sido reaberta. Quando terminei de ler o manuscrito de Maggie, fui até a sala de estar, onde Ron estava colado a um jogo dos Bears. Procuro ser sensível aos interesses dele e não perturbá-lo no meio de eventos esportivos, mas isso era importante demais para esperar uma hora sequer.

— Eu tenho um novo caso — falei. — Ou, na verdade, um caso antigo.

— O qu...? — Os olhos dele continuaram hipnotizados na televisão. — Espere até o comercial.

Eu me sentei no sofá e esperei. Nossa empresa lida basicamente com divórcios e intimações, e é bastante lucrativa. Os negócios inclusive aumentaram depois que a recessão começou. Parecia que todo mundo estava processando todo mundo, procurando onde pudesse haver um troquinho escondido e, como resultado, estávamos entregando intimações como se fossem cartões de Natal.

Quando o jogo foi para o intervalo, os Bears ganhavam de dez a zero. Ron colocou a TV no mudo e voltou sua cabeça agora totalmente grisalha para mim. Eu lhe contei sobre a história de Maggie e como a caminhonete de Steven Kaufman estava, de alguma forma, do outro lado da rua na manhã seguinte. Ele revirou os olhos, exasperado, enquanto revisitava minha busca incansável pelo cara todos aqueles anos antes. Mas o nosso casamento havia perdurado, a despeito de alguns tempos difíceis, porque reconhecíamos o que era importante para o outro. E, sem eu ter que dizer mais nenhuma palavra, ele sabia que isso era importante.

Então abrimos um novo arquivo.

Naturalmente, fazia tanto tempo desde aquela última noite que as probabilidades de descobrirmos qualquer coisa no local era quase zero. Os vizinhos viram uma caminhonete às quatro da manhã, vinte e cinco anos atrás? Certo. A princípio, eu não sabia nem por onde começar. Foi quando o meu brilhante (acredite, eu não uso esse termo com frequência) marido sugeriu que fôssemos para New Hampshire conversar com as duas primeiras esposas de Steven Kaufman.

Comecei a fazer uma pesquisa na internet e, bingo, encontrei Heather Kaufman morando nos arredores de Concord, onde ela e o carpinteiro tinham comprado a casa deles. Eu sempre acreditei que você consegue resultados melhores quando confronta alguém pessoalmente, sem dar nenhum aviso de que está a caminho. Um telefonema coloca a pessoa em alerta ou lhe dá a oportunidade de recusar a visita. Assim, Ron e eu pegamos um avião para Nova York e de lá pegamos um coletivo para Concord.

Como eu tinha o endereço de Heather, com o GPS não levei muito tempo para encontrar onde ela morava. Mas, quando estacionamos perto da casa, pensei ter cometido um engano. Por algum motivo, eu imaginava a primeira esposa, namoradinha do colégio, morando em um chalé caindo aos pedaços ou em um apartamento entulhado. Afinal, ela não tinha mudado de nome, o que indicava que ela não tornara a se casar depois de Steven. Aquilo, para mim, se traduzia em pobreza. Então, quando vimos o imenso casarão em estilo Tudor inglês onde ela morava, Ron e eu ficamos aturdidos.

Nós nos espantamos ainda mais com a mulher que atendeu à porta. Pensei que teria que buscar o queixo do meu marido no chão. Ela era extremamente bonita, com cabelo escuro na altura dos ombros e seios bem grandes. Parecia ter uns trinta e cinco anos apesar de, se você fizesse as contas, provavelmente estar na casa dos cinquenta. Nós lhe contamos que seu primeiro marido tinha morrido no ano anterior e que estávamos à procura de possíveis herdeiros. (Eu descobri que, não importa quão rica a pessoa seja, a possibilidade de ganhar mais dinheiro é sempre um ótimo jeito de conseguir entrar em sua casa.) O rosto dela assumiu uma expressão defensiva ao mencionarmos seu ex, mas, por sorte, moradores da Nova Inglaterra tendem a ser confiantes e amistosos e, depois de pensar um pouco, ela escancarou a porta.

Os moradores da Nova Inglaterra também tendem a ser bons vizinhos. Ela nos ofereceu café e rosquinhas, que eu recusei e Ron aceitou prontamente. Nós nos sentamos em sua sala quentinha em frente a uma lareira acesa.

— Então, que negócio é esse sobre Steven e uma herança?

Ron é sempre muito bom em mudar de assunto, então permiti que ele respondesse.

— Pelo que eu entendi, vocês foram namoradinhos de escola — disse ele, observando o rico ambiente.

O belo rosto dela se franziu como se houvesse vinagre em sua caneca, em vez de café.

— Onde diabos você ouviu isso? Eu conheci Steven quando ele estava fazendo um serviço de carpintaria aqui na casa do meu pai. Papai está morto agora, Deus o tenha. Minha mãe também, então a casa é minha. Mas enfim, quando Steven estava trabalhando aqui, ele não perdeu tempo para tentar alguma coisa comigo. E, infelizmente, conseguiu. Quando meu pai descobriu, ele confrontou Steven, que concordou em se casar comigo. Então nós nos casamos e ele me abandonou pouco tempo depois. Estava aqui num dia, e no outro não estava mais. Nenhuma explicação. Nada. Acho que meu pai carregou seu ódio pelo Steven até o leito de morte. Não ouvi nem um pio dele e aí, dois anos depois, leio no jornal que ele foi acusado de agredir sua esposa. Sua esposa? Ele já tinha uma esposa, muito obrigada, a cento e sessenta quilômetros de lá. E vai vendo: ele fez de novo. Sua nova esposa era a filha do dono da construtora. Ele claramente tinha uma coisa com as filhas de seus chefes.

Ron me deu um longo olhar inquisitivo antes de perguntar:

— Então você acabou se divorciando dele?

— Sim. E ela também. Há cerca de vinte e cinco anos, algum advogado importante de Chicago apareceu para negociar os dois divórcios. De graça. Eu até recebi uma compensação monetária. E as acusações sobre ele agredir a outra esposa? Retiradas. Foi como se alguém agitasse uma varinha mágica e todos os problemas dele tivessem desaparecido.

Eu me lembrei do que Ron tinha ouvido Vince Columbo dizer para Steven, quando ambos estavam no convés do *Giovanna Anna*, de pé sobre o corpo de Salvatore Gianfortune: *Eu cuidarei pessoalmente para que você tenha os melhores advogados.* Eu não tinha nenhuma dúvida de que foram Vince e um monte de mãos molhadas que tinham feito todos os problemas de Steven desaparecer.

A segunda esposa de Vince não engoliu a história da herança e se recusou a nos receber. Ela havia se casado outra vez e, obviamente, queria distância de seu passado. Até hoje, a maior parte da Nova Inglaterra é como uma cidade pequena; as pessoas sabem da vida de todo mundo, então não foi muito difícil reunir mais informações quanto à suposta agressão de Steven a sua segunda esposa. Alguns disseram que tinha sido o pai que enfiara a mão na cara dela por ter se casado com Steven para começo de conversa. Outros disseram que ela mesma tinha se espancado para se vingar dele por tê-la abandonado. No entanto, a maioria concordava que ele provavelmente havia feito aquilo depois de pegá-la no chão de uma obra com outro homem.

Independentemente disso, depois de termos obtido basicamente toda a informação que podíamos em New Hampshire, pegamos um avião e voltamos para casa.

De volta a Chicago, marquei uma reunião com Anna Columbo. Nós nos infiltramos no escritório dela sob o pretexto de fazer um perfil seu para uma revista local de negócios. Era de conhecimento geral que ela adorava uma publicidade. Seu pai, que estava mais rico do que nunca, tinha o nome emplastrado em basicamente todo novo projeto de construção da cidade. Ela ainda era linda, mas bem mais magra, e se vestia de maneira muito mais sutil do que tantos anos antes. Fomos admitidos ao escritório dela e nos sentamos em uma área de estar, com vista para a escultura de Anish Kapoor em forma de rim fazendo sua curva no Grant Park. Ron estava falando alguma baboseira sobre as condições dos negócios na cidade quando ela deve tê-lo reconhecido, seus olhos se estreitando em uma dissecção visual.

— Do que se trata isso, de verdade? — exigiu ela.

— Só algumas perguntinhas rápidas. Você conhecia Steven Kaufman. Ele trabalhou na sua casa.

— Já basta — disse ela, levantando-se, ainda inabalada. — Vocês podem sair já do meu escritório.

Mas eu não tinha terminado. Era assim que se fazia: policial bonzinho, policial mau. Dessa vez nós dois estávamos atuando como o policial mau. Como eu disse antes: o elemento surpresa não lhes dá tempo para preparar uma resposta segura.

— Você estava dormindo com ele, não estava? — consegui escorregar a pergunta antes que ela pudesse nos botar porta afora. A assertividade na resposta dela me disse tudo o que eu precisava saber.

— Você está brincando, né? Ele era um empregado.

E aí ela nos mostrou a saída.

***

Naquela noite, enquanto comíamos linguini com molho de mexilhões, Ron e eu discutimos cenários possíveis. Imaginamos que um dos cenários poderia ter se desenrolado mais ou menos assim:

É claro que Kaufman estava transando com a filha de Vince. Esse era o seu *modus operandi*, e ele provavelmente se encontraria com ela no barco do pai mais tarde naquela noite, o que significava que ela estaria com as chaves do barco. Mas ela foi para a Overhang antes disso, para checar sua rival depois de ouvir o pai conversando com Suzanne ao telefone. Quando Kaufman viu Anna com Sal, resolveu se vingar dando em cima de Maggie. Só que, quando Maggie desmaiou antes que ele conseguisse alguma coisa – sim, era esse o motivo de ela não ter usado seu diafragma naquela noite –, Kaufman decidiu repensar seu encontro com Anna. Então ele foi para o Belmont Harbor. De alguma forma, ele tropeçou no cadáver de Angie e se deu conta de que, em sua fúria, Anna tinha matado uma mulher que pensava, erroneamente, ser a amante do pai. Sabendo muito bem que poderia acabar sendo acusado de assassinato, ele correu de volta para o apartamento destrancado de Maggie, com um álibi sólido como pedra. É claro que, a essa altura, o local em que ele havia estacionado originalmente estava ocupado, por isso ele foi forçado a estacionar do outro lado da rua.

Esse foi apenas um dos vários cenários que visualizamos. Aqui vai outro:

Talvez, apenas talvez, ao contrário de todos aqueles casinhos de uma noite que terminam com um *a gente se fala* que nunca acontece, ele tenha ido embora depois de Maggie desmaiar, mas se arrependeu enquanto se afastava – e deu meia-volta quando se deu conta de que tinha deixado para trás algo muito especial.

Eu vou deixar a decisão para você.

AGRADECIMENTOS

Em primeiro lugar, sempre, devo agradecer à minha agente, Helen Breitwieser, da Cornerstone Literary Agency. Passamos por muitos altos e baixos juntas e ela sempre esteve ali para me apoiar. Ela é a melhor, absolutamente.

E à minha editora, Holly Domney, que ajudou a moldar este livro, minha editora-chefe na Severn House, Kate Lyall Grant, que levou seu apoio ao mais alto nível, e Jamie Byng, da Canongate, cujo entusiasmo pelo livro é irresistível. Eu não poderia desejar o apoio de uma equipe melhor de editores, além de ser uma equipe com uma psique compartilhada. Um brinde aos nossos sucessos futuros.

Não posso permitir que este livro vá para a gráfica sem mencionar seis amigas especiais que me acompanham há tanto tempo que nem sei – e que podem ou não ter servido de inspiração para este romance. Em ordem alfabética: Alison, Carol, Iris, Jane, Rosie e Vita. Amo vocês, meninas.

E, finalmente, obrigada à Aspen Words, o braço literário do Aspen Institute, que trabalha incansavelmente para conectar leitores com escritores e vice-versa. Como disse Sêneca, e eu parafraseio: "A vida é curta, mas a arte é para sempre". A Aspen Words trabalha para cumprir essa missão e, com sorte, as pessoas ainda estarão falando sobre a arte dos dias atuais num futuro distante.

Leia também:

DOT HUTCHISON
O JARDIM DAS BORBOLETAS
NEM TODA BELEZA SERÁ CAPTURADA
Planeta

JEFF LINDSAY
DEXTER
A MÃO ESQUERDA DE DEUS
O ROMANCE QUE DEU ORIGEM AO ASSASSINO EM SÉRIE QUE ODIAMOS AMAR
Planeta
minotauro

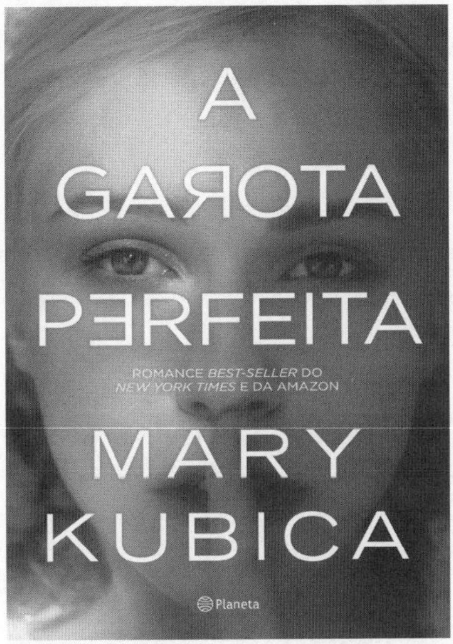
A
GAROTA
PERFEITA
ROMANCE BEST-SELLER DO
NEW YORK TIMES E DA AMAZON
MARY
KUBICA
Planeta

"Impressionante e implacável. É Tubarão a 35 mil pés de altitude."
"O melhor tipo de thriller que há... Suspense ininterrupto, totalmente autêntico."
EM QUEDA
T.J. NEWMAN
SE O PILOTO QUISER SALVAR SUA FAMÍLIA, TODOS OS PASSAGEIROS DESSE VOO DEVEM MORRER
Planeta

Acreditamos
nos livros

Este livro foi composto em Dante MT Std
e impresso pela Gráfica Santa Marta para a
Editora Planeta do Brasil em janeiro de 2022.